Sascha Zurawczak

Unheimliche Geschichten

Bad Old Low

Mosaik-Mystery-Thriller

Sascha Zurawczak

KELEBEK VERLAG

Impressum:

© 2023 Sascha Zurawczak

Cover: MysticArtDesign

Lektorat und Redaktion: Carolin Olivares

Kelebek Verlag, Inh. Maria Schenk, Franzensbaderstr. 6,

86529 Schrobenhausen   www.kelebek-verlag.de

ISBN 9783947083619

Druck und Vertrieb BoD

Bibliografische Information der Deutschen Nationalbibliothek

Die Deutsche Nationalbibliothek verzeichnet diese Publikation in der
Deutschen Nationalbibliografie; detaillierte bibliografische Daten sind im
Internet über http://dnb.d-nb.de abrufbar.

Die Legende von Holly

16. Oktober 2019

Auf dem Ortsschild stand: *Willkommen in Bad Old Low*. Wenn man die kleine Stadt im Osten der USA eine Weile auf sich wirken ließ, erahnte man ihre dunklen Geheimnisse. Oberflächlich betrachtet, machte der Ort mit seinen gerade mal zweitausend Einwohnern zunächst einen eher harmlosen Eindruck.

Doch irgendetwas Bedrückendes lag über dem Städtchen. Es war allgegenwärtig und Teil des Ortes, wie die Häuser und Straßen. Ein dunkles Vermächtnis lauerte in seinen Eingeweiden und wartete nur darauf, hervorzubrechen. So empfand es Alexander. Und genau das war auch der Grund, warum er hergekommen war.

Er war Schriftsteller und Journalist aus Leidenschaft, lebte in New York und hatte es sich zur Aufgabe gemacht, Orte wie diesen zu entdecken und zu erforschen - Ansiedlungen, die in keinem Reiseführer erwähnt wurden und außerhalb der lokalen Grenzen kaum bekannt waren.

Ihm lag daran, verborgene Geschichten zu ergründen, Geheimnisse, die jeder abgelegene Ort in sich trug. Das tat Alexander nicht aus reinem Enthusiasmus. Tatsächlich war es so, dass er mit seinen gerade mal fast dreißig Jahren als Autor nicht mehr weiterkam. Um es auf den Punkt zu bringen, ihm fiel nichts mehr ein. Deshalb hatte er sich eine Auszeit genommen, um seine kreativen Batterien wieder aufzuladen. Eine Kollegin hatte ihm den Tipp zu dieser Reise gegeben, ihm erklärt, dass schon viele Kollegen in vergleichbarer Situation eine solche Tour durchs Land, sogar durch die ganze Welt, unternommen hätten.

Hätte er gewusst, was er erwecken würde, wäre er wahrscheinlich schnellstens weitergereist.

Seine erste Recherche führte allerdings in eine Sackgasse. Seine Erfahrungen als Journalist hatten ihn gelehrt, dass die örtlichen Zeitungsredaktionen für lokale Legenden die besten Ansprechpartner waren. Eine kurze Handyrecherche verriet ihm jedoch, dass Bad Old Low seit fast zwanzig Jahren keine eigene Zeitung mehr vorzuweisen hatte. Die nächste Stadt mit eigener Zeitungsredaktion befand sich einige Meilen entfernt. Dort wurde wahrscheinlich auch das ehemalige Archiv des Stadtanzeigers von Bad Old Low aufbewahrt. Einen so großen Umweg wollte er aber nicht auf sich nehmen. Stattdessen versuchte er es mit Informationsquelle Nummer zwei: der örtlichen Polizeistation. Das Problem war nur, dass Polizisten Journalisten häufig als Störenfriede ansahen und sich selten bereit erklärten, Auskünfte zu erteilen. Aber ihm fiel nichts anderes ein. Er wollte es zumindest versuchen.

Seine Befürchtungen erwiesen sich als unbegründet. Die kleine Polizeistation von Bad Old Low war von zwei Beamten besetzt. Keiner der beiden schien übermäßig beschäftigt zu sein. Zuerst meinten sie, Alexander sei auf der Durchreise und wollte wegen einer Lappalie Anzeige erstatten. Als ihr Besucher seinen Presseausweis vorzeigte und sein Anliegen erklärte, schienen sie sogar etwas geschmeichelt zu sein. Auf die Frage, ob sie etwas über ihre Stadt wüssten, was Alexander für eine Geschichte nutzen könnte, schüttelten sie allerdings nur den Kopf.

„Wenn ich Sie richtig verstehe, Mr. Holmes, suchen sie nach einer ganz besonderen Geschichte, etwas, was im besten Falle auch wirklich geschehen ist. Ich fürchte, so etwas können wir nicht bieten. Verstehen Sie mich nicht falsch - Bad Old Low ist natürlich etwas

Besonderes, aber doch nur für die Menschen, die hier leben. Ich wüsste jedenfalls nichts, was es nicht auch an anderen Orten gäbe. Nicht einmal ein paar ungelöste Fälle kann ich Ihnen anbieten." Der Polizeichef lachte über seinen eigenen Scherz.

Chief Hardwick, ein urgemütlich wirkender Mann Ende fünfzig, war mit seinem Posten offensichtlich voll und ganz zufrieden, wahrscheinlich gerade deshalb, weil es an diesem Ort eher ruhig zuging. Mit seiner Halbglatze, dem runden Gesicht und etwa dreißig Kilo Übergewicht erfüllte er das Klischee eines Polizeichefs, der sich auf den Ruhestand freute und keinen Ärger mehr wollte. Alexander musste schmunzeln.

„Moment, Chief, das ist so nicht ganz richtig", meldete Billy sich zu Wort.

Der junge Hilfspolizist war das genaue Gegenteil von Hardwick. Mit seinem strohblonden Haar und den Sommersprossen sah er wahrhaftig aus wie ein blutiger Anfänger. Andererseits hielt Alexander ihn für ziemlich engagiert und ehrgeizig. Immerhin ließ er die Aussage des Chiefs nicht so einfach stehen.

„Ah, Billy, gut, dass du es ansprichst!" Hardwick grunzte zufrieden. „Es gab hier tatsächlich einen Vorfall, vor einigen Jahrzehnten. Eine Zeit lang waren wir deswegen in gewissen Kreisen recht bekannt. Aber ich fürchte, heute weiß keiner mehr etwas davon."

Da horchte Alexander auf. „Das hört sich interessant an. Können Sie mir mehr dazu sagen?"

Hardwick runzelte die Stirn. „So viel gibt es da eigentlich nicht zu erzählen. Nun - sicher sind ihnen die ausgedehnten Wälder in unserer Gegend aufgefallen. Da kommt es immer wieder vor, dass jemand verschwindet. Natürlich suchen wir gemeinsam mit anderen Rettungskräften nach den Leuten. In den Dreißigerjahren ist ein ganzes Team von Archäologen in den Wäldern um Bad Old Low verschwunden. Im Gegensatz zu den Feiertagswanderern, wurde von denen nie mehr eine Spur gefunden. Und damit nicht genug! Der Leiter des damaligen Suchtrupps, einer meiner Vorgänger, ist bei der Suche ebenfalls verschwunden."

Vielversprechend!, dachte Alexander. Daraus könnte man etwas machen. „Wissen Sie, was die Archäologen untersucht haben?", fragte er.

„Das ist es ja gerade." Hardwick lachte. „Sie nahmen eine kurz zuvor entdeckte Kultstätte unter die Lupe. Man munkelte, die *Ureinwohner* hätten die Stätte errichtet. Aber ganz sicher war man sich da nie. Mehr als ein paar Tonscherben hatte man bis zu diesem Zeitpunkt nicht gefunden. Nachdem das Archäologen-Team verschwunden war, gab es auch kein wirkliches Interesse mehr von Seiten der Forschung. In den Sechzigern wurde die Geschichte zu einer riesigen Sensation aufgebauscht. Es hieß, die Archäologen hätten die Kultstätte einer untergegangenen heidnischen Zivilisation gefunden und seien als Strafe für ihr Eindringen von einem antiken Rachegott vernichtet worden. In einer anderen Version war die Fundstätte der Landeplatz von Außerirdischen. Die hätten die Wissenschaftler gleich mal auf ihren Planeten mitgenommen. Sogar von einem Zugang nach Atlantis in einer der unterirdischen Höhlen war die Rede. Und genau dort, also in Atlantis, würden die Forscher festgehalten. Einige Zeit haben sich die Fans solcher Geschichten und Theorien in der Stadt herumgetrieben. Aber nach und nach ist das Ganze in Vergessenheit geraten. In den letzten Jahrzehnten ließ sich kein Ufo-Jäger mehr blicken. Aber wer weiß? Wenn Sie die Geschichte verwenden, wird vielleicht alles wieder aufgerollt und wir werden doch noch berühmt!"

Letzteres bezweifelte Alexander allerdings. Gut, was ihm der Chief da berichtete war zu gebrauchen. Aber die Ereignisse lagen lange zurück. Interesse bestand nicht mehr. Eine Neuauflage war zwar möglich, aber nicht unbedingt das, was Alexander vorschwebte. Vielleicht sollte er sich doch woanders umsehen.

„Das meinte ich doch gar nicht", ergriff Billy wieder das Wort. „Ich meine die Legende von Holly."

Genau in diesem Moment veränderte sich die Stimmung im Raum. Das Gesicht des Chiefs verfinsterte sich. Alexanders Journalisteninstinkt sagte ihm, dass Hardwick nicht etwa vergessen hatte, diese Holly zu erwähnen. Ganz im Gegenteil - er hatte großen Wert daraufgelegt, dass dieses Thema nicht zur Sprache kam. Nun stellte sich natürlich die Frage, wer diese Holly war.

„Billy, musst du nicht noch Akten sortieren?"

„Habe ich schon, Chef!" Der junge Polizist wollte sich offensichtlich nicht einfach wegschicken lassen.

„Dann mach es noch mal!", knurrte Hardwick. „Und lass dir Zeit damit bis heute Abend!"

Derart zurechtgewiesen, verschwand Billy ohne weitere Widerworte in einem Nebenraum.

„Also, Chief", begann Alexander und erinnerte damit sein Gegenüber daran, dass er immer noch anwesend war. „Was hat es denn mit der Legende von Holly auf sich?"

Dem Chief war anzusehen, dass er ihn am liebsten sofort ohne weitere Erklärung hinauswerfen würde. Doch dann änderte sich sein Gesichtsausdruck wieder. Es kam Alexander so vor, als würde der Chief erkennen, dass diese Angelegenheit nicht mit Gewalt bereinigt werden konnte.

„Na gut, Mr. Holmes, ich möchte aber eines klar stellen. Über die Geschichte, die gerade erwähnt wurde, will niemand in dieser Stadt in der Zeitung oder sonst wo etwas lesen. Es war eine schreckliche Tragödie, mit Sicherheit nichts, was für blinde Sensationsgier ausgeschlachtet werden sollte." Bevor er fortfuhr, holte er tief Luft: „Ich hatte eigentlich nicht den Eindruck, dass Sie einer dieser Journalisten sind, die jeden Dreck ans Tageslicht ziehen, nur um ein paar Zeitungen mehr zu verkaufen. Also, behalten Sie Ihre Würde und lassen Sie das Ganze auf sich beruhen. Und jetzt entschuldigen Sie mich. Wir haben auch noch andere Dinge zu tun."

Deutlicher konnte ihm der Polizeichef nicht zeigen, dass er nicht länger erwünscht war. Also erhob er sich. „Nun ja, danke, dass Sie mir so bereitwillig Auskunft gegeben haben. Ich denke, dass ich damit etwas anfangen kann."

Aber Hardwick beachtete ihn schon gar nicht mehr. Er blätterte in einigen Unterlagen und tat so, als wäre er sehr beschäftigt. Kopfschüttelnd verließ Alexander daraufhin das Büro und marschierte durch den engen Flur, dem Ausgang entgegen.

„Hey, Mister!", flüsterte jemand hinter ihm.

Überrascht wandte er sich um. Billy steckte seinen Kopf durch einen schmalen Türrahmen und winkte ihn heran. Offenbar war es ihm wichtig, dass sein Chef ihre Unterhaltung nicht mitbekam.

„Wenn Sie etwas über Holly herausfinden wollen, gehen Sie in die Stadtbibliothek. Fragen Sie nach Becky. Die kann Ihnen weiterhelfen. Aber kein Wort darüber, dass ich Ihnen geholfen habe!" Damit zog sich Billy wieder in den kleinen Raum zurück, in dem scheinbar eine Unmenge von Akten gelagert wurde.

Das hörte sich nach einer heißen Spur an. Gut gelaunt machte Alexander sich auf den Weg, ihr zu folgen.

Die Bibliothek von Bad Old Low gehörte zu den ältesten Gebäuden der Stadt. Sie war nicht besonders groß. Dennoch bot sie den Bürgern eine ansehnliche Auswahl an Romanen und Sachbüchern und, was für ihn besonders interessant war, eine ganze Reihe von Zeitungsartikeln. Manche datierten aus der Zeit der Stadtgründung. Eigentlich hätte er gleich hierherkommen sollen. Aber das war nun auch egal. Jetzt stand ihm dieser Schatz zur uneingeschränkten Verfügung.

Auch diese Becky fand er schnell - eine freundliche junge Frau mit blonden Locken. Sie erklärte ihm, dass sie als Aushilfe in der Bücherei arbeitete. Als er ihr seinerseits erklärte, weshalb er gekommen war, wirkte sie plötzlich etwas zurückhaltender, senkte ihre Stimme und bat ihn zu warten. Schon nach wenigen Minuten kehrte sie mit einem dicken Ordner unter dem Arm zurück.

„Das ist so ziemlich alles, was wir darüber haben." Kurz sah sie sich um. „Im Augenblick haben Sie den ganzen Lesesaal für sich. Wenn Sie Fragen haben, ich arbeite dort hinten." Mit diesen Worten drückte sie ihm den Ordner in die Hand und ließ ihn allein.

Interessant, dachte er. Jetzt werden wir ja sehen, was der Chief so dringend unter den Teppich kehren wollte. Voller Erwartung setzte er sich an einen der Ebenholztische und schlug das Verzeichnis auf. Es schien sich um eine Sammlung von recht schlichten Zeitungsartikeln zu handeln, chronologisch eingeheftet. Bei genauerem Hinsehen erkannte er, dass die Artikel mit Notizen und Anmerkungen versehen waren. Nur bei dem allerersten Beitrag, dem umfangreichsten des ganzen Ordners, fehlten diese Ergänzungen.

Er stammte aus dem Jahr 1981, wie das Datum am oberen Rand verriet, und trug den Titel: *Tragödie in Bad Old Low - mindestens achtzig Kinder bei Brand ums Leben gekommen*! Ein Schwarz-Weiß-Bild zeigte ein ausgebranntes Gebäude und einige alte Löschfahrzeuge, die im Hintergrund standen. Mehrere Feuerwehrleute rollten Schläuche zusammen. Anscheinend war das Foto am Ende des Einsatzes aufgenommen worden. Er betrachtete die Gebäuderuine genauer. Das, was noch zu erkennen war, erinnerte an eine Klinik. Der Standort verwunderte ihn. Das Gebäude befand sich nicht in der Stadt, sondern es war von Wald umgeben. Um endlich Genaueres zu erfahren, entschloss er sich, das Naheliegende zu tun und begann zu lesen.

In der Nacht vom 19. auf den 20. April ereignete sich in der Stadt Bad Old Low eine Tragödie. Im dortigen Hitfield-Institut, in dem vorwiegend traumatisierte Kinder behandelt werden, brach ein Feuer aus. Dabei kamen achtzig der jungen Patienten sowie mehrere Pfleger und Ärzte ums Leben. Bis jetzt gehen die Behörden von insgesamt über neunzig Toten und einem Dutzend Verletzten aus. Unter den Verletzten befindet sich auch der Institutsleiter Dr. W. Hitfield. Nach den Aussagen der behandelnden Ärzte ist sein Zustand kritisch.

Anfangs gingen die Behörden von einem Unfall aus. Nach den Ergebnissen der nachfolgenden Untersuchungen vermutet die Polizei jedoch Vorsatz. Im Keller des Instituts wurden mehrere Chemikalien vermischt und in Brand gesetzt. Sämtliche Ausgänge waren blockiert! Auf Nachfragen zu möglichen Tätern oder Motiven, teilte die Polizei mit, es gäbe einen Verdächtigen. Aus ermittlungstaktischen Gründen könnte man den Namen jedoch nicht nennen. Gleichzeitig kamen Gerüchte auf, dass eine der im Institut befindlichen Personen als vermisst gelten würde. In welchem Zusammenhang das mit der Tat steht, bleibt abzuwarten.

Darum geht es also, überlegte Alexander. Vor achtunddreißig Jahren gab es in dieser Stadt ein Feuer, bei dem Dutzende Kinder zu Tode kamen. Wie es aussah, war das Ganze kein Unfall gewesen. Das war ganz sicher nichts, woran man in dieser Stadt gerne erinnert wurde, aber auch kein Grund, so ein Geheimnis daraus zu machen. Dahinter musste noch mehr stecken. Er nahm sich den zweiten Artikel vor.

Grausige Gewissheit - Feuerteufel von Bad Old Low identifiziert!
In den Ermittlungen zum Brand im Hitfield-Institut vor einem Monat gibt es seit gestern eine dramatische Wendung. Bei einer Pressekonferenz der Staatspolizei wurde der Name der Hauptverdächtigen bekannt gegeben. Demnach handelt es sich um die fünfzehnjährige Holly Adams, Schülerin der Highschool von Bad Old Low. Der Leiter der Ermittlungseinheit erklärte, es sei erwiesen, dass sich das Mädchen in der Nacht des Brandes ins Institut geschlichen habe, um im Keller des Hauses Feuer zu legen. Dies hätten Zeugenaussagen von Überlebenden ergeben. Fassungslos macht nicht nur das Alter der Verdächtigen, sondern auch der Mangel eines erkennbaren Motivs.
Betroffen blickte er auf. Eine Fünfzehnjährige? Ziemlich schockiert las er weiter:
Nach Aussagen ihrer Lehrer handelt es sich bei dem Mädchen um eine fleißige, hilfsbereite Schülerin, die ehrenamtlich im Hitfield-Institut gearbeitet hat. Freunde und Familie können die Wahnsinnstat nicht begreifen. Aufschlussreiche Spuren deuten darauf hin, dass die Täterin nach der Brandstiftung den Tatort verlassen und das nahegelegene Moor aufgesucht hat. Die Gefährlichkeit des Terrains ist allgemein bekannt. Deshalb gehen die Ermittler von Selbstmord aus. Angesichts der Umstände ist es denkbar, dass Holly Adams zum Tatzeitpunkt nicht zurechnungsfähig war und möglicherweise sogar unter Drogeneinfluss stand.

Langsam kapierte er, warum Hardwick Probleme mit dieser alten Geschichte hatte. So wie es aussah, war vor über dreißig Jahren ein Mädchen in dieser Stadt völlig ausgerastet und hatte eine Kinderklinik angezündet. Auch wenn die Artikel sehr schwammig waren, hielt er es ebenfalls für wahrscheinlich, dass Drogen oder ein Nervenzusammenbruch im Spiel gewesen waren. Alles Mögliche wurde diskutiert: Drogen, Rockmusik, Gewalt in Film und Fernsehen … Er gab Hardwick recht. Solche Geschichten waren bestens dazu geeignet, von Sensationsjournalisten ausgeschlachtet zu werden. Die folgenden Artikel im Ordner zeugten davon. Immer wieder wurde die verdorbene Jugend in Bad Old Low angeprangert.

In einigen Artikeln waren Fotos von Holly abgebildet. Eigentlich wirkte sie auf ihnen nicht wie eine psychisch gestörte oder gar geistig behinderte Jugendliche. Das dunkle Haar sowie die blasse Haut verliehen ihr zwar etwas Entrücktes, das konnte aber auch an den Aufnahmen liegen. Auf jeden Fall blickte sie mit einem so freundlichen und zugleich geheimnisvollen Lächeln in die Kamera, dass man sofort von ihr angetan war. Alexander musste schmunzeln. Sie machte einen klugen Eindruck und war ganz sicher bei den Jungs nicht unbeliebt gewesen. Was trieb so jemanden dazu, ein Haus anzuzünden und sich danach im Sumpf zu ertränken?

So vertieft wie er in Hollys Geschichte war, konnte er einen völlig anderen Beitrag, der scheinbar nichts mit dem mysteriösen Mädchen zu tun hatte, zunächst überhaupt nicht zuordnen. Es handelte sich um eine kurze Meldung, die ein Jahr nach dem Brand im Institut erschienen war.

Tödlicher Verkehrsunfall
Am Wochenende kam es auf der Bundesstraße bei Bad Old Low zu einem

tragischen Verkehrsunfall. Ein dreiundvierzigjähriger Mann lief aus noch
nicht geklärten Gründen aus dem nahen Wald direkt auf die Fahrbahn. Ein
Truck konnte nicht mehr ausweichen und überfuhr den Mann. Er verstarb
noch am Unfallort. Erste Gerüchte, nach denen das Opfer gejagt und auf
die Fahrbahn gehetzt worden war, wies die Polizei von Bad Old Low
zurück. Man habe die Zeugenaussagen geprüft und als nicht glaubwürdig
eingestuft. Man gehe nach wie vor von einem Unfall aus.

Das klang nicht besonders spektakulär. Doch dann fiel sein Blick auf
die handschriftliche Notiz neben dem Artikel.

Das Unfallopfer hieß John Thomsen und war ein Überlebender des Brandes
im Hitfield-Institut! Zwei Zeugen sagten unabhängig voneinander aus,
dass Thomsen von einem Mädchen verfolgt wurde, als er auf die Fahrbahn
lief. Die Beschreibung passte genau auf Holly Adams.

Das verblüffte ihn. Hatte er nicht gerade eine Reihe von Artikeln
gelesen, in denen stand, dass sie sich umgebracht hatte? Nun sollte
sie ein Jahr später Leute durch den Wald gejagt haben? Das konnte
nur ein Scherz sein.

„Ziemlich mysteriös, nicht wahr?"
Erschrocken fuhr er zusammen. Als er sich umdrehte, stand Becky
hinter ihm. Ihr Blick fiel auf den Artikel, den er gerade aufgeschlagen hatte.

„Ich glaube, dieser John Thomsen war Hausmeister im Institut. Bei
dem Brand ist er nur knapp mit dem Leben davongekommen. Ein
Jahr später hat Holly ihn doch erwischt. Er war der Erste."

„Moment mal!" Erstaunt riss Alexander die Augen auf. „Soll das
heißen, dass tatsächlich Holly für diesen Unfall verantwortlich ist?
Und auch noch für andere Todesfälle?"

Becky nickte.

„Und wie soll das gehen?", stieß er hervor. „Ist das Mädchen doch nicht im Sumpf gestorben – oder ist sie etwa von den Toten auferstanden ?"

„An ihrem Tod besteht kein Zweifel. Was nicht in diesen Artikeln steht, ist, dass einige Tage nach dem Brand ein Schuh und ein Schal im Sumpf gefunden wurden. Beides gehörte Holly Adams. Sie ist definitiv nicht mehr am Leben."

„Dann ist sie wohl zu einem Zombie geworden", er grinste über seinen Scherz, „oder zu einem Rachegeist, der nach und nach alle holt, die bei dem Feuer entkommen sind."

„Das ist eine ziemlich gute Zusammenfassung", meinte Becky.

„Eine *Zusammenfassung*? Wovon denn?"

„Na, von dem, was Sie interessiert: die Legende von Holly."

„Moment mal, reden wir hier von einer Gruselgeschichte?" Was er davon halten sollte, wusste er wirklich nicht. „Deshalb der ganze Aufstand - wegen ein paar Gespenstergeschichten?"

Becky lächelte. „Das sagen so ziemlich alle, die hier auftauchen. Sie haben gehört, dass es in dieser Stadt nicht mit rechten Dingen zugeht und fangen an, Fragen zu stellen. Irgendwann landen sie bei mir. Ich gebe ihnen dann diesen Ordner. Sobald sie erfahren, dass ein Gespenst für die Tode in Bad Old Low verantwortlich gemacht wird, denken sie, das alles sei ein Scherz oder die Stadt sei von einem Haufen abergläubischer Trottel bevölkert. Für die meisten ist dann auch schon wieder Schluss mit den Nachforschungen. Das Entscheidende übersehen sie - nämlich die *Ungereimtheiten*."

„Ungereimtheiten in einer Gruselgeschichte!" Er lachte. „Wie kann das nur möglich sein?" Sein ironischer Unterton entging ihm selbst nicht.

„Natürlich! Da wäre zum Beispiel die Tatsache, dass die Polizei alles darangesetzt hat, den Namen Holly Adams aus diesen Todesfällen herauszuhalten. Dass Polizisten grundsätzlich nicht an Geister oder Dämonen glauben, liegt wohl auf der Hand. Aber gezielt Druck auf Presse und Augenzeugen auszuüben, damit ein Name gar nicht erst zur Sprache kommt - das ist schon ungewöhnlich! Wir sprechen von mehreren Generationen von Polizeichefs, die alles getan haben, damit nichts von Holly nach außen dringt. Und Sie sind noch bei den ersten Todesfällen, die sich innerhalb von fünfzehn Jahren nach dem Brand ereignet haben. Danach wird es *richtig* merkwürdig!"

„Was genau soll das nun wieder heißen?"

Becky lächelte zufrieden. „Bist du nun etwa doch interessiert? Dann sollte ich dich lieber warnen. Alle, die bis jetzt an dieser Holly-Geschichte drangeblieben sind, haben Stress gekriegt. Einige hat es Kopf und Kragen gekostet. Traust du dich immer noch?"

Dass sie ihn nun duzte, war ihm nicht entgangen, störte ihn aber nicht weiter. Ein Glucksen konnte er gerade so unterdrücken. „Kann ich mir das hier ausleihen?", fragte er und wies auf den Ordner.

Becky begann zu lachen. „Ich sehe schon, du lässt dich nicht aufhalten. Sehr vielversprechend! Natürlich kannst du dir den Ordner mitnehmen. Dies ist schließlich eine Leihbücherei. Bring ihn einfach zurück, wenn du fertig bist."

„Alles klar!" Er klemmte sich die Mappe unter den Arm und verabschiedete sich von ihr. Als er gerade gehen wollte, fiel ihm noch etwas ein. „Beantworte mir noch eine Frage. Wenn es so gefährlich ist, in dieser Holly-Geschichte zu forschen, bringst du dich dann nicht selbst in Gefahr, wenn du mir hilfst?"

Sie zuckte mit den Schultern. „Ich mache ja gar nichts. Ich habe dir nur ein Buch ausgeliehen. Das ist schließlich mein Job."

Die Antwort befriedigte ihn nicht wirklich. Doch er ahnte, dass er hier und heute keine weitere Auskunft erhalten würde und trat fürs Erste den Rückzug an.

Hoch motiviert, seine neuen Erkenntnisse auszuwerten, bemerkte er nicht, dass Becky ihm hinterher sah und dabei zufrieden lächelte. Viel Glück, mein lieber Alexander, sagte sie sich. Dass du hier aufgetaucht bist, ist mit Sicherheit kein Zufall. Vielleicht bist du ja derjenige, der Holly endlich zur Strecke bringt. Wenn nicht, wirst du bald eine neue Seite im Ordner füllen.

Er fuhr seinen hellblauen Ford zum einzigen Motel der Stadt und quartierte sich dort ein. Das Zimmer war zwar nicht gerade luxuriös, doch zu seiner freudigen Überraschung gab es WLAN, was ihm die Recherche wesentlich erleichterte. Allerdings musste er sich in Bezug auf die Verpflegung mit dem zufriedengeben, was die Snackautomaten vom nahen Busbahnhof zu bieten hatten. Das hellte seine Stimmung nicht gerade auf.

Zwei Stunden später hatte er die weiteren Ermittlungen geplant und vorbereitet. Er begann sofort mit seinen Nachforschungen, auch wenn es zum Abendbrot nur Chips, Schokoriegel und billige Diät-Cola gab. Zuerst wollte er die Aussagen und Geschichten, die er heute gehört hatte, überprüfen. Es war zwar unwahrscheinlich, aber es konnte schließlich sein, dass er in eine Touristenfalle getappt war und man Durchreisenden nur vorgaukelte, dass sie sich in einer mysteriösen Stadt mit geheimnisvoller Vergangenheit befanden. Geschichten von Geistermädchen, rätselhaften Todesfällen und verschwundenen Menschen in den Wäldern konnten durchaus frei erfunden sein.

Über den Brand im Institut hatten mehrere große Zeitungen berichtet. In den Artikeln stand aber nur, was er schon wusste. Holly war verantwortlich und das Motiv war unklar. Auch die Geschichte von den verschwundenen Archäologen, die Chief Hardwick so freimütig erzählt hatte, prüfte er nach. Über den Vorfall fand er einiges in Zeitungen aus dem Jahre 1935. Doch die Berichterstattung war sehr vage und widersprüchlich. Dennoch schrieb er der Vollständigkeit halber einige E-Mails an befreundete Reporter und fragte an, ob sie ihm etwas über das Ereignis mitteilen könnten. Zu dem Brand im Hitfield-Institut verschickte er ebenfalls Anfragen. Dabei nannte er nicht nur die Namen Holly Adams und Dr. Hitfield, er erwähnte auch Chief Hardwick. Auch wenn er nicht glaubte, dass es viel über diesen Dorfpolizisten herauszufinden gab.

Dann beugte er sich wieder über den Ordner, den Becky ihm überlassen hatte. Die ersten Artikel kannte er ja schon. Also setzte er seine Lektüre an der Stelle fort, wo er zuvor aufgehört hatte. Es gab kurze Meldungen über tragische Unfälle oder unerklärliche Selbstmorde, die jedoch schnell von der Polizei zu den Akten gelegt wurden. Neben den Zeitungsausschnitten fanden sich immer wieder handschriftliche Notizen, die besagten, dass Holly ihre Finger im Spiel gehabt hatte.

Ein ehemaliger Pfleger des Instituts war mit seinem Wagen von einer Brücke gestürzt. Als Rettungskräfte nur noch die Leiche des Unglücklichen bergen konnten, behaupteten sie, eine Gestalt hätte von der Brücke zu ihnen hinabgeschaut und wäre verschwunden, bevor sie befragt werden konnte. Nach übereinstimmenden Aussagen der Männer handelte es sich um Holly.

Einige Zeit später hatte sich ein weiterer ehemalige Pfleger aus dem Fenster seiner Wohnung im vierten Stock gestürzt. Es war eindeutig

Selbstmord, auch wenn im Artikel keine Gründe dafür angegeben waren. Die schriftliche Notiz von Becky verriet, dass ein Abschiedsbrief gefunden wurde, in dem stand, dass Holly den Unglücklichen zu der Tat getrieben hatte.

So oder ähnlich erging es noch einigen anderen. Immer lief es nach demselben Muster ab. Ein Überlebender des Hitfield-Brandes starb auf rätselhafte Weise und irgendjemand behauptete, dass Holly in der Nähe gesehen wurde oder etwas damit zu tun hätte.

Das alles ließ bestimmt das Herz eines jeden Gruselromanfreundes höherschlagen. Alexander war jedoch zu sehr Profi, um sich davon beeindrucken zu lassen. Bis jetzt hatte er nichts gelesen, was nicht mit Einbildung, Hysterie oder einer erfindungsreichen Bibliotheksangestellten hätte erklärt werden können. Der Journalist in ihm war alles andere als überzeugt.

Bei der weiteren Lektüre fiel ihm auf, dass sich die Berichte veränderten. Es ging immer noch um Todesfälle, die irgendwas mit Holly zu tun haben sollten, aber nicht mehr um Angestellte des Hitfield-Instituts. Zwischen den ersten Vorfällen lagen jeweils Monate oder sogar Jahre. In der Folgezeit schien Holly regelrecht in einen Blutrausch verfallen zu sein. Fast jeden Monat kam irgendjemand auf höchst unnatürliche Weise ums Leben. Inzwischen stand so ziemlich jeder auf Hollys Abschussliste. Es traf sogar Leute, die zum Zeitpunkt des Feuers im Institut noch gar nicht in Bad Old Low gewohnt hatten. Einige waren zu der Zeit noch nicht einmal geboren.

Noch bemerkenswerter war, dass sich Polizei und Presse immer weniger für das Ganze zu interessieren schienen. Bei der Presse war es kein Wunder. Nachdem die Zeitung in Bad Old Low geschlossen worden war, gab es keine Berichterstattung aus erster Hand mehr. Die Zeitung einer Stadt in der Nähe würde wahrscheinlich nur darüber schreiben, wenn die Polizei ermittelte. Es war also nicht verwunderlich, dass es immer weniger Zeitungsartikel in der Sammlung gab, dafür aber mehr handschriftliche Notizen und eingeklebte Fotos.

Der Fall eines gerade mal sechzehnjährigen Jungen sprang ihm ins Auge. Der einzige Zeitungsartikel zu dem Thema war die Todesanzeige eines Ben Henssen. Die handschriftlichen Eintragungen dazu füllten allerdings drei Seiten. Mittlerweile war Alexander davon überzeugt, dass Becky all diese Artikel gesammelt und die Anmerkungen dazu verfasst hatte. Aus irgendeinem Grund hatte Ben Henssens Tod ihre Aufmerksamkeit ganz besonders erregt. Nachdem er die drei Seiten gelesen hatte, lehnte er sich zurück und fasste das Ganze noch mal in Gedanken zusammen.

Anscheinend war dieser Ben erst ein Jahr vor seinem Tod in die Stadt gezogen. Genau wie Alexander interessierte er sich für Holly. Mit seinen Nachforschungen hatte er großen Erfolg. Der Junge schien so ziemlich jeden in Bad Old Low wegen Holly befragt zu haben. Viele waren überrascht, weil Ben so viele Details über den Brand und alles, was danach geschehen war, kannte. Oft kam es den Befragten so vor, als ginge es Ben nicht um neue Informationen, sondern um die Bestätigung dessen, was er schon wusste.

Der Junge hätte einen guten Reporter abgegeben, dachte Alexander anerkennend.

Woher Ben seine Infos hatte, stand leider nicht in dem Bericht. Es wurde nur angedeutet, dass Ben glaubte, etwas ganz anderes würde hinter der Legende von Holly stecken. Dieses Geheimnis zu lüften, hatte er sich wohl zur Aufgabe gemacht. Das Ganze musste sich zu einer Obsession entwickelt haben. In den letzten Wochen seines Lebens verhielt Ben sich extrem merkwürdig, wirkte verstört und abwesend, sprach mit niemandem über das, was ihn beschäftigte. Eines Tages war er verschwunden. Natürlich wurde nach ihm gesucht. Schließlich fand man ihn im Wald. Die Polizei ermittelte, dass er wohl mitten in der Nacht dort hingegangen und von einer Anhöhe gestürzt war. Dabei hatte er sich das Genick gebrochen. Also nur ein weiterer Unfall! Es fanden sich Spuren am Körper des Toten, die am Ende als Folgen des Sturzes gedeutet wurden. Alexander las noch einmal den letzten Satz von Beckys Notizen: *Es war Holly!*

Das war wirklich allerhand. Er nahm einen kräftigen Schluck Cola, verschränkte entspannt die Arme hinter dem Nacken und schaute zur Decke. Ganz eindeutig herrschte in dieser Stadt eine wahre Holly-Hysterie. Das zeigte sich auf unterschiedliche Weise. Einerseits gab es Leute wie Becky, die ganze *Nachschlagewerke* anfertigten, um zu beweisen, dass ein Geistermädchen in der Stadt sein Unwesen trieb. Andererseits war da Chief Hardwick, der wie die gesamte Polizei alles daransetzte, die Holly-Legende unter Verschluss zu halten.

Die Befürworter wie die Verhinderer übersahen, dass tatsächlich und ganz real etwas faul war. Alexander glaubte nicht an Geister oder Gespenster. Die vielen Unfälle konnten aber kein Zufall sein. Bei den ersten Todesfällen hatte er ja noch an eine Fügung des Schicksals geglaubt. Schließlich lag auch einige Zeit zwischen den Ereignissen. Vor ein paar Jahren hatte sich das geändert. Jeden Monat starb jemand.

Selbst wenn hinter den ersten Vorfällen tatsächlich Holly steckte, wovon Alexander immer noch nicht überzeugt war, mit den späteren hatte sie mit Sicherheit nichts zu tun. Es sei denn, das Mädchen hatte ihr Tatmuster radikal geändert. Da konnte er sich ein Grinsen nicht verkneifen. Solch ein Verhalten war für Rachegeister doch völlig untypisch! Fast hätte er über seinen eigenen ironischen Scherz gelacht.

Doch dann regte sich der Journalist in ihm und er versuchte, seine eigene Theorie zu entwickeln. Was, wenn Ben recht gehabt hatte mit seiner Vermutung und hinter der Holly-Sache steckte mehr? Gab es in dieser Stadt ein Mordkomplott, das die Legende von Holly nutzte, um unerkannt zu wirken?

Diese Spekulationen brachten ihn nicht weiter. Es war notwendig, weitere Nachforschungen anzustellen. Vorher würde er sich jedoch eine Mütze voll Schlaf gönnen.

In der Nacht träumte er von Geistermädchen, die ihn durch die Gänge eines ausgebrannten Instituts jagten. Nicht gerade angenehm.

Doch als er am nächsten Morgen aufwachte, fühlte er sich seltsam beschwingt, fast als wollte ihn jemand oder etwas zum Weitermachen ermutigen. Er beschloss, seinen Traum als Zeichen zu nehmen und sich dieses Institut oder das, was davon übrig war, etwas genauer anzusehen. Eigentlich glaubte er nicht, dass er dort noch etwas finden würde. Aber er hatte ein unbestimmtes Gefühl, dass sich der Ausflug lohnen könnte. Sein Optimismus wurde leicht gedämpft, als er merkte, dass es schon nach elf Uhr war.

Frustriert über seine mangelnde Disziplin, raffte er schnell das Nötigste zusammen und machte sich auf den Weg. Das Wetter war heute um einiges angenehmer als am Tag zuvor. Nur wenige Wolken zogen über den strahlend blauen Himmel. Das perfekte Wetter für eine Spritztour, dachte er, als er sich hinter das Lenkrad seines Wagens klemmte.

Das ehemalige Hitfield-Institut lag weit außerhalb von Bad Old Low. Alexanders Befürchtung, das Gebäude würde gar nicht mehr existieren, bestätigte sich nicht. Es thronte auf einem Hügel und war schon von Weitem zu erkennen. Er fragte sich, warum das Institut so weit weg von der Stadt errichtet worden war. Durch den verwitterten Backstein wirkte das Gebäude irgendwie bedrohlich. Als er näher heranfuhr, erkannte er eine hohe Mauer, die sich um das ganze Klinikgelände zog.

Er parkte am Beginn eines Waldweges unweit vom Institut und lief die wenigen Schritte. Die Mauer musste etwa zwei Meter hoch sein. Ich dachte, das wäre so eine Art Kinderkrankenhaus gewesen, wunderte er sich. Aber das wirkt ja fast wie ein Gefängnis. Dieser Eindruck verstärkte sich noch, als er an das schmiedeeiserne Tor des Komplexes trat. Es war durch eine schwere Kette gesichert. Da erwartete ihn eine weitere Überraschung. Kette und Schloss waren neu, erst kürzlich angebracht, wie er vermutete. Seltsam! Kratzer am Tor verrieten, dass sich erst vor Kurzem jemand daran zu schaffen gemacht hatte.

War er etwa nicht der Einzige, der Hollys Spur verfolgte? Er überlegte. Dieses herrschaftliche Eingangstor war mit Sicherheit nicht der einzige Weg hinein. Bestimmt gab es eine Hintertür. Durch eine offene Tür einzutreten, war mit Sicherheit kein Einbruch - schlimmstenfalls unbefugtes Betreten. Wenn es wirklich zu einer Anklage käme, konnte er immer noch behaupten, er hätte sich verlaufen oder einfach nicht gewusst, dass das Betreten verboten war. Sich dumm zu stellen, hatte ihm schon aus manch brenzliger Lage geholfen.

Also umrundete er das Gelände. Nach einer geschlagenen Stunde hatte er insgesamt drei weitere Türen gefunden, alle ebenso gut verrammelt wie der Haupteingang. Wieder am Tor angelangt, war er keinen Schritt weiter. Inzwischen taten ihm die Füße weh. Vielleicht war ich doch ein wenig zu optimistisch, gestand er sich ein, während er auf das immer noch verschlossene Haupttor blickte. Sollte er doch versuchen, über den Zaun zu klettern?

„Das hier ist privates Gelände. Kann ich Ihnen helfen?"

Erschrocken drehte er sich um. Hinter ihm stand ein älterer Herr, der im Anzug und mit eleganten Schuhen in diesem Wald etwas deplatziert wirkte.

„Wer sind Sie?", stammelte Alexander.

„Das könnte ich Sie genauso fragen!" Etwas pikiert verzog der Mann das Gesicht. „Nur mit dem Unterschied, dass ich berechtigt bin, hier zu sein. Das können Sie wohl kaum von sich behaupten."

Da hatte der Gute wohl nicht ganz Unrecht. „Mein Name ist Holmes, Alexander C. Holmes", erwiderte er höflich.

„Ach, Sie sind dieser Journalist. Ich habe schon gehört, dass wir einen Besucher aus New York in der Stadt haben. Mein Name ist Cowly, Bob Cowly, Bürgermeister von Bad Old Low."

Oha, der Stadtoberste persönlich, dachte er.

„Und Sie sind also nach Bad Old Low gekommen, um sich ein wenig Stoff für Ihre Arbeit zu beschaffen? Da ich Sie an diesem Ort antreffe, gehe ich davon aus, dass Sie Ihre Geschichte gefunden haben."

Für einen Politiker verfügte dieser Cowly über eine ziemlich gute Kombinationsgabe. Innerlich schmunzelte er. Dann fragte er sich, ob ihn der Bürgermeister ähnlich abweisend behandeln würde wie Chief Hardwick.

„Wissen Sie, Mr. Holmes, es ist nun einmal so, dass die Bürger dieser Stadt ein ziemlich emotionales Verhältnis zu ihrer eigenen Geschichte haben. Für die einen sind die Ereignisse um Holly Adams eine Art dunkler Fleck in der Stadtchronik - etwas, das um jeden Preis verschleiert und totgeschwiegen werden muss. Für die anderen ist es ein Mysterium, das um jeden Preis aufgeklärt werden sollte, auch wenn das nach all der Zeit wohl kaum noch möglich ist. Wie auch immer, beide Seiten stehen sich mehr oder weniger unversöhnlich gegenüber. Das macht es mir, dem Bürgermeister, nicht gerade einfach, den Stadtfrieden aufrechtzuerhalten."

In jedem Fall war er diplomatischer als Hardwick, fand Alexander. Trotzdem rechnete er mit der freundlichen Aufforderung, die Stadt ohne großes Aufsehen zu verlassen.

„Ich will Ihre Arbeit ja gar nicht behindern, Mr. Holmes. Aber es wäre wohl in Ihrem und auch in unserem Interesse, wenn Ihr Bericht möglichst seriös ausfiele. Wie wäre es, wenn ich Ihnen zum Beispiel Zugang zum Stadtarchiv gewähren würde?"

„Ist das Ihr Ernst?", stieß er hervor. Er war in etwa so begeistert wie ein Kind, dem gerade gesagt wurde, dass es zu seinem Geburtstag die heiß ersehnte Spielekonsole bekäme.

„Ich denke, unser Archiv ist umfassender und detailreicher als das, was Sie zu dem Thema im Internet finden dürften."

Da hatte Cowly absolut recht. Die Unterlagen im offiziellen Archiv würden mit Sicherheit Aufhellung in das ganze Durcheinander bringen.

„Wie ich sehe, besteht Interesse bei Ihnen." Cowly deutete seine Reaktion richtig. „Wenn Sie wollen, können Sie sich das Archiv schon heute ansehen. Allerdings müssten wir uns beeilen. Unsere Sekretärin hat nur eine Halbtagsstelle. Da sie als Einzige einen Schlüssel besitzt, kommen wir ab dreizehn Uhr nicht mehr in das Archiv hinein."

„Oh, dann sputen wir uns besser", schlug er vor. „Sind Sie mit dem Auto da?"

„Mein Wagen steht dort hinten", erklärte Cowly und wies auf einen dunkelgrünen Geländewagen, der zwischen den Bäumen kaum zu erkennen war. Für diese Gegend war er eindeutig besser geeignet als Alexanders Ford, der unweit von dem Fahrzeug parkte.

„Ich fahre voraus", fuhr Cowly gut gelaunt fort. „Folgen Sie mir einfach. Ich zeige Ihnen den Weg."

Das war leichter gesagt als getan. Sobald er seinen Ford startete, ertönte ein röchelndes Geräusch, bevor der Wagen mit einem lauten Knall seinen Geist aufgab.

„Was ist los? Will er nicht?", rief Cowly, der von seinem Auto aus das Ganze mit angesehen hatte.

„Ich glaube, der ist hin", rief er zurück.

Schwerfällig stieg er aus und öffnete die Motorhaube, was sinnlos war, denn er verstand gerade genug von Autos, um zu fahren. Einen Motorschaden zu erkennen, geschweige denn, ihn zu reparieren, dafür reichten seine Kenntnisse nicht aus.

„Ich bin zwar kein Fachmann", meinte Cowly, der zu ihm getreten war, „aber ich glaube, wir brauchen einen Abschleppdienst."

„Da stimme ich Ihnen zu." Ergeben zuckte er die Schultern.

„Nur nicht den Mut verlieren", riet Cowly. „Ich kümmere mich darum. Wir haben eine ausgezeichnete Reparaturwerkstadt in Bad Old Low. Ich rufe den Besitzer an und sage ihm, dass er herkommen soll. Er wird Ihnen einen guten Preis machen."

„Ach, wirklich?", erwiderte er, immer noch etwas geknickt.

„Na klar", lachte Cowly. „Glauben Sie mir, eine Empfehlung des Bürgermeisters wirkt Wunder."

Eines Wunders bedurfte es nicht, um sein Auto abzuschleppen. Nach Cowlys Anruf und einer Wartezeit von dreißig Minuten fuhr der Abschleppwagen vor. Jimmy, der Fahrer, erklärte, dass er sich gleich an die Reparatur machen würde. Mit diesem Versprechen trat der Fachmann wieder den Rückweg an.

„Tja, ins Stadtarchiv werden wir es wohl nicht mehr schaffen", meinte Cowly bedauernd. „Das müssen wir wohl auf Morgen verschieben. Darf ich Sie als Entschädigung zum Mittagessen einladen oder haben Sie schon gegessen?"

Tatsächlich hatte er heute noch gar nichts zu sich genommen. Cowlys Einladung kam ihm also ganz gelegen und der Bürgermeister schien höchst erfreut, als er sie annahm.

„Dann steigen Sie ein oder wollen Sie laufen?" Wieder lachte Cowly.

Gleich darauf fuhren sie zurück in die Stadt. Das einzige Lokal von Bad Old Low, der City Grill, war laut Cowly ein beliebter Treffpunkt. Als sie das Lokal betraten, saßen allerdings nur wenige Gäste in dem nach Bratfett riechenden Raum. Gezielt steuerte Cowly einen der hinteren Tische an. Gleich darauf erschien die Kellnerin, um ihre Bestellung aufzunehmen.

„So, während wir warten, können wir über einige Vorkommnisse reden", schlug der Bürgermeister vor. „Mit unserem Archiv kann ich Ihnen heute zwar noch nicht dienen, aber ich bin bereit, Ihre Fragen zu beantworten - soweit es mir möglich ist."

„Oh, das ist nett", erwiderte Alexander und lächelte höflich. „Da fällt mir auch sofort eine Frage ein. Warum waren Sie heute am Institut? Verstehen Sie mich nicht falsch, aber dort ist nicht gerade ein Hotspot."

Amüsiert hob Cowly die Augenbrauen. „Was mich dort hinaufgeführt hat? Meine Aufgaben als Bürgermeister - natürlich! Es war sehr großzügig von Dr. Hitfield, unserer Stadt das Institut zu vermachen, aber das bringt natürlich auch Probleme mit sich."

Sofort horchte er auf.

„Wussten Sie das etwa nicht?", fragte Cowly. „Was Sie wahrscheinlich auch interessiert, Mr. Holmes – Dr. Hitfield ist der Einzige, von dem wir genau wissen, dass er an einer Spätfolge des Brandes von 1981 gestorben ist. Seine Leiche wurde untersucht."

„Wie bitte? Das müssen Sie mir erklären." Gebannt hing er an den Lippen des Bürgermeisters.

„Nun", begann Cowly, „der bedauernswerte Doktor konnte sich am Tag des Brandes zwar gerade so retten, erlitt aber eine schwere Rauchvergiftung, woran er letztendlich gestorben ist. In seinem Testament hat er seinen gesamten Besitz der Stadt Bad Old Low vermacht, allerdings unter der Bedingung, dass sein Lebenswerk, das Institut, erhalten bleibt. Das bringt die Stadtverwaltung natürlich in eine unglückliche Lage. Wir können das Institut nicht wirklich nutzen, abreißen dürfen wir es laut Testament aber auch nicht. Ständig müssen wir uns mit irgendwelchen Spinnern herumschlagen, die versuchen, in das Institut einzudringen."

In diesem Moment hatte er das Gefühl, auf seinem Stuhl zwei Zentimeter zusammen zu schrumpfen. Hatte der Bürgermeister ihn etwa bei seiner Herumschleicherei beobachtet?

Cowly schien sein Unbehagen gar nicht wahrzunehmen. „Ich weiß nicht, ob Sie es bemerkt haben", fuhr er fort. „Wir haben das Schloss am Haupttor des Instituts schon mehrmals ausgetauscht, weil Unbefugte sich Zutritt verschafften. Erst vor einigen Tagen ist es wieder irgendjemandem gelungen, das Schloss zu knacken und ins Institut einzudringen. Seitdem sehe ich regelmäßig nach dem Rechten."

„Wissen Sie denn, wer sich da Zutritt verschafft?", fragte er.

Cowly zuckte mit den Schultern. „Eigentlich alle möglichen Leute, von Okkultisten bis hin zu Rucksacktouristen, manchmal auch ehrgeizige Journalisten."

Das war nun wirklich eine klare Anspielung und er fühlte sich endgültig ertappt.

„Genug davon", wechselte Cowly das Thema. „Verraten Sie mir doch, was Sie über unsere lokale Gruselgeschichte herausbekommen haben."

„Noch nicht besonders viel", gestand er. „Bin ja noch nicht lange hier. Bisher habe ich nur einige Zeitungsartikel und Internetberichte gelesen."

„Aha, dann sind Sie sicherlich schon Becky Henssen, unserer stadteigenen Chronistin in Sachen Holly, begegnet."

„Becky *Henssen*!", wiederholte er. Tatsächlich hatte er seine gestrige Bekanntschaft gar nicht nach ihrem Familiennamen gefragt.

„Ich könnte schwören, dass ich weiß, woran Sie gerade denken." Cowlys verschwörerisches Grinsen wirkte irgendwie auch selbstgerecht. „Zumindest falls Sie schon von dem armen Jungen gelesen haben, der angeblich auch Holly zum Opfer gefallen ist."

„Ben Henssen", murmelte Alexander. Ein Gedanke drängte sich ihm auf. Wahrscheinlich musste der arme Kerl sterben, weil er der Wahrheit zu nahegekommen war.

„Nun, Sie vermuten richtig", freute sich Cowly. „Ben und Becky sind tatsächlich miteinander verwandt. Um genau zu sein, sind oder waren sie Cousin und Cousine."

Diese Information war auf jeden Fall von erheblicher Bedeutung.

„Sicher haben Sie schon Beckys Ordner mit den gesammelten Artikeln und den von ihr verfassten Berichten bekommen. Nach dem, was ich gehört habe, hat sie dem Fall besondere Aufmerksamkeit gewidmet, was man ja auch verstehen kann."

„Weil sie herausfinden will, was mit ihrem Cousin geschehen ist", folgerte er.

„So in etwa", stimmte Cowly zu. „Wissen Sie, die Großfamilie Henssen lebt in Bad Old Low, seit die Stadt gegründet wurde. Seine Eltern zogen allerdings in die Großstadt. Kurz nachdem sie bei einem Autounfall gestorben waren, kehrte Ben zurück. Ich vermute, dass er sich, um diesen Verlust zu verdrängen, ein außergewöhnliches Hobby suchte. Er steigerte sich in den Holly-Mythos hinein, versuchte, quasi alles in Erfahrung zu bringen, was es zu finden gab."

„Das ist mir bekannt", erklärte er, „zumindest der letzte Teil."

„Was Sie vielleicht nicht wissen, ist, dass seine Nachforschungen schon krankhafte Züge annahmen. Ben schottete sich fast vollständig von seinen Mitmenschen ab. Selbst Verwandte wie Becky kamen nicht mehr an ihn heran. Er schien immer mehr den Sinn für die Realität zu verlieren. Gleichzeitig begann er mit allerlei merkwürdigen Aktivitäten, rätselhafte nächtliche Ausflüge eingeschlossen. Schließlich kam es, wie es kommen musste. Bei einem dieser Ausflüge stürzte er einen Abhang hinunter und brach sich das Genick. Zumindest ist das die offizielle Version."

„*Offizielle* Versionen sind in dieser Stadt ja ziemlich beliebt", stellte Alexander fest und hoffte, dass seinem Gegenüber die Ironie seiner Worte nicht entging.

Wieder lächelte Cowly amüsiert. „Nun, es gibt natürlich auch die Version, in der behauptet wird, dass Ben einer Art Verschwörung auf die Spur gekommen ist. In dieser Variante steckt hinter dem Brand im Institut mehr als die Wahnsinnstat eines verwirrten Mädchens und alles, wovon diese Stadt seither heimgesucht wurde, soll auf irgendeine Weise zusammenhängen. Ben war davon überzeugt, bei seiner Recherche Beweise für diese *inoffizielle* Version gefunden zu haben. Als er der Spur folgte, musste er sterben. Na ja, wenn man an solche Geschichten glaubt …"

„Und Becky tut das?", wollte Alexander wissen.

„Sie ist nahezu besessen davon", behauptete Cowly. „Scheinbar will sie um jeden Preis herausfinden, was mit Ben wirklich geschehen ist. Allerdings ist sie auch vorsichtig. Sie geht nicht etwa selbst auf Geisterjagd. Dann könnte sie ja irgendwann auf Hollys Abschussliste geraten. Nein, sie schickt andere Leute vor, Leute, die sich völlig arglos mit der Legende von Holly beschäftigen und dann natürlich in ihre Fänge geraten."

Nun spürte er eine unangenehme Beklemmung. „Was meinen Sie damit?"

„Haben Sie sich schon die letzten Fälle in Beckys Ordner angesehen?", forschte Cowly nach. „Ich kenne die Unterlagen zwar nicht, aber ich kann mir vorstellen, dass sie nicht besonders gut ausgearbeitet sind. Das hat auch einen Grund. Jeder, der seit Ben Henssens Tod angeblich Holly zum Opfer gefallen ist, wurde vorher von Becky mit Informationen versorgt."

Jetzt lief ihm ein kalter Schauer über den Rücken, obwohl sich an seiner Grundeinstellung nichts geändert hatte. Alexander glaubte immer noch nicht an Geister oder Flüche. Was auch immer in dieser Stadt vor sich ging, es steckte mit Sicherheit ein Mensch dahinter. Wenn man, nur so zum Spaß, einmal annahm, dass an dieser Holly-Geschichte etwas dran war, dann hätte Alexander in dem Moment sein Todesurteil unterschrieben, als Becky ihm den Ordner überreichte. Natürlich nur, wenn man an so etwas glaubte!

Cowly lachte. „Lassen Sie sich nicht von diesen Gruselgeschichten einschüchtern. Ich versichere Ihnen, diese Berichte über Hollys angebliche Gräueltaten sind reichlich überzogen. Es gibt absolut logische Erklärungen. Das kann ich auch beweisen."

„Wirklich?" Interessiert hob er eine Augenbraue.

„Hätten wir nicht die Öffnungszeiten des Stadtarchivs verpasst, wüssten Sie bereits Bescheid", erwiderte sein Gegenüber. „Ich kann Ihnen nur so viel sagen: Viele dieser Todesfälle waren nur halb so mysteriös, wie es uns die Legende von Holly glauben lassen will. Sie werden schon sehen." Cowly nickte ihm aufmunternd zu, bevor er gut gelaunt hinzufügte: „Genug jetzt von diesem Thema. Wenn ich richtig informiert bin, kommen Sie aus New York. Was treibt Sie in so ein kleines Nest wie das Unsere?"

Dann führten sie ein wenig Small-Talk. Immer, wenn Alexander versuchte, auf das Thema zurückzukommen, wiegelte Cowly ab. Also blieb ihm nichts anders übrig, als auf den nächsten Tag zu warten.

Bis zu dieser Unterhaltung mit dem Bürgermeister hatte Alexander C. Holmes nur eine Reihe von Kuriositäten erfahren, eine Hand voll Gruselgeschichten, die eng mit der Stadthistorie verbunden waren - nichts, was ihm wirklich gefährlich werden konnte. Er bemerkte nicht, dass sich die Dinge gerade geändert hatten und sich allmählich eine Schlinge um seinen Hals zog. Er war dem finsteren Geheimnis von Bad Old Low schon viel zu nahegekommen.

Das Verhängnis, von dem er noch nichts wusste, nahm seinen Lauf. Als er nach seinem Treffen mit Cowly in sein Motel zurückkehrte, stellte er fest, dass die Zimmertür aufgebrochen war. Vorsichtig näherte er sich und lauschte angestrengt. Alles blieb still. Also riskierte er einen Blick in den Raum. Es war niemand mehr da, doch der Eindringling hatte unübersehbare Spuren hinterlassen. Alexanders wenige Habseligkeiten lagen im ganzen Zimmer verstreut.

Fluchend trat er ein, um sich die Bescherung genauer anzusehen. Sollte er sofort die Polizei rufen oder sich wenigstens bei der Hoteleigentümerin melden? Doch bevor er nicht wusste, ob tatsächlich etwas gestohlen worden war, würde er sich nicht noch ein weiteres Mal mit Chief Hardwick auseinandersetzen. Im Kopf stellte er eine Liste von allen Sachen auf, die sich in seinem Zimmer befanden und für einen Einbrecher von Wert sein könnten. Von diesen Dingen fehlte nichts, weder sein Laptop noch seine Kamera, noch sonst etwas.

Dann fiel ihm siedend heiß etwas ein. Rasch schaute er nach Beckys Ordner - er war nicht mehr da. Darauf hatten sie es also abgesehen, sagte er sich, auch wenn ihm nicht klar war, wen er mit *sie* meinte. Irgendjemand hatte etwas gegen seine Nachforschungen in Bad Old Low. Und er war sich ganz sicher, dass es sich weder um Holly noch irgendein anderes Gespenst handelte.

Geister drangen nicht in Motelzimmer ein und richteten kein Chaos an. Dahinter steckte ein Mensch, so wie hinter all den *mysteriösen* Vorgängen in dieser Stadt. Er würde den Verantwortlichen auf die Spur kommen und dem Spuk ein Ende setzen! Kaum hatte er in Gedanken diese Kampferklärung formuliert, wurde er von einem Klingeln aufgeschreckt.

Etwas konfus zog er sein Mobiltelefon hervor und drückte die grüne Taste. „Ja, Alexander Holmes", sprach er in das Gerät.

„Sag mal, wo bist du da eigentlich gelandet?" Eine schrille, leicht hysterische Stimme gellte aus dem Apparat.

„Sally?", fragte er verwundert. Die Stimme seiner Kollegin und guten Freundin erkannte er sofort. „Was ist denn los? Warum rufst du mich an?"

„Soll das ein Scherz sein oder wirst du senil?", schimpfte sie. „Du hast mir doch diese E-Mail geschrieben, in der du mal so eben erklärst, dass du der fettesten Schlagzeile des Jahres auf der Spur bist."

34

„Schlagzeile des Jahres?", wiederholte er verdutzt. Was meint sie?, fragte er sich. Diese ganze Holly-Geschichte war für gewisse Leute mit Sinn fürs Makabre bestimmt interessant. Aber was Gruselgeschichten betraf, war Sally doch noch skeptischer als er selbst. „Also, ich glaube nicht, dass die Geschichte eines Geistermädchens, das Leute ins Jenseits befördert, ernst zu nehmen ist", schob er nach.

„Ich gebe zu, zuerst kam mir die Geschichte ziemlich banal vor. Aber dann habe ich mich, dir zuliebe, dahintergeklemmt und einiges herausgefunden."

Jetzt hielt er für einen Moment gespannt die Luft an. „Was genau meinst du?", fragte er.

„Also, hör zu!", begann Sally. „Die Geschichte von dieser Holly Adams scheint grundsätzlich zu stimmen. Offenbar ist sie eines Tages auf die Idee gekommen, ein Krankenhaus voller Kinder anzuzünden und sich selbst danach im Sumpf zu …"

„Ja, das weiß ich doch schon", unterbrach er sie. „Was hast du Neues für mich?"

„Nun warte doch ab", keifte sie. „Also! Zeugen sind nach so einer langen Zeit natürlich schwer zu finden. Allerdings bin ich auf eine ehemalige Schulfreundin von Holly gestoßen. Die erzählte mir, dass Holly ein lebenslustiges, fröhliches Mädchen war. Niemand hätte ihr so eine Tat zugetraut. Das war aber auch schon das einzig Sinnvolle an ihrer Aussage."

„Wieso, was hat diese Freundin denn noch gesagt?"

„Irgendetwas von einer dunklen Macht, die schon seit Ewigkeiten in Bad Old Low existieren würde. Diese böse Macht hätte Holly in den Wahnsinn getrieben und würde sie sogar nach ihrem Tod nicht zur Ruhe kommen lassen. Angeblich sind schon lange vor dieser Holly-Geschichte merkwürdige Dinge in der Stadt passiert. Zum Beispiel sind eine ganze Reihe Menschen in dieser Gegend verschwunden. Meine Informantin sagte mir, dass sie heilfroh war, als ihre Familie endlich aus der Stadt wegzog."

„Hm, dass hier in der Gegend viele Leute verschwunden sind, habe ich auch schon gehört." Er runzelte die Stirn. „Aber bleiben wir bei unserem Fall. Was weißt du noch?"

„Wirklich interessant wurde es, als ich die Todesfälle überprüft habe!" Atemlos vor Aufregung sprach sie nach einer Pause weiter: „Da bin ich auf etwas ganz Erstaunliches gestoßen."

„Sag bloß, die Leute wurden doch alle von Holly in den Tod getrieben?", frotzelte er.

„Natürlich nicht! Ich habe Informationen zu jedem einzelnen Fall aus allen möglichen Quellen zusammengetragen. Dabei ist mir etwas aufgefallen. Zum Beispiel gab es da diesen Typ, der vor einen Truck gelaufen ist und überfahren wurde. Das stand so auch im Unfall- bericht. Damit wäre ja eigentlich alles klar gewesen. Doch nach dem Unfall weigerte sich die Speditionsfirma, ihre Schuld einzugestehen und die Verantwortung zu übernehmen. Um das zu bekräftigen, legte die Versicherung der Firma ein Gutachten vor. Darin hieß es, dass der Unfall nicht die Todesursache gewesen sei. Der Mann wäre bereits vorher an Herzversagen gestorben. Nachprüfen konnte man das nachträglich jedoch nicht mehr, da das Opfer zu dem Zeitpunkt bereits eingeäschert war. Da stimmt etwas so ganz und gar nicht!"

„Hört sich so an, als wäre der Unfallbericht frisiert und als wollte sich eine Versicherung davor drücken zu zahlen", meinte Alexander.

„Es geht noch weiter", erklärte Sally eifrig. „Die Versicherung legte den Originalobduktionsbericht vor. Die Todesursache lautete: *Herz-versagen*. Und jetzt pass auf! Unterschrieben war der Bericht von der Person, die später entschied, dass es sich um einen Unfall gehandelt hatte. Offensichtlich hat man von ganz oben Einfluss genommen."

Das gab ihm allerdings auch zu denken. „Hast du noch mehr?", fragte er hoffnungsvoll.

„Oh ja!", fuhr sie fort. „Ein Opfer hat sich aus dem Fenster gestürzt - angeblich ein klarer Fall von Selbstmord. Als die Familie des Toten anfing, nachzuhaken, kam heraus, dass der Typ drei Promille im Blut hatte. Ein Unfall war also nicht mehr auszuschließen. Dennoch blieben die Behörden bei der Selbstmordvariante. Doch das wurde nie öffentlich gemacht, sondern unter den Tisch gekehrt. Das berichtete mir ein Kollege, der damals mit den Angehörigen gesprochen hat. Bei vielen Todesfällen in Bad Old Low ist ein Muster erkennbar. Immer gab es eine offizielle Version, jemand hakte nach und fand eine Unstimmigkeit. Das Ganze wurde aber nie öffentlich gemacht und so gut es ging unter den Tisch gekehrt. Du kennst ja die alte Journalistenregel: Wenn es in zu vielen Bereichen eines Falles Widersprüche gibt ..."

„... versucht jemand, etwas zu vertuschen", vollendete er den Satz. Aber wer und warum?, fragte er sich. Das lag noch immer im Dunkeln. Dann fiel ihm etwas ein. „Hast du etwas über die Personen herausgefunden, deren Namen ich dir genannt habe?"

„War schwierig!", stöhnte Sally. „Über diesen Dr. Hitfield gibt es kaum Informationen. Ich habe nur die Uni gefunden, wo er seinen Doktor gemacht hat, und noch einige unspektakuläre Projekte, an denen er gearbeitet hat."

„Hatten die was mit Trauma-Behandlung von Kindern zu tun?", wollte er wissen.

„Nein, es ging um Geschichte, Archäologie, Anthropologie und verschiedene Studien über okkulte Rituale."

„Okkultismus?" Das verblüffte ihn völlig. „Dann war Hitfield gar kein Mediziner!".

„Und bevor du danach fragst", meinte Sally. „Es gibt keinen Hinweis darauf, woher Hitfield das Geld hatte, um ein eigenes Institut aus dem Boden zu stampfen. Keine reichen Förderer, kein Familienvermögen. Der Typ hat einfach einen Haufen Geld aus dem Nichts aufgetrieben."

Das ergab für Alexander überhaupt keinen Sinn. „Ich habe das Institut gesehen", erklärte er. „Der Bau hat ein Vermögen gekostet. Hitfield *muss* Förderer für sein Projekt gefunden haben und die müssten irgendwo aufgeführt sein."

„Einige von Hitfields ehemaligen Kollegen konnte ich ausfindig machen, habe aber noch keinen erreicht."

Nun, das klang vielversprechend. Wie er Sally kannte, würde sie dranbleiben. „Was weißt du über Chief Hardwick?", fragte er.

„Da gibt's schon mehr", betonte sie stolz. „Hardwick war bis vor einigen Jahren Polizist in Kalifornien - ziemlich scharfer Hund, heller Verstand. Wenn andere schon längst aufgegeben hatten, ermittelte er noch weiter. So brachte er wohl einige böse Jungs ins Gefängnis, die ohne ihn davongekommen wären. Ist wohl nicht der Typ, der sich mit ungelösten Fragen zufriedengibt."

Reden wir hier von derselben Person?, fragte er sich. Der Hardwick, den er kannte, war alles andere als ein gnadenloser Ermittler.

„Doch dann hatte Hardwick wohl eines Tages die Schnauze voll", fuhr Sally fort. „Er gab sein sonniges Leben in Kalifornien auf und ließ sich nach Bad Old Low versetzen. Seitdem ist es ruhig um ihn geworden."

Auch das hörte sich aus Alexanders Sicht ziemlich merkwürdig an. „Hast du noch etwas rausbekommen?"

„Das war ja wohl schon eine Menge", empörte sie sich.

„Ist ja gut", gab er zurück. „Bitte recherchiere weiter. Ich habe keinerlei Beweise, aber ich glaube, dass Hitfield und seine etwaigen Förderer etwas mit den Todesfällen hier im Ort zu tun haben."

„Kannst dich auf mich verlassen", versprach sie. „Aber vergiss nicht! Wenn du die Geschichte verkaufst, machen wir halbehalbe."

„Geht klar!" Er musste grinsen. Dann verabschiedete er sich von ihr und legte auf.

Was er in diesem Gespräch erfahren hatte, ließ ihm keine Ruhe mehr. In Gedanken fügte er alles zusammen.

Die vielen Leute, die in diesem Kaff gestorben waren. Der Aufwand, der betrieben wurde, um die Todesursachen zu vertuschen. Und ein fabelhaftes Schauermärchen, um alles zu erklären. Hitfield - bei ihm liefen alle Fäden zusammen! Der Mann hatte sich mit Okkultismus befasst und dann ein Institut für die Behandlung traumatisierter Kinder gegründet. Alexander spürte, dass noch mehr dahinterstecken musste und dass er nahe dran war, genau das herauszukriegen. Doch ein Puzzle-Teil fehlte ihm noch.

Noch völlig in Gedanken drehte er sich um. Angesichts des verwüsteten Zimmers überlegte er noch einmal, ob er die Polizei rufen sollte. In Anbetracht der neuen Fakten über Hardwick, war er auf ein Wiedersehen allerdings nicht erpicht, zumindest so lange nicht, bis er mehr über den rätselhaften Polizeichef wusste.

Während er sich umsah, fiel ihm etwas auf. Ihm gefror das Blut in den Adern! Seit seinem Einzug wunderte er sich über die Vorhänge, die bis zum Boden reichten. Wie leicht man sich dahinter verstecken könnte, hatte er immer wieder scherzhaft gedacht. Und nun ragten zwei Stiefelspitzen unter einem Vorhang hervor.

Wahrscheinlich hatte er den Einbrecher überrascht, sodass er nicht mehr fliehen konnte. Der Typ hatte sich die ganze Zeit im Zimmer aufgehalten und natürlich auch das Telefongespräch mitgehört.

Alexanders Gedanken überschlugen sich. Was sollte er nun tun? Den Vorhang zur Seite reißen und den Eindringling stellen? Wenn der bewaffnet war, wäre das seine letzte Tat. Also musste er sich etwas anderes einfallen lassen. Am sichersten wäre es wohl, den Raum einfach zu verlassen und dem Typen so die Gelegenheit zur Flucht zu geben. Der Schuh bewegte sich, ein Zeichen dafür, dass die Person nervös wurde. Ein Gefühl, das Alexander nachvollziehen konnte. Er beschloss, das Zimmer zu verlassen und sich in einiger Entfernung zu verstecken. Wenn sein ungebetener Gast dann die Gelegenheit zur Flucht nutzte, konnte er ihm folgen und seine Identität und wahrscheinlich auch die seiner Hintermänner aufdecken.

Kurz entschlossen griff er seine Jacke und verließ Zimmer. Es grenzte direkt an den Parkplatz des Motels. Er tat nun so, als würde er nach seinem Auto suchen, ging aber zwischen zwei Fahrzeugen in Deckung. Eine Zeitlang passierte nichts. Der Eindringling schien kein Risiko eingehen zu wollen. Es vergingen geschlagene zwei Minuten, bis eine Gestalt aus seinem Zimmer trat. Alexander triumphierte. Endlich hatte er einen seiner mysteriösen Gegner vor Augen und der hatte keine Ahnung, dass er an seinen Fersen hing. Einen Moment wartete er noch, dann nahm er die Verfolgung auf.

Der Unbekannte schien gar nicht erst den Eindruck erwecken zu wollen, ein rechtschaffener Bürger zu sein. Anstatt zur beleuchteten Straße zu gehen, schlich er hinter das Motel und von dort aus auf das unbebaute Nachbargrundstück. Alexander beeilte sich, um seine Zielperson nicht aus den Augen zu verlieren. Gleichzeitig musste er darauf achten, selbst nicht entdeckt zu werden. Schwieriger gestaltete sich das Ganze noch durch das unebene Gelände. So verlor er den Mann kurz aus den Augen, als der Einbrecher zwischen einigen halb zerfallenen Lagerhäusern verschwand.

Noch größere Eile war geboten, bevor er den Gauner endgültig verlor. Alexander begann zu laufen und erreichte die baufälligen Baracken. Wohin sollte er sich nun wenden? Links führte der Weg Richtung Straße, rechts tiefer ins Dunkel der Schuppen. Er entschied sich für die linke Seite, da er sich nicht vorstellen konnte, dass der Unbekannte durch irgendwelche alten Gebäude schleichen würde. Gerade wollte er sich zur Straße wenden, als er etwas hörte. Jemand stand genau hinter ihm. Der Halunke hatte ihn also doch bemerkt. Diese Erkenntnis war sein letzter Gedanke. Im nächsten Augenblick traf ihn ein Schlag in den Nacken und er verlor das Bewusstsein.

Als er zu sich kam, roch er feuchtmodrige Erde. Alle Knochen schmerzten ihn und er fror am ganzen Körper. Vorsichtig versuchte er, sich aufzurichten. Weil ihm übel wurde, sank er gleich wieder zu Boden. Verdammt! Was war mit ihm geschehen? Er erinnerte sich, dass er jemandem gefolgt und dann niedergeschlagen worden war. Aber das war nicht hier passiert. Jemand musste ihn an diesen Ort geschafft haben. Warum? Noch einmal versuchte er aufzustehen, etwas langsamer diesmal. Es gelang. Erstaunt blickte er sich um. Er befand sich in einem Wald, es war immer noch Nacht, leichte Nebelschwaden umwehten ihn. Panik ergriff ihn.

„Was soll das, wo bin ich?", rief er mit zittriger Stimme.

Hatten seine rätselhaften Gegner ihn tatsächlich hierher geschleift und dann im Wald liegen gelassen? Was brachte ihnen das? Er kniff die Augen zusammen, in der Hoffnung, im Nebel etwas zu erkennen. Einige Meter rechts von ihm endete der Wald. Von dort kam auch der modrige Geruch. Nun wusste er, wo er sich befand - am Rand des Moores von Bad Old Low, dem Ort, an dem sich Holly Adams ertränkt hatte. Hatten die ihn hierhergebracht, um ihn zu entsorgen. Aber wieso hatten sie es noch nicht zu Ende gebracht?

Kurz wunderte er sich darüber, dass er auf diese sachliche Weise über seine gefährliche Lage nachdachte. Er war nicht mehr panisch, ärgerte sich nur darüber, dass er immer noch keinen Schimmer davon hatte, wer nun eigentlich hinter all dem steckte. Dass seine Gegner scheinbar alles über ihn wussten, machte ihn zornig.

Reflexartig griff er nach dem Telefon in seiner Tasche. Es war nicht mehr da. Hilfe zu rufen, war also vorerst keine Option. Sich auf eigene Faust einen Weg aus dem Wald zu suchen, war bei der Dunkelheit und dem nahen Moor zu riskant. Also musste er einen Unterschlupf finden, an dem er ausharren konnte, bis es hell wurde. Suchend blickte er sich um. Und dann - sah er sie! Holly stand nur wenige Meter von ihm entfernt. Wieder kniff er die Augen zusammen. War das eine Nachwirkung des Schlages? Fantasierte er? Noch einmal sah er hin. Holly war immer noch da. Sie sah genauso aus wie auf dem Foto - wunderschön, doch unwirklich und irgendwie bedrohlich. Ihr langes schwarzes Haar und die bleiche Haut ließen sie durchscheinend wirken. Mit einem unheimlichen Lächeln kam sie auf ihn zu. Da bemerkte er zu seinem Entsetzen, dass ihre Augen rot leuchteten. Als er zurückwich, stolperte er und fiel. Hilflos wie er war, sah er zu ihr auf.

„Hab ich dich!", raunte sie mit tonloser Stimme.

Gefangen

11. Oktober 2019

Im alltäglichen Leben der Old-Low-Highschool spielten Legenden keine Rolle. Die Schule wirkte wie jede andere in den USA. Lange breite Gänge mit unzähligen Spinden an den Seiten, nur unterbrochen von Türen, die in die Klassenzimmer führten, und von gläsernen Vitrinen, in denen die Trophäen sportlicher Erfolge der Schüler präsentiert wurden. Die Mensa der Highschool zeugte ebenfalls von sportlicher Tradition. Überall im Saal wehten die Fahnen der schuleigenen Mannschaften. Die Sportler galten als die Helden der Schule.

Der Rest der Schülerschaft erfüllte die üblichen Klischees. Vom aufgetakelten Modepüppchen bis zum Gamer-Nerd war alles dabei. Schüler, die sich auf den tiefen Kern der Dinge konzentrierten, konnten in dieser Woge der Oberflächlichkeit ohne Weiteres untertauchen.

Zumindest hatte Lilly das Gefühl, von niemandem wahrgenommen zu werden. Sie betrat die Mensa und setzte sich an den einzigen freien Tisch. Mit ihrer Jacke in Tarnfarben und den schwarzen Kampfstiefeln sah sie kein bisschen aus wie die Mädchen dieser Schule. Das war ihr bewusst. Die anderen orientierten sich eher an aktuellen Hollywoodgrößen und diversen Trendsettern. Auf Jungs wirkte Lilly im Allgemeinen abschreckend. All das hatte sie auf dieser Schule zur Außenseiterin gemacht. Eigentlich war ihr das auch recht. So konnte sie den Geheimnissen der Stadt und der Schule auf den Grund gehen, ohne sich vom neusten Promiklatsch ablenken zu lassen.

An der Old-Low-Highschool waren die Spuren der Vergangenheit kaum zu übersehen. Das war nicht überraschend. Immerhin hatte Holly Adams viele Jahre lang diese Schule besucht. Nur selten wagte es jemand, über die Geschichte zu sprechen. Dennoch kannte sie jeder. Holly, ein beliebtes und angesagtes Mädchen! Doch eines Tages schien sich etwas Böses ihrer bemächtigt zu haben. Von einer dunklen Macht getrieben, hatte sie ein Institut für traumatisierte Kinder angezündet und dafür gesorgt, dass keiner den Flammen entkam. Kaum hatte sie ihre Wahnsinnstat vollzogen, setzte sie ihrem eigenen Leben auf nicht minder dramatische Weise ein Ende.

Und das war noch nicht alles. Nach ihrem Tod entstand in Bad Old Low eine Legende. Hollys Geist sollte immer noch in der Stadt umgehen und Jahr für Jahr Menschen umbringen. Der Brand und Hollys Selbstmord hatten sich 1981 ereignet. Insbesondere in den letzten zehn Jahren hatten die Mächtigen der Stadt alles darangesetzt, diese Ereignisse unter den Teppich zu kehren.

Es war jedoch nicht möglich, Hollys Spuren völlig zu verwischen. Es gab Einträge in Jahrbüchern und alte Schulfotos. Lilly hatte recherchiert und die Dinge in einen Zusammenhang gebracht. Dabei war ihr noch etwas anderes aufgefallen, nämlich, dass sie nicht die Einzige auf dieser Schule war, die nach Hollys Geschichte forschte.

„Hallo, Lilly!", rief ein dicker, pickeliger Junge und setzte sich an ihren Tisch.

„Hey, David", erwiderte sie gelangweilt. „Hast du das, worum ich dich gebeten habe?"

„Na logo!" David grinste durchtrieben.

Er gehörte zu den Schülern, die einen beträchtlichen Teil ihrer Freizeit im Internet verbrachten. Anstatt sich mit Onlinespielen zu vergnügen wie die meisten anderen, lud er selbst geschnittene

Videos im Netz hoch. Unter seinem Pseudonym Crazy D machte er so ziemlich alles, was irgendwie seiner Vorstellung von Spannung entsprach. Von Ufos bis zum Yeti hatte er fast alles durch. Dabei vermied er jedoch stets, sein Gesicht zu zeigen, was bei seinem eher unvorteilhaften Aussehen verständlich war. Stattdessen hatte er sich per Audio mit seiner großen Klappe einen Namen gemacht. Eine Kompetenz, mit der er auch im realen Leben nicht geizte. Dass er auf der Holly-Schiene mitfuhr, war klar.

„Also, pass auf!", flüsterte er aufgeregt. „Mein Bekannter hat mir den Grundriss des Instituts zugeschickt. Was noch besser ist, ich habe den Bericht der Brandermittler gelesen und weiß jetzt genau, wo das Feuer ausgebrochen ist."

Sehr gut, dachte Lilly. Dann wussten sie, wo sie in der folgenden Nacht mit den besten Aufnahmen rechnen konnten.

„Also, machen wir es?" Die Stimme gehörte einem gut einen Meter neunzig großen, kräftigen blonden Jungen.

Jeder Football-Mannschaft hätte er gute Dienste geleistet. Von dieser Karriere hatte sich Boris jedoch schon vor einer ganzen Weile verabschiedet. Grund dafür war eine Sportverletzung vor zwei Jahren. Das hatte ihn kurze Zeit aus der Balance geworfen. Mittlerweile frönte er einer anderen Leidenschaft. Sein neues Hobby waren Lost Places. Er liebte es, in alte, verlassene Häuser oder abgelegene Grundstücke einzudringen und dort nach Geheimnissen zu forschen. Meist kam am Ende nicht viel dabei heraus und legal waren die Ausflüge von Boris nie. Das Hitfield-Institut, die Quelle der Legendenbildung um Holly, hatte er schon mehrmals erkundet. So war er zu der Gruppe um Lilly gestoßen.

Das blond gefärbte und auch sonst ziemlich aufgetakelte Mädchen, das sich an Boris klammerte, hörte auf den Namen Mandy. Sie gehörte zu den Mädchen, mit denen Lilly, wie schon gesagt, nicht viel zu reden hatte. Dass sich die beiden jungen Damen überhaupt miteinander abgaben, lag an Boris.

Das Ende seiner Sportkarriere hatte seiner Beliebtheit bei den Mädchen nicht geschadet, und sein Ruf als Abenteurer machte ihn wohl für Mandy besonders interessant. Jedenfalls versuchte sie, so oft wie möglich in seiner Nähe zu sein und sparte dabei nicht mit ihren Reizen.

Lilly ließ ihren Blick von einem zum anderen wandern. David, Boris und Mandy – ihr Team für die Nachforschungen zu Holly Adams. Allerdings war das Ganze eher eine Zweckgemeinschaft. Jeder hatte seine eigenen Gründe mitzumachen. Das war ihr eigentlich ganz recht. Sie hatte mit den anderen zu wenig gemeinsam, um ernsthaft Freundschaft mit ihnen schließen zu wollen.

Ein Internetspinner, ein Typ, der in verlassene Häuser einstieg und eine Tussi - diese Konstellation hätte wahrscheinlich jedem Horrorfilm gut zu Gesicht gestanden. Lilly selbst wurde übrigens von vielen als Geister-Nerd bezeichnet. Irgendwie passte das ja.

„Also gut, jetzt sind alle beisammen. Da können wir ja mit der Besprechung beginnen", erklärte sie.

„Mach schnell! Die Pause dauert nur noch zehn Minuten", gab David zu bedenken.

„Nur das Nötigste", erwiderte sie. „Um die Frage von Boris zu beantworten, ich denke, wir sollten heute Abend ins Institut einsteigen."

„Was, wieso denn schon heute?" Mandy hob die dünn gezupften Augenbrauen.

„Wieso nicht? Hättest du nächste Woche weniger Angst?", stichelte David.

„Halt doch die Klappe, Fetti", giftete Mandy zurück und wies drohend mit einem ihrer schillernd lackierten Fingernägel auf ihn.

„Wir gehen heute Nacht, weil die Gelegenheit dafür günstig ist", sagte Lilly rasch, um mit ihrer sachlichen Art die Situation zu entschärfen. „Erstens ist Wochenende, zweitens haben wir alle sturmfreie Bude. Das heißt, nervige Erziehungsberechtigte können uns nicht in die Quere kommen. Die Eltern von Boris sind beruflich unterwegs. Deine, Mandy, sind für eine Woche auf Hawaii, und die von David sind ohnehin kaum zu Hause."

„Woran das wohl liegt!" Mandy grinste gehässig.

„Meine Eltern wissen, wie vernünftig ich bin. Deine sind auf jeden Fall vor dir auf der Flucht."

„Du kannst mich mal!" Mandy zeigte ihm den Mittelfinger, was ihr einige neugierige Blicke von den Nachbartischen einbrachte.

Der Streit der beiden kümmerte Lilly eigentlich nicht. Sie war nur froh, dass niemand fragte, warum ihre Eltern keine Schwierigkeiten machen würden. Allerdings wussten die meisten, dass ihr Vater die Familie schon vor Jahren verlassen hatte. Was ihre Mutter betraf, da hieß die offizielle Variante *Überforderung*. Sie hatte versucht, sich mit Schlaftabletten umzubringen, sich jedoch in der Dosis verschätzt und lag seither in der größeren Nachbarstadt in einer Klinik im Koma. Wie bei Tragödien in Bad Old Low üblich, kursierte auch hier eine zweite Version, wonach Holly ihre Mutter zu der Verzweiflungstat getrieben hatte. Grob zusammengefasst war das auch der Grund, warum sie mit ihren Nachforschungen begonnen hatte.

„Moment mal", warf David ein. „Was ist mit deinem großen Bruder, Lilly?"

„Genau!" Nun war Mandy auch ganz bei der Sache. „Der ist doch Bulle, oder?"

„Billy?", fragte sie verdutzt. „Der Blödmann wird uns nicht in die Quere kommen. Der interessiert sich nicht die Bohne für meinen Kram. Umgekehrt ist es genauso. Ich habe ihm gesagt, dass ich zusammen mit einigen Klassenkameraden etwas für ein Schulprojekt ausarbeiten muss und wir deshalb am Wochenende alle zusammen bei einer Freundin übernachten. Er wollte nur, dass ich für alle Fälle mein Handy mitnehme und Bescheid sage, wenn mein Ausflug länger dauert als bis Sonntagabend."

„Das hört sich so an, als würde er sich schon um dich kümmern", meinte Mandy.

„Pah, von wegen", erwiderte sie unwirsch. „Wenn er sich wirklich für mich interessieren würde, wüsste er, dass ich keine Freunde habe."

Es folgte ein peinliches Schweigen, das von David unterbrochen wurde. „Na schön, du einsames Wesen", sagte er. „Dann bleibt es also dabei. Wir treffen uns heute Abend und fahren zum Institut. Am besten nehmen wir meinen Van."

„Wieso das denn?", fragte Mandy misstrauisch.

„Weil in meinem Van Platz für uns alle ist", klärte David sie auf. „In dem Sportwagen, den du zu deinem Sechzehnten bekommen hast, können nur du und Boris sitzen. Lilly kommt dann in den Kofferraum und ich soll wahrscheinlich laufen."

„Würde dir zumindest ganz guttun", stichelte Mandy und kicherte vergnügt.

„Dann erklär uns doch mal, wie wir die ganzen Sachen in deinem Flitzer unterbringen sollen", erwiderte David ungewohnt sachlich.

„David hat recht", meinte Lilly. „Also, du holst uns alle ab. Gib Boris die Pläne vom Institut. Er ist der Einzige, der schon mal in dem Haus war und weiß, worauf wir achten müssen."

„Geht klar!" David salutierte übertrieben.

Mit einem Seufzer wandte sie sich von ihm ab. „Boris, hast du wirklich alles, was wir im Institut brauchen?"

„Hab ich!" Boris schien völlig entspannt. „Taschenlampen, Seile und für den Notfall sogar eine Überlebensausrüstung."

„Na, dann kann ja nichts schiefgehen", gab David sarkastisch seinen Senf dazu, was aber ignoriert wurde.

„Gut, den Rest bringe ich selbst mit", bestimmte sie. Die anderen nickten zustimmend. „Dann haben wir ja alles. Bis heute Abend sollten wir ..."

Bevor sie noch sagen konnte, dass die Teammitglieder niemandem etwas vom geplanten Ausflug erzählen sollten, wurde sie vom schrillen Läuten der Pausenglocke unterbrochen.

„Das ist ja Folter", kommentierte David die Störung.

„Also dann, bis heute Abend!" Mit diesen Worten nahm Lilly ihre Tasche und stand auf.

Alle machten sich schleunigst auf den Weg zurück in den Unterricht. Lilly ließ sich ein wenig mehr Zeit. Bald war sie die Letzte in der Mensa. Am Ausgang stellte sich ihr ein großer grauhaariger Mann in den Weg. Er trug einen schlichten, dunklen Anzug. Mit seinen harten Gesichtszügen wirkte er wie der Inbegriff von Autorität.

„Lilly Perkins", schnarrte Dr. Franklin, der unbeliebte stellvertretende Schulleiter. „Die Pause ist vorbei, junge Dame! Wieso brauchst du so lange?"

„Weil sie mich aufhalten", erwiderte sie unbeeindruckt. Schon lange ließ sie sich nicht mehr von Autoritäten einschüchtern. Dass sie bei den Lehrern den Ruf einer aufmüpfigen Rebellin hatte, gefiel ihr.

„Vorsicht!", drohte Dr. Franklin mit kaltem Blick. „Wenn du glaubst, dass ich ewig über deine Frechheiten hinwegsehe, werde ich dich schon sehr bald eines Besseren belehren. Jetzt marsch in den Unterricht!"

Achselzuckend verließ sie die Mensa, ohne weitere Widerworte. Franklin hatte es besonders auf sie abgesehen. Woher seine offensichtliche Abneigung rührte, wusste sie nicht genau. Dass sie als Unruhestifterin galt und dem stellvertretenden Schulleiter Ordnung und Gehorsam am wichtigsten waren, hatte wohl damit zu tun. Die heutige Begegnung vergaß sie schnell. Ihr ging es nur noch darum, den Tag hinter sich zu bringen und sich am Abend auf die Jagd nach Holly zu begeben.

Als endlich der Schulgong ertönte, machte sie sich sofort auf den Heimweg. Wie erwartet war Billy nicht zu Hause. Nachdem ihre Mutter ins Koma gefallen war, hatte eine Tante bis zu seiner Volljährigkeit die Vormundschaft für die Geschwister übernommen. Nun war er der Erziehungsberechtigte. Diese Aufgabe nahm er nur halbherzig wahr. Überhaupt hatten sie weniger Kontakt, als man es bei zwei Menschen, die im selben Haus wohnten, erwarten würde. Seitdem ihr großer Bruder bei der Polizei arbeitete, war er kaum noch zu Hause. Eigentlich sah Lilly ihn fast nur noch an seinen freien Sonntagen.

Am Kühlschrank klebte ein Zettel:

Hallo Geister-Nerd,

habe heute Nachtschicht. Bin also erst morgen früh wieder daheim. Du kannst dich ja selbst versorgen. Melde dich, wenn was ist. Gruß, Billy

Sie schnaufte. Natürlich konnte sie sich selbst versorgen. Die letzten Jahre hatte sie nichts anderes getan. Nachdem sie den Zettel gelesen hatte, fiel ihr wieder ein, dass Billy der Erste gewesen war, der sie Geister-Nerd nannte. Zumindest so weit hatte er sich mit ihren Interessen auseinandergesetzt. Aus seiner Notiz ergab sich auch, dass er die Wochenendpläne seiner Schwester vergessen hatte, was eigentlich keinen großen Unterschied machte. Kurz überlegte sie, ihn noch mal deswegen anzurufen. Am Ende entschloss sie sich, nur eine SMS zu schicken, um ihren Erziehungsberechtigten daran zu erinnern, dass auch sie heute Nacht nicht zu Hause sein würde. Dann ging sie in ihr Zimmer und überprüfte den Inhalt der Sporttasche. Nun war nichts weiter zu tun, als darauf zu warten, dass sie abgeholt wurde. Sie warf sich aufs Bett und sah sich in ihrem Zimmer um. Geister-Nerd passte wirklich! Man musste schon blind sein, um nicht zu kapieren, wie sie tickte. Ihr ganzes Zimmer war voll mit gruseliger Deko, die Wände waren mit Postern bekannter Gruselfilme tapeziert. Diese oberflächlichen Anzeichen ihrer Leidenschaft entlockten ihr ein Schmunzeln. Ihre wahren Schätze hielt sie unter Verschluss. Einige würde sie heute Nacht zum Einsatz bringen.

Ihr Handy piepte und zeigte eine Nachricht an – von David: *Hey Lilly, sind gleich da, bis dann.* Das war ihr Signal zum Aufbruch. Sie schnappte sich ihre Sporttasche, verließ das Zimmer und kurz darauf das Haus. Inzwischen war es dunkel geworden, genau richtig für ihr Vorhaben. Die Scheinwerfer von Davids Van sah sie bereits, lange bevor das Fahrzeug in ihrem Sichtfeld auftauchte.

„Einsteigen!", rief David enthusiastisch.

Der Wagen hatte seine besten Jahre in den Siebzigern gehabt. Aus dieser Zeit stammte er nämlich. David hatte den Van von dem Geld bezahlt, das er mit seinen Internetvideos verdiente. In etwa konnte man daran auch seinen Erfolg messen. Immerhin war der Wagen groß genug, um sie alle mitsamt der Ausrüstung zu transportieren. Boris saß neben David auf dem Beifahrersitz. Mandy hockte hinten zwischen Taschen und sperrigen Gegenständen. Lilly quetschte sich dazu.

„Warum müssen wir Mädchen eigentlich immer hinten sitzen?"
Mandy klang eingeschnappt.

„Natürlich aus sexistischen Gründen", erklärte David in gespielt sachlichem Ton.

Boris gluckste. Auch Lilly konnte sich ein Grinsen nicht verkneifen.

„Pass bloß auf", quengelte Mandy. „Wer so fett ist, sollte wenigstens was Nettes sagen."

So in etwa verliefen auch die weiteren Gespräche während der kurzen Fahrt. Der dichte Wald, der das Hitfield-Institut umgab, bot viele Möglichkeiten, das Auto zu verstecken. Aber David hielt ein gutes Stück vor dem Institut.

„Warum parken wir denn hier?", fragte Lilly verwundert.

„War nicht meine Idee. Boris bestand darauf, dass wir ziemlich weit entfernt vom Institut parken."

„Genau", bestätigte der. „Ich war schon ein paar Mal dort. Beim ersten Mal machte ich den Fehler, meinen Wagen direkt vor dem Tor abzustellen. Nach zehn Minuten tauchte Chief Hardwick auf und hat mich rausgeschmissen."

Billys Chef, erinnerte sie sich. Für ihren großen Bruder war der Chief ein Idol. Sie selbst fand den Typen zum Kotzen.

„Moment mal!", rief Mandy. „Hardwick hat dich schon nach zehn Minuten erwischt? Woher wusste der, dass du dort warst und wie konnte er so schnell vor Ort sein? Sind da oben Kameras?"

„Habe ich erst auch geglaubt", erwiderte Boris. „Aber es ist viel simpler. Weil das Institut auf einem Hügel steht, kann man von der Stadt aus recht gut erkennen, wenn ein Auto die Straße hinauffährt. Ehe man sich versieht, hat jemand die Cops gerufen. Wenn man weiter unten parkt und sich zu Fuß auf den Weg zum Institut macht, sieht das kein Mensch, schon gar nicht in der Nacht."

„Ganz genau", stimmte David zu. „Und so wenig es mir auch gefällt, jetzt müssen wir laufen."

Seufzend griff sie nach ihrer Tasche und stieg aus. Ihr Gepäck wirkte vergleichsweise bescheiden im Vergleich zu den zwei riesigen Taschen, die David aus dem Auto zog. Die erinnerten an Skitaschen. Allerdings würde es Lilly sehr wundern, wenn David sich in seiner Freizeit derart sportlich betätigen würde. Zusätzlich schnallte er sich noch einen Rucksack auf und wankte dann wie ein überladener Packesel.

Boris begutachtete die Szene mit einem Kopfschütteln. „Ist das dein Ernst? Bei dem, was wir vorhaben, müssen wir beweglich sein. Wir können nicht schleichen wie Schildkröten."

„Für gute Videos braucht man eine vernünftige Ausrüstung", konterte David. „Was hast du eigentlich geladen?" Er deutete auf den zwar kompakten, aber wesentlich kleineren Rucksack, den Boris gerade umschnallte.

„Alles drin, was wichtig ist", erwiderte Boris. „Lampen, Kreide, um sich den Weg zu markieren, und noch ein paar andere Dinge. Nichts Großes, aber alles, was man für einen nächtlichen Ausflug braucht."

David zuckte die Achseln und wandte sich an Mandy: „Was hast du dabei?"

„Ich?" Überrascht riss sie die tadellos geschminkten Augen auf. „Eigentlich habe ich nur mich mitgebracht."

„Na, wenn das so ist." Er grinste frech. „Dann kannst du ja meinen zweiten Rucksack tragen."

„Bist du bescheuert?" Sie schmollte.

„Komm schon, Mandy", entgegnete Boris. „Wenn einer von uns zweimal laufen muss, kostet das nur Zeit."

Murrend nahm sie schließlich den letzten Rucksack aus dem Van. Voll beladen machten sie sich auf den Weg. Schon nach wenigen Metern bereute Lilly, dass sie so weit weg geparkt hatten. Ihren Gesichtern nach zu urteilen, dachten die anderen dasselbe.

Zusätzlich zu der schweren Ausrüstung machte ihnen der steile, steinige Weg zu schaffen. Immer wieder geriet einer ins Straucheln. Lilly fragte sich, ob alles gutgehen würde.

„Was hast du eigentlich in dem Rucksack?", stöhnte Mandy. „Steine oder was?"

„Na, unseren Proviant!" David strahlte. „Chips, Cola und ein paar andere Snacks."

Lilly sah Mandy an, dass sie eine weitere spitze Beleidigung loslassen wollte. Angesichts der noch zu bewältigenden Wegstrecke ließ sie es wohl bleiben.

Endlich standen sie vor dem eisernen Tor des Hitfield-Instituts. Dunkel und verlassen lag das Gelände vor ihnen. Etwa hundert Meter entfernt erhob sich das verwahrloste alte Gebäude. Das Tor war mit einer Eisenkette gesichert und das Vorhängeschloss erweckte nicht den Eindruck, als könnte man es so einfach knacken.

„Was jetzt?", fragte David. „Soll ich da rüber springen?"

„Nicht nötig!" Boris zog einen Bolzenschneider aus seinem Rucksack hervor.

Lilly erschrak. Das durfte doch nicht wahr sein! „Bist du bescheuert? Einbruch geht zu weit!"

Davon ließ Boris sich allerdings nicht beeindrucken. Mit einem Klirren fiel das Schloss zu Boden. „Keine Sorge", beschwichtigte er, während er die Kette vom Gittertor zog. „Das Ding wird ständig geknackt. Ich glaube nicht, dass sich irgendjemand wirklich dafür interessiert."

„Außer dem, der das Schloss immer wieder ersetzt", gab David zu bedenken.

Wie auch immer - der Weg war frei und sie betraten das Terrain. Lilly blickte sich um. In den über dreißig Jahre, die das Institut nun verlassen war, hatte die Natur viel Boden zurückgewonnen. Man ahnte, dass die Beete und Rasenflächen einmal gut gepflegt waren. Nun glich die Gartenanlage eher einem Rübenacker. Als sie das Hauptgebäude erreichten, bemerkte sie, dass die Eingangstür nur angelehnt war.

„Das ist schon länger so", behauptete Boris. „Die Tür lässt sich nicht mehr schließen, weil das Schloss herausgebrochen wurde."

Das war ihr Glück. Die schwere Tür hätten sie wohl kaum öffnen können und sämtliche Fenster waren vergittert.

„Wieso ist hier alles verriegelt?", fragte Mandy mit Blick auf die Gitterstäbe.

„Damit keiner abhauen kann", erklärte Boris. „Das hier war doch mal eine Irrenanstalt."

„Ein Institut zur Behandlung traumatisierter Kinder!", korrigierte Lilly. „Aber es sieht wirklich aus wie ein Gefängnis."

Kurz danach betraten sie eine große Halle. Wie erwartet war alles schmutzig und teilweise zerfallen, allerdings besser erhalten als vermutet.

„Warum sieht es hier denn so *unversehrt* aus?" Mandy schaute sich neugierig um. „Ich dachte, hier hätte es gebrannt."

„Das Feuer ist damals im Keller ausgebrochen." David war in seinem Element. „Der Rauch ist über die Treppenhäuser und Lüftungsschächte nach oben gezogen. Weil es Nacht war, lagen die meisten Kinder in ihren Betten. Sie sind größtenteils am Qualm erstickt. Stand alles im Brandbericht, den ich mir besorgt habe."

„Das ist ja furchtbar!" Mandys Stimme zitterte. „Diese Holly, wieso hat sie nur …?" Sie brachte ihre Frage nicht zu Ende. Darauf konnte ihr sowieso keiner eine Antwort geben. Das hatte in über dreißig Jahren niemand herausgefunden.

„Also, wir müssen an den Ort, wo das Feuer ausgebrochen ist", erinnerte Lilly die anderen. „Das heißt: in den Keller. Boris, wo geht's lang?"

„Nach hinten." Er wies mit der Hand in eine Richtung. „Aber wie es von dort aus weitergeht, kann ich euch nicht sagen. Im Keller war ich noch nie."

„Moment mal", meldete David sich zu Wort. „Du warst schon ein halbes Dutzend Mal im Institut, aber nicht im interessantesten Teil?"

„Ist doch egal", meinte Lilly. „Ich habe den Plan, den David besorgt hat, dabei. Damit werden wir den Weg schon finden."

„Aber vorher noch das Wichtigste!" Boris griff erneut in seine Tasche und zog für jeden eine Lampe hervor. „Vermutlich ist es im Keller stockdunkel. Einige Stellen sollen sogar einsturzgefährdet sein."

Jeder bekam eine Taschenlampe in die Hand gedrückt, mit Ausnahme von David, der ja beide Hände voll hatte. Angeführt von Boris schlichen sie weiter.

Von der Eingangshalle führten mehrere Türen in andere Räume. Über eine breite Treppe gelangte man in die oberen Stockwerke. Boris ging durch eine der angrenzenden Türen in einen Raum, der wahrscheinlich mal eine Küche gewesen war. Abgesehen von den gekachelten Wänden und einigen alten Abflussrohren war nichts mehr von der Einrichtung übrig.

In einer Ecke befand sich eine weitere geöffnete Tür, hinter der eine steinerne Wendeltreppe abwärtsführte.

„Ist das der einzige Weg in den Keller?", fragte Mandy.

„Ja", erwiderte Boris. „Es gibt noch einen Fahrstuhl. Heutzutage ist das Ding aber natürlich außer Betrieb."

„Nach unten dürfte man ja noch kommen", stellte David fest. „Dafür braucht man keinen Strom. Meine Schwerkraft reicht völlig."

Dazu sagte Lilly nichts. Seit sie den Zugang für den Keller erreicht hatten, beschlich sie ein ungutes Gefühl, so als würde ein eiskalter Wind zu ihnen nach oben wehen. Für Lilly war es der Beweis dafür, dass sie der richtigen Spur folgten. Sie stiegen die Treppe hinunter, Boris vorneweg, gefolgt von dem schwer beladenen David. Den Schluss bildeten Lilly und Mandy. Die Treppe führte tiefer nach unten als vermutet. Oben im Institut war es schon finster, jetzt wurde es mit jedem Schritt nach unten dunkler um sie herum. Am Fuß der Treppe angelangt, hätten sie ohne ihre Lampen die Hand vor Augen nicht mehr sehen können.

Ziemlich beklemmend, dachte Lilly. Von ihrer Position aus leuchtete sie in den vor ihnen liegenden Raum. Die anderen taten es ihr gleich. Viele Gänge zweigten ab, der Keller war offensichtlich groß und unübersichtlich.

Nun übernahm Lilly die Führung. Dazu nahm sie den Plan zur Hilfe. Als sie durch die verlassenen Kellergänge schlichen, sahen sie zum ersten Mal Spuren des Feuers. An den meisten Wänden klebte Ruß. In den angrenzenden Räumen lagen und standen bis zur Un-kenntlichkeit verbrannte Gegenstände. Dann war Schluss. Der Gang, in den sie der Plan geführt hatte, endete vor einer Bretterwand. Es fehlte jede Brandspur, also war sie erst nach dem Unglück errichtet worden.

„Was ist das denn?" Lilly runzelte die Stirn. „Davon steht nichts im Plan."

„Der Typ, von dem ich den Plan habe, hat mir davon erzählt", klärte David auf. „Feuerwehr und Brandermittler blockieren oft den ursprünglichen Brandherd, für den Fall, dass später weitere Untersuchungen vorgenommen werden. Sorry, hab vergessen, das zu erwähnen."

„Was soll da denn noch untersucht werden?", fragte Mandy. „Ich dachte, der Fall ist klar. Diese Holly verlor den Verstand und legte das Feuer. Fall gelöst. Was gibt es da noch zu ermitteln?"

„Seit dem Brand sind über dreißig Jahre vergangen", meinte Boris. „Es dürfte also keinen stören, wenn ich ..." Erneut griff er in seinen Rucksack und zog ein Brecheisen hervor.

„Moment mal!" Überrascht hob Lilly die Augenbrauen. „Willst du etwa ...?"

Ohne eine Antwort setzte Boris das Eisen an die erste Holzlatte und brach sie heraus. Die vergangenen Jahrzehnte waren nicht spurlos vorbeigegangen. Die Bretter waren so morsch, dass sie sich ohne große Kraftanstrengung lösten.

„Langsam ist das kein Scherz mehr", kommentierte David. „Immerhin war das eine amtliche Absperrung."

„Hey, willst du das Video, das dir locker zehn Millionen Klicks bringt? Dann müssen wir da rein. Wie schon gesagt, hier ist seit Ewigkeiten keiner mehr gewesen. Warum sollte sich ausgerechnet jetzt jemand dafür interessieren, wenn wir uns den Weg freimachen?"

Da ist was dran, fand Lilly. Es machte sowieso keinen Sinn, sich darüber Gedanken zu machen. Damit ihr Plan gelang, mussten sie unbedingt an den Ort, an dem die Tragödie ihren Anfang genommen hatte. Als das Hindernis beseitigt war, liefen sie weiter. Bald gelangten sie in einen großen Raum, in dem das Feuer offenbar am heftigsten gewütet hatte. Alles war vom Feuer dahingerafft worden. Verkohlte Reste lagen noch herum.

„Warum konnte sich das Feuer so schnell ausbreiten?", wollte Mandy wissen.

„In dem Raum waren Chemikalien gelagert", erklärte Lilly. „Als die in Brand gerieten, war das Feuer nicht mehr aufzuhalten."

„Alles sehr interessant", befand David etwas unwirsch. „Aber wir haben noch was zu tun und nicht die ganze Nacht Zeit. Also macht schnell!"

Dann setzte er sein schweres Gepäck ab. Die beiden Taschen landeten scheppernd auf dem Boden. Auch Lilly und die anderen legten ihr Gepäck ab und atmeten erleichtert auf. Doch an eine Pause war nicht zu denken. David öffnete seine Taschen.

„Alter, was ist denn das für ein Krempel?" Boris staunte nicht schlecht.

„Die beste Beleuchtung, die es auf dem Markt gibt", erklärte David. „Wenn du gute Videos drehen willst, brauchst du gutes Licht. Das lernst du in jedem Internetlehrgang. Diese Prachtstücke hier erfüllen alle Ansprüche. Mit den Akkus bin ich noch nicht einmal von einer Stromquelle abhängig."

„Langsam verstehe ich, warum du dir nur so eine Schrottkarre als Auto leisten kannst", meinte Mandy. „Wenn du dein ganzes Geld für so einen Schwachsinn ausgibst."

David reagierte nicht darauf. Lilly ihrerseits war von seiner Ausrüstung begeistert. Er begann damit, die Leuchter an lange Gestelle zu montieren. Auch Lilly packte nun ihre Tasche aus. Neben einem Dutzend Kerzen kam ein schmales Holzbrett, beschriftet mit Buchstaben, Zahlen sowie den Worten *Ja* und *Nein*, zum Vorschein.

„Ein Ouija-Brett?" Mandy machte große Augen. „Ist das dein Ernst?"

„Warum nicht? Wenn es funktioniert!" Sie konzentrierte sich darauf, die Kerzen in einem perfekten Kreis in der Mitte des Raumes aufzustellen. Anschließend zündete Lilly sie an, obwohl das nicht nötig war. David hatte seine Lampen bereits hochgefahren und leuchtete die Fläche, die sie für ihr Ritual bestimmt hatte, gut aus. Jetzt holte er ein Stativ und eine Kamera aus seinem Rucksack.

„Können wir endlich anfangen?" Boris schien sich an dem obskuren Ort nicht recht wohlzufühlen.

„Meinetwegen", erwiderte sie und stellte das Ouija-Brett in die Mitte ihres Kerzenkreises.

„Nein, noch nicht!" David hatte gerade seine Kamera bereit gemacht. „Bevor wir anfangen, muss ich erst das Intro für das Video aufnehmen."

Alle seufzten. Das kannten sie schon von seinen Filmen. Er würde eine kurze Einführung für seine Zuschauer aufnehmen, erklären, wo sie sich befanden, was sie hier machten und welche Geschichte das Institut zu bieten hatte. Wie immer hielt er das Intro auch dieses Mal so kurz wie möglich. Niemand wollte Videos sehen, in denen die Hälfte der Zeit nur Dinge erklärt wurden. Zum Schluss erzählte er noch, mit wem er sich an diesem Ort befand und aus welchen Gründen jeder von ihnen hergekommen war. Natürlich vermied er es, die vollen Namen seiner Begleiter zu nennen. Wenn es schon ein Beweisvideo für ihr unbefugtes Betreten gab, wollten sie darin nicht gleich alle Personalien offenlegen.

„Bist du bald fertig!?" Boris klang ziemlich ungeduldig.

„Hey, du kannst mir doch nicht einfach in mein Video reinquatschen!", beschwerte sich David.

„Wieso? Du schneidest es am Ende doch eh so zusammen, dass es passt", konterte Boris.

„Was mich noch mehr interessiert", mischte Mandy sich ein, „du zeigst dich doch so gut wie nie in deinen Videos. Warum machst du jetzt eine Ausnahme?"

„Irrtum", behauptete David. „Nachher mache ich mein Gesicht unkenntlich."

„Keine schlechte Idee. Das solltest du auch im realen Leben machen", zickte Mandy schon wieder munter drauf los.

Bevor David mit einer Beleidigung parieren konnte, winkte Lilly ihre Teampartner ins Innere des Kreises, wo sie sich um das Ouija-Brett setzten.

„Also, seid ihr bereit?", fragte sie.

Alle nickten, wenn auch nicht alle gleichermaßen enthusiastisch.

„Ihr wisst, was wir vorhaben", stellte sie noch einmal klar. Dann zog sie eine Holzplakette hervor und legte sie in die Mitte des Brettes.

„Ihr legt jetzt eure Zeigefinger auf die Plakette. Und egal, was geschieht - ihr dürft den Finger nicht wegnehmen. Sonst kann es sein, dass wir die Dinge, die wir rufen, nicht mehr unter Kontrolle halten können."

Wieder nickten alle. Nicht einmal David traute sich, eine blöde Bemerkung abzugeben.

„Also gut!" Als alle ihren Finger auf die Plakette gelegt hatten, begann sie mit deutlicher Stimme zu sprechen. „Wenn hier jemand ist, der mit uns reden will, dann soll dieser Jemand nun mit uns in Kontakt treten."

Ihr Magen fühlte sich flau an. Damit war die Einladung ausgesprochen. Wer sich mit Geisterbeschwörung auskannte, wusste, dass es nun kein Zurück mehr gab.

„Ist hier jemand, der mit uns reden möchte?", wiederholte sie ihre Frage.

Zuerst geschah nichts. Doch dann begann die Holzplakette, sich zu bewegen. Sie blickten sich an. Die erschrockenen Gesichter reihum bewiesen Lilly, dass keiner absichtlich etwas gemacht hatte. Die Plakette ruckte, geführt von einer unbekannten Macht, auf das Wort *Ja* zu.

Es funktioniert, dachte sie. Nun war es an der Zeit, zu beginnen.

„Bist du Holly?" Dass ihre Stimme ein wenig zitterte, hörte sie selbst. Aber dieser Ausflug hatte nur den einen Sinn, dem Geistermädchen einige dringliche Fragen zu stellen. Nur deshalb waren sie an diesen Ort gekommen. Wieder setzte sich die Plakette in Bewegung. Als die Antwort *Nein* lautete, gaben alle einen überraschten Laut von sich. Wieder sahen sie sich an, diesmal jedoch eher verwirrt. Lilly wusste nicht, was sie jetzt tun sollte. Ihr war klar, dass sie die Beschwörung nicht abbrechen durfte, solange das Ritual nicht mit den richtigen Abschlussworten beendet worden war. Ansonsten konnten die Folgen katastrophal sein.

Also beschloss sie, die Befragung fortzusetzen. „Kannst du uns deinen Namen nennen?"

Sofort bewegte sich die Plakette von einem Buchstaben zum anderen: BEN

„Ben", flüsterte Lilly. Der Name kam ihr bekannt vor.

„Moment mal", sagte David. „So hieß doch dieser Junge, der so wie wir, versucht hat, herauszufinden, was es mit Holly auf sich hat."

„Genau, und dann hat ihn Holly geholt", japste Boris.

Während er noch redete, begann die Plakette auf dem Brett zu zucken.

„Ich glaube, du hast Ben wütend gemacht", hauchte Mandy.

„Finger bleibt auf der Plakette!", sagte Lilly schnell, denn Mandy war drauf und dran, die Flucht zu ergreifen. „Ben", fuhr sie dann in ruhigem Ton fort. „Bitte, rede mit uns. Hat Holly dich umgebracht?"

Das Zucken der Plakette hörte auf. Sie bewegte sich schneller als zuvor. *Nein.*

„Das war deutlich", fand David.

Immer schneller fuhr die Plakette von einem Buchstaben zum anderen. Nach und nach setzte sich die Botschaft zusammen: *Ich wurde ermordet. Nicht von Holly. Mein Mörder lebt noch. Er hat noch viele andere getötet. Er ist ...* Plötzlich drehte die Plakette durch. Sie zuckte so unkontrolliert hin und her, dass es kaum möglich war, den Finger darauf zu halten.

„Nicht loslassen!", rief Lilly.

Im nächsten Augenblick explodierten Davids heiß geliebte Leuchter. Alle nahmen den Finger von der Plakette. Die Kerzen erloschen. Sie hörten einen Knall und sahen Funken. Dann herrschte um sie herum völlige Dunkelheit. Mandy schrie wie am Spieß. Auch David schien nun die Nerven zu verlieren. Blind um sich greifend versuchte er, seine Ausrüstungsgegenstände zu retten. Jemand schaltete seine Taschenlampe an. Boris! Aufatmend blickte Lilly sich um.

David war offensichtlich mit einem großen Satz rückwärts gesprungen, er zitterte am ganzen Körper. Mandy lag wimmernd am Boden und schlug um sich. Lilly kroch zu ihr, um sie zu beruhigen. Boris kam ihr verhältnismäßig kaltblütig vor. Doch auch seine Hand zitterte, während er die Taschenlampe hin und her bewegte, um sich einen Überblick zu verschaffen.

„Alles in Ordnung?", fragte er.

„Nicht so ganz", erwiderte David. „Was ist denn da eben passiert?"

„Jemand oder etwas war nicht damit einverstanden, dass Ben mit uns kommuniziert hat", überlegte Lilly laut. Mittlerweile hatte sie ebenfalls ihre Taschenlampe eingeschaltet.

„Ich dachte, das Ganze wäre sicher!", beschwerte sich David.

„So etwas ist nie *ganz* sicher", entgegnete sie. „Das habe ich euch auch deutlich gesagt."

„Ich will nach Hause", jammerte Mandy. „Auf diese verdammten Geistergeschichten habe ich keine Lust mehr." Sie schien mit den Nerven völlig am Ende zu sein.

„Mandy hat recht", meldete sich Boris zu Wort. „Das Ganze ist schon viel zu weit gegangen. Wir sollten verschwinden."

„Das wäre ein Fehler!" Innerlich stöhnte Lilly. Auch sie wollte am liebsten verschwinden, aber sie wusste, was dann geschehen würde. „Wenn wir das Tor zur anderen Seite nicht schließen, wird der Geist nicht zur Ruhe kommen."

„Das ist mir ziemlich egal!", behauptete David. „In diesem Institut spukt es sowieso wie verrückt. Da kommt es auf einen Geist mehr oder weniger nicht an."

„Meine Rede", stimmte Boris zu. „Also, lasst uns abhauen. Mandy, los komm hoch!" Er half seiner Freundin, die sich inzwischen etwas beruhigt hatte, auf die Beine.

Lilly versuchte zwar, die drei zum Bleiben zu bewegen. Doch es war zwecklos. Die Erlebnisse der letzten Minuten hatten ihre Spuren hinterlassen. Während Boris und Mandy sich aufrappelten, fummelte David immer noch an seiner Filmausrüstung herum.

„Was machst du denn da so lange?", keifte Mandy. „Nach dem Knall ist das doch eh alles Schrott. Lass das Zeug einfach hier."

„Soweit kommt es noch!", empörte sich David. „Die Sachen haben mich ein Vermögen gekostet. Vielleicht lässt sich einiges ja noch reparieren. Ich überlasse meine Ausrüstung jedenfalls keinem Geist."

„Und wir sollen so lange warten, bis du damit fertig bist?" Empört zog Mandy ihre fein gezupften Augenbrauen in die Höhe. „Ich verbringe keine Minute länger in diesem Geisterkeller."

„Dann geht doch meinetwegen vor. Ich brauche nicht mehr lange", erklärte David trotzig.

„Wir können dich nicht allein lassen", warf Lilly ein.

„Wieso? Ist doch meine Entscheidung", meinte er. „Denkt ihr, dass ich von einem Geist gefressen werde? Die sollen mir nur kommen. Dann kann ich denen gleich die Rechnung für meine zerstörten Sachen präsentieren. Lasst mir eine Taschenlampe hier. Ich finde schon wieder zurück."

„Lasst ihn einfach", meinte Mandy. „Wenn er unbedingt hierbleiben will, ist das sein Problem."

Bei dem Gedanken, ihn zurückzulassen, fühlte Lilly sich gar nicht wohl. Sie hatte schon von Ouija-Brett-Sitzungen gehört, die schiefgegangen waren. Aber so eine heftige Reaktion wie das Explodieren von Lampen kam eigentlich nur in Horrorfilmen vor. Offensichtlich hatten sie etwas sehr Mächtiges gerufen und erzürnt. Sie bezweifelte, dass diese Macht es bei der Zerstörung von Davids Filmausrüstung belassen würde. Aber ihr war auch klar, dass Mandy und Boris genug von dem Abenteuer hatten und keine Sekunde länger als nötig im Institut bleiben würden. Nur sie alle zusammen wären in der Lage, das Ritual korrekt zu beenden. Diese Option war aber nicht gegeben.

Also räumte sie das Ouija-Brett rasch in ihre Tasche und zündete noch einige Kerzen an. Boris händigte David eine Taschenlampe aus. Sie verabschiedeten sich mit gegenseitigem Nicken. Dann verließ Lilly hinter Mandy und Boris den Raum. David blieb zurück. Lilly glaubte nicht, dass die Kerzen und die Taschenlampe ihn vor dem schützen konnten, was in der Dunkelheit lauerte.

Einige Minuten später standen Lilly, Mandy und Boris wieder im Erdgeschoss des Instituts. Nach der Dunkelheit im Keller, kam ihr die düstere Halle fast heimelig vor. Das war jedoch kein Grund, langsamer zu werden. Boris und Mandy setzten sich in Bewegung Richtung Ausgang.

„Wir sollten hier auf David warten!", rief sie ihnen hinterher.

Mandy drehte sich kurz um und zischte: „Du kannst ja auf den Klops warten, wenn du willst."

Unschlüssig sah sie ihnen hinterher. Schon hatten die beiden die schwere Eingangstür erreicht. Sie war verschlossen! Dabei hätte Lilly schwören können, dass sie die Tür nur angelehnt hatten. Mandy versuchte sie aufzustoßen. Doch es klappte nicht. Lilly lief zu ihnen.

„Da stimmt was nicht!", presste Mandy hervor. „Die Tür klemmt."

„Lass mich mal", sagte Boris, ganz der große Beschützer, und trat dagegen. Auch er scheiterte. „Das kann doch nicht wahr sein. Die Tür ist versperrt", stöhnte er.

„Was?", schrie Mandy. „Das Schloss war doch *herausgebrochen*."

„Genau", bestätigte Lilly. „Los, alle zusammen! Vielleicht hat sich die Tür nur verkeilt."

Auf Drei warfen sie sich dagegen. Obwohl sie alle Kraft zusammennahmen, gelang es ihnen nur, die Tür einen Spalt zu öffnen. Boris als der Größte konnte am besten hindurchschauen.

„Ich sehe etwas", stieß er hervor. „Die Türflügel sind mit einer schweren Kette verschlossen. Das sitzt bombenfest."

„Heißt das, wir sind hier drin gefangen?" Mandy klang panisch.

„Sieht so aus", erwiderte er mit leicht zittriger Stimme.

Auch Lilly schlug das Herz bis zum Hals, aber sie zwang sich zur Ruhe. „Jetzt keine Panik", erklärte sie. „Boris, schaffst du es, mit einem deiner Werkzeuge die Tür wieder frei zu kriegen."

„Wohl kaum", erwiderte er frustriert. „Selbst wenn ich da rankommen würde, die Kette ist so dick, dass ich einen Schweißbrenner bräuchte, um sie durchzuschneiden."

„Oh nein, oh nein, die Geister!", jammerte Mandy. „Die lassen uns nicht mehr raus."

„Mandy, beruhige dich!", beschwor Lilly sie. „Eines kann ich dir versichern. Egal, was du in Horrorfilmen gesehen hast, Geister sind nicht im Stande, Eisenketten zu beschaffen und damit Türen zu blockieren."

„Aber wer sollte denn sonst …?" Mandy stockte der Atem. „Na klar", hauchte sie. „David steckt dahinter."

„Wie meinst du das?", fragte Lilly.

„Denk doch mal nach!", empfahl Mandy. „Wer dreht Internetvideos und muss seine Zuschauer immerzu mit neuen Ideen begeistern? Ich sage euch, David hat das alles vorher geplant. Bei der Sache mit dem Ouija-Brett hatte er bestimmt auch seine Finger im Spiel. Wahrscheinlich hat er die Plakette so verschoben, dass irgendeine Horrornachricht dabei herauskam. Seine Beleuchtung war bestimmt auch manipuliert, damit sie im richtigen Moment in die Luft fliegt. Und wir sind darauf hereingefallen!"

„Aber warum sollte er das tun?" Ungläubig schüttelte Boris den Kopf.

„Na, für seine Klickzahlen!", erklärte Mandy völlig überzeugt. „Ich sehe schon den Titel des Videos: *Geisterpranke - Ich verarsche meine Mitschüler*. Ist euch nicht aufgefallen, dass die Kamera die ganze Zeit gelaufen ist? Dann ist er als Einziger im Keller zurückgeblieben, um seine Filmausrüstung zusammenzuräumen. Wahrscheinlich war das nur ein Vorwand. In Wirklichkeit hat er noch mehr miese Aktionen geplant."

„Und die verschlossene Tür?", fragte Boris.

„Das war ein Komplize", klärte sie ihn auf, „wahrscheinlich einer seiner Zuschauer. Diese Freaks tun doch alles, um in einem Video mit tausenden Aufrufen dabei zu sein."

„Ich weiß nicht, Mandy", warf Lilly ein. „David ist vielleicht ein Spinner. Aber so weit würde er nicht gehen."

„Ach ja, und wo ist er?", fragte Mandy spitz. „Solange kann das Zusammenpacken seiner heiß geliebten Ausrüstung ja nicht dauern. Er müsste längst wieder bei uns sein. Ist er aber nicht."

„Verdammt, sie hat recht", stimmte Boris zu. „Dieser kleine Drecksack hat uns reingelegt. Wahrscheinlich läuft der irgendwo im Institut rum und lacht sich einen ab."

Innerlich stöhnte Lilly. Diese Spekulationen fand sie ziemlich sinnlos und nicht allzu überzeugend. Im Moment wusste sie aber nicht weiter. Deshalb fragte sie: „Was sollen wir eurer Meinung nach nun tun?"

„Was wir längst hätten tun sollen!", bestimmte Boris. Es kam ihr so vor, als wollte er das Kommando übernehmen. „Wir suchen nach einem anderen Ausgang."

„Es gibt keinen", erinnerte Mandy ihn. „Die Fenster sind vergittert, andere Türen haben wir nicht gefunden."

„Nicht alle Fenster sind vergittert", erwiderte er. „In den oberen Stockwerken sind einige, durch die man hinaussteigen könnte. Vielleicht ist es möglich, von dort aus nach unten zu klettern."

Mit gemischten Gefühlen folgte sie den beiden die breite Treppe hinauf. Im ersten Stock zeigte sich, dass sich Boris in diesem Teil des

Instituts auskannte. Trotz des nur spärlichen Lichts der Taschen-lampen gelang es ihm, mit absoluter Sicherheit in der Düsternis den Weg zu finden. Er führte sie in einen Waschraum für das Personal. Tatsächlich hatte das Fenster keine Gitter. Es war allerdings so schmal, dass höchstens sie und Mandy hindurchpassen würden. Doch unter dem Fenster gab es nichts, woran man sich festhalten oder woran man hinunterklettern könnte. Der Boden war mehrere Meter entfernt. Als einzige Möglichkeit blieb der Sprung in die Tiefe, was sie kaum unverletzt überstanden hätten.

„Das ist doch Mist!", zeterte Mandy. „Warum rufen wir nicht einfach jemanden an, der uns hier rausholt. Wir haben doch alle ein Smart-phone."

„Weil wir uns dann genau so gut selbst bei den Bullen anzeigen könnten", erklärte Boris. „Außerdem ist der Netzempfang hier drin ein echtes Glücksspiel. Die Mauern sind einfach zu dick. Ohne Ver-stärker ist es fast unmöglich, jemanden zu erreichen."

„Und was jetzt?" Mittlerweile hatte sie das Gefühl, beobachtet zu werden, was sie nervös machte.

„Wir suchen weiter", erwiderte er entschlossen. „Es gibt noch ein paar Stellen, wo wir vielleicht rauskommen."

Sie setzten ihren Weg durch das alte Gemäuer fort, zunächst in den zweiten Stock. Lilly war nicht gerade optimistisch. Wenn es ihnen schon nicht gelungen war, aus dem ersten Obergeschoss zu fliehen, würden sie auch aus dem zweiten keinen Ausstieg finden.

„Warum ist hier oben noch alles eingerichtet?", fragte Mandy auf einmal. „Im Erdgeschoss gibt es nicht mal Wasserhähne. Hier oben stehen sogar noch Möbel. Hat das einen bestimmten Grund?"

„Als die Stadt das Haus übernahm, wollte sie es abreißen lassen", dozierte er. „Dazu musste man es zuerst entkernen. Mit dem Abrissunternehmen gab es dann wohl Schwierigkeiten. Schließlich wurde die Angelegenheit auf Eis gelegt. Bis zu dem Zeitpunkt war nur das Erdgeschoss entrümpelt worden. In die oberen Stockwerke kannst du sofort einziehen."

„Ohne mich!", quietschte Mandy entsetzt. „Aber wenn du …"

„Wartet!", unterbrach Lilly sie und stoppte abrupt.

Boris und Mandy warfen ihr entgeisterte Blicke zu. Darauf achtete sie nicht. Sie starrte auf das Ende des Ganges. Dort stand jemand! Die Silhouette zeichnete sich vor einem der Fenster ab. Trotz der Dunkelheit war sie deutlich zu erkennen. Boris und Mandy folgten ihrem Blick. Als sie die Gestalt entdeckten, keuchten sie auf. Die Gestalt bewegte sich nicht.

„Wwwwwer ist das?", stotterte Mandy.

„Keine … Ahnung", stammelte Boris.

Lilly sagte nichts. Sie hatte einen vagen Verdacht. Einige Sekunden vergingen. Es war still wie in einem Grab.

Dann meldete sich Mandy wieder zu Wort. „Moment mal! Ist doch völlig klar, wer das ist", sagte sie leise.

Fragend schaute Lilly sie an.

„Na, der Einzige, der aus unserer Gruppe fehlt, ist David. Wahrscheinlich filmt er uns gerade. Warum sollte er sonst so still und steif dastehen."

„Das ist doch das Letzte", schimpfte Boris. „Den schnapp ich mir!"

„Nein, warte!", warnte Lilly.

Doch er hörte nicht auf sie. Wütend wie er war lief er auf die Gestalt zu. Kaum hatte er sie erreicht, kam Bewegung in dieselbe. Sie hob die Faust und schlug auf Boris ein. Der war so überrascht, dass er nicht auswich. Ein Schlag traf ihn mitten ins Gesicht.

Er brach zusammen und regte sich nicht mehr. Mandy kreischte auf vor Entsetzen.

Obwohl ihr speiübel war und sich Panik in ihr ausbreitete, befahl Lilly sich im Stillen, die Nerven zu behalten. Sie ergriff Mandys Hand und rannte los. Zusammen stürmten sie in einen Seitengang und durch eine Tür. Dahinter befand sich ein kleiner Raum mit leeren Aktenschränken. Ansonsten gab es nichts weiter, vor allem keinen zweiten Ausgang. Sie saßen in der Falle. Hoffentlich verfolgt er uns nicht, betete Lilly im Stillen.

Wie auf ein Stichwort hörte sie Schritte, erst leise, dann immer lauter. Bald würde der Unbekannte ihre Tür erreichen. Mandy wimmerte vor Angst. Sie hielt ihr die Hand auf den Mund. Die Schritte verharrten. Der Unbekannte konnte nun nur noch wenige Zentimeter von ihnen entfernt sein.

Ihr wurde schwindelig vor Erleichterung, als er seinen Weg fortsetzte. Mit jedem leiser werdenden Schritt, wusste sie, dass er sich von ihnen entfernte. Als die Geräusche schließlich verstummten, atmeten sie beide auf.

„Was zum Teufel ist da eben geschehen?", fragte Mandy.

„Ich weiß es nicht." An ihrer zittrigen Stimme merkte Lilly, wie ängstlich sie selbst war.

„Dieser David!", schimpfte Mandy. „Warum hat er Boris geschlagen?"

„Ich glaube nicht, dass er es war", erwiderte sie. „Ich halte es für ziemlich unwahrscheinlich, dass unser David imstande ist, einen Kerl wie Boris niederzuschlagen."

Dagegen konnte Mandy nichts einwenden. „Aber wer ist der Typ?"

„Ich nehme mal an, dass es der gleiche Typ ist, der die Ausgangstür blockiert hat." Dann überlegte sie einen Moment. Etwas passte nicht.

„Nein", fuhr sie fort, „das kann nicht stimmen. Er hätte die Tür ja nicht von außen verschließen können. Das heißt, wir haben es mindestens mit zwei Leuten zu tun."

„Zwei Leute?", hauchte Mandy. „Wohl eher zwei Geister, wenn nicht sogar eine ganze Horde. Die Geisterbeschwörung ist schiefgegangen. Wahrscheinlich haben wir aus Versehen das Tor zur Hölle geöffnet und nun bestrafen uns die Geister des Instituts."

Zwar fand sie Mandys Darstellung recht überzogen, doch grundsätzlich konnte Lilly nicht viel dagegen sagen. Sie hatten sich ins Hitfield-Institut geschlichen und an diesem Ort mit seiner dunklen Vergangenheit versucht, den gefährlichsten Geist der Gegend zu rufen. Nach der missglückten Sitzung waren all diese unheimlichen Dinge passiert. Trotzdem glaubte Lilly immer noch nicht, dass Geister Türen mit einer Kette verrammeln konnten. Aktionen von Geistern waren selten von so komplexer Art. Unmöglich war es jedoch nicht. Die Erscheinung, die Boris niedergeschlagen hatte … Lilly war sich nicht sicher, wer oder was sie da verfolgt hatte.

„Moment mal …!" Offensichtlich hatte Mandy eine Idee. „Wenn die Person, die den Ausgang versperrt hat, nicht diejenige ist, die uns hier drinnen jagt …"

„… dann muss diese Person noch irgendwo da draußen rumlaufen", beendete Lilly den Gedankengang. „Das bedeutet, wenn wir einen zweiten Ausgang finden, könnten wir ihr in die Falle laufen."

Bis jetzt hatten sie zumindest die Hoffnung gehabt, irgendwie aus dem Gebäude zu entkommen. Ein Geist hier drinnen und eine unbekannte, ihnen feindlich gesinnte Person da draußen - das machte ihre Hoffnungen zunichte.

„Was tun wir jetzt?", japste Mandy.

Das war eine gute Frage. „Also, in dieser Kammer können wir nicht bleiben", meinte Lilly schließlich. „Wenn wir entdeckt werden, haben wir keinen Fluchtweg. Am besten suchen wir uns erst einmal ein besseres Versteck."

Die Aussicht, ihren aktuellen Unterschlupf zu verlassen, begeisterte Mandy offensichtlich nicht. Dann sah sie aber doch ein, dass, in der Falle zu sitzen, das größere Problem darstellte. Hand in Hand verließen sie den Raum und standen zunächst eine Weile unschlüssig im Gang. Dann schlichen sie den gleichen Weg, den sie gekommen waren, zurück zum Hauptflur. Als sie an der großen Treppe angelangt waren, konnten sie sich nicht entscheiden.

Abgesehen von der Treppe, die in den dritten Stock führte, gab es noch drei weitere Wege. Keiner der Korridore wirkte einladender als der andere. Einer plötzlichen Eingebung folgend wählte Lilly den mittleren Gang. Mandy folgte ohne Widerworte. Schweigend tasteten sie sich voran.

Plötzlich blieb Mandy stehen, wies auf eine Wand und wisperte: „Lilly, schau mal!"

Sie blickten auf die metallischen Schiebetüren eines Fahrstuhls.

„Das muss der stillgelegte Lastenaufzug sein", sagte Mandy, „der, von dem Boris geredet hat. Was meinst du, wäre das ein gutes Versteck?"

„Da drin sitzen wir erst recht in der Falle", gab Lilly zu bedenken. „Außerdem ist der doch schon seit über dreißig Jahren außer Betrieb. Ich glaube nicht, dass man das Ding noch öffnen kann."

„Lass uns die Sache erst mal ansehen." Kurzentschlossen trat Mandy an den Fahrstuhl heran. „Und los!" Dann versuchte sie, die Fahrstuhltür aufzuschieben.

Lilly zögerte noch einen Moment, bis sie sich an der Aktion beteiligte. Die Türen gingen überraschend leicht auf und die Kabine befand sich in ihrem Stockwerk. Sie wirkte wie eine Besenkammer, die seit Jahrzehnten nicht mehr gelüftet worden war.

Mandy schien das nicht zu stören. „Siehst du, da passen wir locker rein. Wir schieben die Türen von innen einfach wieder zu und warten da drin, meinetwegen bis morgen früh."

„Wir wissen nicht, ob der Fahrstuhl noch stabil ist. Womöglich stürzen wir mit ihm in die Tiefe", warf Lilly ein.

Doch Mandy stand bereits drinnen. „Siehst du, alles sicher!" Jetzt begann sie, auf und ab zu wippen.

Lilly fragte sich, ob sie mit dem Krach nicht bereits alle Geister des Instituts auf sich aufmerksam gemacht hatten. Und dann - plötzlich - passierte es. Mit lautem Knacken und Krachen löste sich die Fahrstuhlkabine aus ihrer Verankerung und stürzte in die Tiefe. Mandy schrie! Spätestens jetzt wussten potenzielle Verfolger, wo sie waren.

Bevor Lilly sich Sorgen machen konnte, endete die Fahrt bereits nach einem Stockwerk. Zum Glück funktionierten die Sicherheitsbolzen noch, trotz des Alters.

„Mandy, geht's dir gut?", rief sie in den Fahrstuhlschacht hinab.

„Ich lebe noch", hörte sie Mandys Stimme gedämpft aus der Kabine. „Aber sonst ist gar nichts in Ordnung. Hol mich hier raus!"

Dass Mandy am Ende ihrer emotionalen Belastbarkeit angelangt war, stand für sie außer Zweifel. Bald würde das Mädchen völlig durchdrehen. „Mandy, reiß dich zusammen. Ich hole dich da raus!", rief sie nach unten.

„Und wie? Willst du etwa auch runter?"

„Nein, warte einen Moment." Sie musste überlegen.

„Mandy, in solchen Fahrstühlen gibt es doch immer eine Klappe in der Decke, damit man im Notfall rausklettern kann. Sieh dich mal um!"

Einige Sekunden verstrichen. „Ja, da ist eine Klappe. Ich versuche, sie zu öffnen."

Dann war heftiges Gerumpel aus der Kabine zu hören. Anscheinend fiel es dem zierlichen Mädchen schwer, die Klappe an der Decke zu erreichen. Dann wurde es schlagartig still – aber nur für einen Augenblick.

„Lilly, da draußen ist jemand!", schrie Mandy. „Direkt vor der Tür!"

Jetzt fuhr ihr Magen Achterbahn. Was konnte sie nur tun? Weil ihr nichts Besseres einfiel, rief sie: „Schnell, komm da raus!"

Das Geräusch der schweren Metalltüren, die aufgedrückt wurden, drang bis zu ihr nach oben. Mandy würde nicht mehr entkommen. Vielleicht konnte sie noch mitteilen, wer ihr Angreifer war?

Lilly befahl sich, kaltblütig zu sein. „Kannst du erkennen, wer das ist?"

„Er hat mich fast, er hat …" Mandys Stimme erstarb.

„Du musst es mir sagen! Ist es ein Mensch?", brüllte sie verzweifelt.

Keine Antwort. Ein panischer Schrei, dann völlige Stille. Lilly schluckte, sie musste hier weg. Wer auch immer Mandy geschnappt hatte, er wusste natürlich genau, dass sie sich nur ein Stockwerk höher befand. Sie sprang auf und rannte los - ohne Plan, einfach nur weg. Schon hörte sie Schritte. Sie kamen nicht aus Richtung Treppe, sondern ihr direkt entgegen. Wie war das möglich? Konnte das Ding etwa durch Wände gehen?

Völlig kopflos stürzte sie durch eine der Türen in einen Raum, der voller Betten stand. Ohne groß zu überlegen, kroch sie unter das nächstbeste. Keine Sekunde zu früh. Die Schritte stoppten vor der

Tür. War sie zu langsam gewesen? Hatte der Fremde gesehen, dass sie in diesen Raum gelaufen war? Offenbar. Langsam wurde die Tür geöffnet. Dumpfe Schritte näherten sich. Schließlich stand der Unbekannte genau vor dem Bett, unter dem sie kauerte. Seine Schuhe waren direkt vor ihrem Gesicht. Er verharrte einige Sekunden. Dann ging er in die Hocke und fuhr mit einer Hand unter das Bett.

Ihr blieb das Herz stehen. Im nächsten Moment klirrte es irgendwo, laut und schrill, als hätte jemand eine Fensterscheibe zerbrochen. Die Hand zog sich rasch zurück. Mit schnellen Schritten verließ der Fremde den Raum. Was hatte da geklirrt? War das einer aus ihrem Trupp gewesen? Ihre Gedanken überschlugen sich. Als sie unter dem Bett hervorkroch, tropfte etwas Warmes auf ihre Hand. Erst jetzt merkte sie, dass Tränen über ihr Gesicht liefen. Womit hatten sie das nur verdient? Natürlich war es falsch gewesen, ins Institut einzudringen. Aber war das ein Grund, sie so zu quälen? Etwas wackelig kam sie auf die Beine. Fürs Erste war sie dem Unbekannten entkommen, aber er würde mit Sicherheit zurückkehren. Sie brauchte ein neues Versteck. Also schlich sie weiter durch die Gänge.

Es dauerte nicht lange, bis sie wieder vor der großen Treppe stand. Was nun? Nach unten, war ihr erster Impuls. Vielleicht gab es ja doch noch eine Hintertür. Allerdings waren die Versteckmöglichkeiten unten begrenzt. Also nach oben! Dort würde sie wahrscheinlich auch nicht in Sicherheit sein, aber immerhin konnte sie mehr Verstecke finden. Mit klopfendem Herzen stieg sie die Treppe hinauf bis zum dritten, dem obersten Stockwerk. Kaum war sie einige Meter im Gang vorangekommen, hörte sie wieder die inzwischen vertrauten Schritte. Wie geht das?, fragte sie sich völlig fassungslos.

Der Verfolger hatte sich von der Treppe wegbewegt. Wie konnte er in das obere Stockwerk gelangt sein? Waren es doch mehrere? Oder ging wirklich ein Geist in diesem Haus um? Sie machte kehrt und lief in die entgegengesetzte Richtung. Auch wenn sie nicht mehr daran glaubte, dass das noch Sinn machte, lief sie immer schneller. Die Schritte wurden lauter. Sie wollte sich umdrehen, um wenigstens das Gesicht des Phantoms zu sehen. Bevor es dazu kam, griff eine Hand nach ihr und sie wurde in eine Ecke gezogen. Sie wollte schreien, doch die Hand hielt ihr den Mund zu.

„Mensch, sei leise!" Die Stimme kam ihr sehr bekannt vor. David!

Sie war davon ausgegangen, dass auch er inzwischen in die Fänge ihrer Gegner gefallen war. Vor Erleichterung wurde ihr schummrig. Gleich danach hatte die Panik sie wieder fest im Griff, als der Unbekannte an ihnen vorbeilief. Das Gesicht der hoch gewachsenen Erscheinung lag im Schatten. Von ihr ging eine unbeschreibliche unmenschliche Kälte aus. Das Wesen, was immer es auch war, bemerkte Lilly und David nicht. Als das Geräusch der Schritte verstummt war, schob sie Davids Hand von ihrem Mund und drehte sich zu ihm um.

„Verdammt, was soll das?", fragte sie wütend.

„Sollte ich etwa zulassen, dass du das ganze Haus zusammenbrüllst?", verteidigte er sich etwas pikiert.

„So habe ich es nicht gemeint", hauchte sie. „Danke, David."

„Schon gut", erwiderte er.

Da fiel ihr etwas ein: „Wieso hat dich dieses Ding nicht verschleppt?"

„Na, ich war doch im Keller, um meine Ausrüstung zusammenzuräumen. Dann habe ich mich da unten verlaufen, bin ewig rumgetigert, bis ich die Treppe nach oben wiederfand. Als ich dann endlich in der Halle stand, war die Tür von außen blockiert."

„Was du nicht sagst!" Sie spürte, dass sie ungeduldig wurde. Was ging hier ab?

„Zuerst dachte ich, dass ihr das gewesen seid, zur Strafe, weil ich so lange gebraucht habe oder so. Als ich dann losgezogen bin, um einen anderen Ausgang zu finden, lagen eure Sachen überall im Institut verteilt."

Ja, sie hatten während ihrer Flucht alles fallen gelassen, was sie beim Laufen behinderte.

„Dann hörte ich Mandy schreien, dazu einen gewaltigen Krach, als hätte es hier drin einen Autounfall gegeben."

„Das trifft es nicht ganz", stöhnte sie. „Aber erzähl weiter. Was hast du dann gemacht?"

„Ich bin in die Richtung gegangen, aus der Mandys Schrei gekommen war. Habe nur noch gesehen, wie irgend so ein finsterer Typ Mandy aus dem Fahrstuhl gezogen hat."

„Hast du gesehen, wer es war?", fragte sie.

„Nein, es war zu dunkel und ich war zu weit weg. Mandy habe ich nur an den blonden Haaren erkannt. Ich bin den beiden unauffällig gefolgt, doch ich habe sie verloren. Nicht, weil ich zu langsam war! Es sah so aus, als wären die einfach in der Wand verschwunden."

So war es bestimmt, dachte sie.

„Dann bin ich weiter geschlichen. Habe aber keine Spuren von euch gefunden. Dafür bin ich wieder auf diesen Finsterling gestoßen, der offensichtlich jemanden verfolgte, also einen von euch. Den Typen zu verprügeln, hätte wohl keinen Sinn gemacht. Also habe ich es mit einem Ablenkungsmanöver versucht und eine der Fensterscheiben zerbrochen."

„Du warst das also!"

„Ja, und es hat geklappt, denn danach war der Kerl hinter mir her. Konnte gerade noch abhauen und mich hier verstecken. Den Rest kennst du ja."

Sie wollte es nicht so recht wahrhaben, aber sie war beeindruckt. So viel Geistesgegenwart hätte sie David nie zugetraut. Dass er wieder aufgetaucht war, gab ihr neue Hoffnung.

„So, was nun?", fragte er.

Schon ging ein wenig von ihrer neu gewonnenen Zuversicht flöten.

„Wir müssen irgendwie hier raus und Hilfe holen. Aber draußen ist vielleicht noch einer, derjenige, der die Tür versperrt hat."

„Das wird ja immer besser", stöhnte er. „Aber zum Thema *hier rauskommen* habe ich etwas entdeckt. Das wollte ich mir vorhin schon genauer angucken."

Er zog sie aus ihrem Versteck in einen der angrenzenden Räume. Sie folgte ohne Widerworte. Der Raum war sehenswert. Mit Sicherheit war er nicht nur der am besten erhaltene Raum des Instituts, sondern ziemlich luxuriös dazu. Der rote Teppichboden und die teuren Möbel wirkten edel.

„Das muss das Büro von diesem Dr. Hitfield gewesen sein", spekulierte er. „Der ließ es sich hier wirklich gut gehen. Schau mal, da ist sogar ein Speiseaufzug, damit der Herr Doktor nicht mit den Normalsterblichen essen muss."

Das alles fand sie nur mäßig interessant. Vielmehr fragte sie sich, was an diesem Ort ihnen bei der Flucht aus dem Gebäude helfen sollte. Dann sah sie es. Die Fenster waren nicht vergittert und direkt vor einem der Fenster stand eine große Eiche. Normalerweise hätte sie so etwas nicht einmal in Erwägung gezogen. Doch nach den Schrecken der letzten Stunden war sie entschlossener denn je. Die Äste des Baumes hingen dicht genug vor der Scheibe, um sie mit einem beherzten Sprung zu erreichen. Mit etwas Geschick war es möglich, bis zum Boden zu klettern.

Mit neuem Elan drehte sie sich zu David, um mit ihm darüber zu sprechen. Dabei fiel ihr Blick durch die noch immer offene Doppeltür. Am Ende des Flurs stand ihr Verfolger. Auch David hatte die Gefahr bemerkt und reagierte erneut überraschend effizient. Er lief zu den Doppeltüren. Sie sah, wie der Fremde loslief. Doch David war schneller. Mit einem Krachen klappten die Doppeltüren direkt vor dem Unbekannten zu. Der donnerte von außen gegen die Tür. David stemmte sich dagegen. Rasch schob Lilly ein schweres Holzregal, das praktischerweise genau danebenstand, vor die Türen. Das verstärkte die Barrikade. Doch lange würde das ihren Gegner nicht aufhalten.

„Alles klar, jetzt bleibt uns nur noch eine Möglichkeit", japste David. „Lilly, du verschwindest. Ich bleibe."

„Was? Bist du bescheuert?", stieß sie hervor. „Seit wann spielst du den Helden? Wie soll ich überhaupt rauskommen?"

Er wies auf den Speiseaufzug. „Der führt wahrscheinlich direkt in die Küche und dort findest du bestimmt einen Ausgang. Du holst Hilfe. Dafür bist du besser geeignet. Ich würde noch nicht einmal in den Schacht hineinpassen. Am Ende kommt die Kavallerie und rettet uns alle."

Das klang gut. Aber sie brachte es nicht übers Herz, nun auch noch David dieser Kreatur zu überlassen.

„Nun mach schon!", drängte er jetzt wesentlich energischer. „Wenn du es nicht schaffst, zu entkommen, sind nicht nur wir, sondern auch Boris und Mandy verloren."

Weder hatte sie die Kraft, noch die Argumente, um sich weiter zu sträuben. Sie nickte ihm zu, ging zu dem Aufzug und öffnete die

Holzklappe. Wie zu erwarten, war der schmale Schacht leer. Doch an den Seiten waren Eisensprossen eingelassen. So konnte sie bequem hinabsteigen. Noch einmal schaute sie zurück zu David. Der stemmte sich mit hochrotem Kopf gegen die vibrierende Tür. Rasch kletterte sie in den Schacht. Als sie die Holzklappe zuzog, sah sie gerade noch zwei kräftige Pranken, die durch die Tür brachen und nach David grapschten. Dann schloss sich die Klappe und um sie herum wurde es dunkel.

In der Finsternis war es schwerer als gedacht, jede Eisensprosse mit dem Fuß zu erwischen. Einige saßen locker im Mauerwerk. Mehrmals rechnete sie damit abzustürzen. Von oben hörte sie Kampfgeräusche. Anscheinend lieferte David seinem Gegner entschlossen Widerstand. Bald jedoch verebbten die Geräusche. Bestimmt war David am Ende nicht als Gewinner hervorgegangen.

Nach scheinbar endlos langer Zeit erreichte sie den Boden des Schachtes, tastete nach einer Klappe, öffnete sie vorsichtig und kletterte hinaus. Wie erwartet befand sie sich in der Küche des Instituts. Dass sie hier nicht bleiben konnte, wusste sie. Wer auch immer David in Dr. Hitfields Büro überwältigt hatte, würde bald darauf kommen, wohin sie verschwunden war. Die Jagd ging weiter. Wo sollte sie hin? Der Ausgang war versperrt. Sollte sie in den oberen Stockwerken Zuflucht suchen oder doch im Erdgeschoss? Alleine in den Keller hinunterzusteigen, wäre für sie schon unter normalen Umständen nicht in Frage gekommen. Ohne ihre Lampe würde sie das Labyrinth der Kellergänge auf keinen Fall betreten. Dass ihr Verfolger durch Wände gehen konnte, machte die Sache auch nicht besser.

Zum ersten Mal dachte sie daran aufzugeben. Die Schrecken der letzten Stunden hatten ihren Kampfwillen so gut wie gebrochen. Sie wankte in eine der dunklen Ecken und setzte sich hin. Auf den ersten Blick würde man sie nicht entdecken, bei genauerem Hinsehen aber doch. Es kümmerte sie nicht mehr. Sie hatte aufgegeben.

Wie lange sie dort gehockt hatte, wusste sie nicht, als sie mit einem Mal etwas hörte. Irgendwo aus den Tiefen des Instituts drangen Stimmen an ihr Ohr. Wie elektrisiert fuhr sie hoch. Es waren die Stimmen von David, Mandy und Boris. Was hatte das zu bedeuten? In ihrem Kopf wirbelte es durcheinander.

Waren die anderen entkommen? Hatte David den Fremden wider Erwarten doch überwältigt und erfahren, wohin er Mandy und Boris gebracht hatte? Wie waren die drei ihrem Peiniger entkommen? Gab es womöglich doch noch Hoffnung?

Mit neuem Mut, aber etwas steifen Gliedern, stolperte sie in die Richtung, aus der die Stimmen kamen. So gelangte sie in die große Eingangshalle, in der sich aber niemand befand, obwohl die Stimmen nach wie vor zu hören waren, wenn auch etwas dumpf. Ratlos sah sie sich immer wieder um. Da fiel ihr Blick auf einen quadratischen Gegenstand, der in der Mitte der Halle lag. Vorsichtig näherte sie sich dem geheimnisvollen Objekt, das sich als Davids Kamera entpuppte. Kurz entschlossen spielte sie die letzten Aufnahmen ab. Auf dem kleinen Bildschirm sah sie sich und die anderen im Keller des Instituts. Wieso lag die Kamera hier?

Als sie wieder Schritte hinter sich hörte, wurde es ihr klar. Natürlich, David hatte die Kamera wahrscheinlich bei sich gehabt. Der Unbekannte hatte sie ihm abgenommen und sich eine List einfallen lassen, um Lilly, die letzte Flüchtige, zu fangen. Er hatte die Kamera laufen lassen, um sie mit den Stimmen aus ihrem Versteck zu locken. Und ich bin in die Falle getappt, dachte sie und hätte beinahe gelacht. Kräftige Hände packten sie. Dann wurde es dunkel.

Als sie wieder zu sich kam, lag sie auf einem gekachelten Boden. Zuerst glaubte sie, sich immer noch in der Eingangshalle zu befinden. Dann erkannte sie, dass der Raum viel kleiner war. Ganz in ihrer Nähe brannte Licht.

„Lilly ist wach", sagte jemand.

Sie fuhr hoch und bereute es gleich darauf. Ihr wurde schlecht, alles begann sich zu drehen. Doch als sie sich umschaute, war es egal, dass sie sich so elend fühlte. Da hockten sie: Boris, Mandy und David, alle am Leben, wenn auch ziemlich mitgenommen. Sie saßen um eine einzige Taschenlampe herum und schauten zu ihr.

„Wo sind wir?", fragte Lilly noch etwas zittrig.

„Keine Ahnung", erwiderte Boris. Er klang zerknirscht. „Wahrscheinlich irgendwo im Institut, aber in einem Teil, den keiner von uns kennt."

„Wie sind wir hierhergekommen?", wollte sie wissen.

David zuckte mit den Schultern. „Wir sind selbst gerade erst aufgewacht. Wahrscheinlich hat uns jemand etwas verabreicht, damit wir stundenlang schlafen. Was das soll, weiß ich auch nicht."

Sie traute sich kaum aufzustehen, tat es aber doch. Auf wackligen Beinen lief sie an einer Wand entlang. Scheinbar befanden sie sich in einem schmalen Flur. Etwa ein Dutzend Stahltüren gingen davon ab. Das Ganze erinnerte sie an einen Zellentrakt. Ein Blick durch eine der Türen bestätigte ihre Vermutung. Dahinter war wirklich eine Gefängniszelle. Ob hier früher Kinder gefangen gehalten wurden? Das konnte sie sich nicht vorstellen, aber bei genauerem Hinsehen erkannte sie Kritzeleien an den Wänden. Strichmännchen mit ängstlichen Gesichtern, die von Wesen mit scharfen Zähnen und Krallen bedrängt wurden. Rasch wandte sie sich von den schaurigen Bildern ab und sah sich weiter im Gang um. Mittlerweile hatten sich ihre Augen an die Lichtverhältnisse gewöhnt. Ihr gesamtes Gepäck war da: Boris' Werkzeugtaschen, Davids Filmausrüstung, das Quija-Brett. Sie ging zurück zu den anderen.

„Unsere Smartphones sind weg", sagte Mandy.

„Die hätten uns hier drin sowieso nichts genutzt", meinte Boris. „Ihr wisst schon, kein Empfang."

„Aber was soll das Ganze?" David runzelte die Stirn. „Warum sperren die uns hier ein? Ich meine, irgendwann wird man uns doch vermissen. Unsere Eltern kommen bestimmt auf die Idee, im Institut nachzusehen. Da wäre es doch besser, uns gleich umzulegen."

„Klasse Vorschlag, David!" Mandy verdrehte die Augen. „Den solltest du gleich an unsere Entführer weitergeben."

„Es kann noch eine ganze Weile dauern, bis uns jemand vermisst", gab Boris zu bedenken. „Vergesst nicht! Wir haben extra auf ein Wochenende gewartet, an dem unsere Eltern nicht da sind, und wir haben niemanden eingeweiht. Außerdem sind unsere Leute für längere Zeit weg. Da können wir hier verrotten."

In diesem Moment fiel Lilly etwas ein und Hoffnung keimte in ihr auf. „Wartet! Billy ist noch in der Stadt. Er wird zwar nicht gleich auf die Idee kommen, dass mir was passiert ist. Aber wenn ich mich gar nicht melde, wird selbst er anfangen, sich Sorgen zu machen. Immerhin kennt er meinen Sinn fürs Makabere und kommt so irgendwann auf das Institut."

„Und wenn du dich scheinbar doch bei ihm meldest?", erwiderte David. „Die haben doch auch dein Smartphone. Was ist, wenn sie Billy jeden Tag eine Nachricht in deinem Namen schreiben, in der steht, dass es dir gut geht? Dann kann es ewig dauern, bis dein Bruder merkt, dass da was faul ist."

Damit hatte er recht. Mit den Smartphones konnten ihre Peiniger in Ruhe Fährten legen, um eventuelle Retter auf eine falsche Spur zu locken. Lilly konnte sich nun nicht mehr vorstellen, dass es sich nur um einen Unbekannten handelte. Ihre Hoffnung schwand dahin. Sie begann im Gang auf und ab zu tigern und versuchte, nicht in Tränen auszubrechen. Dabei gelangte sie zu einer schweren Eisentür, wohl der Ausgang aus dem Zellentrakt.

Probeweise tastete sie nach dem Griff und drückte ihn nach unten. Wie erwartet war die Tür verschlossen. Sie waren gefangen.

Das Tagebuch

12. August 1935

Albert Davis war stolz auf seine Position als Polizeichef von Bad Old Low, seinem Heimatort. Seit er denken konnte - mittlerweile war er siebenundfünfzig – war es sein Wunsch gewesen, in den Polizeidienst einzutreten. Und nun hatte er sogar den Posten des Chiefs inne. Zwar arbeiteten nur fünf Leute unter ihm, doch das reichte schon, um für die Sicherheit der nicht einmal tausend Einwohner zu sorgen. Gut die Hälfte davon lebten nicht in der Stadt selbst, sondern im näheren Umland, wo sie in der Forstwirtschaft tätig waren. Das machte Bad Old Low für viele zu einem unattraktiven Nest. Doch ihn erfüllte es mit Stolz, wie sich die Stadt entwickelt hatte.

Erst vor sechzig Jahren hatten sieben Familien, allesamt Einwanderer aus Norddeutschland, die kleine Siedlung gegründet. Die Neuankömmlinge hatten Probleme mit den älteren viel größeren Städten der Umgebung, die schon seit über hundert Jahren existierten.

Immerhin waren die Neuen Konkurrenten in der Landwirtschaft und im Handel. Außerdem hielt sich damals das Gerücht, dass in den Gründerfamilien gottlose Rituale praktiziert wurden. Sogar von Hexen war die Rede gewesen. Zu Beginn des zwanzigsten Jahrhunderts verebbten diese Gerüchte allmählich. Den Bewohnern von Bad Old Low hatten sie aber einen schlechten Ruf eingebracht. Auch das änderte sich recht schnell, was vor allem am stetigen Wachstum der Siedlung lag.

Davis war der Sohn einer Deutschen und eines Kaufmanns aus Vermont. Die rasante Entwicklung von Bad Old Low hatte er von Kindesbeinen an miterlebt, von einer Ansammlung schlichter Holzhäuser zum Bau der ersten festen Straßen und Gebäude bis hin zur Verlegung der Strom- und Telefonleitungen. An den Bau der Schule und die Einweihung des Rathauses erinnerte er sich gut. Er war felsenfest davon überzeugt, dass dem Aufstieg seiner Stadt keine Grenzen gesetzt waren.

Nachdenklich blickte er auf das Schreiben des Stadtrates, dem ein Brief eines Doktors der Anthropologie beigefügt war. Er las den entscheidenden Teil in diesem Brief zum wiederholten Mal.

Als Doktor der Anthropologie vertrete ich eine ganze Reihe von Wissenschaftlern. Unsere Fachgebiete hängen zusammen und wir bereiten eine gemeinsame Expedition in das Umland von Bad Old Low vor. Ziel dieser Entdeckungsreise ist eine alte Kultstätte der amerikanischen Ureinwohner, die vor Jahrhunderten in der Gegend siedelten, bis sie von den europäischen Einwanderern verdrängt wurden. Geldgeber für dieses Vorhaben sind bereits gefunden. Wir benötigen nur noch die Genehmigung der Stadtverwaltung, damit die Ausgrabungen auch rechtens sind.

Dieses Projekt begeisterte Davis absolut nicht. Von den Kultstätten hatte er natürlich schon gehört. Die Schauergeschichten über frühere heidnische Rituale, Geisterbeschwörungen und Menschenopfer waren sozusagen mit den Gerüchten über die Praktiken der Gründerfamilien verschmolzen. Von Dämonen und auferstandenen Toten war sogar die Rede gewesen. Die Bewohner der umliegenden älteren Städte hatten sich gefragt, warum die neuen Siedler sich ausgerechnet auf einem Land mit einer solchen Vergangenheit niederließen. Wenn diese Weihestätten wieder zu einem Thema in der Region werden würden, war zu erwarten, dass auch die alten Vorurteile wieder aufflammten.

Natürlich konnten Stadtrat und Polizei so ziemlich alles verbieten, aber die Stadtoberen waren bestrebt, ein gutes Bild nach außen abzugeben. Das hatten sie Davis auch deutlich gemacht. Also erteilte er seine Zustimmung.

Es folgten einige Monate mit regem Briefverkehr zwischen den Organisatoren der Expedition und der Stadtverwaltung. So lernte Davis die Fremden etwas genauer kennen. In den Briefen ging es vor allem um Sicherheitsfragen und gesetzliche Vorschriften, an die sich die Forscher halten mussten. Dabei stellte Davis fest, dass der Expeditionsleiter noch recht jung war und wenig Erfahrung mit der Organisation wissenschaftlicher Unternehmungen hatte.

Erst vor Kurzem hatte dieser Dr. Grover den Status eines Assistenten hinter sich gelassen und sah nun seinem ersten Projekt als leitender Wissenschaftler entgegen. Auch sein Team bestand aus nicht wirklich erfahrenen Leuten. All das erfuhr Davis in diesem Briefverkehr.

Dann lernte er die Mannschaft persönlich kennen. Nie hatte er sich großartig Gedanken darüber gemacht, was Anthropologen für ihre Arbeit benötigten. Keinesfalls hatte er damit gerechnet, dass die Gäste mit mehreren Lastwagen in die Stadt einfahren würden. Einige der Maschinen kannte er nicht einmal dem Namen nach.

Die Gruppe der Forscher bestand aus zwölf Personen, überwiegend Studenten und angeworbene Hilfskräfte. Außer dem Leiter gab es keinen weiteren voll ausgebildeten Wissenschaftler. Grover schien sich in Bad Old Low nicht besonders wohlzufühlen, war aber freundlich. Aus seinen Andeutungen schloss Davis, dass der junge Doktor für seine erste Expedition auf ein spektakuläreres Reiseziel gehofft hatte.

Tatsächlich blieben die Forscher nur kurz in der Stadt. Nach drei Tagen machten sie sich auf zu der Ausgrabungsstätte, die sich einige

Meilen vor der Stadt auf einem bewaldeten Hügel befand. Ihr Ziel war nur zu Fuß erreichbar, weil bislang in diesem Teil des Waldes noch keine Straße gebaut worden war. Die schmalen Wege, die von den Forstleuten genutzt wurden, konnten Lastwagen nicht befahren. Daher ließen die Wissenschaftler ihre Fahrzeuge in der Stadt zurück und griffen auf andere Transportmittel zurück - Pferde, Maultiere und Karren. Die Anreise dauerte einen Tag.

Nachdem die Forscher ihr Lager aufgeschlagen hatten, stattete Davis ihnen einen Besuch ab. Die Ausgrabungsstelle war vorbildlich.

Neben den Wohnzelten gab es provisorische Bauten und Zelte mit all diesen Geräten und Maschinen. Dort würden wohl die Fundstücke untersucht und analysiert werden. Das nahm er jedenfalls an.

Im Übrigen ging er davon aus, dass sein Job im Wesentlichen erledigt war. Doch das erwies sich als Irrtum.

In den folgenden zwei Wochen kamen Mitglieder des Forscherteams immer wieder in die Stadt, meistens um Nachrichten über ihre neusten Erkenntnisse zu versenden oder um ihre Vorräte durch Tabak und Alkohol zu ergänzen. Doch dann blieben die Forscher weg, sie tauchten tagelang nicht auf.

Der Sohn des Wirtes pfiff einen Trupp zusammen, um nachzusehen. Die Männer fanden das Lager verlassen vor. Davis und seine Leute wurden gerufen. Was ihn an dieser menschenleeren Zeltstadt besonders erstaunte, war, dass scheinbar nichts aus dem Lager fehlte - außer den Leuten natürlich. Ausrüstung und gewöhnliche Alltagsgegenstände befanden sich an ihrem Platz, als hätten ihre Besitzer das Lager gerade erst verlassen. Das gab dem Ort eine beklemmende Atmosphäre. Jedoch war er zu sehr Profi, um sich von so etwas beeinflussen zu lassen.

Er überlegte. Da die Wissenschaftler das Lager verlassen hatten, mussten sie sich nun in den Wäldern aufhalten. Die waren weitläufig und nicht ungefährlich. Wenn Menschen sich in ihnen verliefen, ging es um jede Stunde. Wenn ein Verirrter ins nahe Moor geriet oder einem Raubtier begegnete, kam jede Hilfe zu spät. Derartiges war schon öfter geschehen. Wieso die gesamte Mannschaft von zwölf Personen auf einmal verschwunden war, konnte er sich allerdings nicht erklären. Doch das würden ihm Grover und die anderen schon erzählen, nachdem er sie gefunden hatte. Diesbezüglich war er optimistisch und ging nicht vom Schlimmsten aus.

Er stellte eine Suchmannschaft zusammen, die er natürlich persönlich leitete. Seine Polizisten genügten nicht, um ein so großes Gebiet abzusuchen. Daher trommelte er noch einige Leute von der Forstverwaltung, die schon öfter bei solchen Suchaktionen ausgeholfen hatten, und Freiwillige aus Bad Old Low zusammen. So konnte er mit etwa einhundert Leuten starten. Er selbst blieb in der Polizeistation. Sein Deputy und ein paar andere ausgezeichnete Reiter ritten zu den einzelnen Mannschaften, um seine Anweisungen zu übermitteln und brachten dann die Neuigkeiten ins Büro. Er rechnete damit, dass ein so großer Trupp schnell fündig werden würde. Doch auch nach drei Tagen fehlte jede Spur von den Vermissten.

Am vierten Tag kam einer seiner Leute, Sam Joy, ins Büro.
„Was gibt es Neues, Sam?", fragte er.
„Wir haben etwas entdeckt, Chief,", erwiderte Sam, „leider keinen der Vermissten, aber zumindest etwas, was denen mit Sicherheit gehört."
Er griff in seine Tasche, zog etwas daraus hervor und legte es vor Davis auf den Schreibtisch. Der musste erst einmal genauer hin-

schauen. Es handelte sich um ein in Leder gebundenes Buch, das so aussah, als hätte es einige Nächte im Freiem gelegen. Auf dem Buchdeckel prangte in goldenen Lettern *Dr. H. Grover*.

„Das gehört dem Leiter der Expedition", stellte Davis fest.

„Haben wir uns auch gedacht", meinte Sam. „Deshalb wurde ich auch gleich hergeschickt, um es abzugeben."

„Außerdem wolltest du dir einen Kaffee genehmigen", ergänzte Davis, der seine Leute nur allzu gut kannte. „Oder vielleicht doch was Stärkeres?"

Sam grinste und er entließ ihn mit einem Nicken. Dann machte er sich daran, das Buch zu untersuchen. Zum Glück hatte es in den letzten Tagen nicht geregnet, sonst wäre die Schrift total verwischt. Schnell war ihm klar, dass er das Tagebuch des Expeditionsleiters in Händen hielt. Wenn Grover es während der Ausgrabungen weitergeführt hatte, fand sich darin womöglich ein Hinweis darauf, was mit der Gruppe geschehen war. Willkürlich schlug Davis eine Seite auf und begann zu lesen.

20. Juni

Heute hat der Vorstand den Antrag auf Finanzierung der Expedition bewilligt. Ich bin nach wie vor nicht gerade überwältigt von meinem ersten Posten als Expeditionsleiter. Sicher, der Wissenschaftler arbeitet für die Erkenntnis und nicht für den Ruhm. Wie ich heute erfahren habe, sind zwei meiner Kommilitonen ebenfalls zu einer Forschungsreise aufgebrochen. Der eine fährt an den Amazonas, der andere leitet Ausgrabungen in den Anden. Und was mache ich? Mehr als einige Tonscherben wird diese Unternehmung wohl kaum hervorbringen. Natürlich haben in dieser Gegend Indianer gesiedelt, aber das ist schon seit Jahrzehnten bekannt. Ich denke nicht, dass es dort noch viel zu entdecken gibt. Jetzt gilt es, eine Mann-

schaft für die Expedition zusammenzustellen. Ich bezweifle, dass ich viele Freiwillige finden werde.

Davis fühlte sich bestätigt. Seine erste Vermutung stimmte. Grover hielt diese Expedition nicht für besonders spektakulär. Einen Hinweis auf das Verschwinden der Gruppe ergab sich daraus jedoch nicht. Er beschloss, weiterzublättern bis zu dem Zeitpunkt, als Grover und seine Leute in die Stadt kamen. Die Seite fand er schnell.

29. Juli
Heute sind wir in Bad Old Low angekommen. Ich habe lange gesucht, bis ich eine Karte fand, in der dieser Ort überhaupt verzeichnet ist. Zumindest ist die umständliche Vorbereitung nun abgeschlossen. In der Stadt meldete ich mich bei den zuständigen Behörden. Man hieß uns willkommen. Allerdings ist ziemlich deutlich, dass einige Einheimische unzufrieden mit unserer Anwesenheit sind. Vor allem Polizeichef Davis scheint Vorbehalte zu hegen.

02. August
Nachdem wir den Ausgrabungsort heute nach einem mühseligen Marsch erreicht hatten, beaufsichtigte ich den Aufbau des Lagers. Erfreulicherweise gingen die Arbeiten schnell voran. Schon am Abend waren wir eingerichtet. Jetzt ist fast Mitternacht und es kehrt Ruhe ein. Morgen werde ich mir diese Weihestätten ansehen.

Grover hatte also sein Missfallen bemerkt. Das wäre Davis unter normalen Umstanden vielleicht peinlich gewesen. Doch jetzt hatte er Wichtigeres zu tun. Beim Überfliegen der folgenden Seiten stellte er fest, dass in den nächsten Tagen nichts Außergewöhnliches geschehen war. Die Archäologen hatten mit den Ausgrabungen begonnen und - so wie Grover es vorhergesehen hatte - nur einige Tonscherben und zerbrochene Werkzeuge gefunden. Die Notizen im Tagebuch waren entsprechend kurz und klangen frustriert. Dann fand er einen längeren Eintrag, den Grover nur wenige Tage vor dem Verschwinden der Wissenschaftler verfasst hatte.

5. August
Ich bin fassungslos! Wir haben etwas gefunden, etwas, das den Sinn und Zweck der Expedition grundlegend ändert. Eigentlich sollte ich mich freuen. Doch die Art, wie diese Entdeckung zustande kam, lässt mich alles anzweifeln, was ich als Wissenschaftler vertrete. Wenn ich meinen Kollegen oder dem Vorstand von dieser Sache erzähle, wird man mich wahrscheinlich für verrückt erklären, vielleicht sogar zu Recht. Dies ist wahrscheinlich das einzige Mal, dass ich wahrheitsgemäß niederschreibe, was passiert ist.
Am Morgen inspizierte ich eine Ausgrabungsstelle, die sich etwas weiter entfernt von unserem Lager befindet. Wie erwartet, war diese genau so unspektakulär wie all die anderen. Während ich die Ausgrabungsstätte begutachtete, spürte ich, dass jemand hinter mir stand. Ich drehte mich um und sah einen Jungen, vielleicht dreizehn Jahre alt, mit auffallend blonden Haaren. Sein Lächeln wirkte aufgeweckt, auch ein wenig unverschämt.
Was mich jedoch erschaudern ließ, war der Ausdruck seiner Augen - kalt und stechend. Es kam mir so vor, als würde dieser Junge mir direkt ins Herz blicken. Ich kann es nicht erklären, aber das waren nicht die Augen eines Kindes! Ich denke, es waren noch nicht einmal die Augen eines Menschen. Die Worte des Jungen rissen mich aus meiner Starre.
Ganz unschuldig fragte er, was meine Leute und ich in diesem Wald suchen würden. Statt darauf einzugehen, fragte ich ihn, was er hier trieb. Ob seine Eltern wüssten, dass er an einer wissenschaftlichen Forschungsstätte herumlungerte.

Er antwortete nicht, meinte nur, dass er mir etwas zeigen wolle. Dann lief er einfach davon.

Zum Spielball eines Kindes degradiert zu werden, dazu hatte ich wirklich keine Lust. Andererseits befanden wir uns in einem Wald, der meines Wissens nach sehr gefährlich war. Den Jungen alleine herumlaufen zu lassen, erschien mir unverantwortlich. Es könnte in einer Katastrophe enden. Also beschloss ich, ihm zu folgen. Ich war überrascht, wie leichtfüßig der Junge in dem unebenen Gelände vorankam, während ich mir eine Schramme nach der anderen holte.

Meine Jugend lag ja bereits einige Jahre zurück. Sowieso hatte ich immer schon mehr Zeit mit Bibliotheksbesuchen, als mit Waldläufen verbracht. Schließlich holte ich ihn ein. Auf einer Anhöhe wartete er auf mich. Ich wollte ihn zur Rede stellen und fragte erst einmal nach seinem Namen. Der Bengel sah mich an, als müsste er allen Ernstes über diese Frage nach-denken, bis er mir schließlich vorschlug, dass ich ihn Bob nennen sollte. Dann ging er weiter. Nun verlor ich die Geduld und wollte ihn mir schnappen.

Kaum hatte ich ein paar Schritte zurückgelegt, da gab der Boden unter meinen Füßen nach und ich stürzte in die Tiefe. Für einen Augenblick schloss ich schon mit dem Leben ab. Es dauerte nicht lange – ich schätze die Strecke nach unten betrug etwa zwei Meter -, bis ich mich in völliger Dunkelheit, aber auf festem Boden wiederfand. Es ärgerte mich, dass ich keine Lampe dabeihatte. Wenigstens mein Feuerzeug spendete ein wenig Licht. Schnell wurde mir klar, an was für einen Ort es mich verschlagen hatte.

Ich befand mich in einem unterirdischen Höhlengang, der, soweit ich es beurteilen konnte, auf natürliche Weise entstanden war. Das war es aber nicht, was mich verblüffte. Die Wände waren übersät mit Zeichnungen. Zuerst sahen sie alle aus wie die Werke nordamerikanischer Ureinwohner

dieser Gegend. Aber bei genauerem Hinsehen fielen mir Unterschiede im
Stil und in den Motiven auf. Eine Sensation! Ich war so begeistert, dass ich
den Jungen, dem ich meine Misere zu verdanken hatte, völlig vergaß.

Umso mehr überraschte es mich, als dieser Bob plötzlich neben mir stand.
Dass er auch in das Loch gefallen war, hatte ich nicht bemerkt. Wie eine
Geistererscheinung war er neben mir aufgetaucht. Dieser Eindruck wurde
noch dadurch verstärkt, dass seine Gestalt eigenartiger Weise trotz der
Dunkelheit deutlich zu sehen war. Als er zu sprechen begann, wusste ich,
dass er nicht von dieser Welt stammte. Es war nicht nur die Sprache, deren
Worte ich noch nie gehört hatte. Seine Stimme klang rau und brüchig,
dabei gefährlich zischend, wie von einem Wesen, dass seit Jahrhunderten in
diesem Tunnel gelauert hatte und endlich Beute witterte.

Ich weiß nicht, warum ich das schreibe. Aber eben diese Dinge gingen mir
durch den Kopf, während ich in dem Durchgang hockte und der angstein-
flößenden Stimme dieses Jungen lauschte. Und dann - ganz plötzlich -
verschwand die Erscheinung, löste sich einfach auf und ließ mich in der
Dunkelheit zurück. Es dauerte einen Augenblick, bis ich mich wieder
gesammelt hatte.

Ich kletterte aus dem Loch heraus und kehrte zu meinen Leuten zurück.
Dort berichtete ich von den prähistorischen Zeichnungen, ließ den Teil mit
dem unheimlichen Jungen jedoch aus. Natürlich wollte mein Team die
Entdeckung begutachten. Ich führte sie hin, hoffte dabei schon fast, dass wir
nichts finden würden - als Beweis, dass meine Spukerscheinung nur eine
Halluzination gewesen war.

Doch wir fanden das Loch. Nachdem zwei mutige Studenten in die Höhle
hinabgestiegen waren, bestätigten sie die Existenz der Wandmalereien. Bei
meinen Leuten kam Euphorie auf. Nur ich fühlte mich unwohl. Ganz sicher
bin ich kein abergläubischer Mensch, doch archäologische Funde, die einem
Phantom zu verdanken sind, können nur ein schlechtes Omen sein. Ich gab

die Anweisung, das Loch zu sichern und alle weiteren Erkundungen auf den nächsten Tag zu verlegen. Außerdem befahl ich, über die Entdeckung Stillschweigen zu bewahren.

Ich habe nämlich sehr wohl mitbekommen, dass einige meiner Leute mit den Stadtbewohnern Kontakt pflegen. Zuerst will ich wissen, womit wir es zu tun haben, bevor irgendein Außenstehender von der Sache erfährt. Morgen beginnen wir mit der systematischen Erkundung der Höhle.

Davis teilte Grovers Einstellung. Der Mann war in ein dunkles Loch gefallen und hatte etwas Unheimliches gesehen. Ein Hirngespinst war die logische Erklärung. Dass ihm dieser *Bob* erschienen war, fand Davis auch nicht ungewöhnlich. Die Einsamkeit und die seltsame Stimmung in diesen Wäldern hatten schon so manchem einen Streich gespielt. Das geschah öfter, als man dachte. Es gab zwar Jungs in der Gegend, denen er zutraute, bei der Ausgrabungsstätte aufzutauchen und Unsinn zu verzapfen. Einige von ihnen hatte er sich bereits zur Brust nehmen müssen. Doch keiner hieß Bob. Grovers Beschreibung passte wirklich eher zu einer Spukerscheinung. Offenbar war der Wissenschaftler der gleichen Meinung. Sein folgender Eintrag sah jedenfalls ganz danach aus.

6. August

Ich habe mir das, was ich gestern geschrieben habe, noch einmal durchgelesen. Da war ich wohl ziemlich hysterisch. Selbst wenn mir ein Geist den Weg zur Entdeckung meines Lebens gewiesen hätte, auch wenn es der Teufel persönlich gewesen wäre! Wir haben heute mit der Erkundung der Höhlen begonnen und es ist unglaublich! Die Gänge bilden ein regelrechtes Labyrinth. Es handelt sich wohl um das Zentrum eines Kultes, der der Wissenschaft bis jetzt völlig unbekannt ist.

Neben den Wandmalereien fanden wir Ritualplätze und Götzenstatuen. Die Menschen, die an diesem Ort ihren Glauben praktizierten, schienen sich neben Opferritualen auch der Geisterbeschwörung gewidmet zu haben. Zuerst gingen wir von einer Art Menschenopfer aus, wie bei den Azteken. Doch es gab keinen Hinweis darauf, dass Messer oder andere Opferwerkzeuge bei den Ritualen zum Einsatz gekommen sind. Ich habe eine Vermutung, die sich immer mehr verfestigt. Die genaue Analyse der Zeichnungen lässt darauf schließen, dass es bei den Ritualen darum ging, den Körper zu verlassen, um als geisterhaftes Wesen der Gottheit des Kultes zu dienen. Allerdings glaube ich, dass ich diese Schlussfolgerungen nur deshalb ziehen kann, weil ich mich an etwas erinnere. Zu Beginn meines Studiums fand ich eine Abhandlung über prähistorische Indianerstämme, die diese Art der Götzenverehrung praktizierten. In dem Artikel waren Zeichnungen abgebildet, die denen in der Höhle sehr ähnlich sind. Genaueres werden die folgenden Tage ergeben.

Der einzige Wermutstropfen ist die Erkrankung einer meiner Männer. Henry Sendler hat starkes Fieber, allerdings wohl nicht lebensbedrohlich. Ihn quälen schwere Wahnvorstellungen. Ständig behauptet er, dass ihn etwas rufen würde. Es ist so schlimm, dass ich ihn an sein Feldbett fesseln ließ, schon um zu verhindern, dass er davonläuft. Ich hoffe, dass sich sein Zustand von allein bessert, denn ich würde ungern einen Arzt hierherholen. Habe weitere Anweisungen gegeben, keine Informationen nach außen dringen zu lassen. Ich werde nicht zulassen, dass der Vorstand zu früh von meiner Entdeckung erfährt und ich die Leitung an einen ihrer Günstlinge verliere.

Interessant, dachte Davis. Einer seiner Leute war also krank geworden. Grover hatte keinen Arzt gerufen, aus Angst, dass auf diese Weise etwas von der Entdeckung nach außen dringen und man ihm die Leitung der Expedition abnehmen würde. Ein solches Verhalten missbilligte Davis aufs Schärfste. Zwar konnte er nicht beurteilen, wie schlecht es diesem Henry Sendler wirklich gegangen war, doch angesichts der Umstände hätte sich eine Seuche im Team ausbreiten können. Wer wusste schon, was sich dieser Typ eingefangen hatte. Blieb nur zu hoffen, dass Grover recht behielt und der Erkrankte sich erholte. Er las weiter.

7. August

Es gibt Schwierigkeiten. Das ist eigentlich noch untertrieben. Schon die letzte Nacht hätte mir eine Warnung sein sollen. Ich wurde von Albträumen geplagt, in denen ich das Gesicht des Jungen namens Bob gesehen habe. Er schien mir noch unheimlicher als zuvor, wollte mir etwas erzählen. Doch ich konnte ihn nicht verstehen. Als ich an diesem Morgen erwachte, fühlte ich mich schrecklich. Es wurde noch schlimmer, als ich erfuhr, was sich in der Nacht ereignet hatte.

Henry Sendler schaffte es, sich zu befreien und ist verschwunden. Offenbar haben ihm seine Fieberfantasien enorme Kräfte verliehen. Zwei meiner Leute verfolgten seine Spuren und stellten fest, dass er in seinem Wahn in das Höhlenlabyrinth gestiegen ist und zwar in einen Teil, den wir noch nicht erforscht haben. Wenn er dort hilflos umherwandelt, ist ihm nicht mehr zu helfen. Dennoch organisierte ich einen Suchtrupp, der in den Höhlen nach dem Mann suchen sollte. Als sie am Ende des Tages niemanden gefunden hatten, ließ ich die Suche einstellen, ebenso alle Ausgrabungen.

Ich denke, nun komme ich nicht mehr darum herum, die Behörden und den Vorstand zu informieren. Das ist wohl das Ende der Expedition. Ob es auch das Ende meiner Karriere ist, weiß ich nicht. Aber es ist wahrscheinlich das erste und das letzte Mal, dass ich eine Entdeckungsreise geleitet habe.

Diese Auffassung teilte Davis. Grover hatte sich seiner Meinung nach unverantwortlich verhalten. Allerspätestens nachdem der Erkrankte abgehauen war, hätte Grover die Polizei einschalten müssen. Er war fester denn je entschlossen, Grover und seine Leute lebend zu finden, schon damit er dem verantwortungslosen Doktor die Meinung sagen konnte. Kopfschüttelnd las er weiter.

8. August
Ich weiß nicht, was mit uns geschieht. Letzte Nacht wurde ich wieder von Albträumen geplagt. Das war noch nicht das Schlimmste. Als ich schweiß-gebadet erwachte, befand ich mich nicht mehr in meinem Zelt, sondern mitten im Wald. Zuerst glaubte ich noch, zu träumen. Doch dann wurde mir bewusst, dass ich schlafgewandelt war. Das ist mir noch nie zuvor passiert.
Ist das etwa ein Symptom derselben Krankheit, die auch Sendler befallen hat? War auch er im Schlaf in die Höhlen und in sein Verderben gelaufen? Geht es hier doch nicht mit rechten Dingen zu?
Dieser Verdacht verstärkte sich, als ich glaubte, für wenige Augenblicke diesen Bob zwischen den Bäumen zu sehen. Er blickte mich an wie ein freches Kind, das sein Spiel mit jemandem treibt. Dann war er verschwun-den. Vielleicht war alles nur Einbildung, verursacht durch das gleiche Phänomen, das mich zum Schlafwandeln gebracht hat.
Ich schleppte mich zurück ins Lager. Die Sonne ging gerade auf. Dennoch herrschte dort bereits reger Betrieb. Ich erfuhr, dass auch andere in der Nacht unheimliche Erlebnisse gehabt hatten. Manche waren, genau wie ich, schlafgewandelt. Einige hatten sich sogar noch weiter vom Lager entfernt.
Drei von meinen Leuten sind bis jetzt nicht wieder aufgetaucht. Irgendwie rechne ich nicht damit, dass wir sie finden. Was mich genauso beunruhigt, ist, dass tatsächlich jeder meiner Leute behauptet, von Albträumen

heimgesucht worden zu sein. Bei genauerem Nachfragen kam heraus, dass alle Träume etwas gemeinsam hatten. Immer tauchte ein Junge auf, der die Träumenden verfolgte und versuchte, sie irgendwohin zu locken. Laut den Beschreibungen war es in jedem Traum der gleiche Junge. Ich wusste sofort, um wen es sich handelte.

Doch wie kann das sein? Niemand außer mir hat Bob getroffen. Ist er wirklich ein Geist, der mich und die anderen in unseren Träumen heimsucht? Versucht er, uns in das unterirdische Höhlensystem zu locken? Inzwischen schließe ich nichts mehr aus.

Aber es gibt einen Ausweg. Die Einzigen von uns, die bislang nicht von den dunklen Kräften dieses Ortes heimgesucht wurden, sind zwei Studenten. Sie verbrachten die vergangene Nacht in Bad Old Low, aus welchen Gründen auch immer, und sie zeigen keine Symptome. Egal, was uns also heimgesucht hat, es wirkt nur in der Nähe der Ausgrabungsstätte. Also gibt es Hoffnung auf Rettung. Wir müssen so weit wie möglich weg von diesen Höhlen. Sie sind die Quelle allen Übels. Heute ist es schon zu spät, doch morgen brechen wir die Zelte ab.

Nun wurde es auch Davis unheimlich. Was war den Menschen in diesem Wald nur widerfahren? Das alles ließ sich doch nicht mehr mit Fieberfantasien oder Sinnestäuschungen erklären. War an den Gruselgeschichten über diesen Ort, die schon seit Ewigkeiten im Umlauf waren, doch etwas dran? Oder gab es für Grovers wirren Bericht doch noch eine logische Erklärung?

In seiner Jugend hatte Davis die großen Städte an der Ostküste besucht und dabei einige einschlägige Erfahrungen mit Opium und ähnlichen Substanzen gemacht, worüber er später nie gesprochen hatte. Was er in Grovers Tagebuch las, erinnerte ihn sehr an das Verhalten von Drogenabhängigen. Hatten die Wissenschaftler neben ihren Ausgrabungen auch mit ungesunden Substanzen experimentiert? Im Tagebuch stand nichts davon, wobei Grover das wohl kaum dokumentiert hätte. Eine Erklärung für das Verschwinden der Wissenschaftler wäre es ohnehin nicht. Es sei denn, sie wären auf ihrer Flucht vor dem Jungen namens Bob kopflos in die Wildnis gelaufen. Widerwillig, mit sehr gemischten Gefühlen las er weiter.

9. August

Ich habe keine Kraft mehr. Die ganze Nacht lag ich wach. Zu schlafen bedeutet, endgültig den dunklen Mächten dieses Ortes zu verfallen. Wir alle versuchen, uns gegenseitig wachzuhalten. Von Stunde zu Stunde werden wir schwächer. Einige meiner Leute sind bereits verschwunden. Wahrscheinlich haben sie das Bewusstsein und ihren freien Willen verloren. Sie zu retten, ist unmöglich. Ich fürchte auch, dass wir das Lager nicht mehr verlassen können.

Das ist der Plan dieser Macht, die uns heimsucht. Wahrscheinlich nahm das Unheil schon seinen Lauf, als ich den Eingang zur Höhle fand. Ich weiß nicht, wie lange ich noch bei Verstand bin. Solange es geht, führe ich das Tagebuch weiter in der Hoffnung, dass jemand es findet und liest, was mit uns geschehen ist.

Das wirkte schon fast wie ein Abschiedsbrief. Allerdings sprachen zwei Dinge dagegen. Zum ersten gab es nach diesem Eintrag noch weitere mit Grovers Handschrift, zum anderen hatte man keine Toten im Wald gefunden. Dass eine Seuche oder ein dunkler Fluch die Wissenschaftler dahingerafft hatte, konnte Davis sich mittlerweile gerade noch vorstellen, dass die Opfer anschließend verschwanden jedoch nicht. Er hoffte, die folgenden Seiten würden Klarheit über die Ereignisse bringen.

Schon auf den ersten Blick erkannte er, dass sich die Einträge im Stil geändert hatten. Die Handschrift war noch die gleiche. Doch bisher klangen die Schilderungen zusammenhängend, so, als wüsste der Verfasser, was er niederschrieb. Nun waren die Worte in einem unzusammenhängenden Wirrwarr hingeschmiert. Ob Grover betrunken gewesen war? Der nächste Eintrag stammte vermutlich vom selben Tag wie der vorige. Jedenfalls gab es kein neues Datum. Allerdings schien der Wissenschaftler jedes Interesse an einer geordneten Dokumentation verloren zu haben.

Er ruft nach mir. Ich muss zu ihm. Er ist mein Freund. Er ist mein Erlöser. Er ruft nach mir. Wir werden alle zu ihm gehen. Wir werden uns hingeben. Wir werden uns opfern. Er musste zu lange warten. Er wurde allein gelassen. Wir werden bei ihm bleiben.

Welch ein Unsinn! Dieses Kauderwelsch setzte sich über die nächsten drei Seiten fort, wobei die Schrift immer undeutlicher und krakeliger wurde. Nun war Davis davon überzeugt, dass Grover den Verstand verloren hatte. War dies auf *natürliche* Weise geschehen oder hatte sich eine unbekannte Macht des Wissenschaftlers und seines Teams bemächtigt? Das wusste er nicht. Eines allerdings war klar. Der Eintrag stammte vom 9. August. Am Abend dieses Tages hatten Leute aus Bad Old Low das Lager der Wissenschaftler aufgesucht und leer vorgefunden. Danach startete die Suchaktion, der Davis das Tagebuch verdankte. Zwischen dem letzten Eintrag und dem Auffinden des Tagebuchs musste also etwas Entscheidendes geschehen sein.

Die Aufzeichnungen endeten hier. Frustriert blätterte er das Tagebuch noch einmal durch, in der stillen Hoffnung, doch noch etwas zu finden. Zu seiner Überraschung, stieß er nach ein paar leeren Seiten auf eine Notiz, immer noch recht krakelig, doch in verständlichen Sätzen. Er schluckte und begann zu lesen.

Ich weiß nicht, welcher Tag heute ist und wie lange ich schon in dieser Dunkelheit bin. Ich weiß auch nicht, wie ich hierhergekommen bin. Doch ich kann es mir denken. Die dunkle Macht an diesem Ort muss endgültig die Kontrolle übernommen haben. Wahrscheinlich sind wir, einer nach dem anderen, in die Höhlengänge geirrt, sind nun Gefangene dieses Ortes. Warum ich wieder zur Besinnung gekommen bin, weiß ich nicht. Ob ich der Einzige bin? Gelegentlich höre ich die anderen in der Dunkelheit schreien. In meinen Taschen fand ich mein Feuerzeug, mit der kleinen Flamme gewann ich ein Stück Hoffnung zurück.

Dann sah ich das Tagebuch, was mich überraschte. Da fiel mir ein, dass ich es die letzten Tage ständig bei mir getragen hatte, auch als ich ohne freien Willen in die Höhlen gestiegen bin. Als ich meine Umgebung näher inspizierte, wurde mir klar, dass ich mich in der innersten Höhle befand. Das beweisen die Wandmalereien, sie zeigen mehr von dieser geheimnisvollen Kultur.

Alles in mir strebt danach, von diesem Ort zu fliehen. Doch ich weiß, die Macht, die mich hierhergelockt hat, wird mich nicht mehr loslassen. Nur mit diesem Feuerzeug als Lichtquelle wird es nicht lange dauern, bis ich in den Tunneln mein Ende finde. Wenn es mir auch unmöglich ist, zu entkommen, meine Aufgabe als Forscher kann ich noch erfüllen.

Damit endete dieser Eintrag, wie Davis frustriert feststellte, gerade an der Stelle, wo es interessant wurde. Grover war also in diesen ominösen Höhlen gewesen - wie es schien, nicht aus freien Stücken. Dort ging es nicht mit rechten Dingen zu – so viel stand für ihn nun fest. Aber wie sollte er die Wahrheit herauskriegen? Auf den letzten drei Seiten fand er noch eine Notiz, krakeliger und schwerer zu lesen als alle anderen.

Es ist dunkel. Mein Feuerzeug hat schon vor einiger Zeit seinen Geist aufgegeben. Zumindest konnte ich noch die Geheimnisse dieses Ortes ergründen. Nun habe ich auch Erklärungen für all das, was hier geschehen ist. Ich versuche, im Dunkeln zu schreiben, während ich immer noch Schreie höre. Nicht alle sind menschlich, wie ich nun weiß. Mir bleibt wohl nicht viel Zeit. Darum hier das Wichtigste. Ich kann nun alles klar erkennen. *Der Herr dieses Ortes, mit all seiner Macht, verbirgt keines seiner Geheimnisse mehr vor mir.*

Wer auch immer diesen Ort erschaffen hat, verfügte über enormes astronomisches Wissen. Die Sternenkonstellationen der letzten Jahrtausende wurden an die Decke der Höhlenkammern gemalt. Sie lassen daher sicher Rückschlüsse auf das Alter dieser Kultstätte zu. Leider sind meine Kenntnisse zu diesem Thema begrenzt. Nach dem, was ich aus den Sternbildern lese, ist dieser Ort schon vor der letzten Eiszeit entstanden. Es scheint so, als hätten die Ureinwohner dieser Gegend die Höhlen vor langer Zeit entdeckt. Sie fanden hier wohl etwas, das sie zu ihrer neuen heidnischen Gottheit erwählten.

Ich hatte ja bereits angedeutet, dass Menschenopfer in dieser Religion regelmäßig stattfanden. Es ging den Jüngern des neuen Gottes jedoch nicht um Blut. Sie waren keine Kannibalen, wie ich zeitweise vermutete. Sie töteten ihre Opfer, indem sie den Geist der Menschen beschworen und extrahierten. Ich weiß nicht, in welch gottlosem Ritual so etwas möglich ist.

Den Zeichnungen nach zu urteilen, labte sich das namenlose Geschöpf ganz besonders an dem Geist von Kindern. Nach einigen Jahrhunderten des Terrors nahm das Wesen selbst die Gestalt eines Kindes an, um neue Opfer leichter anlocken zu können. Dieser Punkt macht meine Vermutung zur Gewissheit. Der Junge, der sich Bob nennt, ist mit Sicherheit kein gewöhnliches Kind. Dass ich diese Höhlen entdeckte, ist keine Laune des Schicksals gewesen, sondern war geplant. Nun ist mir auch klar, was mit uns geschehen wird. Vielleicht geschieht es uns recht. Ehrgeiz und Übermut haben unseren Blick für die Wahrheit getrübt.

Ich hoffe, dass nie wieder Menschen so naiv sein werden, diesen Ort zu erforschen. Sonst kann es sein, dass dieser Gott des Unheils noch einmal aus den Tiefen der Erde emporsteigt und versucht, seinen teuflischen Kult zu beleben. Die Schreie in den Höhlen werden leiser. Es sind wohl nicht mehr viele von uns übrig. Ich höre Schritte. Ich bin bereit. Es steht genau hinter mir ...

Das waren die letzten Worte des Mannes. Was sollte Davis davon halten? Waren dies die Aufzeichnungen eines Irren? Oder hatte sich der Doktor einen Scherz erlaubt? War er gelangweilt von der Eintönigkeit der Ausgrabungen und hatte sein Tagebuch als eine Art Gruselroman weitergeführt und in Wahrheit war dem Forscherteam etwas ganz anderes passiert? Schließlich war das Buch im Wald gefunden worden und nicht in irgendeiner Höhle. Da fiel es Davis wie Schuppen von den Augen. Natürlich, die Höhlen! Es gab eine einfache Möglichkeit, die Wahrheit hinter dieser Geschichte herauszufinden. Er blätterte zurück an die Stelle, wo Grover den Einstieg in die Höhlen gefunden hatte. Er glaubte zu wissen, welche Stelle gemeint war. Sofort eilte er zur Tür. Dabei rannte er Sam fast um, der sich inzwischen bei einer Tasse Kaffee erholt hatte.

„Ich muss noch einmal zur Ausgrabungsstätte und etwas überprüfen", rief Davis seinem Deputy zu. „Halte hier für mich die Stellung." Ohne ein weiteres Wort stürmte er hinaus.

Sam wandte sich an Jimmy und fragte: „Was ist denn mit dem los?"

„Der hat wohl irgendwas in diesem Buch, das du ihm gebracht hast, gefunden", vermutete Jimmy. „Er konnte sich die letzte Stunde nicht davon lösen."

„Dann war das wohl ein Volltreffer", erwiderte Sam achselzuckend.

„Wo hast du das Buch denn gefunden?", fragte Jimmy und grinste. „Vielleicht ist jetzt eine Belohnung für dich drin."

„Schön wär's", meinte Sam. „Ich war nur der Bote. Gefunden hat es einer von den Freiwilligen."

„Und welcher?", wollte Jimmy wissen. „Der bekommt dann wohl die Belohnung."

Sam überlegte kurz. „Also, ich kenne ihn nicht, aber er muss aus dieser Gegend stammen. War so ein blonder Junge." Kurz runzelte er die Stirn. „Ich glaube, er nannte sich Bob."

Der Tod von Ben Henssen

29. September 2013

Man hätte es nicht verhindern können. Es passierte viel zu schnell. Abrupt kam der Truck vor ihnen ins Schleudern. Der Fahrer des kleinen Wagens, in dem sie saßen, hatte keine Chance auszuweichen. Die Fahrzeuge kollidierten. Der Innenraum des Autos wurde zerquetscht. Das Letzte, was Ben sah, waren die vor Schreck verzerrten Gesichter seiner Eltern und seiner Schwester. Dann herrschte Stille.

Ben fuhr hoch. Es dauerte einige Augenblicke, bis ihm klar wurde, dass er geträumt hatte. Genau wie in seinem Traum, saß er in einem Fahrzeug, jedoch nicht in einem Auto, sondern in einem Bus. Ansonsten war die Straße leer. Kein Wunder, schließlich war es bereits stockdunkel. Außer Ben befand sich kein weiterer Passagier an Bord. Sein Erschrecken hätte sonst sicher für Aufsehen gesorgt. Der Fahrer warf einen kurzen Blick in den Rückspiegel.

Wieder ein Albtraum - wie so oft in den letzten Monaten! Die Ärzte meinten, das wäre die Art, wie sein Unterbewusstsein mit dem Trauma umging. Ob das stimmte, wusste er nicht. Auf jeden Fall wurden die Albträume nicht weniger. Deshalb hatte er sich dazu entschlossen, nach Möglichkeit gar nicht mehr zu schlafen. Das war natürlich keine gute Lösung. Immer wieder nickte er ein, so wie jetzt im Bus auf dem Weg in sein neues Zuhause.

Nachdem seine Eltern gestorben waren, hatte man über den Kopf des Fünfzehnjährigen hinweg entschieden, dass er bei seinem nächsten Verwandten untergebracht werden sollte, dem älteren Bruder seines Vaters. Ben hatte diesen Onkel und seine Familie noch nie getroffen, wusste aber, dass es eine Tochter gab, nur wenig älter als er selbst. Ihr Name war Becky. Sie ging auf die gleiche Highschool, auf die auch er gehen würde. Es tröstete ihn ein wenig, dass er auf der neuen Schule zumindest schon einmal seine Cousine kennen würde. Trotzdem, leicht würde es nicht werden, in der neuen Umgebung Fuß zu fassen. Er war ein Großstadtkind, seine Verwandten lebten in einer Kleinstadt. Der Bus passierte ein Ortsschild mit dem Schriftzug *Willkommen in Bad Old Low*. Das war es also, sein neues Zuhause.

Knapp zehn Minuten später stand er am Busbahnhof. Der Fahrer hatte ihn ziemlich schnell hinauskomplimentiert. Der Mann musste wohl seinen Zeitplan einhalten. Ein Blick auf die Uhr verriet Ben jedoch, dass der Bus zwanzig Minuten zu früh angekommen war. Planmäßig hätte er Bad Old Low um zweiundzwanzig Uhr erreicht. Die Art und Weise, wie der Fahrer sich vom Acker gemacht hatte, wirkte fast wie eine Flucht.

Ben sollte von seinem Onkel abgeholt werden. Der hatte schon angekündigt, dass er sich fünf Minuten verspäten würde. Also musste er noch etwa fünfundzwanzig Minuten warten. Er schaute die Straße hinauf und hinunter. Um diese Uhrzeit war natürlich niemand unterwegs. Alles, was er sah, waren dunkle Häuser an der schwach beleuchteten Straße.

Anscheinend gingen die Bewohner von Bad Old Low früh schlafen. Allmählich wurde es ihm unheimlich. Er blickte sich noch einmal um, in der Hoffnung, doch noch jemanden zu entdecken.

Erschrocken zuckte er zusammen. Da war tatsächlich jemand. Wenige Schritte von ihm entfernt stand ein Mädchen. Bis zu diesem Zeitpunkt hatte er es offenbar völlig übersehen. Wie war das möglich? Teilnahmslos blickte das Mädchen ins Nichts. Es sah blass aus, was aber auch an der dürftigen Beleuchtung liegen konnte.

Mit dem glänzenden, glatten schwarzen Haar und der zierlichen Gestalt wirkte es ein wenig wie eine Puppe.

„Ehm ... hallo", sagte er etwas unsicher. Warum er sie überhaupt ansprach, wusste er nicht so richtig.

Langsam hob sie den Kopf und schaute ihn an. Als er in ihre Augen sah, wich er unwillkürlich zurück. Sie waren sehr dunkel und er glaubte, einen roten Schimmer darin zu erkennen. Oder war das auch nur eine Täuschung?

„Wartest du auf einen Bus", fragte er. Dumme Frage, fügte er in Gedanken hinzu. Warum sonst soll sie nachts an einem Busbahnhof stehen.

Auf seine Frage schüttelte sie nur den Kopf.

Besonders gesprächig ist die ja nicht, dachte er. Oder meint sie, dass ich sie anbaggern will? Laut sagte er: „Tut mir leid, ich wollte dir nicht auf die Nerven gehen. Es ist nur so, dass ich neu in der Stadt bin. Eigentlich kenne ich hier niemanden. Gehst du auch auf die Highschool von Bad Old Low?"

„Nein", erwiderte sie. „Aber früher einmal."

„Oh, ach so!". Das enttäuschte ihn. Wäre schön gewesen, heute schon jemanden aus der Schule kennenzulernen.

„Ich glaube nicht, dass ich eine gute erste Bekanntschaft wäre", erklärte sie lächelnd.

Da musste er schmunzeln. „Wieso? Bist du etwa gefährlich?"

„Tja, wer weiß?" Auf ihrem Gesicht lag jetzt ein geheimnisvoller Ausdruck.

Baggerte sie *ihn* etwa an? Er war irritiert. „Also, wenn du nicht auf einen Bus wartest, warum bist du dann so spät noch hier?"

„Das hat keinen bestimmten Grund", antwortete sie. „Ich hatte gehofft, jemanden zu treffen. Daraus ist nichts geworden. Aber immerhin bin ich dir begegnet. Also war es nicht ganz umsonst." Mit diesen Worten drehte sie sich um und ging.

„Warte!", rief er ihr nach. „Wie heißt du eigentlich?"

Sie blieb stehen und wandte sich ihm wieder zu. „Mein Name ist Holly."

„Ich heiße Ben Henssen. Bis dann, Holly. Vielleicht sehen wir uns ja später mal."

„Vielleicht", meinte sie, schien aber nicht so recht daran zu glauben. „Also, Ben Henssen, es war schön, mit dir gesprochen zu haben. Ich hoffe, dass dir diese Stadt nicht zu viel Angst macht." Dann wandte sie sich ab und war bald im Dunkeln verschwunden.

Was er von dieser Holly halten sollte, wusste er nicht so recht. Merkwürdig fand er sie schon. Und da war noch etwas ganz Seltsames an ihr. Zuerst kam er nicht drauf, was es war, aber nach ein paar Minuten fiel es ihm ein. Während er mit Holly gesprochen hatte, war es deutlich kälter geworden. Er hatte es auf die nächtlichen Temperaturen geschoben. Doch jetzt, nachdem sie gegangen war, wurde ihm wieder wärmer, so als hätte sie die Kälte mit sich genommen. Was geht hier eigentlich ab?, fragte er sich.

Es dauerte tatsächlich noch einige Zeit, bis sein Onkel ihn endlich abholte. Er war sehr freundlich und entschuldigte sich mehrmals dafür, dass er sich verspätet hatte. Dann bekam Ben die Gelegenheit, sein neues Zuhause und seine neue Familie kennenzulernen. Auch die Tante begrüßte ihn herzlich. Seine Cousine Becky schien ihn auf den ersten Blick als ihren jüngeren Bruder zu adoptieren. Alle drei bemutterten ihn geradezu, was zweifellos an dem tragischen Ereignis lag, das ihn hierhergeführt hatte.

Er war es schon gewohnt, dass die Leute glaubten, ihn mit Samthandschuhen anfassen zu müssen und hatte es aufgegeben, sie davon abzubringen. Viele hielten das für besondere Tapferkeit und behandelten ihn dann noch vorsichtiger. Tatsächlich war er nach dem Unfall, bei dem seine Eltern und seine Schwester gestorben waren, nicht das gebrochene Kind, für das ihn alle hielten. Er war sich nicht sicher, was er überhaupt fühlte.

Die Ärzte hatten ihm erklärt, das sei eine ganz normale Reaktion seines Unterbewusstseins, um ihn vor dem Trauma des erlittenen Verlusts und der Nahtoderfahrung zu schützen. Irgendwann wäre die Zeit reif für die seelische Heilung. Dann würde er alles verarbeiten können. Vielleicht, dachte er, ist es aber so, dass ein Teil von mir an diesem Tag gestorben ist. Und noch etwas anderes kam ihm immer wieder in den Sinn. Vielleicht war er einfach ein schlechter Mensch!

Doch jetzt gab es viel zu viel Aufregendes zu entdecken, um sich düsteren Gedanken hinzugeben. Das Haus seiner neuen Familie war riesig und ziemlich alt, stammte aus der Zeit der Stadtgründung. Von drei freien Zimmern durfte er sich eines aussuchen. Das erklärte auch, warum, von all seinen Verwandten, gerade dieser Onkel ihn aufgenommen hatte. Wahrscheinlich war das Haus der Familie zu leer vorgekommen.

Die Stadt selbst bot auch einiges. Wie erwartet war sie kein Hexenkessel, eher ein gemütlich vor sich hin köchelnder Suppentopf. Trotzdem wartete Bad Old Low mit der einen oder anderen Attraktion auf. Eine davon war die Highschool, besonders die Sport-Teams interessierten ihn. Natürlich waren sie nicht so, wie er es von der Großstadt kannte, aber dennoch nicht zu verachten. Es gab einen starken Konkurrenzkampf um die bessere Bilanz und die Titel. Mehr Geschmackssache als eine echte Attraktion war die Schulbibliothek. Becky verbrachte hier jede freie Minute.

Am Anfang fürchtete er, sie wäre ein sozial gestörter Bücherwurm. Wie sich dann herausstellte, hatte sie aber einen großen Freundeskreis, der nicht nur aus Leuten ihres Alters bestand. Auch Jüngere und einige Collegestudenten gehörten dazu. Meist redeten sie jedoch nur im Chat miteinander.

All diese Leute waren Teil einer Community aus Schülern und Ehemaligen, die sich mit Literatur und Sachbüchern beschäftigten. Sie sahen sich als Alternative zum Sportkult ihrer Schule. Allerdings klang es radikaler, als es war. Die Bücherfreunde besuchten trotzdem die Sportveranstaltungen. Zwischen Angehörigen der beiden Fraktionen gab es sogar Freundschaften. Beckys Gruppe warb heftig um ihn. Als ihm bei der Frage, welchen Autor er zuletzt gelesen hätte, jedoch nur Mark Twain einfiel, was bereits drei Jahre her war, herrschte erst einmal peinliches Schweigen.

Die Begegnung mit Holly hatte er nicht vergessen. Wie sich herausstellte, ging sie wirklich nicht auf seine Schule. Es gab auch keinen Hinweis darauf, dass das vor Kurzem noch anders gewesen wäre. Trotzdem war Holly auf merkwürdige Weise präsent. In den Graffiti-Schmierereien am Schulgebäude tauchte häufig der Name Holly auf, meistens in Sätzen wie: *Holly sieht dich* oder *Holly wird dich holen*. In der Schultoilette und auf den Pulten in den Klassenzimmern war Ähnliches zu lesen.

Er fragte nicht mehr danach, was es damit auf sich hatte, denn er hatte bereits ganz am Anfang mitbekommen, dass manche Leute ziemlich sensibel auf das Thema reagierten. Eine Holly hatte wohl etwas mit einem Institut außerhalb der Stadt zu tun, das seit einem Brand in den Achtzigern leer stand.

Damit konnte das Mädchen, dem er neulich begegnet war, allerdings nichts zu tun haben. Dann müsste es ungefähr vierzig Jahre alt sein.

Irgendwie wurde er aber das Gefühl nicht los, dass doch alles miteinander zusammenhing. Etwas Geheimnisvolles lag über der Stadt. Allerdings war er nicht besonders motiviert, das Rätsel von Bad Old Low zu lösen.

Es sollte nicht lange dauern, bis sich das änderte.

Seit Bens Ankunft war ein Monat vergangen und er fing schon an, sich heimisch zu fühlen. Die ersten Kontakte und losen Freundschaften hatte er bereits geknüpft.

Dass er an diesem Nachmittag Ende Oktober allein war, lag daran, dass Becky ihn eigentlich zu einem Treffen in die Schulbibliothek mitnehmen wollte. Doch dann bekam er mit, dass Becky und ihre Freunde sich mit einem polnischen Autor beschäftigen würden. Weder konnte Ben den Namen aussprechen, noch wollte er sein Werk lesen. Unter dem Vorwand, dass ihm unwohl sei, hatte er sich deshalb in Richtung Krankenzimmer verdrückt. Dorthin war er natürlich nicht wirklich gegangen.

Für die meisten war der Unterricht vorbei. Es war nicht mehr viel los in der Schule. Was er nun mit seiner Zeit anfangen sollte, davon hatte er keinen Plan. Fürs Erste flüchtete er sich auf den Schulhof. Als er darüber nachdachte, wohin er sich verdrücken könnte, fiel ihm auf, dass er nicht allein war. Da stand noch jemand in einer Ecke des Schulhofes. Auf den zweiten Blick erkannte er die Person. Holly! Sie starrte in ein Fenster. Offenbar achtete sie weder auf ihn, noch auf ihre Umgebung. Irgendetwas hatte sie fest im Blick und dabei war sie erstaunlich unvorsichtig. Hielt sie sich für unsichtbar?

Er zögerte einen Moment, doch dann machte ihn das Verhalten dieses Mädchens neugierig. Also ging er zu ihr und sprach sie an.

„Hallo, Holly! Was beobachtest du denn da?"

Offensichtlich überrascht drehte sie sich zu ihm um. Genau genommen wirkte sie ernsthaft erschreckt. Ihr Aussehen erstaunte ihn. Bei ihrer ersten Begegnung hatte er noch gedacht, dass es an dem schwachen Licht lag. Nun sah er, dass sie tatsächlich ungewöhnlich blass war, so als würde sie nie an die Sonne kommen. Umso erstaunlicher schien es ihm, dass er sie am helllichten Tag antraf.

„Du?" Nach ihrem Gesichtsausdruck hätte man annehmen können, dass sie ihn mutterseelenallein nachts im Wald und nicht auf einem Schulhof antraf.

„Du erinnerst dich also an mich?", fragte er.

Sie nickte und betrachtete ihn genauer, so, als würde sie nach etwas Bestimmtem suchen.

Er wusste nicht genau, wie er reagieren sollte. Also fragte er sie etwas: „Wartest du wieder auf jemanden oder stehst du hier nur so zum Spaß herum?"

„Nicht direkt", erklärte sie. „Warum fragst du?"

„Inzwischen habe ich herausgefunden, dass du wirklich nicht auf diese Schule gehst", erwiderte er.

„Ach, ist das so?" Ihre Stimme klang hohl.

„Ja", antwortete er unbeeindruckt. Und dann kam ihm eine Idee. Also fuhr er fort: „Aber scheinbar kennen dich alle. Jedenfalls steht dein Name überall, so was wie: *Holly wird dich holen*. Solche Sachen. Was soll das bedeuten?"

Ihre Mundwinkel verzogen sich zu einem Lächeln. „Das soll heißen, was es heißt." Ihr Lächeln wurde breiter, es wirkte bösartig. „Du hast echt keine Ahnung, was in dieser Stadt vor sich geht!", stellte sie fest.

„Kann sein", gab er zu. „Warum erklärst du es mir nicht?"

In diesem Moment erscholl eine Stimme hinter ihm: „Ben, was machst du da?"

Als er sich umdrehte, erblickte er Becky, die offensichtlich ziemlich aufgeregt war und auf ihn zulief. Er wandte sich wieder an Holly. Sie war verschwunden. Bevor er sich darüber wundern konnte, stand Becky neben ihm und warf ihm einen strengen Blick zu.

„Ben, was machst du hier? Ich dachte, du bist im Krankenzimmer. Hast du dich verlaufen? Oder ist das ein Fall von *spontaner Selbstheilung*?"

Da ahnte er, dass seine Ausrede für die Buchbesprechung nicht mehr zog. „Weißt du, Becky", stotterte er. „Ich war schon auf dem Weg ins Krankenzimmer. Dann sah ich ein Mädchen, das ich kenne, und habe mich ein wenig mit ihr unterhalten. Was machst du eigentlich hier? Ich dachte, du und die anderen redet über diesen Autor aus Tschechien?"

„Polen", korrigierte sie. „Die anderen kommen ganz gut ohne mich klar. Also wollte ich nach meinem armen Cousin schauen, der behauptet, er wäre zu krank, um bei der Lesung mitzumachen, anstatt einfach zu sagen, dass er keine Lust auf anspruchsvolle Literatur hat. Und dann erfindet er auch noch Geschichten von irgendwelchen Mädchen."

„He, das habe ich mir nicht ausgedacht!", erwiderte er schmollend.

„Du musst sie doch gesehen haben. Eben stand sie noch neben mir."

„Wie hieß dieses Mädchen?", fragte Becky lauernd. Dass sie ihm nicht glaubte, war offensichtlich.

Jetzt reichte es ihm. „Sie sagt, dass sie Holly heißt. Du weißt schon, genau wie die, deren Name hier überall steht."

Von einem Moment auf den anderen änderte sich Beckys Gesichtsausdruck auf geradezu dramatische Weise. War er eben noch verärgert und abschätzig gewesen, stand nun pures Entsetzen in ihrem Gesicht. „Du hast mit Holly gesprochen?" Ihre Stimme klang brüchig.

„Sagte ich doch gerade", erwiderte er. „Was ist denn daran so schlimm?"

Einige Male öffnete sie den Mund, brachte aber keinen Ton hervor. „Komm mit", flüsterte sie schließlich. Ohne weitere Erklärung nahm sie seine Hand und zerrte ihn hinter sich her. Er hatte Schwierigkeiten mitzuhalten. Das interessierte seine Cousine offenbar nicht. Becky zog ihn in die Schulbibliothek, aber nicht zu ihrem Lesezirkel. Die Mitglieder waren intensiv mit dem Buch dieses polnischen Schriftstellers beschäftigt, Ben und Becky bemerkten sie gar nicht. Seine Cousine schleppte ihn in die hinterste Ecke der Bibliothek.

Dorthin verirrten sich scheinbar nur wenige Schüler. Tische und Stühle sahen alt und ziemlich schäbig aus. Staub lag zentimeterdick auf den Büchern. Becky kannte sich aus. Zielsicher zog sie mehrere Bücher hervor und ließ sie auf einen der Tische fallen. Er wusste nicht so richtig, was das alles sollte und wartete auf eine Erklärung. Schließlich nahm sie eines der Bücher vom Stapel und schlug es an einer Stelle auf.

„Die, mit der du geredet hast, sah sie aus wie dieses Mädchen?" Mit diesen Worten reichte sie ihm das Buch.

Zu seiner Überraschung blickte er tatsächlich auf ein Bild von Holly. Offenbar hatte er ein Jahrbuch in den Händen. Das Foto war in Schwarz-Weiß. Darunter stand der Name: *Holly Adams*. Auf dem Bild lächelte sie und sah hübsch aus. Er fragte sich, warum seine Cousine so ein Problem damit hatte, dass er mit Holly redete. „Ja, das ist sie", sagte er. „Und was genau ist an ihr so angsteinflößend?"

Becky antwortete nicht, sondern wies nur auf den Buchdeckel, den er bis jetzt nicht beachtet hatte. Als ihm klar wurde, was er da festhielt, wäre ihm der Wälzer beinahe aus der Hand gefallen. Es war tatsächlich ein Jahrbuch, also nichts Außergewöhnliches.

Das Schockierende war das Jahr, aus dem es stammte – 1981.

Vor Schreck wurde ihm etwas übel. „Das Buch ist achtundzwanzig Jahre alt!", hauchte er.

Wortlos nickte Becky.

„Aber wie kann Holly in diesem Buch abgebildet sein? Willst du mir sagen, dass sie seit achtundzwanzig Jahren nicht gealtert ist?"

„Das wäre nicht das Schlimmste", behauptete Becky. „Die Wahrheit ist, dass Holly Adams vor achtundzwanzig Jahren gestorben ist."

Hätte sie behauptet, die Erde wäre eine Scheibe, hätte es ihn kaum weniger überrascht. Wenn dieses Mädchen, mit dem er bereits zweimal geredet hatte, schon seit Jahren tot war, gab es nur eine Erklärung. Er hatte mit einem Geist gesprochen. Doch das war wiederum völlig unmöglich! Geister existierten nicht. Geistergeschichten wurden erfunden, um kleinen Kindern Angst einzujagen.

Ben wollte sich wirklich nicht wie ein kleines Kind behandeln lassen.

Becky zog ein weiteres Buch aus einem Regal hervor, schlug es auf und hielt es ihm hin. Langsam blätterte er darin. Offensichtlich handelte es sich um einen Sammelband von Zeitungsartikeln. Die Beiträge stammten aus einer Lokalzeitung, denn sie schienen sich ausschließlich mit Ereignissen aus der Region zu befassen. Der Artikel, den Becky nun für ihn aufschlug, stammte aus dem Jahr 1981. In einer Ecke war ein winziges Foto von Holly abgebildet.

Ein wesentlich größeres Bild zeigte ein Gebäude, in dem es wohl gebrannt hatte. Er erkannte das verlassene Institut, das er in der Nähe der Stadt gesehen hatte, sofort.

Ziemlich durcheinander begann er zu lesen. Bei dem Gebäude handelte es sich anscheinend um eine Art Krankenhaus für traumatisierte Kinder. Bei einem Brand waren alle Kinder ums Leben gekommen.

Zuerst ging man von einem Unfall aus. Die Ermittlungen ergaben jedoch Brandstiftung. Und die Täterin sollte niemand anderer gewesen sein als Holly. Anschließend war sie ins nahe Moor geflohen, aber nicht, um zu entkommen, sondern um sich selbst im Sumpf zu ertränken.

„Na schön, hier gab es also vor Jahren eine schreckliche Katastrophe und diese Holly hatte damit zu tun." Er stöhnte. „Aber warum tust du so, als wäre sie so etwas wie der Teufel in Person?" Als er aufsah, begegnete er Beckys triumphierendem Blick.

Hilflos zuckte er die Achseln. Was sollte er von all dem halten? Seine Cousine legte das Buch auf den Tisch und hielt ihm ein sehr dickes, ziemlich altes Exemplar vor die Nase. Dem Titel nach ging es wohl um die Gründung von Bad Old Low vor über hundert Jahren.

„Also, wenn du denkst, dass ich mich da durchwühle, hast du dich geschnitten", erklärte er. „Was hat das eine überhaupt mit dem anderen zu tun?"

„Na schön, ich gebe dir eine Zusammenfassung", erwiderte sie. „Sicher weißt du, dass diese Stadt im Jahre 1875 von norddeutschen Einwanderern gegründet wurde. Diese Familien hatten kurz zuvor ihre Heimat und ihren gesamten Besitz hinter sich gelassen, um ein neues Leben zu beginnen. Sie nannten ihre Siedlung Bad Old Low. Das alles steht in diesem Buch."

„Sehr interessant." Er grinste ironisch.

„Das, was wirklich interessant ist, wirst du nicht in dieser Bibliothek finden. Dieses Wissen wird nur unter den Nachfahren der Gründerfamilien weitergegeben. Normalerweise posaunen wir es nicht in der Gegend herum."

Hatte er sich verhört? „Moment mal", stieß er hervor. „Wir?"

„So ist es. Die Henssens gehörten zu den Familien, die diese Stadt gegründet haben. Um genau zu sein, sind wir sogar die Letzten, die noch übrig sind. Es ist auch deine Geschichte, also hör gut zu!"

Völlig verdattert nickte er. Worauf wollte sie nur hinaus? Sie senkte die Stimme, als wollte sie sichergehen, dass keiner zufällig mitbekam, was sie erzählte.

„Pass auf", begann sie. „Die Familien wanderten mit einem Treck. Hier, in dieser Gegend, ging ihnen endgültig das letzte Geld aus und sie mussten bleiben. Schon während des Marsches wurde ihnen erzählt, dass sie an diesem Ort nur den Tod finden würden. Angeblich sollte es genau dort, wo unsere Vorfahren gezwungenermaßen siedelten, eine Kultstätte der Ureinwohner gegeben haben. Die wäre zwar seit vielen Jahrhunderten verlassen, doch die obskuren Geister, die damals beschworen worden waren, würden noch immer an diesem Ort umhergehen. Schon so manch Unwissender sei dort spurlos verschwunden."

„Warum haben sich unsere Vorfahren trotzdem hier niedergelassen?", wollte er wissen.

„Das habe ich dir doch gesagt. Sie hatten nicht mehr die Mittel und die Kraft, irgendwo anders hin zu gehen", blaffte Becky. „Wahrscheinlich glaubten sie auch nicht an Geister", fügte sie nach einer Weile hinzu.

„Ich nehme an, dass sie eines Besseren belehrt wurden", sagte er. Sein Unbehagen nahm zu.

„Ja, und zwar schneller, als ihnen lieb war", bestätigte seine Cousine.

„Es begann harmlos. Einige Albträume, immer wieder Krankheiten.

Nichts, was man nicht logisch erklären konnte. Aber dann verschwanden Menschen. Da wurde den Gründern klar, dass an den Gerüchten über diesen Ort etwas dran sein musste."

„Was haben sie dagegen unternommen?" Mittlerweile fühlte er sich gar nicht mehr gut.

„So genau ist das nicht überliefert", flüsterte Becky. „Aber es heißt, dass sich unter den Siedlern Leute befanden, die nicht wegen der Armut ihre Heimat verlassen hatten. Sie gehörten zu einer Gruppe, die wegen der Ausübung heidnischer Rituale seit Jahrhunderten verfolgt wurde."

„Was soll das denn heißen?" Ungläubig zog er die Augenbrauen in die Höhe. „Waren einige der Gründer Hexen oder Teufelsanbeter?"

„Auf jeden Fall waren sie in der Lage, das Unheil, das ihre Siedlergemeinschaft heimsuchte, zu erkennen und Gegenmaßnahmen zu ergreifen." Becky blickte ihn unverwandt an.

Ihm war sofort klar, dass sie nicht mit Ja oder Nein antworten wollte.

„Dann haben sie es also geschafft, *das Unheil* an diesem Ort zu besiegen?", fragte er hoffnungsvoll.

„Das nicht, aber sie konnten die Geister so weit in die Enge treiben, dass sie sich auf einen Deal einließen. Die geheimnisvolle Macht dieses Ortes hörte auf, die Siedler anzugreifen. Sie lebten von da an *friedlich* nebeneinander. Im Gegenzug hielten die Siedler keinen Fremden davon ab, in sein Unglück zu laufen."

„Ist ja sehr sympathisch", spottete er. „Also leben und leben lassen, ohne Rücksicht auf andere."

„So könnte man meinen", gab Becky zu. „Es ist nicht überliefert, was genau damals geschah. Nur wir, die Nachfahren der Gründerfamilien, wissen überhaupt noch etwas von diesen Ereignissen. Eines ist allerdings sicher. Den Namen Bad Old Low gaben die ersten

Siedler diesem Ort, damit sich die Bewohner immer an das alte Grauen unter ihrer Stadt erinnerten. Und es ist noch immer da. Immer noch fallen ihm Unwissende von außerhalb zum Opfer."

Sie holte tief Luft und machte eine kurze Pause.

Dann fuhr sie fort: „Als das Institut errichtet wurde, erkannte der alte Kult seine Chance. Das Gebäude hätte nie dort gebaut werden dürfen - außerhalb der Stadt, also der ehemaligen Siedlung. Bis dorthin reichte der ausgehandelte Schutz nicht. Als Holly anfing, im Institut zu arbeiten, wurde sie langsam vom Bösen in Besitz genommen, bis es völlige Kontrolle über sie hatte. Es trieb sie zu dieser Wahnsinnstat. Das Unheil hat immer noch Macht über sie. Selbst nach ihrem Tod findet sie keine Ruhe. Im Auftrag des Unheils holt sie noch mehr Opfer. Hin und wieder wird sie in der Stadt gesehen, meistens von Leuten, die kurz danach auf mysteriöse Weise ums Leben kommen. Und nun ist sie dir begegnet!"

„Also, nur damit ich das richtig verstehe", presste er hervor. „Diese Stadt ist auf verfluchter Erde gebaut. Unsere Vorfahren haben einen Pakt mit einem Dämon geschlossen, der die Stadt schützt, aber nicht die weitere Umgebung. Und irgendwie ist Holly jetzt der verlängerte Arm dieses Dämons. Über sie kann er jetzt an die Stadtbewohner herankommen?"

„So ist es, und deinen sarkastischen Unterton kannst du dir sparen", fauchte Becky.

„Also, jetzt mal im Ernst", beschwor er seine Cousine. „Was du mir da erzählst, ist ja eine tolle Gruselgeschichte. Aber du kannst doch nicht wirklich daran glauben. Schließlich habe ich gerade eben mit Holly gesprochen. Sie kam mir nicht vor wie ein Geist. Du hast uns doch gesehen."

Becky schaute ihn ernst an. „Du willst wissen, was ich gesehen habe? Ich verrate es dir. Du hast zwar geredet, aber da war niemand außer dir."

Was er da hörte, glaubte er nicht. Sie hatte Holly nicht bemerkt? Hieß das, Holly war wirklich ein … In diesem Augenblick wurde ihm richtig schlecht.

„Sieh dir diese Bücher an!", sagte sie und schob den Stapel zu ihm hinüber. „Darin stehen alle Vorkommnisse, die mit Holly in Verbindung gebracht werden. Ob sie wirklich an allem schuld ist, kann ich dir nicht sagen. Das meiste trägt eindeutig ihre Handschrift. Mach dir selbst ein Bild!"

Mit diesen Worten wandte sie sich um und kehrte zu ihren Freunden zurück – einfach so. Ihn ließ sie mit dem Haufen Bücher sitzen und mit jeder Menge Fragen.

Nach diesem Gespräch mutierte Ben tatsächlich zur Leseratte. Allerdings unterschied sich seine Lektüre von der, die der Buchclub bevorzugte. Am interessantesten fand er Zeitungsartikel. Nur wenige Artikel nannten Holly Adams beim Namen oder beschäftigten sich offen mit Geistererscheinungen. Häufig musste er zwischen den Zeilen lesen, um zu erkennen, dass etwas Ungewöhnliches dahintersteckte. Manchmal wurde auch in Leserbriefen angedeutet, dass Holly mit der Sache zu tun hatte.

Nach einer Weile ging ihm diese analoge Art der Nachforschung gehörig auf die Nerven. Warum war das ganze Zeug nicht schon längst digitalisiert? Am Computer wäre die Arbeit um einiges leichter. Da hätte er sich längst einiges ausgedruckt. Schließlich kam er auf die Idee, die Seiten aus den Büchern zu kopieren und daraus einen Ordner anzufertigen. Den konnte er mit nach Hause nehmen und darin bei Bedarf immer wieder nachlesen. Nach und nach verschaffte er sich einen groben Überblick über Hollys angebliche Untaten.

Die ersten *Erscheinungen* wurden kurze Zeit nach dem Brand im Institut dokumentiert. Einige Überlebende des Brandes waren kurz danach durch Unfälle ums Leben gekommen. Das war zwar tragisch, aber noch lange kein Hinweis auf Geister. Nebenbei wurde immer ein Mädchen erwähnt, dass an den Unfallorten auftauchte und dessen Beschreibung recht gut auf Holly passte. Leute, die sich aus dem Fenster stürzten, hatten kurz zuvor ihren Freunden erzählt, dass Holly sie verfolgt und beobachtet hätte. Als ich Holly das letzte Mal begegnete, schien sie auch jemanden zu beobachten, erinnerte sich Ben.

In der Anfangszeit kam es nur alle paar Jahre zu einem Zwischenfall. Betroffen war auch nur ein bestimmter Personenkreis, Menschen, die irgendetwas mit dem Institut zu tun hatten. Als wolle Holly das, was sie damals mit dem Feuer nicht geschafft hat, zu Ende bringen, kam ihm in den Sinn. Vor ein paar Jahren änderte sich dieses Muster. Eine unerklärliche Serie an Unfällen und Selbstmorden raffte Dutzende Stadtbewohner dahin. Offiziell waren all diese Fälle aufgeklärt, jedes Fremdeinwirken wurde ausgeschlossen, egal, ob von Lebenden oder von Geistern. Ganz besonders der Polizeichef von Bad Old Low erstickte Gerüchte über Geister im Keim, auch wenn jeder insgeheim davon ausging, dass Holly ihre Finger im Spiel hatte. Ihre erhöhte Aktivität ließ darauf schließen, dass sie noch blutrünstiger geworden war.

Ihm fiel noch eine weitere Veränderung auf. Zwar war die Zahl der Toten gestiegen, Holly ließ sich aber seltener an den Unglücksorten blicken. Im Gegensatz zu früher starb niemand, der behauptete, sie gesichtet zu haben, kurz darauf. Auch berichtete niemand, von ihr verfolgt oder sonst irgendwie belästigt zu werden. Keiner hatte Holly mehr als einmal gesehen, geschweige denn mit ihr gesprochen.

Warum ist das bei mir anders?, grübelte er. Wieso bin ich Holly zweimal begegnet. Ich habe sogar jedes Mal mit ihr gesprochen! Sein Fall war sozusagen einzigartig. Natürlich dachte er auch darüber nach, ob man ihm, dem neuen Bewohner der Stadt, einen Streich spielte. Es war ja nicht schwer, ein Mädchen so herzurichten, dass es aussah wie Holly. Becky hätte man bei einer solchen Inszenierung einbeziehen können.

Den Gedanken verwarf er schnell wieder. Er fand seine Cousine zwar ein wenig eigen, aber so etwas traute er ihr nicht zu. Die vielen Artikel und Aufzeichnungen, die er über Holly gefunden hatte, konnten auch nicht alle aus der Luft gegriffen sein. Es gab immer noch einige Dinge, die für ihn keinen Sinn ergaben, zum Beispiel, warum Holly ihre Aktivitäten in den letzten Jahren verstärkt hatte. Ihm leuchtete auch nicht ein, warum sie überhaupt mit diesem Amoklauf begonnen hatte. So richtig glaubte er nicht, dass Holly die ferngesteuerte Marionette eines unheilvollen Dämons war. Schließlich hatte er mit ihr geredet.

Um ehrlich zu sein, konnte er sich nicht vorstellen, dass Holly das mordlüsterne Biest war, als das sie dargestellt wurde. Wenn sie nun nicht die Böse war, musste hinter dieser ganzen Geschichte mehr stecken. Aber was? Am einfachsten wäre es, Holly zu fragen, kam ihm plötzlich in den Sinn. Zuerst stutzte er, aber dann fand er die Idee gar nicht so schlecht. Immerhin war er ihr schon zweimal begegnet. Warum nicht auch ein drittes Mal? Bisher hatte er sie immer zufällig getroffen.

Irgendwie hoffte er, dass es noch einmal klappen würde. Dem war nicht so. Also beschloss er, mit Plan an die Sache heranzugehen.

Zuerst suchte er mehrere Male die Orte auf, an denen er Holly schon getroffen hatte. Als Nächstes konzentrierte er sich auf die Orte, an denen sie nach den Aufzeichnungen öfter aufgetaucht war. Doch auch das bescherte ihm keine Spur, ganz zu schweigen von einem Zusammentreffen. Nach einigen erfolglosen Wochen gestand er sich ein, dass ihm nur noch eine Möglichkeit blieb. Die Aktion schmeckte ihm allerdings nicht besonders.

Wer schon einmal eine Gruselgeschichte gelesen hatte, wusste, dass man einen Geist am sichersten an genau zwei Orten aufspüren konnte. Der erste Ort war die Stelle, an dem der Mensch gestorben war, der zweite war sein Grab. Ben stöhnte innerlich, als er sich klarmachte, was das bedeutete. Ein Grab gab es in Hollys Fall nicht. Ihr Körper wurde nie aus dem Moor geborgen. Somit erwies sich der Ort ihres schrecklichen Todes auch als ihre letzte Ruhestätte. Das allein genügte schon, ihm ordentlich Angst einzuflößen. Damit nicht genug, war Mitternacht nach den gängigen Vorstellungen die beste Uhrzeit für eine Aktion dieser Art. Bei Nacht dem Moor vor den Stadtgrenzen einen Besuch abzustatten, schmeckte ihm gar nicht! Allerdings war er ihr ja auch schon bei Tageslicht begegnet. Also beschloss er, tagsüber zu ihrer letzten Ruhestätte zu pilgern.

Obwohl er sich für diese entschärfte Variante entschieden hatte, zögerte er noch einige Zeit, bevor er seinen Plan umsetzte. Erst nach weiteren drei Wochen nahm er es endlich in Angriff.

An einem Sonntag wanderte er ins Moor vor die Stadt. Der Pfad war völlig menschenleer, genau wie die Wanderwege im Wald.

Zumindest wusste er ziemlich genau, welche Trampelpfade er entlanggehen musste. In den Zeitungsartikeln war genau beschrieben, welchen Weg Holly nach dem Brandanschlag genommen hatte. Alle waren sich einig, dass sie sich an der Stelle, wo die Spuren endeten, ins Moor gestürzt hatte. Zwar glaubte er nicht, dass er exakt die richtige Stelle finden würde. Aber vielleicht würde es schon reichen, wenn er in der Nähe wartete.

Am Ende des Trampelpfades traf er zu seiner Überraschung auf eine schmale, morastige Straße, die sich, soweit er das überblickte, durch das ganze Moor zog. Offenbar war ein Teil des feuchten Bodens trockengelegt worden. Er fragte sich, wieso diese Straße nirgends eingezeichnet war. Nun, für den Rückweg würde er sie auf jeden Fall benutzen.

Er schaute sich um – nichts als trostlose feuchte Ödnis, unterbrochen von einigen abgestorbenen Bäumen, deren kahle Äste wie drohende schwarze Finger in den Himmel ragten. Allerdings fühlten sich Geister an Orten wie diesem bestimmt wohl. Aber wie brachte er sie nun dazu, sich zu zeigen?

„Holly!", rief er, weil ihm nichts Besseres einfiel. „Holly, bist du hier irgendwo?"

„Was ist los?", ertönte eine Stimme hinter ihm.

Völlig überrumpelt stutzte er einen Moment. Eine derart schnelle Reaktion hatte er nicht erwartet. Als er sich umdrehte, fröstelte er ein wenig. Holly stand ein paar Meter hinter ihm. Sie wirkte noch blasser als bei den vorherigen Begegnungen und ihre Augen leuchteten rot. Kälte ging von ihr aus. Oder kam es ihm nur so vor, weil er nun wusste, was sie war?

„Da bist du ja. Ich habe dich gesucht", erklärte er.

„Ich habe dich beobachtet", erwiderte sie.

„Wirklich, wieso das?" Er fühlte sich recht unbehaglich.

„Aus denselben Gründen, aus denen du mich gesucht hast - weil ich Antworten will. Ich glaube, wir beide wollen sogar Antworten auf *dieselben Fragen.*" Mit den Worten wehte ein eisiger Hauch zu ihm herüber.

Verblüfft hob er die Augenbauen „Wie meinst du das?"

Sie lächelte. „Du fragst dich, wieso du mit einem Mädchen redest, das offensichtlich schon vor vielen Jahren gestorben ist und wie es sein kann, dass niemand außer dir dieses Mädchen sieht. Warum, meinst du, ist das so?"

„Niemand ... außer mir ... kann dich sehen", stammelte er. Ihm jagte ein Schauer über den Rücken. „Weil, nun ja, weil du ein Geist bist."

Ihre Gestalt zerfloss vor seinen Augen, nur wenige Zentimeter vor seinem Gesicht setzte sie sich wieder zusammen. Ihre Augen leuchteten noch ein wenig intensiver.

„Wie recht du hast", wisperte sie kaum hörbar, „ich bin ein Geist."

In dem Moment stimmte er sich darauf ein, dass dies die letzten Sekunden seines Lebens waren.

„Meine Frage ist damit jedoch noch nicht beantwortet", fuhr sie ungerührt fort. „Warum kannst du mich sehen? Es ist in all den Jahren immer mal wieder vorgekommen, dass mich jemand gesehen hat, ohne dass ich es wollte. Manchmal sprach dieser Jemand sogar mit mir. Dir ist es nun zum dritten Mal gelungen. Das ist sehr ungewöhnlich."

Nun erinnerte er sich daran, wie überrascht Holly bei ihren ersten beiden Begegnungen gewesen war. Jetzt verstand er es.

„Warum kannst du mich sehen? Das habe ich mich gefragt. Also habe ich dich aus der Entfernung beobachtet und mir angehört, was die Leute so über dich reden. Ich denke, ich habe eine Erklärung gefunden."

Er hörte aufmerksam zu. Auch wenn er einige drängende Fragen hatte, interessierte ihn dieses Thema jetzt noch mehr.

„Ich habe mitgekriegt, was mit deiner Familie und dir geschehen ist", fuhr sie fort. „Du bist bei diesem Unfall selbst fast gestorben, richtig?"

Was sollte er darauf antworten? In den letzten Wochen hatte er das alles fast vergessen. Nun holte das Geistermädchen die Erinnerung zurück. Das machte ihm gerade schwer zu schaffen.

„Eigentlich war ich sogar einige Minuten tot", gab er lässiger von sich, als er sich fühlte.

„Das habe ich mir gedacht", behauptete sie. „Du warst dem Reich der Toten zu nahe. Nun ist die Wand zwischen der Welt der Lebenden und der Toten für dich durchlässiger als für andere."

Ich tue jetzt mal so, als würde ich verstehen, was sie da gesagt hat, beschloss er in Gedanken. Mit einem unsicheren Grinsen fragte er: „Wirst du mir ein paar Fragen beantworten?"

„Tja, wer weiß …", erwiderte sie lächelnd. Das Gespräch schien sie zu amüsieren.

Er überlegte, wie er die nächste Frage formulieren sollte und entschied, möglichst behutsam vorzugehen, um sie nicht wütend zu machen. „Also, es sind einige Gerüchte über dich im Umlauf", begann er und ihm war sofort klar, dass man das besser ausdrücken könnte. „Dass du Leute umbringst … und so …"

Ihr Lächeln blieb unverändert. „Ich habe niemanden umgebracht", sagte sie ruhig. „Das waren diese dummen Menschen selbst, haben sich in den ersten Jahren nach meinem Tod von Brücken gestürzt oder sind vor Autos gelaufen. Zwar setzte ich ihnen ziemlich zu, aber ich wollte nicht, dass sie sterben. Das wussten sie auch."

Was meinte sie denn damit schon wieder? Irritiert brummte er in seinen noch nicht vorhandenen Bart. Ihm fiel auf, dass sie nur über die Toten der ersten Jahre redete. Die spätere Unglücksserie konnte sie nicht meinen. Auch das Feuer, mit dem alles begann, hatte sie nicht erwähnt.

„Was hatte es mit dem Brand im Institut auf sich?", traute er sich zu fragen. „Hast du wirklich all diese Kinder umgebracht?"

Ihr Gesicht verfinsterte sich und er glaubte schon, sein Glück zu sehr strapaziert zu haben.

„Ja, es stimmt", flüsterte sie. Es klang sehr traurig und geradezu reuevoll. „Ich bin schuld an all dem, was passiert ist."

Sie gab es also ohne Umschweife zu! Irgendwie hatte er vermutet, dass sie es abstreiten oder zumindest eine Beschönigung einflechten würde. Das Geständnis empfand er beinahe schlimmer als jede Lüge.

„Warum?", stieß er hervor.

„Ist das denn wichtig?" Jetzt war ihr Ton ätzend. „Du hast jedenfalls deine Antwort. Ich bin das Monster, für das mich alle halten. Ich bin ein verfluchtes Gespenst, das dazu verdammt ist, bis in alle Ewigkeit auf der Erde zu wandeln, um für seine Sünden zu büßen. Das ist die ganze Geschichte. Ich hoffe, sie gefällt dir."

Damit wandte sie sich von ihm ab und ging in Richtung Sumpf, in dem ihr Körper schon seit Jahrzehnten ruhte.

„Wohin willst du denn?", rief er ihr hinterher.

„Warum sollte ich bleiben? Wir haben über alles gesprochen", erwiderte sie, ohne sich umzudrehen.

„Jetzt warte doch mal!", verlangte er.

Sie blieb stehen und wandte sich ihm um. „Warum?"

Ja, warum eigentlich? Warum wollte er, dass dieses Mädchen bei ihm blieb? Eigentlich müsste er die Flucht ergreifen, doch etwas hielt ihn zurück. Holly zog ihn an. Vielleicht war ihr Geständnis nur eine Trotzreaktion? Dann wurde es ihm klar.

„Ich glaube dir nicht!", sagte er bestimmt. „Ich glaube nicht, dass du diese Kinder umgebracht hast. Warum du das behauptest, weiß ich nicht, aber du siehst nicht wie ein Killer aus."

Nun schaute sie ihn durchdringend an. „Wie sehe ich deiner Meinung nach denn aus?"

Irgendwie machte ihn das Ganze verlegen. „Ist doch egal!", meinte er. „Wichtig ist nur, dass du niemals so etwas Schreckliches getan haben kannst, nicht einfach so. Du verschweigst mir etwas Wichtiges. Wenn du es mir nicht verraten willst, ist das deine Sache. Ich dachte, dass du mir weiterhilfst, aber bitte! Wenn du mich abblitzen lassen willst, dann finde ich eben selbst heraus, was in dieser Stadt vor sich geht."

Für einen Augenblick starrte sie ihn verdattert an. Dann begann sie zu lachen. Das durfte doch nicht wahr sein.

„He, du musst dich nicht über mich lustig machen", fuhr er sie an.

„Das tue ich doch gar nicht", behauptete sie. „Ich finde es einfach cool, dass du das alles so entspannt aufnimmst. Die meisten wären schon nach ihrer ersten Begegnung mit mir geflohen. Tragischerweise sind ja auch einige Menschen auf der Flucht vor mir umgekommen. Aber du hast mich sogar gesucht und jetzt willst du tatsächlich auf eigene Faust den Geheimnissen dieser Stadt auf den Grund gehen, was bis jetzt noch keiner geschafft hat, jedenfalls nicht lebendig. Du hast wirklich Nerven."

Noch merkwürdiger, als von einem Geist das Wort *cool* zu hören, fand Ben Hollys Begeisterung.

Sie seufzte ergeben. „Also gut. Wenn du dich unbedingt in Gefahr bringen willst, kann ich dich natürlich nicht davon abhalten. Vielleicht wird das Ganze sogar noch recht lustig. Ich denke, ich werde dich noch eine Weile beobachten, nur um zu sehen, wie es ausgeht."

„Du willst mich weiter *beobachten*?", fragte er nach.

„Ja klar", erwiderte sie, „oder bekommst du bei dem Gedanken, dass dich ein Geist verfolgt, jetzt doch Angst."

„Eigentlich nicht", meinte er. „So kann ich dich schließlich wiedersehen."

Für einen Augenblick bildete er sich ein, dass sie leicht rosa anlief. Doch das war wahrscheinlich nur eine Täuschung.

„Ja, vielleicht ...", hauchte sie, wandte sich endgültig von ihm ab und versank wie ein Nebel im Moor.

Es sollte noch mehrere Tage dauern, bis sie sich das nächste Mal begegneten. Tatsächlich stand Ben nach dem Treffen mit Holly genau so dumm da wie zuvor. Es blieb ihm nichts anderes übrig, als weiter seine gesammelten Zeitungsausschnitte zu studieren. Ob ihn das wirklich weiterbrachte? Als er sich die Einzelheiten des Gesprächs mit Holly wieder ins Gedächtnis rief und sie mit den Informationen aus den Artikeln verglich, fiel ihm etwas auf.

Er fand eine Unregelmäßigkeit, die sich schnell zu einem Verdacht entwickelte. Es war eine Sache, die er bisher nicht weiter beachtet hatte, weil ihm der größere Zusammenhang nicht klar gewesen war. Dann kam die Erkenntnis.

Drei Tage nach dem mysteriösen Treffen im Moor, saß er in seinem Zimmer und überlegte, wie er sein neues Wissen am besten nutzen könnte. Mit einem Mal spürte er einen kalten Hauch in seinem Nacken.

„Was treibst du denn da?", ertönte eine bekannte Stimme.

„Verdammt noch mal, Holly. Du kannst doch nicht einfach in meinem Zimmer auftauchen."

Über seine Empörung schien sie sich zu amüsieren. „Du hast doch nichts dagegen gehabt, dass ich dich im Auge behalte", erwiderte sie schnippisch. „Aber sag mal, wolltest du nicht den Geheimnissen von Bad Old Low auf den Grund gehen? In diesen alten Zeitungsartikeln findest du dazu sicher nichts."

„Das denke ich auch", brummte er. „Aber irgendwo musste ich ja anfangen. Ich habe mir die Todesfälle noch mal genauer ange-schaut."

„Und, was hast du herausgekriegt?" Mit einem neugierigen Grinsen im Gesicht kam sie näher. „Sind die Leute etwa immer noch tot?"

Aha, dachte er, heute mal albern! Ein weiterer Punkt, der mit ihrer Legende brach. „Also, die ersten Leichen auf meiner Liste sind jene, die von dir verfolgt und so in den Tod getrieben wurden, selbst wenn das nicht unbedingt von dir geplant war", erklärte er.

„Leid tun sie mir aber auch nicht." Das klang bitter.

„Also, alle diese Leute hatten eines gemeinsam. Sie waren Über-lebende des Brandes im Hitfield-Institut. Zwischen den *Sterbefällen* ist jeweils einige Zeit vergangen. Bei den Toten der letzten Zeit war es anders. Unfälle und Selbstmorde wurden immer häufiger. Keines der Opfer hatte etwas mit dem Institut zu tun. Darüber hinaus hat keiner von ihnen zuvor behauptet, von dir verfolgt worden zu sein. Das passt also alles nicht zusammen."

„Gut geschlussfolgert", lobte sie. „Und, was sagt dir das?"

Jetzt war es so weit. Er konnte seinen Verdacht äußern. „Also", begann er, „ich gehe davon aus, dass für die Fälle der letzten Jahre jemand anderer verantwortlich ist."

„Gratuliere!", rief sie begeistert. „Du lebst erst so kurz in der Stadt und bist auf etwas gestoßen, was in all den Jahren niemand beachtet hat."

Jetzt war er doch einigermaßen baff. „Dann stimmt es also? Es gibt jemanden, der in dieser Stadt Leute umbringt?"

Sie nickte. „Ich weiß zwar nicht genau, wer der Mörder ist, aber ich bin mir ziemlich sicher, wer dahintersteckt. Nun glaube aber nicht, dass ich irgendwelche Namen für dich habe. Du wolltest die Geheimnisse von Bad Old Low lüften. Davon halte ich dich nicht ab, aber helfen werde ich dir auch nicht."

Das empfand er wie eine kalte Dusche, aber seine Enttäuschung würde er ihr nicht zeigen. „Wie nett von dir!", erwiderte er sarkastisch. „Ich hatte sowieso nicht damit gerechnet, dass du heute auftauchen würdest und hatte schon einen Plan, wie ich meiner heißen Spur nachgehen kann."

„Aha, und wie?" Sie runzelte zweifelnd die Stirn.

Noch während er überlegte, ob er sie einweihen sollte, hörte er von draußen Schritte. Kurz darauf wurde die Tür aufgerissen.

„Becky!", rief er. „Was fällt dir ein, einfach so hereinzuplatzen?"

Ohne darauf einzugehen, fragte sie hastig: „Mit wem hast du gesprochen?"

„Was soll das?" Ihm war klar, dass sie ihn gehört hatte. Er wusste auch, dass sie Holly nicht sehen konnte, obwohl das Geistermädchen direkt neben ihm stand. „Keine Ahnung, was du meinst", entgegnete er. „Ich habe telefoniert."

„Lüg mich nicht an! Dein Smartphone liegt unten in der Küche. Deshalb bin ich raufgekommen. Außerdem ist mir nicht entgangen, wie geheimnisvoll du tust, seitdem ich dir die Artikel gezeigt habe. Gib es zu! Du versuchst, mehr über Holly herauszukriegen."

„Tu ich nicht!", antwortete er wahrheitsgemäß. Über Holly selbst wusste er mittlerweile ja genug.

„Lügner, ich habe dir die Artikel gezeigt, damit du begreifst, wie gefährlich sie ist. Aber für mich sieht es ganz so aus, als wolltest du Kontakt mit ihr aufnehmen!"

Während Becky zeterte, hatte sich Holly an sie herangeschlichen. Seine Cousine sah das natürlich nicht, er aber schon. Ihm schwante nichts Gutes. Wie konnte er Becky warnen?

Holly beugte sich vor und blies ihr in den Nacken. Seine Cousine erstarrte. Dann zog sie die Luft ein und machte ein Gesicht, als hätte man ihr einen Eiswürfel den Rücken runterlaufen lassen. Bei der Kälte, die Holly ausströmte, musste das Gefühl vergleichbar sein. Becky wich einige Schritte zurück, schien etwas sagen zu wollen. Bevor es dazu kam, verlor ihr Gesicht alle Farbe. Sie blickte in den Spiegel, der in Bens Zimmer hing. Auch er schaute hinein und sah darin nicht nur Becky, sondern auch Holly. Ein teuflisches Lächeln breitete sich auf ihrem weißen Gesicht aus.

Nach einigen Sekunden Schockstarre kam Becky zu sich, stürzte in heller Panik durch die immer noch offene Tür und stürmte durch den Flur in ihr Zimmer. Hinter ihr knallte die Tür ins Schloss.

„Was sollte das?" Er war wirklich verärgert.

Holly dagegen wirkte recht zufrieden mit sich. „Ich weiß nicht, was du für ein Problem hast? Meiner Meinung nach ist so ein kleiner Spuk ganz erfrischend. Außerdem, wie lange hätten wir deine Cousine sonst noch ertragen müssen? Die sah jedenfalls nicht so aus, als würde sie bald mal Ruhe geben. Du wolltest mir gerade sagen, was du vorhast."

Er musste zugeben, dass Holly recht hatte und beschloss, sie einzuweihen. „Also gut, ich erzähle dir unterwegs, was ich vorhabe."

„Ach, wir wollen jetzt schon los?", fragte sie mit gespielter Enttäuschung. „Ich dachte, ich schaue noch mal bei deiner Cousine rein."

„Untersteh dich!", schimpfte er. „Eine weitere Person, die sagt, dass du sie verfolgst, ist das Letzte, was wir im Augenblick gebrauchen können."

Damit hatte er sie wohl überzeugt, denn sie folgte ihm ohne weitere Widerworte. Er wusste nun genau, welche Tode nicht auf ihr Konto gingen. Immerhin hatte sie es ihm bestätigt. Sein Plan war schlicht und einfach, genau diese Vorfälle genauer zu untersuchen, in der Hoffnung, Spuren zu den Hintermännern zu finden.

Natürlich war es reichlich anmaßend, zu glauben, dass er Verbrechen aufklären könnte, an denen bereits die Polizei gescheitert war. Doch was ihn von der Polizei unterschied, war die Tatsache, dass er nach *anderen Tätern* suchte und nicht alle ungeklärten Mordfälle von vornherein Holly anlastete. Mit ihr an seiner Seite war er der Polizei mehrere Schritte voraus. Der Rest würde ein Kinderspiel sein. Das redete er sich zumindest ein.

Tatsächlich dauerte es keine zwei Stunden, bis er einen Rückschlag einstecken musste. Sein erster Weg führte ihn zur Polizeistation von Bad Old Low. Wenn er irgendwo etwas über ungeklärte Todesfälle herausfinden konnte, dann wohl am ehesten dort. So lernte er den Polizeichef seiner Stadt kennen.

Chief Hardwick, ein dicklicher älterer Mann, machte auf ihn den Eindruck, als würde er sich schon auf den Ruhestand freuen.

Zunächst war er auch noch sehr nett. Als Ben jedoch mit der Sprache herausrückte, wurde der Chief ziemlich ungehalten. Er hielt dem Jungen einen Vortrag, in dem es darum ging, worum sich junge Leute kümmern sollten und worum nicht. Als Ben dann auch noch andeutete, dass er einen Blick in die Ermittlungsakten werfen wollte, wurde Hardwick richtig sauer. Und zwar so sehr, dass Ben ernsthaft damit rechnete, in einer der Zellen zu landen. Doch er war ja nicht alleine gekommen.

Niemand außer ihm bemerkte Holly. Ungesehen schlich sie sich an einen der Computer der Polizeistation heran. Mit einem vergnügten Kichern schüttete sie einen danebenstehenden Becher Kaffee über die Tastatur. Mit einem lauten Knall und unter heftigem Qualmen gab das Gerät seinen Geist auf. Hardwick fluchte. Als dann auch noch der Rauchmelder losging, war das Chaos perfekt. Ben entschied sich, die Flucht zu ergreifen.

Einige Augenblicke später lehnte er sich ein gutes Stück von der Polizeistation entfernt an eine Hauswand. Das war wohl nichts, musste er im Stillen zugeben. Er hatte absolut nichts herausgefunden und war total abgeblitzt. Wäre Holly nicht dabei gewesen, hätte er jetzt womöglich ernsthafte Schwierigkeiten. Das brachte ihn zu der Frage, wo sie eigentlich steckte. Wie gewohnt erschien sie aus dem Nichts und schüttelte sich vor Lachen.

„Lachst du wieder über mich oder über das Chaos, das du angerichtet hast?", fragte er ungehalten.

„Wieso bist du sauer? Das hat dich doch davor bewahrt, hinter Gittern zu landen", wandte sie ein. „Dass es keinen Sinn hat, mit diesem Hardwick zu reden, hätte ich dir auch sagen können. Der Mensch ist der Prototyp eines unmotivierten Kleinstadtpolizisten. Früher ist er wohl mal eine große Nummer gewesen. Nachdem er hierher versetzt worden war, änderte sich das. Von intensiver Polizeiarbeit hielt er wohl nichts mehr."

Das war eine ziemlich eindeutige Beschreibung der Exekutive in dieser Stadt. Langsam verstand Ben, wie es möglich war, dass jemand seit Jahren in Bad Old Low ungestört morden konnte. Wie sollte er nun mit seinen Ermittlungen fortfahren?

Eigentlich blieb ihm nichts anderes übrig, als so an die Sache heranzugehen, wie Hardwick es hätte tun müssen. Leider fehlten ihm die Möglichkeiten und vor allem die Befugnisse der Polizei. Das Einzige, was ihm einfiel, war, Personen zu befragen, die mit den Todesfällen auf irgendeine Art und Weise zu tun hatten. Natürlich gab es keine Garantie dafür, dass er Antworten bekommen würde. Hartnäckig bleiben und kein Nein akzeptieren! Darauf kam es an.

Seine erste Idee, die Angehörigen der Todesopfer aufzuspüren, erwies sich als Sackgasse. Schnell fand er heraus, dass die meisten betroffenen Familien die Stadt nach den Vorfällen verlassen hatten. Jene, die geblieben waren, konnten oder wollten kaum etwas zu dem Thema sagen, sofern sie überhaupt bereit waren, mit Ben zu sprechen. Also beschloss er, sich ganz allgemein umzuhören und das Thema bei jeder Gelegenheit anzuschneiden.

Als Erstes fragte er seine Mitschüler, was sie von der Sache wussten. Tatsächlich traf er auf viele willige Informanten. Allerdings erzählte jeder eine andere Geschichte. Soweit er es einschätzen konnte, war das meiste frei erfunden. Einer behauptete, Bad Old Low wäre ein jahrtausendealter Landeplatz für Außerirdische und die Leute wären an den Auswirkungen irgendwelcher Weltraum-Signale gestorben. Ein anderer beteuerte, tief unter der Stadt lebe eine Zivilisation von Maulwurfmenschen, die die Bewohner von Bad Old Low telepathisch beeinflussten.

Das klang für ihn nach Ausgeburten der Fantasie. Ganz anders als die Schüler verhielten sich die älteren Bewohner der Stadt. Viele waren zuerst gar nicht bereit, mit ihm zu reden. Wenn er doch etwas aus ihnen herausbekam, dann waren es nur vage Andeutungen, die eher verwirrten. Holly allerdings entpuppte sich als echte Hilfe, obwohl sie angekündigt hatte, ihm nichts von dem, was sie wusste, zu verraten.

Es überraschte ihn, wie häufig sie inzwischen seine Nähe suchte. Fast jeden Tag tauchte sie bei ihm auf und schien richtig Spaß daran zu haben, für andere unsichtbar hinter ihm zu stehen, wenn er Leute befragte. Sie flüsterte ihm Stichpunkte zu, die seine Gesprächspartner häufig zu einer Aussage bewegten. Offenbar vermittelte er den Eindruck, als wüsste er mehr, als es tatsächlich der Fall war. Deshalb redeten die Leute. Doch wirklich weiter brachten ihn diese Informationen nicht.

Auf jeden Fall lernte er Holly immer besser kennen. Nach einiger Zeit begann er sogar, sie richtig zu mögen. Das Geistermädchen entpuppte sich als eine fröhliche, liebenswerte Person. Ihm zeigte sich die Holly Adams, die von ihrer Familie und ihren Freunden beschrieben worden war, die Holly Adams aus der Zeit vor dem Feuer im Hitfield-Institut. Was den genauen Ablauf betraf, hüllte sie sich noch immer in Schweigen. Aber ihm wurde klar, dass vieles in dieser Stadt mit dem Brand seinen Anfang genommen hatte.

Auch schien Holly ihn sympathisch zu finden. Allerdings lag das wohl eher daran, dass er die erste Person war, mit der sie seit ihrem Tod längeren Kontakt hatte.

„Bist du eigentlich der einzige Geist in Bad Old Low?" Sie kehrten gerade von einer Nachforschung zurück, als ihm diese Frage plötzlich in den Sinn kam.

Holly ließ sich Zeit, bis sie schließlich antwortete: „Also, Geister gibt es eigentlich überall. Diese Stadt ist ein Ort, der Geister geradezu anzieht. Aber einem Geist, der wie ich mit dir reden kann, so einem wirst du hier nicht begegnen."

Anscheinend war die Sache komplizierter, als er gedacht hatte. „Wieso?", fragte er. „Wo ist der Unterschied."

„Zum einen waren nicht alle Geister früher einmal Menschen", führte sie aus. „Aber das ist ein Thema für sich, das erkläre ich dir ein anderes Mal. Die meisten Menschen, die zu Geistern werden, merken es am Anfang gar nicht. Sie befinden sich in einem Zustand der Verwirrung. Das kann Augenblicke, aber auch eine Ewigkeit dauern. In dieser Zeit versucht ein Geist meistens, seine gewohnten Tätigkeiten fortzusetzen. Es kann sein, dass er dabei gesehen wird. Das sind dann die üblichen Spuk-Erscheinungen. Die sind völlig ungefährlich. Sobald diese Geister ihren Tod akzeptiert haben, beenden sie ihren bedauernswerten Zustand."

„Was geschieht dann mit ihnen?" Ihm war etwas unbehaglich zumute.

Sie lächelte. „Das ist auch für mich ein Geheimnis. Wie du siehst, bin ich ja noch hier. Wenn ich raten müsste, würde ich sagen, dass sie dorthin gehen, wohin man nach dem Tod eigentlich gehen sollte."

„Ins Bestattungsinstitut?" Damit versuchte er, dem ernsten Thema eine Prise Humor zu geben.

„In den Himmel, du Blödmann", erwiderte sie schmunzelnd, „oder in die Hölle. Vielleicht werden sie auch wiedergeboren, je nach dem, woran man glaubt."

„Was ist mit den Geistern, die, nun ja, länger bleiben?", wollte er wissen.

„Die werden von irgendetwas zurückgehalten. Manchmal haben sie noch etwas zu erledigen; manchmal wollen sie nicht, dass die Umstände ihres Todes vergessen werden. Etwas bindet sie an die Welt der Lebenden. Dich hingegen bindet etwas an die Welt der Toten. Deshalb kannst du mit Geistern reden."

Das war für seinen Geschmack ein wenig zu tiefsinnig, deshalb wechselte er das Thema. „Um noch einmal auf die Sache mit den Geistern zurückzukommen, die vorher keine Menschen waren", fing er an. „Es wird erzählt, dass sich in dieser Stadt etwas Böses befinden soll, etwas, das schon lange vor den ersten Menschen hier siedelte. Ist das einer dieser besonderen Geister?"

„Ich weiß, dass du die Geheimnisse von Bad Old Low lüften willst", sagte sie und blickte ihn ernst an. „Das kannst du auch, aber bitte lass die Finger von dieser Sache. Du könntest an Mächte geraten, denen kein Lebender gewachsen ist. Das wäre schrecklich." Mit diesen düsteren Worten zog sie sich von ihm zurück und verschwand im Nichts.

Trotz dieses Vorfalls blieb die Zusammenarbeit zwischen ihnen bestehen, auch wenn sie im Grunde genommen nichts herauskriegten. Aus Wochen wurden Monate. Irgendwann ging es Ben auch nicht mehr um die mysteriösen Todesfälle, jedenfalls nicht in erster Linie. Ihm wurde klar, dass er die größte Entdeckung seines Lebens bereits gemacht hatte. Er hatte einen Geist getroffen und sich sogar mit ihm angefreundet. Das hätte er sich in seinen kühnsten Träumen nicht ausmalen können. Da konnten die Geheimnisse von Bad Old Low bestimmt nicht mithalten. Trotzdem blieb er an der Sache dran. Die Blöße, aufzugeben, wollte er sich vor Holly nicht geben. Das Leben hätte aus Bens Sicht ewig so weitergehen können.

Leider richtet sich das Schicksal selten nach den Wünschen der Menschen. So unbefangen Bens Umgang mit Holly und den Geheimnissen der Stadt sich auch entwickeln mochte, er hatte sich schon zu sehr mit den dunklen Mächten eingelassen. So etwas trägt unweigerlich Konsequenzen. In seinem Fall sollten sie tödlich sein.

Knapp ein Jahr wohnte Ben nun schon in Bad Old Low. An diesem Nachmittag saß er in der Schulbibliothek, auf der Suche nach neuen Hinweisen für seine Ermittlungen. Da hörte er, wie sich ihm jemand von hinten näherte. Zuerst dachte er, es wäre Becky. Seit der Begegnung mit Holly war seine Cousine allerdings auf Abstand zu ihm gegangen. Also vermutete er einen Mitschüler, der ihm unbedingt eine weitere Bad Old Low Gruselgeschichte erzählen wollte.

Als er sich umdrehte, stand da ein ganz anderer vor ihm. Überrascht blickte er in das Gesicht von Dr. Franklin, dem ebenso unbeliebten wie gefürchteten stellvertretenden Schulleiter. Der Blick der kalten Augen heftete an ihm. Das bleiche Gesicht strahlte pure Missbilligung aus.

„Ben Henssen, so eifrig beim Lernen? Das ist doch wirklich vorbildlich."

„Ich tue mein Bestes, Dr. Franklin." Dem Frieden traute er allerdings nicht. Alle wussten, dass der Stellvertreter niemals einen Schüler lobte.

„Mir ist zu Ohren gekommen, dass du deinen Ambitionen auch außerhalb der Schule nachgehst", insistierte Franklin weiter. „Ich bin wirklich überrascht, dass es auf dieser Schule mit lauter Faulpelzen einen Schüler gibt, der sich so bemüht. Das muss ja ein sehr interessantes Projekt sein, an dem du arbeitest."

„Ja", erwiderte er kleinlaut. Ihm schwante Böses.

„Doch leider musste ich feststellen", fuhr Franklin fort, „dass du dich nicht etwa mit Hausaufgaben oder wissenschaftlichen Experimenten beschäftigst, sondern mit einem Haufen Gruselgeschichten."

Genau genommen war es nur eine einzige Gruselgeschichte, mit der er sich beschäftigte, doch das behielt er lieber für sich.

„Dass du deine Zeit mit diesen Hirngespinsten verschwendest, ist schon schlimm genug. Dass du aber die halbe Stadt mit deiner Fragerei in Aufruhr versetzt, ist etwas, das ich nicht hinnehmen kann!"

Er wusste zwar nicht, warum ein stellvertretender Schulleiter das nicht hinnehmen konnte, doch er vermied es, Widerworte zu geben.

„Leider kann ich meinen Schülern nicht vorschreiben, was sie mit ihrer Freizeit anfangen", bedauerte Franklin. „Aber ich kann kontrollieren, was sie in der Schule tun. Ich erwarte, dass dein pietätloses Rumstochern in der Vergangenheit unserer Stadt aufhört! Sonst werde ich dafür sorgen, dass deine freie Zeit rapide zunimmt, weil du dann nämlich von der Schule fliegst."

Die Drohung nahm er schweigend hin und er vermied es auch, Franklin in die Augen zu sehen. Der deutete das wohl als ein Zeichen von Einverständnis. Mit einem zufriedenen Gesichtsausdruck wandte sich der stellvertretende Direktor ab und ging.

Doch Franklin irrte sich. Ben hatte die Drohung zwar durchaus vernommen und er unterschätzte sie auch nicht. Das war aber nicht der Grund, weshalb er nun völlig bleich an seinem Platz saß.

Dass er Franklin nicht in die Augen geschaut hatte, lag auch nicht daran, dass er sich so sehr fürchtete. Was er gesehen hatte, war wesentlich erschreckender als ein schimpfender Lehrer. Während Franklins Rede war Holly hinter einem der Fenster der Bibliothek aufgetaucht.

Zuerst hatte er sich gefragt, warum sie nicht hereinkam. Dann begegnete er ihrem Blick - keine Spur mehr von Fröhlichkeit. In ihren Augen blitzte eiskalte Wut.

Mittlerweile war er so sehr an die heitere, humorvolle Holly gewöhnt, dass er ganz vergessen hatte, wie schauerlich sie sein konnte. Er fragte sich, ob er sie irgendwie verärgert hatte. Schnell packte er seine Sachen zusammen, verließ die Bibliothek und eilte aus dem Schulgebäude hinaus auf den Pausenhof. Er wollte unbedingt mit ihr reden und rechnete damit, lange nach ihr suchen zu müssen. Umso überraschter war er, als sie genau vor ihm auftauchte.

„Holly, was ist denn los?", stieß er hervor.

„Worüber hast du mit diesem Mann gesprochen?" Wilder Zorn ließ ihre Stimme unheimlich klingen.

„Über nichts!", erwiderte er aufrichtig. „Dr. Franklin hat von meinen Nachforschungen erfahren und mir verboten, damit weiterzumachen."

„Franklin!" Sie spie den Namen geradezu aus, als wäre es ein sehr übles Schimpfwort.

Allmählich machte sich Panik in ihm breit. „Holly, was ist denn los mit dir?"

Sie sah ihn an, als hätte sie für einen Moment vergessen, dass er da war. „Tut mir leid, Ben. Ich wollte dich nicht erschrecken." Entschuldigend lächelte sie ihn an.

Da verstand er, dass Holly nicht auf ihn wütend war. Seine Begegnung mit Franklin hatte sie in Rage gebracht. Was hatte sie gegen den stellvertretenden Schulleiter? Würde sie zu seinen Schülern gehören, müsste er sich diese Frage nicht stellen. Dann wäre alles klar. Aber so ergab ihre Abneigung keinen Sinn. In diesem Moment erinnerte er sich an seine zweite Begegnung mit Holly, nur wenige

Meter entfernt. Da hatte sie auch vor einem Fenster gestanden und etwas beobachtet – oder jemanden.

„Als ich dich damals hier auf dem Schulhof angesprochen habe", begann er zögernd, „da warst du hinter Franklin her. Nicht wahr?"

Für einen Moment schien sie, mit sich selbst zu ringen. Dann sagte sie endlich, was sie zu sagen hatte. „Ben, du weißt ja, dass ich dir nicht bei deiner Suche helfen und auch keine Hinweise geben werde."

Er nickte und rechnete schon mit einer weiteren Abfuhr.

„Also ich werde jetzt eine Ausnahme machen", fuhr sie fort.

Da horchte er auf.

„Du hast dich bei deinen Nachforschungen nur um die Toten gekümmert, um jene, die wegen mir gestorben sind und um jene, für die jemand anderer verantwortlich ist. Um Antworten auf deine Fragen zu bekommen, solltest du dich mit den Leuten beschäftigen, die mir entkommen sind."

Ihre Worte klangen irgendwie beiläufig, so als wollte sie ihm nur einen sanften Stoß in Richtung Wahrheit geben. Ganz allmählich ging ihm ein Licht auf.

„Du redest von den Leuten, die den Brand überlebt haben und die du danach verfolgt hast? Du hast sie damals also nicht alle gekriegt."

Sie nickte. „Mit der Zeit fanden die Überlebenden einen Weg, mich auf Distanz zu halten. Schon vorher hatten sich nur wenige von meiner Anwesenheit einschüchtern lassen. Diejenigen, die sich aus Angst vor mir umbrachten oder einen Unfall hatten, waren wohl die schwächeren Charaktere. Mein Plan war es gewesen, dass sie die Wahrheit über das Hitfield-Institut ans Licht bringen und ihr Gewissen damit erleichtern würden. Dann hätte die Angst vor mir oder vor ihren Komplizen sie nicht das Leben gekostet."

In seinem Kopf wirbelte alles durcheinander. Aber dann setzten sich die Informationen wie Puzzleteile zusammen.

„Franklin gehört zu den *Komplizen*, die dir entkommen sind. Er und seine Partner sind auch für die Toten verantwortlich, mit denen du nichts zu tun hast."

Auch dies bestätigte sie mit einem knappen Nicken. „Auf jeden Fall sind sie die Drahtzieher. Wer genau all diese Menschen getötet hat, kann ich dir nicht sagen. Auch den Grund kenne ich nicht. Ich weiß nur, dass menschliches Leben für Hitfield und seine Leute schon immer einen geringen Stellenwert hatte, wenn es darum ging, ihre Ziele zu erreichen."

Jetzt wurde ihm wieder mulmig. Er schluckte schwer, bevor er die entscheidende Frage stellte: „Holly, was genau ist damals im Institut geschehen?"

Mit einem tiefen Seufzer blickte sie zu Boden. In all der Zeit hatte er sie kein einziges Mal so unglücklich gesehen.

„Das ist eine lange Geschichte", sagte sie schließlich. „Als ich noch lebte, half ich in meiner Freizeit im Hitfield-Institut aus. Eines Tages ..."

„Warte!", unterbrach er sie und wies auf einen Seitenausgang des Hauptgebäudes.

Franklin war gerade dort aufgetaucht und verließ ziemlich eilig das Schulgelände. Offenbar hatte er Ben nicht bemerkt, Holly natürlich auch nicht. Zügig, ohne nach links oder rechts zu sehen, strebte er Richtung Parkplatz und verschwand aus dem Blickfeld.

„Los! Hinterher!", rief Ben.

„Ist das dein Ernst?" Holly schüttelte den Kopf.

„Das ist die Gelegenheit", erklärte er. „Der Typ gehört zu den Leuten, die in dieser Stadt ihr Unwesen treiben. Wenn wir ihm folgen, finden wir vielleicht heraus, wer dazugehört und was sie vorhaben."

Offensichtlich sah sie die Angelegenheit skeptischer. Doch die Aussicht, nach all den Jahrzehnten ihre Feinde endlich zur Rechenschaft zu ziehen, war wohl doch zu verlockend. So stimmte sie zu. Zum Glück stieg der Lehrer auf dem Parkplatz nicht in sein Auto. Sonst wäre die Verfolgung schon nach wenigen Minuten beendet gewesen. Franklin lief zum Stadtrand und dann zum Wald. Er schlug eine ganz bestimmte Richtung ein.

„He, Holly", flüsterte Ben, obwohl Franklin sie bei dem großen Sicherheitsabstand unmöglich hören konnte, „denkst du dasselbe wie ich?"

„Er will zum Institut", erwiderte sie.

Sie folgten ihm, versteckten sich immer wieder hinter Bäumen. Franklin nahm den Weg zum Hügel, auf dem das verlassene Gebäude thronte. Als er das Institut fast erreicht hatte, bog er von der Straße ab und ging in den dichten Wald hinein.

„Was macht der denn?" Ben war irritiert. Hier oben gab es doch nur das Institut. Was suchte Franklin im Wald?

Holly blieb stumm. Je näher sie dem Institut gekommen waren, desto schweigsamer war sie geworden. Jetzt wirkte sie durchsichtiger als je zuvor. Immerhin war dies der Ort, an dem die Tragödie ihren Anfang genommen hatte.

Weiterhin hielten sie so viel Abstand, dass sie den Mann gerade noch sehen konnten, folgten ihm von Baum zu Baum in den Wald. Ben stapfte schwerfällig durch das Unterholz. Im Gegensatz zu ihm hatte Holly keine Probleme mit dem Gelände. Sie glitt über den unebenen Waldboden wie über eine Rollschuhbahn.

Franklin kannte sich in dem Terrain offensichtlich gut aus. Als er aus ihrem Blickfeld verschwand, legten sie einen Zahn zu. Ein paar Mal wäre Ben fast gestürzt. Zum Glück kam der Lehrer bald wieder in Sicht. Zwischen einigen Felsen machte er sich an einem struppigen Busch zu schaffen. Fast sah es so aus, als wollte er das Gestrüpp mit bloßen Händen herausreißen. Dann schob er das Gehölz beiseite und wurde im nächsten Augenblick vom Erdboden verschluckt.

„Hast du das gesehen?", fragte Ben unnötigerweise. Diese Wendung kam für ihn völlig überraschend.

Anstatt zu antworten, lief Holly einfach los. Er folgte ihr zu der Stelle, an der Franklin verschwunden war. Zwischen den Felsen erwartete sie eine weitere Überraschung. Wo Franklin den Busch entfernt hatte, klaffte ein dunkles Loch - der Eingang zu einer Höhle.

„Sie dir das an!" Ben fühlte sich, als hätte er gerade im Lotto gewonnen. Bestimmt befand sich hier ein wichtiger Stützpunkt der Verschwörer - ein Lager, ein Unterschlupf oder sogar das Hauptquartier ihrer geheimnisvollen Gegner! Es gab nur einen Weg, das herauszufinden.

„Ben, lass es!", flehte Holly, als er Anstalten machte, in das Loch zu klettern.

„Was soll das denn jetzt?", fragte er verständnislos. „Ich dachte, du wolltest diese Leute zur Rechenschaft ziehen. Wartest du nicht schon seit Jahrzehnten darauf? Wir haben ihr Versteck gefunden und können jetzt nicht kneifen."

„Ich weiß", räumte sie ein, „aber mit dieser Höhle stimmt etwas nicht. Da unten ist irgendetwas Grauenhaftes. Spürst du das nicht?"

Was sie meinte, verstand er nicht so ganz. Unheimlich war der Höhleneingang schon. Unter normalen Umständen wäre er auch nicht begeistert darüber, in ein dunkles Loch im Waldboden zu steigen. Seine Euphorie über ihre Entdeckung ließ ihn jedoch alle Bedenken beiseiteschieben. „Ich glaube auch, dass es gefährlich ist", gab er zu. „Aber selbst wenn sie uns erwischen, können sie nur mich sehen. Du hast als Geist doch nichts zu befürchten. Wenn ich in die Klemme gerate, holst du mich wieder raus. Kann doch gar nichts passieren."

Darauf erwiderte sie nichts. Fast kam es ihm so vor, als hätte sie gar nicht richtig zugehört. Sie starrte den Höhleneingang an, als wäre es der Einstieg in die Hölle.

„Na gut", beschloss er, „gehe ich eben allein. Vielleicht ist dort unten sowieso nichts von Bedeutung. Wenn du hier draußen Wache hältst, ist das ja auch hilfreich."

Ohne weiter auf sie zu achten, stieg er in das Loch. Zum Glück ging es nicht besonders steil in die Tiefe. Grob in den Stein gehauene Stufen führten hinab. Das war zumindest der Beweis, dass Menschen diesen Ort erschaffen hatten und zwar schon vor sehr langer Zeit. Vorsichtig stieg er einige Stufen nach unten, passte dabei gut auf, dass er nicht auf dem glatten Felsen ausrutschte.

Als er am Fuß der Treppe angelangt war, drang kaum noch Tageslicht zu ihm herunter. Ohne Lampe würde er seinen Weg kaum fortsetzen können. Schon rechnete er damit, umkehren zu müssen, da bemerkte er einige Schritte entfernt mehrere Metallkästen. Einer davon stand offen. Er trat näher heran. In dem Kasten lagen neben einigen Seilen, Helmen und Verbandsmaterial zwei große Taschenlampen. Wer auch immer diese Höhle nutzte, tat es offenbar regelmäßig. Kurz entschlossen nahm er sich eine Taschenlampe und machte sich auf, weiter in die Tiefen der Höhle vorzudringen. Er war noch keine drei Meter weit gegangen, als Holly neben ihm auftauchte. Das überraschte ihn.

„Hast du es dir überlegt?", fragte er.

„Wohl kaum!", erwiderte sie ärgerlich. „Aber wenn du denkst, dass ich dich ganz allein hier unten herumirren lasse, hast du dich geirrt. Ohne mich bist du doch aufgeschmissen."

Heimlich musste er grinsen. „Nett von dir", meinte er nur.

Schweigend schlichen sie durch die unterirdischen Tunnel der geisterhaften Höhle. Bald fanden sie weitere Beweise menschlichen Wirkens. Die waren allerdings deutlich älter als die Kisten am Eingang, vielleicht sogar älter als die in den Stein geschlagene Treppe. Die Höhlenwände waren übersät mit Malereien. Auch wenn Ben kein Experte war, wusste er, dass solche Kunstwerke oft mehrere tausend Jahre alt waren. Ob diese unterirdische Anlage wirklich so alt war? Warum hatte sie bisher niemand entdeckt?

Allerdings gab es wichtigere Probleme zu lösen. Sie mussten Franklin finden. Am Anfang war es nicht schwer, ihm auf der Spur zu bleiben, denn der Gang verlief geradeaus, ohne Abzweigungen. Doch dann gabelte sich der Weg und sie mussten sich entscheiden. Anschießend durchquerten sie mehrere Kammern von unterschiedlicher Größe. Von ihnen zweigten weitere Tunnel ab. Anscheinend bildeten diese Höhlen ein Labyrinth. Es gelang ihnen nur deshalb, Franklins Fährte zu folgen, weil der Boden der Höhle mit Staub, Asche und kleinen Steinen bedeckt war. Jeder, der darüber schritt, hinterließ seine Spur.

Je weiter sie kamen, desto nervöser wurde Holly. Ben konnte nur vermuten, dass es an den immer grausigeren Höhlenmalereien lag. Erst waren nur Menschen zu erkennen gewesen, die ganz offensichtlich eine Gottheit anbeteten. Nun zeigten die Wandmalereien Rituale, die ihm wie Menschenopferungen vorkamen. Gerade wollte er Holly fragen, was sie davon hielt, als er etwas hörte. Es klang noch weit unheimlicher als das, was die Wandmalereien zeigten. Von irgendwo drang ein dumpfer Gesang durch die Tunnel. Was gesungen wurde, verstand er nicht, aber es hörte sich gar nicht gut an.

„Verdammt, was ist das jetzt?", stieß er hervor.

„Ich weiß es nicht", erwiderte sie leise. „Etwas Böses ist hier unten. Bitte, Ben, lass uns verschwinden."

Langsam begann auch seine Neugier zu bröckeln, Angst machte sich in ihm breit. Eines musste er jedoch noch herausfinden. „Ich will nur nachsehen, wer da singt", erklärte er.

Widerstrebend setzte Holly sich ebenfalls in Bewegung. Sie folgten dem Gesang, der immer mehr anschwoll. Schließlich endete der Tunnel an der größten Kammer, die sie bis jetzt betreten hatten. Der Raum war mit Fackeln ausgeleuchtet. An den Wänden prangten weitere Zeichnungen und - Sternbilder. Vorsichtig schauten sie in das Innere.

In der Höhle standen mehrere Gestalten, gekleidet in dunkle Roben, die Gesichter teilweise von den Kapuzen verdeckt. Trotzdem erkannte Ben einige Personen an ihrer Statur. Franklin stand dem Eingang am nächsten, wohl weil er als Letzter zu der düsteren Gemeinschaft gestoßen war. Direkt neben ihm stand niemand anderer als Bob Cowly, der Bürgermeister von Bad Old Low. Dass es in dieser Stadt nicht mit rechten Dingen zu ging, war ihm schon lange klar. Dass sogar die Stadtoberhäupter mit drin hingen, hätte er nie für möglich gehalten.

Irgendwie war Bad Old Low von einer Art Kult unterwandert und hier befand sich das Heiligtum. Die unheimliche Messe wurde von einer Person geleitet, die von Kopf bis Fuß in ein merkwürdiges graues Tuch gehüllt war. Ihr Gesicht verdeckte eine Maske aus Ton.

Sie rezitierte etwas in einer unbekannten Sprache, die Robenträger antworteten in der gleichen Sprache. Wie betäubt starrten er und Holly auf die Zeremonie. Das Ganze übte eine seltsame Faszination auf ihn aus, obwohl er sich immer mehr fürchtete.

Als der Gesang abrupt endete, hätte er nicht sagen können, wie lange Holly und er dort gestanden hatten. Die Gestalten wandten sich zum Gehen. Gerade noch rechtzeitig sprang er in einen Felsspalt im Gang. Bald hatten alle bis auf den mit der Tonmaske das Heiligtum verlassen, ohne sie zu bemerken. Der Anführer stand immer noch in der Mitte der Kammer. Da wagte Ben es, näher an den Eingang zu treten und einen vorsichtigen Blick zu riskieren.

Der Maskierte breitete seine Arme aus und sprach einige Worte in dieser alten Sprache. Dann ging er auf etwas zu, das Ben zuerst für einen großen schwarzen Felsen hielt. Doch als er die Augen zusammenkniff und dieses Ding genauer betrachtete, erkannte er, dass es sich um einen offenen Granit-Sarkophag handelte. Wollte der Maskierte etwas daraus hervorholen oder nur seine merkwürdige Aufmachung darin verstauen?

Doch was dann geschah, verschlug ihm die Sprache und jagte ihm einen Schauder über den Rücken. Der Unbekannte stieg in den Sarkophag hinein - und blieb darin liegen. Ben wartete darauf, dass die Gestalt gleich wieder herauskommen würde und dies nur ein weiterer Teil des merkwürdigen Rituals war. Mehrere Minuten geschah nichts.

Seine Furcht wandelte sich, schlug allmählich in Ungeduld und Wut um. Was sollte der kranke Mist? Schließlich hatte er genug, trat aus seinem Versteck hervor und ging zu dem Steinsarg. Was der Spinner bezweckte, wusste er nicht. Aber da sich diese Gelegenheit bot, wollte er das wahre Gesicht des Anführers sehen.

Die Hände des Maskierten waren über der Brust gefaltet. Es wirkte so, als schliefe er. Allerdings hörte Ben keine Atemgeräusche. Seine zitternden Finger näherten sich der Maske.

Jetzt wusste er selbst nicht mehr, was er sich bei all dem gedacht hatte. In diese Höhle zu steigen, war schon eine Schnapsidee gewesen. Das hier war nun wirklich der Gipfel! Doch für ihn gab es kein Zurück mehr. Als seine Finger den kalten Ton berührten, zögerte er noch einmal kurz. Dann riss er die Maske mit einem Ruck weg.

Das blasse, eingefallenen Gesicht, das zum Vorschein kam, wirkte leblos. Am meisten entsetzte ihn jedoch die Tatsache, dass ihm dieser Mann nicht unbekannt war. In den letzten Monaten hatte er dieses Gesicht auf vielen Bildern gesehen. Bei seinen Recherchen war ihm dieser Mann fast so häufig begegnet wie Holly.

Vor Ben, in diesem Sarkophag, in dieser Höhle, in einer jahrtausendealten Kultstätte, lag niemand anderer als Dr. Hitfield, Gründer und Namensgeber des berüchtigten Institutes.

„Sie haben es tatsächlich getan", wisperte Holly.

Von ihm unbemerkt, war sie neben ihm erschienen. In ihrem Blick lag Panik. Was konnte ein Mädchen, das Tod und Verdammnis bereits hinter sich hatte, dermaßen aus der Fassung bringen?

„Wie meinst du das?", fragte er. „Das hier ist doch nicht etwa wirklich dieser Hitfield. Der müsste doch schon seit Jahrzehnten tot sein. Dieser Mann ist doch höchstens ein paar Tage tot."

„Ist er wohl auch", erwiderte sie sarkastisch. „Allerdings wohl nicht am Stück. Du hast doch gesehen, wie er zu seinen Anhängern gesprochen hat. Ich habe es gewusst! Schon als wir vor der Höhle standen, habe ich es gespürt. An diesem Ort haust ein Untoter."

„Wie recht du hast, Holly Adams."

Ben zuckte zusammen. Von Grauen erfüllt blickte er zum Eingang der Kammer. Dort standen zwei Kapuzenträger: Dr. Franklin und Bob Cowly. Offensichtlich konnten sie Holly sehen und hören.

Cowly, der gesprochen hatte, lächelte hämisch. „Du hast dir also einen lebenden Partner gesucht, Holly", stellte er fest. „Gar nicht so dumm. Ich dachte, du würdest den Rest der Ewigkeit damit verbringen, in dunklen Straßen auf uns zu lauern und durch unsere Fenster zu starren."

„Moment mal!", stieß Ben hervor. „Wieso können Sie Holly sehen? Und was treiben Sie eigentlich in dieser Stadt?"

„So viele Fragen!", spottete Franklin. „Wer nur ein wenig Ahnung von Okkultismus hat, weiß, dass es nicht schwer ist, einen Geist, der einen verfolgt, sichtbar zu machen. Und wir können noch viel mehr. Wir wissen, wie man sich Geister vom Hals hält."

Daraufhin zog Cowly etwas hervor, das aussah wie eine Götzenfigur aus einem alten Horrorfilm. Das Ding war etwa so groß wie die Hand eines Mannes und stellte ein Skelett mit einem unnatürlich großen Kopf dar. Die übrigen Knochen wirkten so detailreich, fast als wären sie echt.

„Mit ein wenig Erfahrung kannst du sogar das hier tun", fügte Franklin hinzu und hielt die Figur hoch.

Entsetzt wich Holly zurück. „Bleib weg mit dem Ding!", keuchte sie.

Weder Franklin noch Cowly zeigten Gnade. Der Bürgermeister der Stadt Bad Old Low hob die abstoßende Figur über seinen Kopf. Franklin begann in der unheimlichen Sprache des Kultes zu singen. Allein die unheimliche Szenerie schickte Ben gleich mehrere Schauer über den Rücken. Vor Angst und Entsetzen wurde Bens Mund ganz trocken, sein Atem stockte.

Holly brachte das makabre Schauspiel völlig aus der Fassung. Sie kauerte sich vor dem Sarkophag auf den Boden und hielt sich die Ohren zu. Es war, als würde ihr das Ritual körperliche Schmerzen zufügen, obwohl sie gar keinen Körper im eigentlichen Sinne mehr besaß. Dann schrie sie, als würde sie brennen. Im nächsten Moment war sie verschwunden, hatte sich einfach in Luft aufgelöst, ohne eine Spur zu hinterlassen.

Das hatte er schon öfter erlebt. Dieses Mal hatte er das Gefühl, dass es irgendwie anders war. „Wo ist Holly?" Trotz allem regte sich sein Zorn. „Was habt ihr mit ihr gemacht?"

„Was wir mit ihr gemacht haben?" Cowly lachte höhnisch. „Es ist wohl eher die Frage, was du mit ihr gemacht hast. So sorglos, wie du in dieser Stadt Fragen gestellt hast, sind wir dir schon nach kurzer Zeit auf die Schliche gekommen. Wir wussten, dass du dich mit Holly eingelassen hast. Schon längst hatten wir in ihr keine Gefahr mehr gesehen. Schließlich bot sie sich perfekt als Sündenbock für unsere Aktionen an. Dank dir war sie uns nun wieder ein Dorn im Auge."

„Und wie du dann so leichtfertig in unsere Falle getappt bist!", fuhr Franklin feixend fort. „Eine halbherzige Drohung meinerseits und schon folgst du mir völlig kopflos in unser Allerheiligstes - und bringst auch noch Holly mit! Du musst ihr ziemlich viel bedeuten, dass sie dir in diese Höhle gefolgt ist."

Das traf ihn ins Mark. Es stimmte. Er hatte Holly überredet, mitzukommen. Was auch immer mit ihr geschehen war, er trug die Schuld daran. „Wo ist sie?", stammelte er.

„Tja, das ist nicht so leicht zu beantworten", meinte Franklin. „Sie befindet sich in einer Welt zwischen dem Diesseits und dem Jenseits. In dieser Dimension ist sie dazu verdammt, die Momente vor ihrem

Tod wieder und wieder zu durchleben. Falls es dir hilft - in der westlichen Kultur ist der Ort am ehesten mit dem Fegefeuer vergleichbar."

Zwar verstand er nicht so richtig, was ihm die beiden Wahnsinnigen zu erklären versuchten, doch es brachte ihn zum Kochen. Er wollte sich auf Franklin und Cowly stürzen. Bevor es jedoch dazu kam, packten ihn kalte, kräftige Arme von hinten und nahmen ihn in den Schwitzkasten. Pranken schlossen sich wie ein Schraubstock um ihn und pressten die Luft aus seiner Lunge. Obwohl er mit dem Ersticken kämpfte, begriff er, was gerade passierte. Hitfield war aus seinem Grab auferstanden und hielt ihn fest.

„Was glaubst du, Ben?", sagte Franklin mit einem sadistischen Lächeln. „Ist dies eine der Geschichten, in der der Held in letzter Sekunde gerettet wird und dem sicheren Tod von der Schippe springt?"

Dann lachte er und gab dem Untoten ein Zeichen. Ben spürte nicht mehr, wie sein Genick brach.

Als er die Augen aufschlug, war er von Nebel umgeben. Er lag auf einem Boden, der sich wie eine gepflasterte Straße anfühlte. Langsam richtete er sich auf und bemerkte, dass er sich tatsächlich mitten auf einer Straßenkreuzung befand - scheinbar in einem Stadtzentrum. Schließlich erkannte er seine Umgebung. Die Kreuzung befand sich in der Mitte von Bad Old Low, zwischen dem Rathaus und der Stadtbücherei, eigentlich eine der meist befahrensten Straßen der Stadt. Umso mehr erstaunte es ihn, dass weder Menschen noch Autos unterwegs waren. Ihm wurde bewusst, dass er nicht einmal genau sagen konnte, ob es Tag oder Nacht war. Wie war er überhaupt hierhergekommen? Er versuchte, sich an die letzten Ereignisse zu erinnern. Natürlich, Holly und er hatten jemanden verfolgt. Dann fiel ihm Dr. Franklin wieder ein. In dieser Höhle hatten Holly und er ein schreckliches Geheimnis entdeckt. Stück für Stück kehrte seine Erinnerung zurück. Sie hatten ihn umgebracht. Er war tot - ein weiterer Geist in Bad Old Low.

Einige Tage nach Bens Beerdigung betrat Becky sein Zimmer. Der Tod ihres Cousins machte ihr sehr zu schaffen - einerseits, weil sie sich schuldig fühlte, andererseits, weil der Fall genauso abgetan wurde wie alle Todesfälle in Bad Old Low.
Man hatte Ben mit gebrochenem Genick im Wald gefunden. Anscheinend war er unachtsam gewesen und von einer Anhöhe gestürzt - also ein Unfall. Chief Hardwick hatte den Fall schnell zu den Akten gelegt. Becky wusste es besser. Natürlich waren inzwischen die wildesten Gerüchte im Umlauf, weil Ben vor seinem Tod so energisch versucht hatte, das Geheimnis der Stadt zu lüften. Alle Verschwörungstheorien bestätigten das, was Becky dachte. Holly hatte ihren Cousin zugrunde gerichtet. Sie war für all das Unglück in dieser Stadt verantwortlich. Becky würde alles tun, um ihrem Treiben ein Ende zu setzen. In Bens Zimmer suchte sie nach etwas, das ihr dabei helfen könnte.
Als sie den Ordner mit den gesammelten Artikeln und Bens Notizen gefunden hatte, drückte sie ihn an sich wie einen Schatz. Sie würde das Werk ihres Cousins fortführen und die Aufzeichnungen sorgfältig ergänzen. Mit den Berichten über Bens Tod würde sie beginnen. So genau war ihr nicht klar, inwieweit diese Recherche dabei helfen konnte, Holly zu stoppen. Doch irgendwann würde jemand kommen, der im Stande wäre, den Fluch dieser Stadt zu brechen.

Netz der Täuschung

12. April 2009

Als am Abend das Telefon läutete, dachte Hardwick sich zunächst nichts dabei. Das kam öfter vor.

„Chief!", tönte ihm eine aufgeregte Stimme aus der Leitung entgegen.

Im Verlauf des folgenden Gesprächs trübte sich seine Laune immer mehr ein. Am frühen Abend hatte Elisabeth Perkins, eine Bewohnerin der Stadt, einen Selbstmordversuch unternommen. Sie hatte ein bislang unbekanntes Medikament zu sich genommen, welches zum Tode geführt hätte, wenn die Rettungskräfte nicht rechtzeitig da gewesen wären. Der Zustand der Frau war kritisch.

Das hätte schon genügt, um ihm die Stimmung zu verderben und um alte Wunden wieder aufzureißen. Als ihm berichtet wurde, dass die Frau von ihren beiden Kindern gefunden worden war, drehte sich ihm der Magen um.

Mit gemischten Gefühlen zog er seine Uniform an und verließ das Haus. Vor manchen Dingen kann man nicht davonlaufen, schon gar nicht vor seinen eigenen Dämonen, dachte er, während er vor dem Tatort stand und die Szene betrachtete. In seiner langen Polizeilaufbahn hatte er schon manches Drama erlebt. Den Anfängern erzählten die alten Hasen immer, dass es einem irgendwann nichts mehr ausmachen würde.

Das war eine Lüge. Man lernte nur, damit umzugehen. Dann machte man neben einer Leiche makabre Witze und ließ den harten Bullen heraushängen. Das war nichts anderes als Selbstbetrug. Letzten Endes holte das Grauen einen doch ein, meistens nachts. Dann hatten die Erinnerungen genug Zeit, die Seele zu zerfressen.

Lange Zeit hatte Hardwick dieses stille Leiden schweigend ertragen. Wie viele Kollegen hatte er eine *Stütze* gehabt. Für einige war es die Familie, für andere der Alkohol. Was es auch war, es bewahrte so manchen Cop davor, den Verstand zu verlieren. Vor einigen Monaten hatte er seine Stütze verloren und daraufhin in Los Angeles, seiner Heimatstadt, keine Zukunft mehr für sich gesehen. Er war in ein tiefes Loch gefallen und froh gewesen über den Posten in Bad Old Low. Ein kleiner, unscheinbarer Ort, die Verbrechensrate gleich null. Hier, so hatte er geglaubt, könnte er seine Vergangenheit hinter sich lassen. Nun sah er seinen Irrtum ein.

Das kleine Haus, auf das er blickte, war eigentlich ganz hübsch, es wirkte idyllisch. Was sich darin abgespielt hatte, war alles andere als das. Eigentlich war die Polizei nur anwesend, um ein Protokoll anzufertigen und Fremdverschulden auszuschließen. Völlig sinnlos. Der Hergang war offensichtlich. Doch die Vorschriften wollten es so, auch die Befragung der Kinder gehörte dazu. Deren Schicksal nahm er sich sehr zu Herzen. Es bedurfte einer Menge Fingerspitzengefühl, mit traumatisierten Kindern umzugehen.

Der zwölfjährige Billy konnte am meisten zu der Sache beitragen, die sechsjährige Lilly weinte die ganze Zeit. Die Kinder waren nach Hause gekommen und hatten ihre Mutter leblos vorgefunden. Hardwick war froh, als er die beiden den Sanitätern übergeben konnte.

„Was geschieht nun mit ihnen", fragte er.

„Zuerst untersuchen wir die Kinder, um sicherzustellen, dass sie in Ordnung sind", erklärte der Sanitäter. „Dann übergeben wir sie der Jugendfürsorge, damit die nächsten Angehörigen ausfindig gemacht werden."

Als er beobachtete, wie der Krankenwagen Mrs. Perkins abtransportierte, fragte er sich, was eine Mutter von zwei Kindern zu einer solchen Verzweiflungstat treiben konnte? Waren es Depressionen? Oft spielten Alkohol und Drogen bei Selbstmorden eine Rolle.

„He, Neuer!" Sein Kollege Philipp Jenkins, grauhaarig und mit überdimensionalem Schnauzbart, kam auf ihn zu. Der alteingesessene Bürger von Bad Old Low war seit über dreißig Jahren bei der hiesigen Polizei. Jetzt stand er kurz vor der verdienten Pension, hatte nur noch die Aufgabe, Hardwick einzuarbeiten, bis dieser offiziell den Posten des Chiefs übernahm. Diesem Zeitpunkt schien er mit einem weinenden und einem lachenden Auge entgegenzusehen. Einerseits betete er Hardwick in jeder freien Minute herunter, was er mit seiner Freizeit anfangen würde. Andererseits schwärmte er im gleichen Atemzug von den guten alten Zeiten. Dass er alles dafür geben würde, noch einmal so agil wie damals zu sein. Was Hardwick am meisten störte, war, dass Jenkins ihn ständig Neuer, Frischling oder Grünschnabel nannte.

„Ich bin mit der Spurensicherung da drin fertig", meinte sein Vorgesetzter. „Bist du mit der Befragung der Kinder durch?"

„Ja", erwiderte er. „Hat nicht viel gebracht."

„Natürlich nicht", brummte Jenkins, „so verstört wie die Kinder waren. Da brauchen wir geschultes Fachpersonal. Ist aber eigentlich überflüssig bei der eindeutigen Sachlage."

„Also keine Hinweise auf Fremdverschulden?", hakte er nach.

„Es spricht jedenfalls nichts dafür. Aber vielleicht willst du noch einen Blick drauf werfen? Ein zweites Paar Augen kann nicht schaden."

Hätte es mir ja denken können, sagte sich Hardwick. Erst drückt er mir die Befragung der Kinder aufs Auge, und dann soll ich auch noch den Tatort überprüfen. Mittlerweile war er davon überzeugt, dass Jenkins Masche darin bestand, anderen die Verantwortung aufzuschwatzen. Nichtsdestotrotz folgte er ihm ins Haus. Der gute äußere Eindruck bestätigte sich auch im Innern. Die Einrichtung war alt, aber geschmackvoll. Alles war tadellos sauber. Nur in der Diele lag Spielzeug auf dem Boden, wohl aus dem Besitz der kleinen Lilly.

„Was ist eigentlich mit dem Vater der Kinder?", fragte er.

„Den hat seit Jahren keiner mehr gesehen", erwiderte Jenkins. „Hat seine Frau und die Kinder einfach sitzen lassen. Seitdem kümmerte sich die arme Elisabeth allein um alles."

Konnte das der Grund für diese Verzweiflungstat sein? War die Last für die alleinstehende Mutter so groß geworden, dass sie ihrem Leben ein Ende setzen wollte? Sehr wahrscheinlich war das zwar nicht, aber auch nicht ganz von der Hand zu weisen. Nicht alle Frauen in einer solchen Lage bekamen Unterstützung aus ihrem Umfeld. Manchmal wurden sie sogar regelrecht ausgegrenzt und sogar verachtet. Schon öfter hatte er erlebt, wie so etwas Menschen zugrunde richtete.

Jenkins führte ihn ins Wohnzimmer, wo die Kinder ihre Mutter gefunden hatten. Falls noch Spuren vorhanden waren, dann hier.

„Wenn es Hinweise gab, wurden sie wahrscheinlich von den Sanitätern vernichtet", unkte Jenkins. „Aber wie gesagt, die Sache ist ziemlich eindeutig. Schließlich hat Elisabeth einen Abschiedsbrief hinterlassen." Er wies auf den Tisch.

Hardwick betrachtete sich den handgeschriebenen Zettel, auf dem in krakeliger Schrift stand: *Lebt wohl.* Für einen Abschiedsbrief recht knapp, fand er, aber immerhin klar und deutlich.

„Die Handschrift ist eindeutig die von Elisabeth Perkins", erklärte Jenkins.

„Im Nebenzimmer liegen einige Notizen von ihr. Auf dem Zettel hier ist die Schrift nur etwas krakeliger. Wahrscheinlich haben ihre Hände gezittert. Die Handschrift ist jedenfalls dieselbe, das kann ich auch ohne Gutachten sagen."

Dann wäre das wohl geklärt, überlegte er. Dennoch störte ihn etwas an diesem Tatort. „Es hieß doch, dass sich Mrs. Perkins mit einem unbekannten Medikament vergiftet hat", stellte er fest. „Habt ihr eine Medikamentenpackung gefunden? Darauf hätte der Name des Mittels stehen müssen."

„Hier war keine Verpackung", erwiderte Jenkins prompt und zeigte auf einen Briefumschlag, der ebenfalls auf dem Wohnzimmertisch lag. „Elisabeth bewahrte die Tabletten wohl darin auf", fügte er hinzu.

Hardwick musterte den Umschlag genauer. Weder war er beschriftet, noch gab es irgendeinen Hinweis darauf, was sich zuvor darin befunden hatte.

„Wieso kommst du darauf, dass die Tabletten da drin waren?" Zweifelnd runzelte er die Stirn.

„Weil noch eine drin war", antwortete Jenkins. „Die Sanitäter haben sie mitgenommen, um sie im Labor zu untersuchen. Erst wenn das Ergebnis vorliegt, wissen wir, was sich Elisabeth eingeworfen hat und wie ihre Chancen stehen."

Das fand er interessant. „Wenn sich jemand umbringen will, warum bewahrt diese Person die Tabletten in einem extra Umschlag auf?", überlegte er laut. „Und warum hat sie nicht alle genommen, sondern eine übrig gelassen? Normalerweise wollen Selbstmörder doch auf Nummer Sicher gehen." Sein Gefühl, dass irgendetwas an dieser Sache nicht stimmte, wurde immer stärker. Der Detektiv in ihm war geweckt und er beschloss, sich noch einmal genau in dem Raum umzusehen. Zuerst bemerkte er nichts Ungewöhnliches. Dann sah er etwas zwischen den Polstern des Sofas hervorblitzen. Er zog einen

Handschuh an und griff nach dem Gegenstand. Es handelte sich um eines dieser neumodischen Fotohandys, die in letzter Zeit überall angeboten wurden. Damit kannte er sich nun wirklich nicht aus. Allerdings traute er sich zu, herauszufinden, mit wem Mrs. Perkins zuletzt Kontakt gehabt hatte.

Überrascht stellte er fest, dass der Speicher für Telefonanrufe und SMS fast leer war. Das Handy sah recht abgenutzt aus, war also eindeutig kein ganz neues Gerät. Er prüfte den Speicher noch einmal und fand eine SMS, die am heutigen Tag eingegangen war. Sofort rief er sie auf und las den Text. Er stutzte und musste erst mal schlucken. Die Nachricht bestand aus nur drei Worten, die hatten es allerdings in sich. *Nimm die Tabletten!*

Wie immer, wenn er sich gestresst fühlte und ihm alles zu viel wurde, überfielen ihn seine Erinnerungen. Ein Ortswechsel genügte nicht, um alles hinter sich zu lassen. Seine Erinnerungen waren bereits ein Teil von ihm.

Ein Jahr zuvor in New York

Hardwick galt als der perfekte Cop. Er benutzte nicht nur seinen brillanten Verstand, er vertraute auch auf sein Bauchgefühl. Einerseits konnte er kaltblütig sein, andererseits war er sensibel genug, um Gefahren und Unstimmigkeiten sofort zu erkennen. Zu seinen Vorgesetzten pflegte er ein gutes Verhältnis, ließ sich jedoch nie von Autoritäten einschüchtern.

Wenn er an einem Fall arbeitete, hörte er nicht auf zu ermitteln, bis die Wahrheit ans Licht kam. Das schloss natürlich auch die Bereitschaft zu Überstunden ein. Manchmal arbeitete er nächtelang durch. Normalerweise wäre das die größte Hürde, um die Frau fürs Leben zu finden. Ihm kam es wie ein Wunder vor, dass er trotzdem eine so wunderbare Ehefrau hatte. Amanda stammte aus einer Polizistenfamilie. Mit seinen Dienstzeiten konnte sie also umgehen. Sie war die wichtigste Stütze in seinem Leben. Jedes Mal, wenn der Job drohte, ihn zugrunde zu richten, baute sie ihn wieder auf.

Eines Tages rief man ihn wieder einmal zu einem Tatort. Jeremy Flint, ein einschlägig vorbestrafter Gewaltverbrecher, hatte eine Bank überfallen und dabei zwei Menschen erschossen. Hardwick führte die Einheit, die den Kerl am Ende zu fassen kriegte. Flint gehörte zu der Sorte Verbrecher, die sich für schlauer hielt als der Rest der Welt. Das war ihm sofort klar und es überraschte ihn nicht, dass Flint ihm Rache schwor.

Als Flint in ein anderes Gefängnis überführt werden sollte, gelang ihm die Flucht. Wie er dann so schnell an die Schusswaffe kam und Hardwicks Adresse herausfand, würde wohl auf ewig ein Geheimnis bleiben. Wenige Stunden nach seiner Flucht drang er in Hardwicks Haus ein. Er traf nur auf Amanda, erschoss sie kaltblütig und haute dann ab. Weit kam er nicht, denn die Nachbarn alarmierten sofort die Polizei. Nur wenige Straßen weiter wurde der Mörder festgenommen.

Als Hardwick von den Ereignissen erfuhr, war schon alles vorbei. Flint befand sich bereits in einem Hochsicherheitstrakt und war aussichtsreicher Kandidat für die Giftspritze. Noch einmal würde ihm die Flucht ganz sicher nicht gelingen. Doch was nützte ihm das? Amanda, die Liebe seines Lebens, war tot.

Dieses Mal fiel es ihm noch schwerer als sonst, wieder zurück in die Gegenwart zu kommen. Und dann, im nächsten Augenblick, wurde ihm etwas klar. Als Polizist konnte er nicht mehr arbeiten. Bad Old Low musste sich wohl oder übel einen anderen Polizeichef suchen. Bevor er seinen Job hinwarf, würde er noch diese eine Sache zu Ende bringen. Inzwischen ging er davon aus, dass Elisabeth Perkins sich nicht das Leben nehmen wollte. Jemand hatte ihr per SMS den Befehl dazu erteilt und sie hatte gehorcht - warum auch immer. Wahrscheinlich hatte es mehrere Nachrichten davor gegeben, aber Mrs. Perkins musste den Speicher des Handys wohl jedes Mal löschen und so alle Spuren verwischen. Warum die letzte Nachricht nicht gelöscht wurde, konnte er sich allerdings nicht erklären - noch nicht.

Klar war, dass sie unter Zwang handelte und am Ende war irgendetwas geschehen. Dass noch eine Tablette übrig war, sprach auch für diese These. Seine Theorie hatte natürlich einen Haken. Womit hatte der Täter die Frau so unter Druck gesetzt, dass sie freiwillig die Tabletten schluckte?

Hätte er neben ihr gesessen und sie mit einer Waffe bedroht, wäre das Ganze verständlicher. Aber dann hätte der Unbekannte seine Forderungen ja nicht per SMS schicken müssen. Nein, der Mörder hatte aus dem Hinterhalt agiert, ohne dass Mrs. Perkins ihn jemals zu Gesicht bekam. Hardwick verfügte über genügend Erfahrung, um schnell auf die Lösung zu kommen. Ganz sicher hatte der Unbekannte die Kinder als Druckmittel benutzt. Er stellte sich das Ganze vor. Mrs. Perkins erhielt eine Nachricht, die ungefähr so lautete: *Ich habe Ihre Kinder in meiner Gewalt. Tun Sie, was ich Ihnen sage.* Den Kindern war allerdings nichts geschehen. Also - wie war der Täter vorgegangen? Hardwick dachte intensiv nach. Dann fiel es ihm wie Schuppen von den Augen.

Dieser Mistkerl hatte sich das Handy von einem der Kinder besorgt und damit die Nachrichten geschrieben. Die Mutter hatte die Nummer natürlich erkannt und war sofort davon überzeugt gewesen, dass sich mindestens eines ihrer Kinder in der Gewalt eines Wahnsinnigen befand. Darum sollte sie auch den Nummernspeicher löschen. Sonst hätten wir herausgefunden, wie du es gemacht hast, dachte Hardwick grimmig.

Dann ging er, aufgewühlt wie er war, im Zimmer auf und ab. Jetzt habe ich eine Spur, sagte er sich. Wenn ich das Handy finden könnte, mit dem die Nachrichten geschrieben wurden, hätte ich auch den Täter. Natürlich gab er sich nicht der Illusion hin, dass der Mörder das Handy noch bei sich trug. Womöglich hatte er es längst entsorgt. Allerdings wusste Hardwick, dass Gangster häufig übertrieben selbstbewusst waren und außerdem, nun ja, etwas *gestört*. Dass der Täter das Handy noch behalten hatte, war nicht völlig ausgeschlossen.

Diese Vermutung passte auch zu seinem Bauchgefühl. Was er auf jeden Fall brauchte, waren die Daten des Telefonanbieters. Hardwick lächelte. Na warte, mein Freund, dachte er, dich kriege ich.

Am nächsten Morgen, nach einer schlaflosen Nacht, suchte er noch einmal die Kinder von Elisabeth Perkins auf. Sie waren bei einer Tante untergekommen. Irgendwie beruhigte es ihn, dass die beiden bei Verwandten leben konnten. Die Vorstellung, dass sie in einer staatlichen Einrichtung landen könnten, hatte ihm nicht gefallen. Jetzt machte er sich Sorgen, wie die Kinder auf ihn reagieren würden. Schließlich lag das Drama mit ihrer Mutter erst einen Tag zurück. Weitere Befragungen konnten das Tränenmeer noch vertiefen. Doch seine Sorge war unbegründet. Zwar zeigte sich die kleine Lilly ängstlich und etwas verstört, als sie Hardwick erneut begegnete, doch Billy hatte sich seine Rolle als großer Bruder bewusst gemacht. Dazu gehörte wohl auch, dass er, so erwachsen wie möglich, bei den Ermittlungen half.

Bereitwillig berichtete er: „Mum legte großen Wert darauf, uns immer erreichen zu können. Deshalb haben meine kleine Schwester und ich schon lange ein eigenes Mobil-Telefon." Dann machte er eine Pause. „Allerdings", gab er kleinlaut zu, „habe ich mein Handy gestern verloren. Bis jetzt ist es nicht wieder aufgetaucht."

Das war alles, was Hardwick wissen wollte. Er verriet dem Jungen nicht, dass ihm das Telefon wahrscheinlich gestohlen wurde, um es dann für den feigen Mordanschlag auf seine Mutter zu verwenden. Inständig hoffte er, dass der Junge nie etwas von diesen Zusammenhängen erfahren würde. Nun bot er Billy an, das Handy zu suchen. Dafür benötigte er nur die Telefonnummer, um den Standort ermitteln zu können. Der Junge zeigte sich begeistert, beschrieb Hardwick sofort das genaue Aussehen des Handys und nannte ihm die Nummer. In besserer Laune fuhr er zur Polizeistation, wo er auf Jenkins traf. Dem Chief war es sichtlich peinlich, dass er bei der Tatortbegehung am Vortag nicht an das Handy von Mrs. Perkins gedacht hatte. Schnell erklärte er sich bereit, bei der Suche nach Billys Mobiltelefon zu helfen.

„Ich nehme dann auch gleich mit dem Netzanbieter Kontakt auf", meinte er noch abschließend.

Als Hardwick andeutete, dass hinter dem Selbstmordversuch vielleicht ein Mordanschlag steckte, verschoben sich Jenkins Augenbrauen deutlich nach oben. „Ein Mord in Bad Old Low? Dann hat die kleine Holly wohl mal wieder zugeschlagen."

„Wer?", fragte er verdutzt.

Jenkins sah ihn groß an. Dann lachte er. „Ich vergesse immer, dass du nicht von hier bist. Bei allen Morden und geheimnisvollen Todesfällen in dieser Stadt ist Holly unsere Hauptverdächtige."

„Aha", erwiderte er eher vage. „Und was hat diese Holly in die Position der Hauptverdächtigen gebracht?"

Jenkins zögerte einen Augenblick. „Weißt du, das ist eine lange Geschichte. Aber mit der wirst du dich früher oder später sowieso auseinandersetzen müssen. Am besten du liest das Ganze in den alten Akten nach. Suche einfach im Jahr 1981 nach dem Brand im Hitfield-Institut. Dann dürfte dir einiges klar werden."

In diesem Moment keimte in ihm der Verdacht, dass sich die Ermittlungen in eine ganz andere Richtung entwickelten, in eine, die ihm als rational denkenden Menschen gar nicht gefallen würde.

Die Akte zum Institutsbrand fand er schnell. Von der Geschichte hatte er schon gehört. Die Akten waren ein Paradebeispiel für schlampige Polizeiarbeit. Es ging um Brandstiftung und das war aber auch der einzige Punkt, den er anhand der Aktenführung sauber nachvollziehen konnte. Als Hauptverdächtige galt eine gewisse Holly Adams, zum Tatzeitpunkt fünfzehn Jahre alt. Mehrere Zeugen sagten aus, dass sie im Keller des Instituts Feuer gelegt hätte. Der Rauch stieg schnell in die darüber liegenden Stockwerke, in denen sämtliche Patienten, ausschließlich Kinder, untergebracht waren. Alle erstickten. Um eine Flucht unmöglich zu machen, versperrte Holly alle Ausgänge, nachdem sie das Gebäude verlassen hatte. Dann floh sie in das nahe gelegene Moor, wo sie sich ertränkte. Hundertprozentig sicher war das allerdings nicht, denn ihre Leiche wurde nie gefunden.

Die Selbstmordtheorie basierte auf Vermutungen. Bei der Lektüre der Untersuchungsberichte gewann Hardwick mehr und mehr den Eindruck, dass Stümper die Spurensicherung vorgenommen hatten. Dann las er die Aussagen der Überlebenden des Brandes.

Alle erklärten, Holly Adams habe das Feuer gelegt. Ansonsten wusste anscheinend niemand etwas Genaues. Die Protokolle waren widersprüchlich.

167

Für Hardwicks Geschmack tauchte viel zu häufig der Satz auf: *Daran kann ich mich nicht genau erinnern.*

Als Nächstes forschte er in den Akten nach, was aus den zwielichtigen Zeugen geworden war. Dabei erlebte er eine weitere Überraschung. Wie es schien, war in den folgenden Monaten und Jahren ein großer Teil von ihnen ums Leben gekommen, immer durch rätselhafte Selbstmorde oder Unfälle.

Da haben wir ja eine Parallele zum aktuellen Fall, dachte er. Dann stieß er auf ein weiteres interessantes Detail. An den Orten, an denen die Zeugen des Brandes um Leben kamen, wurde immer eine bestimmte Person gesichtet. Ein Name tauchte nirgends auf, doch die Beschreibung passte genau auf Holly Adams, die aber offiziell zu diesem Zeitpunkt schon längst nicht mehr lebte. Das machte ihn fassungslos. Es wurde zwar nie ausgesprochen, doch es war eindeutig. Die Zeugen und auch die Ermittler gingen davon aus, dass an all diesen Todesfällen ein dunkler Fluch schuld war. Offenbar glaubte man in dieser Stadt allen Ernstes an Geister. Schon öfter hatte er erlebt, dass Verbrecher versuchten, ihre Taten wie ein übernatürliches Phänomen aussehen zu lassen. Natürlich gab es keinen ernst zu nehmenden Polizisten, der auf so etwas hereinfiel. Es war eher so, dass Ermittler dermaßen in ihrer rationalen Weltsicht gefangen waren, dass sie sich komplett weigerten, sich mit diesen Dingen auseinanderzusetzen.

Hier lag der Fall offenbar anders. Ermittlungen waren schlampig durchgeführt worden und eindeutige Hinweise wurden einfach übersehen, weil alle von Vornherein fest daran glaubten, dass diese Holly dahintersteckte. Das akzeptierte Hardwick nicht. Ein korrekter Polizist konnte doch nicht so abergläubisch sein.

Als Jenkins nun in den Raum trat, erschrak er ein wenig. „Habe mich mit dem Netzbetreiber in Verbindung gesetzt", meinte sein Chef. „Ohne Gerichtsbeschluss wird es eine Weile dauern, bis sie die gewünschten Informationen herausrücken."

Darauf ging er jetzt nicht ein, vielmehr nutzte er die Gelegenheit, um Jenkins zur Rede zu stellen. Er sagte ihm auf den Kopf zu, was er von den *Ermittlungen* im Jahre 1981 hielt.

„Man merkt wirklich, dass du nicht aus dieser Gegend stammst", war die Antwort. „Bad Old Low war schon immer von einem dunklen Schleier umgeben. Es begann bereits mit der Gründung dieser Stadt. Lange Zeit hatte man das alles irgendwie unter Kontrolle. Doch an diesem Tag im Jahr 1981 ist es dann über uns hereingebrochen. Mit Sicherheit war Holly auch nur ein Opfer und wurde als Werkzeug für diese grauenvolle Tat benutzt."

„Jaja, diese Gruselgeschichte konnte ich mir schon aus den Akten zusammenreimen", spottete Hardwick. „Offenbar war das Grund genug, um bei dieser Hitfield-Geschichte schlampig zu ermitteln."

„Wieso? Der Fall war doch ganz eindeutig", meinte Jenkins und wirkte erstaunt.

„Eindeutig?", wiederholte er. „Dieser Fall ist so voller Widersprüche, dass man fast lachen könnte. Zum Beispiel das hier!" Er zog eine der Akten aus dem Stapel hervor und zeigte sie Jenkins. „Hier drin steht, dass Holly Adams in der fraglichen Nacht mit der Absicht ins Institut gegangen ist, um es niederzubrennen. Ausgebrochen ist das Feuer allerdings im Keller des Gebäudes. Wenn es einem darum geht, möglichst viele Menschen umzubringen, ist das der wahrscheinlich schlechteste Ort für ein Feuer. Die Rauchentwicklung war verantwortlich für die vielen Toten. Darauf konnte ein Brandstifter ohne entsprechendes Fachwissen wohl kaum spekuliert haben.

Außerdem wurde im Bericht festgehalten, dass es im Keller eine Menge technischer Geräte gab. Da spricht einiges für einen Unfall, nicht für eine vorsätzliche Tat. So wie ich das sehe, wurde nie in diese Richtung ermittelt."

„Aber die Zeugen haben doch ausgesagt, dass es Holly war", widersprach Jenkins. „Das kann man doch nicht so einfach ignorieren."

„Jaja, die Zeugen!", meinte er lapidar. „Ein echtes Phänomen der Kriminalgeschichte! Alle haben *gesehen*, wie Holly Adams das Feuer gelegt hat, obwohl sie sich zu dem fraglichen Zeitpunkt an völlig unterschiedlichen Orten im Institut aufhielten. Außerdem schafften sie es gerade so, aus dem Institut herauszukommen, obwohl Holly zuvor die Ausgänge blockiert hatte. Auf die Idee, die Kinder aus dem oberen Stockwerk zu retten, ist auch keiner gekommen …"

„Nun … also … na ja …", druckste Jenkins herum, „das sehe ich anders. Wahrscheinlich hatten sie einfach nicht die Möglichkeit, jemanden zu retten. Keiner kann wissen, was damals in den Leuten vorging. Ich möchte jedenfalls nicht in deren Haut gesteckt haben."

„Dann wäre da noch die seltsame Geschichte von Hollys Tod", fuhr er unbeeindruckt fort. „Sie verschwindet im Moor und begeht Selbstmord. Ihre Leiche wird aber nie gefunden." Kopfschüttelnd zog er den entsprechenden Bericht hervor. „Sei mal ehrlich, Jenkins! Habt ihr sie überhaupt gesucht?"

Das schien der Mann persönlich zu nehmen. Herausfordernd funkelte er Hardwick an. „Wir hatten damals ganz andere Probleme", erklärte er. „Ich war noch ganz neu bei der Truppe. Selbst unsere erfahrensten Kollegen hat diese Geschichte an den Rand ihrer Kräfte gebracht. Über neunzig Tote in diesem Institut, zum größten Teil Kinder! Für die Opfer gab es gar nicht genügend Leichensäcke. Da war natürlich der Ehrgeiz nicht so groß, noch eine Leiche aufzuspüren, schon gar nicht von der Person, die das ganze Elend verursacht hatte."

Hardwick stutzte. Hatte er sich verhört? Es war nachzuvollziehen, dass Beamte in so einem Fall an ihre Grenzen stießen. Das war aber noch kein Grund, wichtige Polizeimaßnahmen zu unterlassen.

„Falls die Möglichkeit besteht, dass Holly Adams noch lebt, macht es auf jeden Fall Sinn, nach ihr zu suchen", erklärte er, blätterte in einer weiteren Akte und deutete auf eine Stelle. „Alle Zeugen des Brandes sind in den folgenden Monaten und Jahren unter äußerst merkwürdigen Umständen gestorben. Die Fälle hatten nur eine Gemeinsamkeit. An allen Tatorten wurde eine Person gesichtet, die Holly Adams sehr ähnlich sah."

„Sie sah Holly nicht nur ähnlich, sie war es höchst selbst", behauptete Jenkins. „Zwar war sie etwas blass, aber dank der intensiv leuchtenden roten Augen konnte man sie gut erkennen."

„Schon klar, es war ein Geist, der alle Zeugen, die etwas zum Brand im Hitfield-Institut sagen konnten, beseitigte." Sein Tonfall ließ keinen Zweifel daran, was er von dieser Theorie hielt.

„Nicht alle Zeugen sind tot", widersprach Jenkins. „Einige leben noch immer in unserer Stadt."

Erstaunt blickte er hoch. „Tatsächlich? Wo kann man sie finden?"

Jenkins schien zufrieden damit, dass er es noch geschafft hatte, seinen Kollegen zu beeindrucken. „Einen von ihnen kennst du schon", erklärte er. „Schließlich hat er dich eingestellt. Ich meine Bob Cowly."

Das hatte er nicht erwartet. Der Bürgermeister von Bad Old Low gehörte zu den Überlebenden des Brandes. Bisher war er Cowly nur einmal persönlich begegnet. Die Einstellung neuer Polizisten war Sache der Stadtverwaltung.

Wie interessant! Er fasste es für sich noch einmal zusammen. Vor vielen Jahren geschah dieser Brand. Kurz darauf kam ein Zeuge nach dem anderen ums Leben. Einer der überlebenden Beteiligten wurde Bürgermeister. Das reichte natürlich bei Weitem nicht, an ein Komplott zu denken. Aber sein Bauchgefühl sagte ihm, dass da etwas nicht stimmte. Er beschloss, dass ein Besuch beim Stadtoberhaupt womöglich aufschlussreich sein könnte.

Eine knappe Stunde später saß Hardwick in einem schicken Wartezimmer im Rathaus von Bad Old Low. Das Gebäude gehörte zu den ältesten und prächtigsten der Stadt, obwohl der ursprüngliche Charme des Hauses bereits etwas verblasst war. Während er wartete, zog er noch einmal Bilanz. Im Fall Perkins kam er erst weiter, wenn die Daten des Netzanbieters vorlagen. Er war jedoch bereits der festen Überzeugung, dass der Mordanschlag auf die Mutter von zwei Kindern und alle anderen merkwürdigen Todesfälle in Bad Old Low in einem Zusammenhang standen.

Schon bald wurde er in Cowlys Amtszimmer geführt. Die Sekretärin erklärte ihm, dass der Bürgermeister noch in einer Besprechung wäre, es aber nicht mehr lange dauern würde. Also nutzte er die Gelegenheit, sich ein wenig umzusehen.

Wie jeder erfahrene Ermittler war er der Meinung, dass ein Büro viel über dessen Besitzer aussagt. In Cowlys Fall fand er keine Anzeichen für besondere Vorlieben oder Charaktermerkmale. Da meldete sich sein Bauchgefühl wieder und ihm drängte sich ein merkwürdiger Gedanke auf. Tatsächlich wirkte das Büro bei genauerer Betrachtung wie die Kulisse eines Films, als hätte Cowly diesen Ort nur erschaffen, um eine Fassade aufzubauen.

Zwei Minuten später trat der Bürgermeister durch die Tür. Freundlich lächelnd und mit ausgebreiteten Armen ging er auf Hardwick zu - ein wahrer Politiker.

„Mr. Hardwick, oder sollte ich schon Chief Hardwick sagen? Die offizielle Ernennung ist ja nur noch eine Formalität."

Er zwang sich ein Lächeln ab und schüttelte die Hand seines Gegenübers.

„Was kann ich denn für Sie tun?", fragte Cowly leutselig, nachdem sie sich gesetzt hatten.

Von Anfang an beobachtete er Cowly genau. Die Reaktionen des Bürgermeisters auf seine Fragen würden sehr aufschlussreich sein.

„Um ehrlich zu sein, bin ich hier als Polizist", erklärte er. „Ermittlungen in meinem aktuellen Fall führen mich geradewegs zu Ihnen."

„Tatsächlich." Cowly lachte mit gespielter Überraschung. „Habe ich etwa meinen Strafzettel nicht bezahlt?"

Müde lächelnd über diesen schwachen Scherz winkte er ab. „Nein, natürlich nicht. Es geht um den Fall Elisabeth Perkins, von dem sie ganz sicher gehört haben."

„Oh ja, eine schreckliche Geschichte", versicherte Cowly betroffen. „Bad Old Low ist ein kleiner Ort. Da sprechen sich solche Tragödien schnell herum. Die armen Kinder. Sie haben ihre Mutter ja gefunden. Ich frage mich wirklich, was Elisabeth zu einer solchen Verzweiflungstat getrieben hat."

„Genau darum geht es", erwiderte er. „Inzwischen bin ich der Meinung, dass wir es nicht mit einem Selbstmordversuch zu tun haben, sondern mit einem heimtückischen Mordanschlag."

Cowly hob die Augenbrauen. „Tatsächlich! Wie kann das sein?" Er gab sich allergrößte Mühe, überrascht und geschockt auszusehen.

Doch für einen Moment war ein Zucken über sein Gesicht gehuscht, so als würde ihm Hardwicks Gedankengang missfallen.

Mit kurzen Worten erklärte er dem Bürgermeister, was er seit gestern herausgefunden hatte. Seinen Bericht beendete er mit den Worten: „Als ich den Fall mit meinem Amtsvorgänger Jenkins besprach, erfuhr ich, dass es noch andere, sagen wir mal, *merkwürdige* Fälle in Bad Old Low gegeben hat."

„Andere Fälle?" Cowly runzelte die Stirn. „Das ist doch unmöglich. Bad Old Low ist eine ruhige Kleinstadt. Hier geschehen nur sehr selten Verbrechen. Ich dachte eigentlich, dass das der Grund war, weshalb Sie sich auf den Posten beworben haben."

„Ach, dann wurde ich wohl falsch informiert", erwiderte er trocken. „Laut Jenkins sind diese Todesfälle nicht nur jedermann bekannt. Man weiß sogar, wer die Täterin ist. Sagt Ihnen der Name Holly Adams etwas?"

Cowly warf ihm einen betont irritierten Blick zu. Dann begann er übertrieben zu lachen. „Jetzt haben sie mich aber reingelegt", gluckste er. „Ich dachte schon, Sie meinen das ernst. Wollen Sie mir etwa sagen, dass Sie diese alten Gruselgeschichten für bare Münze nehmen?"

Das beeindruckte Hardwick überhaupt nicht. „Ich versichere Ihnen, ich glaube weder an Gespenster noch an Flüche oder den Weihnachtsmann. Aber wenn eine Gruppe von Menschen auf höchst unnatürliche Weise ums Leben kommt und sie alle, sagen wir mal, eine gemeinsame *Hintergrundgeschichte* haben, dann ist da etwas faul."

„Mit der gemeinsamen Hintergrundgeschichte meinen Sie wahrscheinlich den Brand im Hitfield-Institut", schloss Cowly. „Ja, eine tragische Sache. Ich kann ihnen versichern, dass die Stadt auch nach all der Zeit immer noch unter Schock steht. Vielleicht fällt deshalb immer wieder der Name Holly Adams, wenn eine Tragödie geschieht. Einige schlichte Gemüter haben daraus im Laufe der Zeit eine Legende gemacht. Aber es gibt zumindest einen Beweis dafür, dass das alles nicht stimmt. Wenn Holly jeden, der ihr damals entkommen ist, heimsucht, hat sie eine Person wohl vergessen. Ich bin nämlich noch hier und fühle mich, offen gestanden, recht wohl."

„Stimmt", gab Hardwick zu. „Während all ihre ehemaligen Kollegen aus dem Institut starben, wurden sie Bürgermeister dieser Stadt!"

Mit einem Mal änderte sich Cowlys Stimmung. Bis jetzt hatte er sich freundlich und wohlwollend gegeben. Nun wurde sein Blick kalt und feindselig. „Die Richtung, in die sich das Gespräch entwickelt, gefällt mir nicht!"

„Das habe ich schon oft gehört", erwiderte Hardwick. „Meistens ist es ein Zeichen für schlechtes Gewissen."

Mit einem Satz sprang Cowly auf. Es sah so aus, als wollte er Hardwick anbrüllen. Dann besann er sich wohl eines Besseren. „Passen Sie mal auf! Sie sind nicht der Erste, der meint, einer Intrige auf der Spur zu sein. Das wird mir langsam lästig. Darum sage ich Ihnen ein für alle Mal, wie es gewesen ist. Diese kleine Schlampe, Holly Adams, hat damals das Feuer im Institut gelegt und all diese Leute umgebracht. Wahrscheinlich war sie auf Drogen oder sie war von Geburt an nicht ganz richtig im Kopf. Das ist aber auch das einzig Ungeklärte an dieser Sache. Die Unfälle, bei denen einige der Überlebenden des Brandes umgekommen sind, hatten nichts mit Holly Adams zu tun. Sie ereigneten sich lange nach dem Unglück und wurden vollständig von der Polizei aufgeklärt. Wenn Sie mir nicht glauben, lesen sie sich die Berichte ihrer Amtsvorgänger durch. Die dürfte Ihnen dieser Trottel Jenkins wohl zur Verfügung gestellt haben."

„Eine interessante Rede", lobte Hardwick betont gelassen. „Haben Sie die auswendig gelernt?"

Mit Genugtuung beobachtete er, wie Cowly alle Farbe aus dem Gesicht wich. Offenbar war der Bürgermeister gewohnt, dass man vor ihm kuschte. Jetzt wurde er unsicher. Genau das hatte Hardwick beabsichtigt.

„Hören Sie mir gut zu!", begann Cowly erneut. „Ich sagte zwar gerade, dass ihre Ernennung zum Chief nur noch eine Formalität ist. Aber diese Formalität wird immer noch von mir und dem Stadtrat bearbeitet. Sollten Sie mit übereifrigen Ermittlungen alte Wunden aufreißen, könnte ich zur Überzeugung gelangen, dass Sie doch nicht der Richtige für den Posten sind."

Da hätte er fast gelacht. Drohungen dieser Art waren ihm zur Genüge bekannt - Drohungen von Vorgesetzten, Unternehmern, Prominenten und natürlich von Politikern. Die meisten hatten mehr Charakterstärke gezeigt als dieser Provinzbürgermeister. Allerdings war er nicht so naiv, Cowlys Drohung zu unterschätzen. Einschüchtern lassen würde er sich aber auch nicht, schon gar nicht, seit er sich dazu entschlossen hatte, nach diesem Fall seine Polizeilaufbahn endgültig zu beenden.

„Ich verstehe das mal als guten Ratschlag und nicht als Drohung." Er hoffte, dass seine Stimme einen herablassenden Klang hatte. „Wenn Ihnen noch etwas einfällt, wissen Sie ja, wo Sie mich finden. Bleiben Sie in den nächsten Tagen erreichbar. Aber das dürfte nicht schwer sein, als Bürgermeister verlassen Sie ja eher selten ihren Posten."

Damit erhob er sich und ging ohne ein weiteres Wort.

Cowly sah dem Polizisten nach. Schließlich griff er nach dem Telefon und wählte eine Nummer. „Franklin, ich bin es. Wir haben ein Problem."

Im Großen und Ganzen war Hardwick zufrieden mit seinem Besuch bei Cowly. Zwischendurch hatte er zwar das Gefühl gehabt, zu früh mit der Tür ins Haus gefallen zu sein, aber wahrscheinlich hätte der zwielichtige Bürgermeister keine wahrheitsgemäßen Antworten auf höfliche Fragen gegeben. Weil er ihn vor den Kopf gestoßen hatte, war Cowly in Rage geraten und hatte mehr verraten als beabsichtigt. Also hatten schon andere versucht, etwas über die Vorkommnisse in Bad Old Low herauszufinden. Warum gab es dazu nirgendwo einen Hinweis - nicht einmal in den Polizeiakten? Weil nie etwas bewiesen wurde? Nein, sagte er sich, irgendetwas kommt immer raus, entweder wird ein Verdacht belegt oder widerlegt.

Auf jeden Fall wurde anschließend immer ein Protokoll angefertigt. Das gehörte zum Grundwissen eines jeden Streifenpolizisten. Dass überhaupt nichts vermerkt wurde, war ein eindeutiges Zeichen für eine breit angelegte Vertuschung.

Ihm wurde klar, dass er seine eigenen Ermittlungen anstellen musste. Amateure hätten wahrscheinlich damit begonnen, Zeitungsartikel über den Brand und die Unfalltoten herauszusuchen. Seiner Erfahrung nach war es falsch, sich auf das Offensichtliche zu konzentrieren. Das führte häufig zu Missverständnissen und Fehldeutungen. Es brachte nichts, sich mit Dingen zu beschäftigen, von denen man wusste, dass sie getürkt oder nur halb wahr waren. Der Trick bestand darin, die scheinbar unbedeutenden Nebensächlichkeiten zu untersuchen. Irgendetwas gab es da immer, das einen auf die richtige Spur brachte.

Er begann damit, die Geschichte von Bad Old Low genau zu durchleuchten. Dabei konzentrierte er sich nicht auf hiesige Polizeiakten über den Brand im Hitfield-Institut und über Holly Adams. Stattdessen beschäftigte er sich mit der Frage, wie das Institut entstanden war, welche Rolle Cowly dort gespielt hatte und was nach dem Brand aus dem Institut und den Überlebenden geworden war. Diese Fakten zusammenzutragen, war gar nicht so einfach. Ohne den Polizeicomputer wäre er ziemlich aufgeschmissen gewesen.

Außerdem musste er noch einige Gefallen einfordern, die ihm alte Kollegen aus New York schuldeten. Darunter waren auch Beamte und Agenten aus Spezialabteilungen, die Zugang zu so ziemlich allen abgespeicherten Informationen hatten.

Was er herausfand, verstörte ihn dermaßen, dass ihm trotz seiner jahrzehntelangen Erfahrung ein Schauer über den Rücken lief.

Das Hitfield-Institut war vom ersten Tag seiner Planung bis zu den tragischen Umständen seiner Schließung von einem einzigen Mann geleitet worden, dem Namensgeber Dr. W. Hitfield. Gegen ihn war bereits mehrfach ermittelt worden, zum ersten Mal während seiner Studienzeit. An seiner Universität starben mehrere Studenten auf mysteriöse Weise. Gerüchten zufolge waren sie Opfer eines misslungenen okkulten Rituals geworden. In diesem Zusammenhang tauchte Hitfields Name immer wieder auf.

Zu einer polizeilichen Untersuchung oder gar zu einer Anklage kam es nie, weil sich reiche Förderer der Uni hinter Hitfield stellten. Seine Anwälte entkräfteten alle Beweise. Hardwick fand Hinweise darauf, dass damals Bestechungsgelder gezahlt wurden.

Nach diesem Ereignis arbeitete Hitfield nur noch für seine Förderer. Noch einige Male geriet er ins Visier der Polizei. Immer war die Rede von zwielichtigen Ritualen. Jedes Mal ging es aus wie zuvor. Zeugen zogen ihre Aussagen zurück, Beweise verschwanden.

Hitfields Förderer hielten ihre schützende Hand über den jungen Doktor des Okkultismus.

Die Gründung des Institutes stellte eine weitere Kuriosität dar. Die Einrichtung sollte sich mit der Untersuchung und Therapie traumatisierter Kinder befassen, obwohl Hitfield keine Erfahrung mit Psychologie hatte. Seltsam war auch die Wahl des abgelegenen Standortes. Der bot keinen Vorteil. Vor allem war die Lage für Zulieferungen und Krankentransporte sehr ungünstig. Dennoch wurde die Anstalt genau dort gebaut, wo Hitfield sie haben wollte, allen Widerständen von Stadtplanern und Ökonomen zum Trotz.

Die meisten Bewohner von Bad Old Low erhofften sich Arbeitsplätze für die kleine Stadt. Doch da wurden sie enttäuscht. Hitfield setzte seine Vorstellungen durch. Alle Führungspositionen im Institut wurden mit Leuten von außerhalb besetzt. Einer dieser Auserwählten hieß Bob Cowly, ein junger Wissenschaftler, der zumindest ein abgeschlossenes Psychologiestudium vorweisen konnte. Er wurde Hitfields Assistent und Sekretär.

Cowlys Biografie erwies sich als ähnlich zwielichtig wie die seines neuen Arbeitgebers. Auch die übrigen Angestellten waren bereits im Zusammenhang mit Okkultismus aufgefallen. Neben dem zwielichtigen Gesindel wurden nur einige Bewohner der Stadt für einfache Aufgaben eingestellt. Das war der Moment, in dem Holly Adams auf der Bildfläche erschien. Ganz offensichtlich war sie nicht nur äußerlich hübsch, sondern auch charakterfest.

Natürlich war so etwas nach all der Zeit schwer herauszufinden. Doch Hardwick hatte gut recherchiert. Dass diese Holly durchgedreht sein sollte und ein Haus angezündet hatte, stimmte ihn skeptisch. Offenbar plante sie, nach ihrem Schulabschluss Medizin zu studieren. Deshalb leistete sie im Institut freiwillige Arbeit. Besonderes anspruchsvolle Aufgaben wurden ihr nicht übertragen. Im Institut gab es Bereiche, die nur den leitenden Angestellten zugänglich waren. Dazu gehörte auch der Keller. Dieser Ort war scheinbar überaus wichtig für die Behandlung der Kinder. Häufig wurden sie dort hingeführt und danach nie wiedergesehen. Offiziell hieß es, sie wären geheilt oder man hätte sie in andere Krankenhäuser gebracht.

Er fand jedoch keinen Hinweis darauf, dass die Kinder anschließend je wieder auftauchten. Offenbar hatte sie auch niemand vermisst. Dafür fand er lange keine Erklärung, bis er herausfand, dass sich Hitfield als Wohltäter aufgespielt und Waisen aufgenommen hatte. Das erfuhr er von einem alten Freund aus der Finanzbehörde, weil das Institut als soziale Einrichtung Steuererleichterungen in Anspruch genommen hatte.

So viel Dreistigkeit machte ihn fassungslos. Diese Leute hatten ihre Machenschaften sogar von der Steuer abgesetzt. Doch um welche Machenschaften genau handelte es sich? Was war in dem Institut vor sich gegangen?

Nachdem er seine Notizen zum wiederholten Mal durchgelesen hatte, dachte er über alles nach. Wie immer orientierte er sich an den Schlüsselinformationen. Diverse Personen waren durch okkultistische Experimente aufgefallen. Ein Haufen Kinder, die sowieso niemand vermisste, wurden nach ihrem Aufenthalt im Institut nie wiedergesehen.

Er erinnerte sich noch gut an die Achtzigerjahre. Damals kamen einige Fälle von Okkultismus und Teufelsanbetung ans Licht, bei denen auch Kinder geopfert worden waren. War etwas Ähnliches im Hitfield-Institut passiert? Er konnte sich auch so etwas wie Organhandel vorstellen. Dafür gab es allerdings gar keine Anhaltspunkte. Zumindest wusste er, wie wasauchimmer sein Ende gefunden hatte, nämlich durch das Feuer. Hitfield starb später an den Folgen einer

Rauchvergiftung. Seitdem war das Institut geschlossen und stand leer. In seinem Testament hatte Hitfield das Gebäude und das Gelände der Stadt vermacht.

Das wiederum machte Hardwick misstrauisch. Warum nutzte die Stadt das Gebäude nicht? Allzu groß war der Brandschaden ja nicht. Die Antwort auf diese Frage musste er nicht lange suchen. Das Institut sollte renoviert werden, das Erdgeschoss war sogar schon entkernt. Nach der Wahl von Bob Cowly zum Bürgermeister änderten sich die Dinge. Wie Cowly als Außenstehender es geschafft hatte, diesen Posten zu ergattern, war ihm ein Rätsel. Schließlich wusste er genau, wie schwer es war, in die oft verschworene Gemeinschaft einer Kleinstadt aufgenommen zu werden, geschweige denn, zu ihrem Anführer aufzusteigen.

Cowlys erste Amtshandlung bestand darin, die Arbeiten am Institut zu stoppen. Wegen angeblichem Vertragsbruch verlor der Bauunternehmer seinen Auftrag. Nach Zahlung einer Abfindung war der allerdings zufrieden. Hardwick war klar, dass er an dieser Stelle versuchen musste, in eine andere Richtung zu denken. Dazu gehörte auch, andere Fragen zu stellten. Aus welchem Grund waren die Hintermänner des Instituts an der Kontrolle über die Stadt interessiert?

Seine Gedanken kehrten zu Elisabeth Perkins zurück. Die Frau hatte nichts mit dem Institut zu tun. Jedenfalls gab es keine Hinweise darauf. Ganz bestimmt hatte sie sich auch nicht mit den Rätseln von Bad Old Low beschäftigt. Hatte er womöglich etwas übersehen? An diesem Punkt kam er im Moment nicht weiter. Aber er fand heraus, warum es so wenige Polizeiakten über die mysteriösen Todesfälle gab. Natürlich hatte die Polizei von Bad Old Low zwei und zwei zusammengezählt. Einige Polizisten ermittelten auf eigene Faust.

Doch Cowly hatte die Gelder für die Exekutive immer weiter zusammengeschrumpft und fast allen Polizisten gekündigt oder sie versetzen lassen. Schließlich blieb nur noch Jenkins übrig. Und der glaubte anscheinend alles, was an Geistergeschichten im Umlauf war. Hardwick erinnerte sich daran, wie ihm Cowly gesagt hatte, dass schon andere an der Angelegenheit dran gewesen wären. Dass nie etwas dabei herauskommen konnte, war ihm jetzt klar. Weil du sie alle mundtot gemacht hast, dachte Hardwick voller Wut. Aber warte nur ab. Für die Sache mit Elisabeth Perkins kriege ich dich dran.

Seit seinem Besuch bei Cowly waren drei Tage vergangen. Fast ununterbrochen beschäftigte ihn die Frage, wie er den Bürgermeister dingfest machen konnte. Dafür brauchte er mindestens ein Geständnis eines Mitverschwörers von damals oder einen handfesten Beweis dafür, dass Cowly hinter dem Mordversuch an Elizabeth Perkins steckte. Am besten wäre natürlich beides, um den Kerl für alle seine Schandtaten bestrafen zu können.

Gerade hatte er die Polizeistation betreten, als sich die Lage dramatisch änderte. Jenkins trat zu ihm und reichte ihm einen Stapel Papiere.

„Hier sind die Daten des Netzanbieters, die du bestellt hast."

Ziemlich überrascht sah er auf. In den letzten Tagen hatte er kaum mit Jenkins gesprochen. Der hatte die eifrigen Ermittlungen seines Kollegen misstrauisch beobachtet.

„Warum hat das denn so lange gedauert? Normalerweise sind solche Infos in ein paar Stunden verfügbar." Im Stillen fügte er hinzu: Wieso habe ich nicht schon früher nachgehakt? Die Nachforschungen zu diesen alten Fällen haben mich doch tatsächlich abgelenkt.

Jenkins zuckte nur mit den Schultern. „Die hatten wohl so etwas wie einen Computerabsturz", erklärte er, „irgend so ein moderner Mist. Zwing mich bloß nicht, dieses ganze Fachchinesisch zu wiederholen." Dann warf sein Chef ihm noch einen eigenartigen Blick zu und ließ ihn stehen.

Verwundert sah er Jenkins hinterher. Der benahm sich noch merkwürdiger als sonst. Als Nächstes begann er damit, die Informationen auszuwerten. Schnell konnte er in etwa sagen, wo sich Billy Perkins Handy in den letzten Tagen befunden hatte. Seit dem Tag, an dem Billy das Gerät verloren hatte und es benutzt worden war, um seine Mutter umzubringen, durchlief das Mobiltelefon die reinste Odyssee. Wer auch immer es gefunden oder geklaut hatte, führte es stets mit sich und trug es durch die ganze Stadt. Der Gedanke, warum der Täter so dumm sein konnte, kam ihm, aber er verwarf ihn sofort. Er wusste ja, dass Kriminelle nicht selten unlogische Dinge taten, weil sie auf ihre Taten stolz waren und dazu neigten, *Trophäen* zu sammeln.

Wo befand es sich aktuell? Als er den letzten Standpunkt geortet hatte, wich er überrascht zurück. Wenn er die Angaben richtig interpretierte, wurde das Handy seit knapp zwei Tagen am selben Ort aufbewahrt und zwar im Rathaus von Bad Old Low! Das war genau der Beweis, den er brauchte. Der Gegenstand, der vom Täter benutzt worden war, befand sich im unmittelbaren Wirkungskreis seines Hauptverdächtigen. Da drängte sich dieser Gedanke wieder auf. Wieso hatte Cowly das Gerät nicht längst beseitigt? War der Bürgermeister sich seiner Sache so sicher oder war das auch wieder nur ein Trick? Er würde dem Rathaus erneut einen Besuch abstatten.

Auf dem Weg dorthin fiel ihm ein, in welcher Klemme er steckte. Er wusste, wo sich das Beweismaterial befand, doch wenn er einfach in

Cowlys Büro spazierte und dort das Handy suchte, wäre dieser Beweis vor Gericht wertlos. Seiner Erfahrung nach hatten Richter ein Problem mit Beweismitteln, die ohne Gerichtsbeschluss oder Einwilligung der Verdächtigen in deren Privatbereich gefunden wurden. Das Rathaus war zwar ein öffentliches Gebäude, bei Cowlys persönlichem Büro stellte sich die Sache anders dar. Wenn er sich jedoch unter einem Vorwand ins Rathaus begab, Cowly ihn freiwillig in seine Räume ließ und er das Handy zufällig auf dessen Schreibtisch liegen sah, könnte es klappen. Er driftete in eine juristische Grauzone ab. Aber wenn er kein Risiko einging, würde er nicht weiterkommen.

Zunächst funktionierte der Plan. Wie schon einige Tage zuvor betrat er das Rathaus und erklärte, dass er mit Cowly sprechen müsste. Wieder wurde er vorgelassen und angewiesen, im Büro des Bürgermeisters zu warten. Allerdings ging die Sekretärin dieses Mal etwas zögerlicher mit ihm um.

Anscheinend hatte sich die heftige Auseinandersetzung vom letzten Mal im Rathaus herumgesprochen. Während er wartete, fiel ihm auf, dass die Zwischentür zum Nebenzimmer nur angelehnt war. Nach einer Weile hörte er die Stimme des Bürgermeisters aus diesem Zimmer und spitzte die Ohren.

„Es tut mir leid, aber ich weiß wirklich nicht, was wir auf die Schnelle tun können. Das Risiko wäre zu groß. Wir hatten schon damals viele Schwierigkeiten. Solange das aktuelle Problem mit dieser Person nicht gelöst ist, wäre es sowieso zu riskant."

Cowly schien mit jemandem zu telefonieren. Was er da hörte, war ja äußerst interessant.

„Ich bin mir bewusst, dass wir kurz davorstehen, in die dritte Phase einzutreten und wir dringend neues Personal benötigen. Aber zu viele neue Leute in der Stadt würden das Misstrauen der Bewohner wecken." Er hatte das bestimmte Gefühl, dass es hier um etwas Brisantes ging. Doch es galt, das Handy zu finden. Dazu hatte er nur Gelegenheit, solange er allein war. Zwar konnte er nicht einfach alle Schränke und Schubladen durchwühlen, doch es gab einen einfachen Trick, um festzustellen, ob Billys Handy im Raum war oder nicht. Schließlich kannte er die Nummer. Er zog sein eigenes Mobiltelefon hervor, ein älteres Modell, das für seine Ansprüche aber völlig genügte, und wählte. Natürlich machte das Ganze nur Sinn, wenn sich das Handy in der Nähe befand. Einen Versuch war es wert. Also drückte er auf die grüne Taste.

Ein dumpfes Dröhnen ertönte. Zuerst konnte er es nicht einordnen. Dann kam er darauf. Billy hatte den Vibrationsmodus eingeschaltet und der Dieb hatte es dabei belassen. Natürlich, so machten das die Kids heutzutage. Damit keiner merkte, wenn sie sich im Unterricht anriefen oder eine SMS einging. Das Signal kam nicht aus dem Büro, in dem sich Hardwick befand, sondern aus genau dem Raum, in dem Cowly gerade telefoniert hatte. Der Bürgermeister hörte das Geräusch natürlich auch und fluchte. Dann rumpelte es in dem Nebenzimmer, schließlich verstummte das Geräusch

„Wer zum Teufel ist da?" Cowlys Stimme drang aus dem Handy und gleichzeitig aus dem Nebenraum.

Das war seine Gelegenheit. Er stieß die Tür zum Nebenzimmer auf. Der Raum war voller Regale mit Büchern und Aktenordnern, diente wohl als Bibliothek und Archiv. Der Bürgermeister stand vor einem Schrank mit geöffneter Tür. Das Fach war leer, wahrscheinlich hatte das Handy dort gelegen. Cowly hielt es am Ohr, den Blick auf die Tür gerichtet. Dort stand Hardwick, sein Handy in der einen Hand, die gezogene Waffe in der anderen.

„Bob Cowly", erklärte er. „Ich verhafte sie wegen versuchten Mordes an Elisabeth Perkins. Sie haben das Recht zu schweigen. Alles was sie sagen, kann vor Gericht ..."

„Hier liegt ein Missverständnis vor", unterbrach Cowly ihn.

„Ja klar, ein Missverständnis!", spottete er. „Ist bestimmt eine tolle Geschichte. Können Sie alles zu Protokoll geben - auf der Polizeistation, am besten in Anwesenheit eines Anwalts. Aber der wird ihnen auch nicht weiterhelfen können."

„Ich denke, dass wir das Gespräch an dieser Stelle abbrechen sollten", erwiderte Cowly.

Fast hätte er gelacht. Sein Gegenüber schien die Situation völlig falsch einzuschätzen. „Ich habe Sie gerade verhaftet!", sagte er. „Das bedeutet, fürs Erste entscheiden andere, wann Sie reden und mit wem."

„Dann haben Sie etwas Wesentliches noch immer nicht begriffen." Cowlys Stimme klang entschlossen. „In dieser Stadt entscheide einzig und allein ich." Mit diesen Worten hob er die linke Hand. Ein teuflisches Lächeln spielte um seine Lippen, als er mit den Fingern schnippte.

Plötzlich konnte Hardwick keinen Muskel mehr bewegen.

„Es tut mir leid. Dieses Mittel wende ich nur sehr selten an", fuhr der Bürgermeister im Plauderton fort. Dann kam er in selbstgefälliger Haltung auf ihn zu und pflückte ihm die Waffe aus der immer noch ausgestreckten Hand. „Die Fähigkeit, andere zu hypnotisieren, wird häufig unterschätzt. Normalerweise braucht es eine gewisse Vorbereitungszeit. Bei einem labilen Charakter und mit etwas okkulter Unterstützung funktioniert es aber auch ohne."

Was soll das heißen - labil?, wollte Hardwick fragen, brachte jedoch keinen Ton heraus.

„Jetzt schlaf erst einmal!", befahl Cowly. „Wenn du wieder aufwachst, reden wir." Mit einer lässigen Handbewegung berührte der Bürgermeister seine Stirn und ihm wurde schwarz vor Augen.

Als er wieder zu sich kam, konnte er sich noch immer nicht bewegen. Nach einigen Augenblicken merkte er, dass es an der Zwangsjacke lag, in der er steckte. Was sollte der Mist? Er krümmte und wand sich, doch es war vergebens.

„Ah, Mr. Hardwick, Sie sind wieder bei uns." Die Stimme war ihm inzwischen nur allzu bekannt.

„Cowly, Sie Schwein!", stieß er hervor. „Was haben Sie mit mir gemacht? Wo bin ich?"

„Im Hitfield-Institut. Einige Räume wurden durch das Feuer nicht beschädigt. Wir nutzen sie manchmal, um uns der Lösung gewisser Probleme zu widmen."

Nun erkannte er, dass der Raum, in dem er sich befand, einerseits an eine Zelle erinnerte, andererseits wegen den weiß verputzten Wänden auch an ein Krankenhaus. In Verbindung mit der Zwangsjacke überkam ihn das unangenehme Gefühl, in einer Irrenanstalt festzusitzen.

„Ich kann mir vorstellen, dass Sie aufgebracht sind", säuselte Cowly einfühlsam. „Das ist verständlich, wenn man Ihre Situation bedenkt. Aber Sie können mir glauben - das alles ist nur zu Ihrem Besten. Wir werden all ihre Fragen beantworten und das Missverständnis, betreffend des tragischen Unglücks von Elisabeth Perkins, aufklären."

„Was für ein Missverständnis?", keifte er. „Ihr habt versucht, sie umzubringen. Schon seit Jahrzehnten treibt ihr in dieser Stadt euer Unwesen. Ihr habt in diesem Institut Kinder für eure Zwecke benutzt. Nach dem Brand habt ihr Holly Adams alles in die Schuhe geschoben, um eure Spuren zu verwischen. Nun habt ihr dasselbe im Fall von Elisabeth Perkins vor. Aber ich habe Sie mit Billys Handy in der Hand, sozusagen mit der *Tatwaffe*, erwischt. Ich habe Leute schon mit weniger Beweisen drangekriegt."

„Oh, ich versichere Ihnen, dass Sie einem Irrtum unterliegen", beharrte Cowly. „Ich habe das Handy gefunden." Nun lachte er bitter auf.

„Das ist so ziemlich die dümmste Ausrede, die es gibt."

„Genau genommen ist das auch nicht ganz richtig", korrigierte sich Cowly. „Nicht ich selbst habe das Handy gefunden, sondern Jenkins, ihr Vorgänger im Amt."

Ihm wurde schwindlig. Hatte er sich verhört? „Was?", stöhnte er.

„Nach unserem Gespräch neulich habe ich mit Jenkins telefoniert. Ich erklärte ihm, dass Sie sich in etwas hineinsteigern würden, indem Sie ein tragisches Unglück in ein brutales Verbrechen umdeuteten. Er sollte mir berichten, falls Sie irgendwelche seltsamen Ermittlungen vornehmen würden. Nach all den Jahren im Dienst, besteht zwischen mir und Jenkins ein Vertrauensverhältnis. Außerdem deutete ich an, dass ein unkontrollierbarer Nachfolger seinen Ruhestand hinauszögern könnte. Deshalb tat er mir diesen Gefallen."

„Intriganter Mistkerl", knurrte er.

Das überging Cowly geflissentlich und fuhr fort: „Also wusste ich, dass sie die Handydaten von Billy Perkins angefordert hatten. Daraufhin wies ich Jenkins an, die Daten zuerst an mich weiterzuleiten."

Das mit dem Computerabsturz beim Netzanbieter war also eine Lüge gewesen.

„Nachdem ich den Standort des Handys kannte, beauftragte ich Jenkins, es sicherzustellen", berichtete Cowly weiter. „Und wissen Sie, wo er es gefunden hat?" Nach einer Pause fügte er lächelnd hinzu: „In *Ihrem* Auto, Mr. Hardwick."

Jetzt wurde ihm schlecht. Er ahnte, worauf das alles hinauslief.

Cowly lächelte mitfühlend. „Jenkins brachte das Handy zu mir. Der arme Mann konnte sich nicht erklären, warum Sie das Gerät suchten, wo Sie es doch offensichtlich bereits gefunden hatten. Ich trug ihm auf, die Daten ein weiteres Mal anzufordern mit der Begründung, sie seien verloren gegangen. Schließlich sollten Sie ja nicht mitbekommen, dass Ihnen die Unterlagen vorenthalten worden waren. Das Datum auf den Papieren hätte es verraten."

Jetzt konnte er sich Jenkins Reaktionen erklären. Aus seiner Sicht musste er, Hardwick, sich ziemlich merkwürdig verhalten haben.

„Mein Plan war es, dass Sie an Hand der Daten den Weg zu mir finden", gestand Cowly, „aber nicht so schnell und schon gar nicht mit gezogener Waffe. Um ehrlich zu sein, hatte ich die Hoffnung, dass Sie mit der Zeit Ihre Erinnerungen wiederfinden und selbst auf die Lösung kommen würden."

„Was soll das nun wieder heißen?" Jetzt war er mehr als verwirrt.

Cowly sah ihn ernst an. „Es wird Ihnen schwerfallen, das zu verstehen. In den letzten Tagen, also seit ich Sie in meinem Büro unter Hypnose gesetzt habe, konnte ich mich vergewissern. Sie sind sehr krank, Mr. Hardwick."

Die letzten Tage?, fragte er sich. „Wie lange bin ich denn schon hier eingesperrt?", stieß er hervor. Der zweite Teil von Cowlys Behauptungen wurde ihm erst einen Augenblick später bewusst. „Was meinen Sie mit *krank*?", setzte er nach.

Seufzend blickte Cowly auf ihn herab. „Nach der Ermordung Ihrer Frau sind Sie in ein emotionales Loch gefallen. Was dazu führte …"

„Halten Sie meine Frau da raus!", schrie er voller Zorn.

„Ich weiß, dass Ihnen diese Sache Schmerzen bereitet. Aber Sie müssen sich ihr stellen", erklärte Cowly streng. „Weil Sie die Tragödie so lange in sich hineingefressen haben, verstärkte sich der Konflikt in Ihrer Psyche. Hätten Sie sich jemandem anvertraut oder sofort professionelle Hilfe angenommen, hätte das Schlimmste verhindert werden können. So aber hat sich eine schwere Störung in ihrem Unterbewusstsein entwickelt. Sie haben sich die Schuld für den Tod Ihrer Frau gegeben und sich in Selbstvorwürfe hineingesteigert. Zuletzt nahmen Sie sich sogar als Mörder Ihrer Frau wahr. Das widersprach wiederum Ihren fest verwurzelten Ansichten und Moralvorstellungen als Polizist. Deshalb hat sich der Teil ihrer Persönlichkeit, der die Schuldgefühle gegenüber Ihrer Frau ertrug, abgespalten. Dieser unterdrückte Teil blieb vorerst im Hintergrund, während Ihre rechtschaffenen Eigenschaften die Oberhand behielten. Als Sie immer mehr mit ihrer Berufung zum Polizisten haderten, kam der unterdrückte Teil Ihrer Persönlichkeit allmählich wieder an die Oberfläche Ihres Bewusstseins. Schließlich brach er hervor."

„Verdammt, Cowly, ich habe keine Ahnung, von was Sie da reden. Geht das auch in einfachen Worten?"

Auch dieses Mal ignorierte Cowly seinen Einwurf. „In Ihrem Verstand haben sich quasi zwei völlig entgegengesetzte Persönlichkeiten eingenistet", behauptete er ungerührt. „Die moralische mit dem Anspruch, ein hervorragender Polizist und Ermittler zu sein und die unmoralische, die in gewisser Weise ihr dunkles Spiegelbild verkörpert. Letztere versuchte, der perfekte Mörder zu sein. Während Ihre dominierende rechtschaffene Seite mental schwächer wurde, gewann die dunkle Seite immer mehr an Stärke. Immer wieder hatte sie sogar für kurze Zeit die Oberhand. Dann versuchte sie, den perfekten Mord zu begehen."

„Soll das heißen …?", flüsterte Hardwick entsetzt. Sein Hals wurde eng, Schweiß stand auf seiner Stirn.

Cowlys mitleidiges Lächeln war kaum zu ertragen. „Hatten Sie in den letzten Tagen und Wochen nicht den Eindruck, dass es in Ihren Erinnerungen Lücken gab? Hatten Sie morgens nach dem Aufstehen nicht das Gefühl, kaum geschlafen zu haben? Hatten Sie nicht seltsame Träume, in denen es um Gewalt, Tod und Mordfantasien ging? Insgeheim wussten Sie es doch schon längst! Die Person, die versuchte, Elisabeth Perkins zu töten - das waren Sie!"

„Das ist eine Lüge!", schrie er völlig außer sich. „Das habt ihr Okkultisten-Spinner gedreht, um mir euren Mordversuch anzuhängen. Ihr habt mitbekommen, dass ich euch auf der Spur bin. Nun wollt ihr mich so aus dem Verkehr ziehen. Aber das klappt nicht! Ihr müsst mich schon umlegen. Allerdings glaube ich nicht, dass ihr den Tod eines Polizisten einfach so vertuschen könnt."

Natürlich glaubte er kein Wort von dem, was Cowly ihm da auftischte. Er wollte nur Zeit gewinnen.

Der Bürgermeister ließ sich keineswegs aus der Ruhe bringen. „Ich versichere Ihnen, niemand versucht Ihnen etwas anzuhängen", meinte er. „Doch da es mir gelungen war, Sie unter Hypnose zu setzen, konnte ich mit ihrem anderen Ich in Kontakt treten. In den letzten Tagen haben wir einiges miteinander besprochen."

„Blödsinn!", erwiderte Hardwick.

„Der Grund, weshalb wir Sie zurückgeholt haben, ist denkbar einfach", behauptete Cowly. „Es gehört zu der Behandlung, dass sich Patienten mit ihrer *anderen* Seite auseinandersetzen."

„Ach, und wie soll das gehen? Ich bin eigentlich nicht in der Stimmung für Selbstgespräche." In ihm machte sich ein beklemmendes Gefühl breit.

„Das werden wir sehen", meinte Cowly. „Es gibt Mittel und Wege, das zu arrangieren. Sie stehen übrigens immer noch unter Hypnose. Mit Hilfsmitteln ist es möglich, den Kontakt zwischen beiden Teilen ihrer Persönlichkeit herzustellen." Dann trat er in eine Ecke des Raumes, schob einen mannshohen Spiegel hervor und stellte ihn vor Hardwick auf.

Notgedrungen sah er hinein. Das Gesicht, das ihm entgegenblickte, war seinem sehr ähnlich, aber so verzerrt, dass es beinahe nicht wie ein menschliches Antlitz wirkte. Die Augen quollen fast aus dem Schädel hervor. Der Mund war zu einem irren Lächeln verzogen. Speichel tropfte von den Mundwinkeln.

„Was ist los?", fragte die Gestalt im Spiegel. „Erträgst du den Blick in die Abgründe deiner eigenen Seele nicht?"

Die Stimme klang wie seine, nur dumpfer und so, als wäre sie vom Wahnsinn pervertiert. Gerade hatte er gespürt, dass diese Sätze aus seinem Mund gekommen waren und dennoch waren es nicht seine Worte gewesen. „Was ist das für ein fauler Zauber?", stöhnte er.

„Fauler Zauber?", wiederholte die Fratze im Spiegel. „Fängst du nun also auch an, das Offensichtliche zu ignorieren, nur, weil du Angst hast, deinen Horizont zu erweitern. Erinnerst du dich etwa nicht mehr an die Zeit, in der du auf der Jagd nach Serienmördern versucht hast, dich in sie hineinzuversetzen? Du hast dir immer vorgestellt, was du an ihrer Stelle getan hättest. Das gab mir die Gelegenheit, in dir zu reifen. Nach deinen Theorien habe ich bis ins kleinste Detail den Mord geplant. Erinnerst du dich wirklich nicht mehr daran?"

Ja, Hardwick begann sich tatsächlich zu erinnern. So sehr er sich auch wehrte, einige Sequenzen wurden immer klarer. Seltsame Gedanken und Bilder drangen in sein Bewusstsein. Das durfte doch nicht sein!

Billy hatte sein Handy verloren. Damals kannte er ihn noch nicht, wusste aber, dass er in Bad Old Low wohnte. Da war ihm die Idee für den Mord gekommen. Es gab keinen bestimmten Grund, weshalb es ausgerechnet die Familie Perkins getroffen hatte. Das war einfach nur Zufall. Anhand der Kontakte in Billys Handy fand er alles heraus, was er wissen musste. Dann wartete er einen günstigen Moment ab, als die Kinder nicht zu Hause waren. Das Gift nahm er aus der Asservatenkammer der Polizeistation. Dieser Dummkopf Jenkins führte die Bestandsliste so schlampig, dass der Verlust nie auffallen würde. Dann steckte er die Tabletten in Elizabeths Briefkasten. Vom Handy ihres Sohnes erteilte er die entsprechende Anweisung. Alles klappte. Nur schluckte das Miststück nicht die letzte Tablette.

Doch nein, sagte er sich, das habe ich nicht getan. Es war nur ein Traum.

„Es ist ein Spiel", erklärte die Kreatur im Spiegel. „Ich versuche, den perfekten Mord zu begehen und du versuchst, den Mord aufzuklären. Tja, wie es aussieht, hast du gewonnen. Es ist dir gelungen, den Tathergang nachzuvollziehen. Du hast sogar das Geständnis vom Täter. Fall abgeschlossen, könnte man sagen."

„Und was jetzt?", fragte er, mittlerweile zutiefst verzweifelt. „Soll ich mich jetzt selbst verhaften?"

„Wohl kaum", lachte der Mörder. „Oder hast du vergessen, was du dir vorgenommen hast. Wolltest du nicht dein Polizistendasein an den Nagel hängen? Dies sollte dein letzter Fall sein. Bedenke! Wenn mir kein Polizist mehr gegenübersteht, gibt es wohl kaum etwas, was mich aufhalten kann."

„Was soll das heißen?" Panik machte sich in ihm breit, Übelkeit würgte ihn. Die Zwangsjacke und die Zelle waren nichts im Vergleich zu der Falle, in die er gerade getappt war. Das diabolische Lächeln seines dunklen Zwillings im Spiegel gab ihm recht.

„Hat es dir dieser Cowly nicht erzählt. Wenn zwei Persönlichkeiten in einem Kopf stecken, kämpfen diese ständig gegeneinander, um die jeweils andere Persönlichkeit zu verdrängen. Weil du deine Berufung als Polizist aufgegeben hast, bist du der Verlierer."

Hardwick keuchte.

„Von nun an wird es nur noch einen von uns geben", sagte der im Spiegel. „Und der bin ich! Stirb endlich, verschwinde aus meinem Kopf!"

Bevor Hardwick sich in den Tiefen seines Geistes auflöste, hörte er noch ein wahnsinniges Kreischen.

„Nun, das wäre erledigt!" Mit zufriedenem Gesichtsausdruck trat Cowly näher und nahm ihm die Zwangsjacke ab. „Nun können wir zum Geschäftlichen kommen. Wie soll ich Sie anreden, mit Hardwick?"

„Ungern", erwiderte der Mörder. Er betrachtete sich genauer. So sehr das Gesicht im Spiegel ihn gerade noch verstört hatte, so normal wirkte es nun, nachdem er die Kontrolle über diesen Körper gewonnen hatte. „Aber ich denke, dass ich diese Identität annehmen muss, wenn ich auf Ihr Angebot eingehen will."

Ein triumphierendes Lächeln stahl sich auf Cowlys Gesicht. „Dann sind Sie mit meinem Angebot einverstanden?"

„Das war die Abmachung. So haben wir es besprochen. Nachdem du mich mit Hypnose geweckt hast, sorgst du auch dafür, dass mir dieser Versager Hardwick nicht mehr im Weg steht. Dafür übernehme ich in dieser Stadt die Polizeiarbeit und räume hin und wieder ein paar Menschen aus dem Weg. Du hast deinen Teil erfüllt. Jetzt bin ich dran."

Cowly nickte zufrieden. „Sie werden es nicht bereuen. In dieser Stadt kann ein Mann wie Sie viel erreichen. Wir müssen uns tatsächlich einiger Bürger entledigen - am besten so, dass keine Fragen gestellt werden. Also Unfälle, Selbstmorde - so wie es Ihnen gerade in den Sinn kommt."

Der Mörder seufzte. „So hatte ich mir meine Freiheit eigentlich nicht vorgestellt. Doch es geht wohl nicht anders. Auf der anderen Seite", fügte er mit dem Blick eines unartigen Kindes hinzu, „welcher Mörder kann schon sagen, dass er seine Leidenschaft zum Beruf gemacht hat!"

Einige Tage später hatte er sich in seine Rolle eingelebt. Tatsächlich überraschte es ihn, wie einfach es gewesen war. Vom Trottel Jenkins war nichts anderes zu erwarten. Der war nur froh, dass *Hardwick* sich von seinem Burnout erholt hatte.

Die offizielle Ernennung zum Polizeichef ging dann auch recht schnell über die Bühne. Nachdem Cowly sich der Loyalität seines Kandidaten sicher war, konnte es ihm wohl nicht schnell genug gehen. Sobald alle Formalitäten erledigt waren, verließ Jenkins die Stadt. Nun konnte er ungestört seiner Arbeit nachgehen.

Cowly ließ nicht lange mit Aufträgen auf sich warten und nannte ihm die erste Person, die beseitigt werden sollte. Der Mörder ahnte, dass hinter Cowly noch andere Leute standen, die die wirklichen

Entscheidungen trafen. Doch es war ihm egal. Wenn er sich tatsächlich irgendwann doch noch langweilen würde, konnte er sich Cowlys immer noch entledigen und sein Glück woanders suchen.

Am Tag seiner Ernennung zum Chief hatte er Billy das Handy zurückgegeben. Den Jungen begeisterte es, mit welcher Raffinesse der Cop vorgegangen war. Es schien, als hätte Billy sein Idol gefunden. Scheinheilig fragte der Mörder, wie es Billys Mutter ging. Sie lag immer noch im Koma in einer staatlichen Einrichtung. Ihr Zustand war zwar stabil, doch es galt als unwahrscheinlich, dass sie je wieder erwachte.

Schade, dachte der Mörder. Bei diesem ersten Job habe ich versagt. Aber sei's drum. Beim nächsten wird es - *perfekt*!

Im Angesicht des Wahnsinns

17. Oktober 2019

Lilly starrte an die Decke des Gefängnistraktes. Sie fragte sich, wie lange sie und die anderen schon an diesem Ort gefangen waren. Es fühlte sich an wie eine Ewigkeit. Die Ereignisse, die sie hierhergebracht hatten, kamen ihr vor wie ein lang verwehter Traum, allerdings war es ein Albtraum.

Nachdem sie, Boris, Mandy und David in diesem Loch wieder zu sich gekommen waren, hatten sie eine Weile gebraucht, um zu verstehen, was passiert war. Eine oder wahrscheinlich mehrere Personen hatten ihnen in jener Nacht im Hitfield-Institut aufgelauert, einen nach dem anderen überwältigt, betäubt und anschließend eingesperrt. Ihre Habseligkeiten lagen neben ihnen auf dem Boden.

Anscheinend wollten die Unbekannten sie einfach verrotten lassen. Hilfe von außen war nicht zu erwarten. Niemand wusste, dass sie sich im Hitfield-Institut aufhielten. Schließlich hatten sie größten Wert daraufgelegt, ihr *Ausflugsziel* geheim zu halten.

Seufzend löste sie ihren Blick von der Decke und schaute zu den anderen hinüber. Alle wirkten wie paralysiert, stierten mit leerem Gesichtsausdruck vor sich hin. Am Anfang hatten sie noch versucht, einen Weg aus ihrem Gefängnis zu finden, mittlerweile hatten sie aufgegeben. Dieser Ort sah nicht nur aus wie ein Zellentrakt, es war auch einer. Auch wenn die Zellentüren offen standen, der Weg in die Freiheit führte durch eine schwere Stahltür. Und die war fest verriegelt.

„Oh Mann", stöhnte Mandy in ihrer Ecke, „es gibt wirklich keinen Ausweg für uns."

„Sei doch froh, dass diese mysteriösen Gestalten uns gerade mal in Ruhe lassen und hör endlich mit dem Gequengel auf! Das macht es auch nicht besser!", zischte David.

Bei ihm lagen genau wie bei allen anderen die Nerven blank. Lilly hoffte, dass jetzt nicht wieder eine der sinnlosen Diskussionen beginnen würde. Darüber, dass sie den Geistern des Hitfield-Instituts in die Hände gefallen waren oder sich in den Klauen von Organhändlern befanden. Aber Mandy und David schwiegen. Zum Glück! Was sollte das Gerede auch bringen? Keiner von ihnen glaubte noch daran, gerettet zu werden oder sich selbst befreien zu können. Sie warteten nur noch auf das Ende. Was auch immer das heißen mochte …

Frustriert sah Lilly sich gefühlt zum hundertsten Mal in ihrem Gefängnis um. Weiter oben waren in den Wänden der Zellen einige Löcher eingelassen. Von dort drang Tageslicht herein. So konnten sie die Energie ihrer Taschenlampen sparen. Allerdings bekamen sie weder Frischluft ab, noch hörten sie Geräusche von draußen. Wahrscheinlich waren die Löcher mit Glasbausteinen verschlossen. Es war sinnlos, um Hilfe zu rufen. Wozu auch?

Bis jetzt hatten Davids Süßigkeiten sie am Leben erhalten. Trotz strenger Rationierung des Proviants waren die Vorräte mittlerweile jedoch fast erschöpft. Dann war ihr Schicksal ohnehin besiegelt.

Lilly stand auf. Auch wenn die Lage hoffnungslos war, hier zu sitzen und auf das Ende zu warten, entsprach nicht ihrer Art. Die anderen schauten nur kurz hoch. Müde schlich sie auf den Gang hinaus. Ihr Ziel war eine der Zellen, die sie seit ihrer Gefangenschaft schon mehrmals aufgesucht hatte, um einen Fluchtweg zu finden.

Dort war ihr etwas aufgefallen. Scheinbar hatte jemand mit einer Scherbe oder einem kleinen Stein in die Zellenwand gekratzt. Die

Zeichnungen wirkten nicht besonders gekonnt, eher wie das Gekritzel von Kindern. Was sie darstellten, war makaber. Kleine Strichmännchen wurden von *erwachsenen* Strichmännchen in Zellen geworfen. Dann wieder wurden sie an bizarr anmutende Gerätschaften angeschlossen. Das grauenhafteste Schicksal erwartete wohl die Kinder, die zu einem krakenartigen Geschöpf gebracht wurden. Es sah so aus, als würden sie ihm zum Fraß vorgeworfen.

Wie jedes Mal war Lilly erschüttert. Sie wusste nicht, ob diese Bilder der Realität entsprachen oder nur Ausdruck einer gequälten Kinderseele waren. Dass sich an diesem Institut Schreckliches ereignet hatte, davon war sie allerdings überzeugt. An den Kindern wurden Experimente durchgeführt. Wahrscheinlich hatte eines der Opfer versucht, sein Leid in diesen Zeichnungen auszudrücken. Bestimmt war dieses Kind mit seinen dunklen Gedanken völlig alleine gewesen. Vermutlich hatte es hier auch sein Ende gefunden.

Dass auch der Geist des Kindes an diesem Ort bis in alle Ewigkeit gefangen war, konnte sie sich gut vorstellen. Und mit ihm wollte Lilly Kontakt aufnehmen, um ihre Anteilnahme zu zeigen. Vielleicht konnte der Geist ihr auch mitteilen, welcher Drahtzieher hinter dem Ganzen steckte. Leider kann ich nicht mit Geistern sprechen, überlegte sie zum wiederholten Male. Doch da fiel ihr ein, dass das nicht ganz stimmte. Wirklich mit ihnen zu *reden,* war nicht möglich. Aber mit Hilfe des Ouija-Bretts konnte sie sehr wohl mit ihnen in Verbindung treten. Zum Glück hatten ihre Gefängniswärter nicht nur Davids Süßigkeiten und seine Filmausrüstung in das Loch geworfen, sondern auch Lillys Tasche.

So energiegeladen wie lange nicht mehr, lief sie zurück in ihre Zelle und zog das Brett aus der Tasche. Die anderen blickten auf und schienen sich ernsthaft zu fragen, was ihre Leidensgenossin so trieb.

Schnell trug sie ihr magisches Werkzeug in die Zelle, legte es auf den Boden und kniete sich daneben. Natürlich benötigte man eigentlich mehrere Leute für das Ritual. Doch wenn sich hier wirklich ein Geist befand und der etwas mitteilen wollte, würden ihn solche Formalien nicht abhalten. Vorsichtig legte sie die Holzplakette in die Mitte des Brettes und konzentrierte sich, bevor sie ihre erste Frage stellte.

„Ist hier jemand, der mit mir sprechen will?" Nichts geschah. „Ist hier ein Geist, der mit mir in Kontakt treten möchte?" Ihre Stimme klang nun schon energischer.

Da begann die Plakette unter ihrem rechten Zeigefinger zu vibrieren. Langsam schob sie sich zu dem Wort *Ja*. Ihre Zuversicht wuchs. Der Geist antwortete ihr tatsächlich! War dies vielleicht ihre letzte Möglichkeit, doch noch aus der Gefangenschaft zu entkommen? Sicher war es allerdings nicht, dass der Geist ihnen helfen konnte oder überhaupt wollte. Zumindest bestand die Möglichkeit, etwas Licht in die Angelegenheit zu bringen.

„Bist du an diesem Ort gestorben?" Wieder vibrierte das Holzstück und fuhr diesmal zu dem Wort *Nein*. Das überraschte sie. Dann fing sie an zu überlegen. Wahrscheinlich hatte sie die Frage nur falsch formuliert. Sie musste wohl etwas genauer werden.

„Als du noch gelebt hast, warst du an diesem Ort gefangen?" Die Plakette bewegte sich zurück zum Wort *Ja*. Na also, freute sie sich. Nun galt es, das Vertrauen des Geistes zu gewinnen.

„Kannst du mir deinen Namen nennen?", war ihre nächste Frage. Langsam wanderte die Holzplakette von einem Buchstaben zum anderen, bis sich das Wort *Hanna* zusammengesetzt hatte. Sie dachte scharf nach. Eine Hanna kam in der Legende von Bad Old Low nicht vor. Die Namen der Kinder, die während des Brandes ums Leben gekommen waren, wurden allerdings nie veröffentlicht.

Was sollte sie Hanna als Nächstes fragen? Natürlich wollte sie mehr über das Schicksal des Geistes erfahren. Doch wichtiger war es im Moment, herauszufinden, ob Hanna einen Weg aus diesem Kerker kannte. Falls nicht, dann hatte sie immer noch genügend Zeit, diesen Geist genauer kennenzulernen.

„Hanna, meine Freunde und ich wurden auch an diesem Ort eingesperrt", begann sie. „Weißt du, ob es eine Möglichkeit für uns gibt, von hier zu entkommen?"

Diesmal dauerte es mit der Antwort etwas länger. *Nicht ohne Hilfe*, meinte Hanna schließlich.

Mit anderen Worten: vergiss es!, dachte Lilly. Zutiefst enttäuscht wollte sie gerade den Kontakt abbrechen, da bewegte sich die Holzplakette erneut.

Langsam formten sich die Sätze: *Hab keine Angst. Ich werde euch helfen.*

Mit einem Mal spürte Lilly, dass sie nicht mehr alleine in der Zelle war. Erst dachte sie, einer aus ihrem Team wäre ihr gefolgt. Als sie aufsah, zuckte sie zusammen. Die durchscheinende Gestalt war wohl ein etwa zehn Jahre altes Mädchen. Sie wirkte so verschwommen wie ein blasses Spiegelbild. Die Kleidung erinnerte an die Achtzigerjahre. Fast hätte Lilly geschrien, doch Hanna legte einen Finger auf den Mund und lächelte. Dann verschwand sie.

Eiseskälte zog über Lillys Rücken und ihre Zähne klapperten. Jahrelang hatte sie sich mit Geistern beschäftigt. Trotz all der merkwürdigen Dinge, die in Bad Old Low vor sich gingen, hatte sie noch nie einen *Geist* gesehen. Oder war das gerade nur Einbildung gewesen? Schließlich waren sie schon eine ganze Weile an diesem Ort gefangen. Da konnte einem der Verstand schon einmal einen Streich spielen.

Im nächstem Augenblick wurden ihre Zweifel zerstreut. Auf dem Gang vor der Zelle schrie jemand. Alarmiert sprang sie auf und lief zurück zu den anderen. David und Boris saßen immer noch da, wo Lilly sie zurückgelassen hatte, wirkten jedoch etwas verstört. Mandy lehnte kerzengerade an der Wand mit einem Gesichtsausdruck, als wollte sie am liebsten darin verschwinden. Dabei starrte sie auf eine Stelle des Traktes, an dem sich ganz offensichtlich nichts befand.

„Mandy, was ist passiert?", fragte sie.

„Da war eben etwas." Mandys Stimme zitterte. „Ein Mädchen. Ganz bleich. Ein Geist, glaube ich."

„Ja, sie heißt Hanna", erwiderte Lilly betont gelassen.

„Ach, ihr kennt euch schon?" David schaute entsetzt zu ihr und dann wieder zu Mandy.

Darauf erwiderte sie nichts, denn sie konnte Hanna jetzt auch sehen. David und Boris glotzten entsetzt auf die völlig apathische Mandy. Lillys neue Bekanntschaft glitt zu der schweren Eisentür. Sie lächelte ihrer Beschwörerin noch einmal zu, dann schwebte sie durch den Stahl. Wenige Augenblicke später war das Klicken des Riegels zu hören.

„Was war das?", stieß Boris hervor.

„Das Türschloss!", erwiderte Lilly. Allerdings konnte sie auch nicht fassen, was da gerade geschehen war.

„Unmöglich, das Ding ist bombenfest!", stellte David klar.

Doch sie achtete nicht auf ihn, sondern eilte zur Eisentür. Mit klopfendem Herzen drückte sie die schwere Klinke, mit einem Quietschen öffnete sich die Tür einen Spalt.

„Das kann doch nicht wahr sein!" Ungläubig riss David die Augen auf. „Die Tür muss die ganze Zeit geklemmt haben."

„Auf keinen Fall", erwiderte Boris bestimmt. „Die war fest verschlossen. Wir haben doch fast hundert Mal versucht, sie aufzukriegen."

„Aber von selbst geht die Tür doch nicht auf", japste David.

„Ist doch egal." Mandy hatte sich offenbar von ihrem Schreck erholt. „Lasst uns endlich von hier verschwinden."

„Wartet noch!", meinte Boris. Es klang etwas panisch. „Vielleicht ist das eine Falle."

„Wir sitzen hier schon in der Falle!", stellte David fest. „Welchen Sinn macht es da, uns in eine zweite zu locken?"

Auf das Gerede gab sie nicht viel. Sie wusste nicht warum, aber irgendwie vertraute sie dem Geistermädchen. Also stieß sie die schwere Tür auf und trat hindurch. Der Gang dahinter war noch dunkler als ihr Gefängnis. Allerdings konnte sie erkennen, dass sie sich nicht in einem gewöhnlichen Flur befand. Es gab keine Fenster und keine weiteren Türen, dafür aber zahlreiche Einkerbungen und Auswüchse, die sie sich nicht erklären konnte. An einigen Stellen war der Flur sehr schmal, an anderen außergewöhnlich breit.

„Wo sind wir gelandet?", stöhnte David, der ihr als Erster gefolgt war und jetzt seine Taschenlampe anschaltete.

Zum Glück hatten sie die Energie der Batterien während ihrer Gefangenschaft aufgespart. Nach rechts führte der Gang scheinbar endlos weiter. Auf der linken Seite endete er nach etwa zwanzig Metern an einer Schiebetür.

„Ein Ausgang!" David freute sich und marschierte in Richtung Tür.

Um nicht im Dunkeln zurückzubleiben, folgte sie ihm. Es war nur eine einfache Tür aus Sperrholz, trotzdem schafften sie es kaum, die Tür aufzuschieben. Als es ihnen endlich gelang, sahen sie den Grund dafür.

Auf der anderen Seite stand eine dünne Wand aus Ziegelsteinen. Also war die Tür nur von einer Seite zu erkennen. Eine Geheimtür, dachte Lilly. Nachdem sie und David sich um die Attrappe herumgedrückt hatten, standen sie in einem großen Korridor, den sie bereits von der Erkundung des Instituts kannten.

Also befanden sie sich im zweiten Stock, ziemlich genau dort, wo ihnen die düstere Gestalt mehrmals, wie aus dem Nichts, erschienen war. Es hatte so ausgesehen, als wäre der Unbekannte wie ein Geist durch Wände gegangen. Nun verstand Lilly, dass er einfach nur die Geheimtür benutzt hatte. Wahrscheinlich gab es jede Menge davon im Institut und dazwischen geheime Verbindungsgänge. Sie war sich sicher, dass das Ganze ein Labyrinth bildete. Nur Eingeweihte konnten von seiner Existenz wissen. Wozu war es angelegt worden?

„Und, was seht ihr?", rief Mandy ihnen von der Geheimtür aus zu. Sie und Boris trauten sich noch nicht aus dem Gefängnis heraus.

„Das Institut", erwiderte David. „Ich glaube, wir haben die ganze Zeit in einem Geheimgang festgesessen."

„Na schön, dann lasst uns endlich verschwinden!" Jetzt schien Mandy fest entschlossen. „Ich suche lieber weiter im Institut nach einem Ausgang, als noch länger in diesem Loch festzusitzen."

„Moment!", rief Lilly.

„Was ist denn nun wieder los?" Ungeduldig runzelte David die Stirn.

„Selbst wenn wir jetzt zum Ausgang gehen, ist der wahrscheinlich immer noch verschlossen", klärte sie ihn auf. „Wir wären immer noch eingesperrt, hätten nur ein wenig mehr Freiraum."

„Ach, wie optimistisch!" Aus Davids Stimme klang purer Sarkasmus. „Hast du einen Gegenvorschlag?"

„Erinnere dich doch mal!", forderte sie ihn energisch auf. „Wir wissen, dass die Eingangstür mit einer Kette von außen blockiert ist. Von außen! Angegriffen wurden wir aber im Institut. Daraus schlossen wir, dass es draußen einen Komplizen gibt, der uns eingesperrt hat. Da wir jetzt aber von den Geheimgängen wissen, gibt es noch eine andere Möglichkeit. Ich bin sicher, dass diese Gänge nicht nur innerhalb des Institutes angelegt wurden, sondern auch nach draußen führen. Dann gibt es womöglich nur einen Täter. Er hat uns von draußen eingesperrt und ist dann durch einen Geheimgang ins Institut gelangt, um uns schließlich einen nach dem anderen einzufangen."

David pfiff anerkennend. „Nicht schlecht, Lilly! Das könnte stimmen. Aber was nützt uns das?"

Genervt verdrehte sie die Augen. „Überleg doch! Wenn es möglich ist, über Geheimgänge ins Institut zu gelangen, dann kommen wir auf dem Weg auch wieder hinaus."

Mit diesen Worten machte sie sich auf den Weg zurück in den Zellentrakt. Boris und Mandy warfen ihr einen verwunderten Blick zu, folgten ihr dann aber. Auch David kam hinterher.

„Was genau machen wir jetzt?", fragte Mandy und kaute an der Unterlippe.

„Wahrscheinlich gibt es von hier aus einen Weg nach draußen", erklärte sie mit fester Stimme. „Schnappt euch nur die Taschenlampen und eure Rucksäcke. Den Rest lassen wir hier."

„Was? Ich dachte, wir gehen zu einem Ausgang", empörte sich Mandy. „Warum sollen wir unser Zeug zurücklassen?"

„Weil da, wo wir lang gehen, wahrscheinlich nicht genügend Platz ist für unseren ganzen Kram. Die Sachen können wir auch später holen", erwiderte sie geduldig.

„Außerdem hattest du sowieso nichts zum Ausflug mitgebracht und meine Süßigkeiten sind fast aufgefuttert", mischte David sich ein und grinste frech. „Hör endlich auf zu meckern."

„Sei du lieber mal leise", konterte Mandy in gehässigem Ton, ganz in alter Manier. „Deine olle Filmausrüstung wirst du wohl auch hierlassen müssen."

Schnell hatten sie das Nötigste gepackt und waren bereit zum Abmarsch. Schweren Herzens ließ David den größten Teil seiner Filmausrüstung zurück. Einzig seine teuerste Kamera und die Speicherkarten mit seinen bisherigen Aufnahmen steckte er ein. Auch Boris nahm nur wenig von seinem Werkzeug mit. Da es ihnen bisher nicht geholfen hatte, würde es wohl auch auf ihrem weiteren Weg nicht besonders nützlich sein.

Lilly verzichtete schweren Herzens auf ihr Ouija-Brett. Für die schmalen Stellen des Ganges war es einfach zu sperrig. Das war schon deshalb bedauerlich, weil es sich zuletzt als so nützlich erwiesen hatte.

Am wichtigsten war jetzt die Flucht. Sie mussten einen Weg aus diesen verwinkelten Gängen finden. Zuerst verlief der Gang geradeaus, dann gabelte er sich und sie mussten sich für eine von zwei Richtungen entscheiden. Das führte zu einer kurzen Diskussion. Da es aber eigentlich egal war, entschieden sie sich für den Gang, der weniger muffig roch. Zumindest konnten sie sich jetzt frei bewegen.

Immer wieder fanden sie weitere Türen. Alle waren nur vom Geheimgang aus als solche zu erkennen. Sie führten in einen der großen Korridore oder in ein anderes Zimmer des Institutes. So hatten sie zumindest eine ungefähre Ahnung davon, wo sie sich gerade aufhielten und konnten das Netz der Geheimgänge immer mal wieder verlassen. Doch wo befand sich der Ausgang?

Die Zeit wurde knapp. Wer auch immer sie an diesem Ort eingesperrt hatte, würde sicher bald bemerken, dass ihnen die Flucht
gelungen war. Dann würde er sie jagen. Natürlich kannte er sich hier
viel besser aus.

Auf jeden Fall führte ihr Weg nach unten. Dort sollte, der Logik
nach, der Ausgang sein. Schließlich fanden sie eine schmale Wendeltreppe, die nach unten führte, aber nur bis ins nächste Stockwerk.
Danach waren sie wieder im Netz der Gänge. Nur Eingeweihte
konnten sich hier zurechtfinden. Dass dieses geheime Labyrinth
einen Zweck erfüllte, war offensichtlich.

„Warum kriechen wir eigentlich weiter durch diese Gänge", fragte
David irgendwann. Ihm fiel es wegen seiner Leibesfülle besonders
schwer. „Wenn der Ausgang unten ist, können wir doch den
normalen Weg durchs Treppenhaus nehmen und dann die geheime
Tür nach draußen suchen."

„Und wie willst du im Erdgeschoss die Geheimtür finden?", fragte
Lilly. „Von innen sind die Türen gut zu sehen, von außen jedoch
kaum zu erkennen. Bis jetzt wissen wir nicht, wo sich im Erdgeschoss die Türen zu den Geheimgängen befinden. Was willst du
machen? Alle Wände abklopfen?"

Darauf wusste David keine Antwort. Nach einer gefühlten Ewigkeit
und wohl vielen hundert Metern, die sie in dem System der Gänge
zurückgelegt hatten, stießen sie auf eine Treppe, die nach unten
führte. Hier war die Luft feucht und die Wände waren voller Ruß.

„Hey, ich glaube, wir sind im Keller", stellte Mandy fest.

„Dann haben wir das Erdgeschoss wohl übersprungen", grummelte
David missmutig.

„Wahrscheinlich gibt es im Erdgeschoss gar keine Geheimtür",
meinte Boris. „Als wir ins Institut kamen, fiel uns als Erstes auf, dass

im Erdgeschoss alles entkernt wurde. Dabei hätte man die Geheimtüren bestimmt entdeckt."

„Dann gibt es dort auch keinen Ausgang." Lilly runzelte die Stirn.

„Aber irgendwie muss der Typ, der uns eingesperrt hat, doch wieder hereingekommen sein! Wenn es im Erdgeschoss keinen Ausgang gibt, dann eben im Keller."

„Dein Wort in Gottes Ohr", stöhnte David. Seine Stimmung war offenbar auch im Keller. Er wirkte völlig entkräftet.

Nach einer Weile endete der gemauerte Gang in einer Höhle, die sich in zwei Richtungen fortsetzte. Der eine Tunnel führte weiter nach unten. Seine Wände waren mit merkwürdigen Höhlenzeichnungen bemalt. Aus dem zweiten Tunnel drang ein Hauch frischer Luft.

„Der Ausgang!" David frohlockte. „Ich nehme alles zurück. Na los, wer zuerst draußen ist!"

Boris bremste ihn. „Wartet mal! Ich glaube, mit Lilly stimmt etwas nicht."

Während die anderen sich über den Ausgang freuten, starrte sie in den Tunnel, der nach unten führte. Irgendwie spürte sie, dass aus dem Loch etwas Kaltes, Unheimliches hervorkroch. Was es auch war, es zog sie magisch an. Das konnte sie sich selbst nicht erklären.

„Lilly, willst du da etwa runter?" Mandys Frage riss sie aus ihrer Trance.

Energisch schüttelte sie den Kopf. Nein! Sie saßen schon viel zu lange an diesem Ort fest. Da nun die Freiheit zum Greifen nahe war, würde sie sich nicht in die nächste Falle locken lassen. „Lasst uns verschwinden! Dieses Loch sollen andere erkunden", erwiderte sie mit fester Stimme.

„Meine Rede!" David rannte für seine Verhältnisse ziemlich schnell Richtung Ausgang.

„Klasse. Wenn da draußen jemand lauert, läuft David ihm als Erster in die Arme." Mandy freute sich diebisch. „Das gäbe uns Zeit, zu entkommen." Doch dann folgte sie David mit einigem Abstand noch vor Lilly und Boris.

Niemand lauerte am Ende des Tunnels. Ein Schwall frischer Nachtluft empfing sie. Allerdings gab es ein Hindernis auf ihrem Weg in die Freiheit. Der Ausgang entpuppte sich nämlich als eine schmale Felsspalte. Da konnte sich maximal einer von ihnen hindurchquetschen, am besten jemand, der schlank war. So war es doch Mandy, die als Erste nach draußen schlüpfte, gefolgt von Lilly. Dann zwängte sich David durch den Spalt, wobei er von Boris geschoben und von den Mädchen gezogen wurde. Endlich gelangte Boris als Letzter hinaus.

Gemeinsam standen sie nach Tagen der Gefangenschaft unter freiem Himmel. Jeder von ihnen nahm einen tiefen Atemzug der frischen Luft und genoss das Gefühl. Doch es war nicht die Zeit, um lange zu verweilen.

„Wo sind wir eigentlich?", überlegte Mandy laut.

„Na, im Wald!" David wies auf die umstehenden Bäume.

„Ich glaube, da hinten ist das Hitfield-Institut." Lilly zeigte mit dem Arm nach oben. Zwischen einigen Baumwipfeln war ein Teil des Institutsdaches zu sehen.

„Dann muss die Straße auch irgendwo in der Nähe sein", meinte Boris nachdenklich.

Sie wussten in etwa, wo sie sich befanden. Gut gelaunt und darauf hoffend, dass Davids Van immer noch dort parkte, wo sie ihn abgestellt hatten, setzten sie ihren Weg fort. Kurz bevor sie die Straße erreichten, sah Lilly noch einmal zur Felsspalte zurück. Sie war nicht wirklich überrascht, dass Hanna dort stand und ihnen nachblickte.

Was sollte sie von dem Mädchen halten? War ihnen wirklich ein guter Geist zur Hilfe gekommen? Oder war dies nur eine noch durchtriebenere Falle, als die, der sie gerade entkommen waren? Bisher sah es jedenfalls so aus, als stünde Hanna auf ihrer Seite.

Mit gemischten Gefühlen wandte sie sich ab und folgte den anderen. Hannas Blick fühlte sie noch eine ganze Weile in ihrem Nacken.

Kurz darauf erreichten sie Davids Van. Es war wirklich eine gute Idee gewesen, den Kleinbus so weit vom Institut entfernt zu parken. Offensichtlich war er niemandem aufgefallen. David war ganz aus dem Häuschen. Es hätte nicht viel gefehlt und er hätte seinem geliebten Fahrzeug einen Kuss auf die Stoßstange gegeben.

„Jetzt krieg dich mal wieder ein", stöhnte Mandy. „Sorge lieber dafür, dass uns diese Schrottkiste zurück in die Zivilisation bringt."

„Ist ja gut", erwiderte David gereizt. „Muss erst mal nachsehen, ob der Motor noch anspringt."

Das dauerte eine Weile. Nach dem tagelangen Herumstehen musste der Motor erst heiß laufen. Dann erwachte er mit einem wohligen Brummen zum Leben.

„Ich sag`s doch", jubelte David. „Mein Auto lässt mich nicht im Stich." Das stimmte nur teilweise. Als er Gas gab, gruben sich die Hinterreifen in den weichen Waldboden ein. Es brauchte einige Versuche, bis die Fahrt endlich losging.

„Und wohin fahren wir jetzt?", fragte Boris.

„Weiß ich doch nicht", erwiderte David in patzigem Ton. „Hier geben schon die ganze Zeit andere den Ton an."

„Ich will einfach nur nach Hause", verkündete Mandy.

„Nein, wir müssen zur Polizei!", entschied Lilly.

„Wieso? Vermisst du deinen großen Bruder so sehr?", wollte Boris wissen.

„Rede nicht so einen Dreck!" Das klang aggressiver, als es vielleicht nötig gewesen wäre. „Der Typ, der uns eingesperrt hat, ist immer noch da draußen", erklärte sie dann in etwas gemäßigterem Ton. „Wenn er herausfindet, dass wir getürmt sind, wird er versuchen, uns zum Schweigen zu bringen. Wir müssen also um jeden Preis zur Polizei, damit die das Nötige veranlassen."

Dem widersprach niemand. David, der nun wusste, wohin es gehen sollte, legte einen Gang zu. Irgendwie misstraute Lilly dem Frieden. Die ganze Fahrt über rechnete sie damit, dass etwas geschehen würde. Ihre Fantasie gaukelte ihr düstere Gestalten vor, die an der Straße lauerten, oder gar einen weiteren Geist.

Nichts dergleichen war geschehen, als sie zehn Minuten später vor der Polizeistation von Bad Old Low hielten. Das Gebäude wurde von Straßenlaternen angestrahlt, hinter den Fenstern brannte Licht. Das Büro war also besetzt.

„Hätte nie gedacht, dass ich da mal freiwillig reingehe", meinte David muffelig.

„Ich auch nicht. Aber mit solchen Umständen hätte ich auch nie gerechnet", erklärte Boris.

„Jetzt tut mal nicht so, als wärt ihr Schwerstverbrecher", witzelte Mandy. „Mehr als eine Strafpredigt von Hardwick gab es bisher nie für eure Abenteuer."

Zu all dem sagte Lilly nichts. Als David sie vorhin wegen ihres großen Bruders ärgern wollte, war ihr klar geworden, wie sehr sie Billy vermisste. Schließlich war er alles an Familie, was sie noch hatte. Die Vorstellung, ihm gleich zu begegnen, verursachte ihr irgendwie Beklemmungen. Was war nur los mit ihr?

„Lilly, wo bleibst du denn?", rief Mandy.

Durch ihre Grübeleien war sie ein Stück hinter den anderen zurückgeblieben. „Ich komme schon!", erwiderte sie und beeilte sich.

Der große Büroraum roch muffig. Nur einige Schreibtischlampen spendeten Licht. Im Hintergrund waren abgehackte Fetzen des Polizeifunks zu hören, sonst nichts, bis auf das Knarren von Chief Hardwicks Bürostuhl, als er sich erhob.

„Was hat denn das zu bedeuten?", fragte der leicht übergewichtige Polizeichef mit tadelndem Blick. „Vier Minderjährige, also Schulpflichtige, sind um diese Uhrzeit unterwegs? Ich hoffe, dass ihr euch selbst anzeigen wollt. Dann könnte ich mildernde Umstände geltend machen und euch mit einer Verwarnung davonkommen lassen."

„*Mildernde Umstände!*", wiederholte David spöttisch. „Wir sind alle über sechzehn. Davon abgesehen haben wir allein in den letzten Tagen mehr durchgemacht als die meisten Erwachsenen in ihrem ganzen Leben."

„Nicht so unverschämt!" Hardwicks Augen funkelten drohend. „Verwarnungen sind nicht die einzigen Mittel, die mir zur Verfügung stehen."

Das Wortgefecht registrierte Lilly nur am Rande. Unauffällig sah sie sich nach Billy um. Ihr Bruder schien nicht im Dienst zu sein. Sie wandte sich wieder der Szene vor ihr zu. Jetzt riss Mandy das Gespräch an sich, indem sie auf Hardwick zu trat und einen Blick aufsetzte, der ihre ganze Verletzlichkeit und ein intensives Flehen um Hilfe widerspiegelte. Lilly wusste, dass Mandy auf diese Weise schon so manchen Lehrer um den Finger gewickelt hatte, um dem Nachsitzen oder anderen Sanktionen zu entgehen.

„Chief Hardwick, wir wollen wirklich keinen Ärger machen", sagte sie mit Tränen in den Augen. „Aber uns ist etwas Schreckliches passiert!"

„So, so, und was genau?" Hardwick zeigte sich wenig beeindruckt.

Mandy schluchzte, wobei nicht ganz klar war, ob dies zu ihrem Schauspiel gehörte. „Es ist so, vor einigen Tagen sind wir ins Hitfield-Institut eingestiegen ..."

„Also unbefugtes Betreten", schloss Hardwick streng. „Das kann euch einige Tage Haft einbringen."

„Jetzt lassen Sie Mandy doch mal ausreden!", verlangte Boris wütend. Seine große, kräftige Gestalt verlieh seiner Forderung Nachdruck.

Doch das kam bei Hardwick gar nicht gut an. „Pass mal auf, mein Lieber!" Der Blick des Chiefs wurde geradezu stechend. „Wenn du mir dumm kommst, kann ich dich auch gleich bis morgen früh in eine Zelle stecken. Mal sehen, ob das dein Gemüt abkühlt."

„Wo ist eigentlich Billy?", fragte Lilly unvermittelt. Das interessierte sie wirklich, aber sie wollte damit auch die Situation entschärfen. Tatsächlich schien Hardwick etwas besänftigt.

Als er ihr antwortete, klang er schon fast freundlich. „Dein Bruder ist auf Streife. Ist schon eine ganze Weile unterwegs, er dürfte bald zurück sein."

„Dann gibt es ja wenigstens ein Happy End", stellte David spöttisch fest. „Aber noch einmal zurück zum Thema. Mandy wollte Ihnen gerade erklären, dass wir im Institut angegriffen und tagelang eingesperrt wurden." In wenigen Sätzen fasste er die Ereignisse der letzten Tage zusammen.

„Also, in Kürze", meinte Hardwick daraufhin, „ihr vier seid ins abgesperrte Hitfield-Institut eingedrungen, um dort eine Geisterbeschwörung durchzuführen. Dann ist eine gesichtslose dunkle Gestalt vor euch aufgetaucht, hat einen nach dem anderen außer Gefecht gesetzt und euch in ein geheimes Gefängnis innerhalb des

Institutes gesperrt. Dort wart ihr dann tagelang gefangen, bis ihr wiederum von einem Geist befreit wurdet." Den letzten Satz ließ Hardwick einige Sekunden im Raum stehen. „Anschließend seid ihr durch ein Netz geheimer Gänge und eine unterirdische Höhle aus dem Institut entkommen und dann auf direktem Weg hierhergefahren. Habe ich etwas vergessen?"

Während Lilly so darüber nachdachte, kam sie zu dem Schluss, dass David bei einigen Dingen nicht so sehr ins Detail hätte gehen sollen.

„Na ja, das war so ziemlich alles", gab er etwas kleinlaut zu. „Haben Sie Fragen, Chief?"

„Ja, zwei", erwiderte Hardwick prompt. „Welchen Stoff habt ihr eingeworfen und wer hat ihn euch verkauft? Diesen Typen ziehe ich sofort aus dem Verkehr."

Spätestens ihre Blicke machten David wohl klar, dass er seine große Klappe wenigstens dies eine Mal hätte zügeln sollen.

„Hören Sie, Chief Hardwick", griff Mandy nun wieder ein. „Ich weiß, dass unsere Geschichte verrückt klingt. Aber wir schwören Ihnen, dass wir wirklich entführt und eingesperrt worden sind. Wenn Sie Beweise brauchen, dann kommen Sie doch einfach mit. Wir zeigen Ihnen die geheimen Gänge und den Zellentrakt."

Über diesen Vorschlag schien Hardwick erst einmal nachdenken zu müssen. Bevor er antworten konnte, wurden sie vom Klingeln des Telefons unterbrochen. Einen Moment wirkte er irritiert. Dann nahm er den Hörer ab.

„Bad Old Low, Police Department. Was kann ich für …? Was? Ja, Augenblick bitte …!"

Der Anrufer war offenbar kein Bürger in Not, sondern jemand, der energisch auf Hardwick einredete. Der kam kaum zu Wort. Natürlich interessierte es Lilly und die anderen brennend, wer es da wagte, so mit dem Chief zu reden. Hardwick gab nur einsilbige Antworten. „Warten Sie einen Augenblick, ich stelle sie auf einen anderen Apparat", meinte er schließlich, als sein Gesprächspartner wohl eine Atempause machte. „Ja, das ist nötig. Ich bin hier nicht allein." Er drückte einen Knopf und legte auf. „Ihr wartet hier und rührt euch nicht von der Stelle! Ich muss nur mal eben eine Sache klären. Dann erzählt ihr mir alles noch einmal und ich entscheide, was mit euch geschieht."

Mit diesen Worten erhob er sich und ging ins Nebenzimmer. Kaum war er weg, richteten sich alle Blicke vorwurfsvoll auf David.

„Ja, was denn!?", fragte er gereizt.

„Musstest du Hardwick alles so genau auf die Nase binden?", keifte Mandy.

„Die Polizei zu belügen ist ein Verbrechen", verteidigte er sich.

„Von Lügen ist ja keine Rede", warf Boris ein. „Aber bei den Geistern hättest du dich wirklich zurückhalten können. Mann, wenn das so weitergeht, landen wir bald in einer Gummizelle."

„Hey, interessiert es euch auch, mit wem Hardwick da telefoniert?", meinte David. Es war klar, dass er versuchte, vom Thema abzulenken. „Ich weiß, wie man mit so einer Telefonanlage umgeht. Ein Knopfdruck und wir sind mit in der Leitung."

„Hältst du das echt für eine gute Idee?", fragte Lilly stirnrunzelnd.

„Und ob", verkündete David. „Vielleicht erfahren wir ja etwas, das wir gegen Hardwick verwenden können. Damit er uns wirklich mal zuhört!"

Dass der Schuss auch nach hinten losgehen könnte, kam ihm offenbar nicht in den Sinn. Mit einem Satz war er am Schreibtisch und betätigte einen Knopf am Telefon. Gebannt lauschten sie. „Es ist nicht zu fassen", schimpfte jemand in der Leitung. „Die sind weg, alle vier. Es hieß doch immer, der Trakt wäre ausbruchsicher. Dafür wird einer büßen! Passt man einmal nicht auf, schon geht alles schief."

Fassungslos starrten sie auf das Telefon, dann warfen sie sich entsetzte Blicke zu. In diesem Gespräch ging es eindeutig um ihre Flucht aus dem Hitfield-Institut. Hardwicks Gesprächspartner wusste über Dinge Bescheid, die nur der Entführer wissen konnte. Das allein wäre schon schlimm genug. Was sie alle völlig verwirrte, war die Stimme des Anrufers. Die gehörte zu Bob Cowly, dem Bürgermeister von Bad Old Low.

„Soweit ich weiß, war Franklin für die Bewachung zuständig", sagte Hardwick nun. Er bemühte sich, leise zu sprechen, vermutlich aus Sorge, dass man ihn im Nebenzimmer hören könnte.

„Franklin war beschäftigt", klärte Cowly auf. „Er hat diesen miesen kleinen New Yorker Schnüffler, diesen Holmes, aus dem Weg geschafft."

Von wem reden die da?, fragte sich Lilly. *Holmes, aus New York?*

„Der Journalist hätte uns einige Schwierigkeiten bereitet", fuhr Cowly fort. „So kurz vor dem Ziel wäre das unser Ende gewesen. In diesem Fall konnte ich ein etwas gröberes Vorgehen rechtfertigen. Wenn alles gut gelaufen ist, versinkt Alexander C. Holmes in diesem Moment im Moor vor der Stadt. Niemand wird ihn je wiedersehen."

„Das wäre natürlich zu begrüßen", fand Hardwick. Eine perverse Befriedigung klang aus seiner Stimme.

„Ausgerechnet jetzt entkommen die vier Testpersonen für das Ritual aus dem Gefängnis!", schimpfte Cowly weiter. „Wenige Stunden, bevor wir beginnen wollten."

„Warum wurden ausgerechnet diese Halbwüchsigen für das Ritual ausgewählt?", fragte der Chief. „In den letzten Jahren haben Dutzende Jugendliche im Hitfield-Institut herumgeschnüffelt. Die Hälfte von ihnen habe ich erwischt. Einige waren wesentlich besser geeignet für euer Vorhaben."

„Zufall", war die schlichte Antwort. „Franklin hat mitbekommen, dass sie ins Institut einsteigen wollten, nur wenige Tage vor dem errechneten Zeitpunkt. Franklin hielt das für die perfekte Gelegenheit."

Das stimmte. Lilly erinnerte sich. An dem Tag, an dem sie in der Schule mit den anderen die letzten Schritte für ihre Aktion geplant hatte, war Dr. Franklin wie aus dem Nichts erschienen. Wahrscheinlich hatte er alles mitbekommen und wohl in diesem Augenblick beschlossen, ihnen eine Falle zu stellen.

Sie erschrak, als Mandy sie anschubste und ihr einen verzweifelten Blick zuwarf. Boris wies mit dem Zeigefinger zur Tür und formte mit den Lippen: *Lasst uns abhauen*. Daraufhin schüttelte David vehement den Kopf. Lilly gab ihm recht. Sie würden nicht weit kommen. Diese Stadt schien geradezu verseucht zu sein mit mächtigen Leuten, die im Dunkeln ihre perversen Spielchen trieben. Am schlausten war es, jetzt so viel herauszufinden wie irgend möglich. Außerdem hoffte sie auf ihren Bruder. Auch sie schüttelte den Kopf und wies mit dem Kinn auf das Telefon.

„Wie auch immer", tobte Cowly. „Das Ritual sollte heute Nacht stattfinden! Die ersten Geldgeber sind bereits eingetroffen. Wenn wir die angekündigten Erfolge nicht vorweisen können, steht weit mehr auf dem Spiel als nur die Arbeit von einem halben Jahrhundert. Dann geht es um unser Leben."

„Für euch vielleicht", korrigierte Hardwick. „Meine Position ist da um einiges bequemer."

„Auch du wirst aus dieser Sache nicht ungeschoren herauskommen", stellte Cowly klar. „Wenn unser Geldgeber das Unternehmen auflöst, werden sie weder Spuren noch Zeugen zurücklassen. Selbst wenn du deinen Kopf irgendwie aus der Schlinge ziehst, dein angenehmes Leben der letzten Jahre wäre vorbei. Und einzig unser Arrangement erlaubt es dir, deiner Leidenschaft zu frönen, so wie es dir beliebt."

„Treib es nicht zu weit!", drohte Hardwick.

In seiner Stimme lag so viel Kälte, dass Lilly ein Schauer über den Rücken lief.

Der Bürgermeister zeigte sich allerdings wenig beeindruckt. „Mit der Nummer kannst du bei mir nicht landen. Du weißt, was ich für Möglichkeiten habe. Also, sperr sofort die Straße, die aus der Stadt führt. Soweit dürften sie noch nicht gekommen sein. Wenn sie versuchen, aus Bad Old Low zu fliehen, nimm sie unter irgendeinem Vorwand fest. Der Rest unserer Truppe durchkämmt die Stadt und die nähere Umgebung. Sorg einfach dafür, dass sie nicht verschwinden."

„Das wird nicht nötig sein", erklärte Hardwick. „Sie sind hier bei mir."

Einige Sekunden herrschte Schweigen in der Leitung. „Was soll das heißen?", zischte Cowly.

„Sie sind eben bei mir reingeplatzt. Haben mir berichtet, dass sie die letzten Tage im Hitfield-Institut eingesperrt waren und wollen mich nun zu ihrem Geheimgefängnis führen. Ich werde mich darum kümmern. Schließlich liegt ein schwerer Fall von Freiheitsberaubung vor."

Dem Stadtoberhaupt schienen die Worte zu fehlen. Wäre die Situation für sie nicht so bedrohlich gewesen, hätte sich Lilly wahrscheinlich amüsiert. „Also werde ich sie zu euch bringen", fügte Hardwick hinzu.

„Lieber nicht!", rief Cowly sofort. „Der Fauxpas hat sich schon herumgesprochen. Ich will nicht, dass auf dem Weg noch etwas schiefgeht. Ich schicke dir schnellstens Leute vorbei. Dann gibt es für die kleinen Ratten kein Entkommen mehr."

„Du bist der Boss", erwiderte Hardwick. Der Befehl schien ihm sehr zu gefallen.

„Und wie schon gesagt", schob Cowly nach, „es darf nichts mehr schiefgehen. In dieser Phase des Plans bist auch du nicht mehr unentbehrlich." Ein lautes Knacken, gefolgt von einem gleichmäßigen Piepen verriet, dass die Verbindung beendet worden war.

Trotz der Dringlichkeit brauchten Lilly und die anderen einige Augenblicke, bis sie vollständig begriffen, was gerade abging. Anscheinend hatten Cowly und seine geheimnisvolle Organisation noch Schlimmeres mit ihnen vor als Kerkerhaft. Was ist nur los mit uns?, fragte sich Lilly, während sie sich gegenseitig panische Blicke zuwarfen. Irgendwie waren sie gerade komplett paralysiert!

„Also gut ...", sagte Hardwick, der in diesem Moment wieder in den Raum trat.

Sie standen stramm.

„... tut mir leid, dass es so lange gedauert hat. Ich musste etwas Wichtiges regeln."

„Natürlich!", presste David hervor.

Hardwick betrachtete einen nach dem anderen mit gerunzelter Stirn.

„Also, noch einmal von vorne", meinte er schließlich und nahm wieder hinter seinem Schreibtisch Platz. „Was genau ist denn nun passiert?"

„Ist nicht mehr so wichtig", erwiderte Mandy schnell.

„Nicht mehr so wichtig?", wiederholte Hardwick mit einer Mischung aus Überraschung und Ungeduld in der Stimme.

„Ja, war eigentlich nicht so schlimm", fügte Mandy betont fröhlich hinzu. „Eigentlich haben wir uns das alles nur ausgedacht. Tut uns leid, dass wir solchen Ärger gemacht haben. Wenn es okay ist, gehen wir jetzt einfach."

Die redet uns um Kopf und Kragen, dachte Lilly voller Verzweiflung. Jetzt hat er auf jeden Fall Lunte gerochen.

Langsam erhob sich Hardwick und baute sich vor ihnen auf. „Ihr schneit hier rein, redet davon, dass ihr entführt wurdet. Dann soll alles nur ein Scherz gewesen sein? Glaubt ihr allen Ernstes, dass ich euch einfach so gehen lasse?"

Und dann – fiel sein Blick auf das Telefon auf seinem Schreibtisch. Das Lämpchen, das die Verbindung zum Zweitapparat anzeigte, blinkte immer noch. In diesem Moment begriff er, was los war. Das Einzige, was sie jetzt noch retten konnte, war ein Wunder. Das blieb jedoch aus. Ohne zu zögern, zog Hardwick seine Dienstwaffe und schoss. Boris wurde an der Schulter getroffen, sackte in sich zusammen und fiel auf die Knie. Mandy schrie vor Entsetzen. David und Lilly sprangen vor.

„Bleibt, wo ihr seid!", befahl Hardwick. „Und du!", fügte er an Mandy gewandt hinzu. „Halt dein Maul, du kleines Flittchen!"

Lillys Magen fuhr Achterbahn. Was konnten sie nur tun? Schlimmer noch als das, was Hardwick sagte, war sein Gesichtsausdruck. Das war ein völlig anderer Mensch.

Die weit aufgerissenen Augen funkelten irre, der Mund war zu einem sadistischen Lächeln verzerrt. Er sah aus wie ein Wahnsinniger, fast wie ein leibhaftiger Dämon.

„Versucht bloß nicht wegzulaufen!", drohte er. „Cowly will euch lebendig und an einem Stück. *Disziplinierungsmaßnahmen* sind jedoch ausdrücklich erlaubt. Also, provoziert mich nicht!"

Dass er es bitter ernst meinte, davon war Lilly überzeugt. David schien auf Deeskalation zu setzen. Mit erhobenen Händen trat er auf den Chief zu.

„Was soll das werden?", zischte Hardwick. „Willst du den Helden spielen?"

„Natürlich nicht", erwiderte David mit zitternder Stimme und blieb stehen. „Sie haben die völlige Kontrolle. Wir sind in Ihrer Gewalt. Die Frage ist nur, was wir jetzt aus dieser Situation machen. Sicher können wir uns einigen, Chief Hardwick."

„Hat sich was mit Hardwick, du Idiot!" Mit einem brutalen Faustschlag schickte der Wahnsinnige David zu Boden.

Der wimmerte und krümmte sich vor Schmerzen, was der Chief sichtlich genoss. Mit einem irren Lachen trat er auf den am Boden liegenden Jungen ein.

„Nein!", schrie Mandy. „Lassen Sie ihn in Ruhe!"

Als Lilly auf ihn zu stürzen wollte, fuchtelte er mit der Waffe in ihre Richtung. Schwer atmend stoppte sie. Nach jedem Tritt hielt Hardwick inne, um Davids Stöhnen zu lauschen.

„Ich weiß nicht, was ihr wollt", höhnte er. „So kann man dieses fette Schwein endlich von seiner besten Seite sehen."

„Hey, nenn mich nicht fett, du mieser Bulle!", brüllte David. Bevor Hardwick reagieren konnte, umklammerte er die Beine des Polizisten und brachte ihn zu Fall.

Es brauchte einige Sekunden, bis sie verstand, was geschehen war. David hatte Hardwick ausgetrickst, hatte sich absichtlich niederschlagen lassen, nur um ihn im richtigen Augenblick zu überwältigen. Ob er auch damit gerechnet hatte, so traktiert zu werden? Der Chief geriet ins Straucheln, schaffte es aber, sich an der Tischkante festzuhalten. Dabei musste er seine Dienstwaffe loslassen. Sie fiel zu Boden und rutschte über das Linoleum, direkt vor Lillys linken Schuh. Sofort schnappte sie sich die Pistole und zielte damit auf Hardwick. Der hatte sich gerade von Davids Klammergriff befreit und bemerkte erst jetzt, dass sich die Machtverhältnisse verschoben hatten. Nun war er es, der mit einer Waffe bedroht wurde.

Das schien ihn jedoch wenig zu beunruhigen. Im Gegenteil, herablassend lächelte er Lilly an, nahm sie überhaupt nicht ernst. „Ach Mädchen, du weißt doch gar nicht, wie man mit so was umgeht!"

Damit hat er sogar recht, schoss es ihr durch den Kopf. Aber allzu schwer kann das ja nicht sein. Einfach zielen und abdrücken.

Hardwick schien ihre Gedanken zu erahnen. „Zugegeben, abdrücken könntest du vielleicht noch", meinte er abschätzig. „Aber kannst du auch einen Menschen töten? Das verändert alles. Glaub mir, kleine Lilly, das schaffst du nicht!"

„Hör nicht auf ihn!", kreischte Mandy.

„Du kannst ihm auch ins Bein schießen", schlug David vor.

„Vielleicht gebe ich dir auch noch einen kleinen Anreiz?", meinte Hardwick mit einem sardonischen Grinsen. „Wie wäre es, wenn ich dir sage, was damals wirklich mit deiner Mutter geschehen ist?"

Für einen Moment blieb ihr die Luft weg.

„Ist es nicht so, dass du dir schon seit Jahren die Frage stellst, was deine Mutter dazu gebracht hat, sich umbringen zu wollen?" Sein Flüstern klang beschwörend. „Ging es ihr so schlecht, ganz alleine mit zwei Kindern? Habt ihr eurer Mutter das Leben so sehr zur Hölle gemacht?"

Was soll das Ganze?, fragte sie sich. Ihr Magen zog sich schmerzhaft zusammen.

„Lag es vielleicht sogar an dir?" Er weidete sich an ihrem Elend. „Warst du eine so schreckliche Tochter? Wollte sie deshalb sterben?" Die Waffe zitterte in ihren Händen. Jedes einzelne seiner Worte fühlte sich an wie ein Faustschlag.

„Dann habe ich eine kleine Überraschung für dich!", fuhr er grinsend fort. „Deine Mutter hat versucht, sich umzubringen, weil ich sie dazu gezwungen habe."

In diesem Moment wurde ihr der Boden unter den Füßen weggezogen und ihr stockte der Atem.

Die Qualen, die er ihr zufügte, genoss er sichtlich. „Und weißt du, was mein Druckmittel war?" Er lachte höhnisch. „Ich habe ihr gedroht, dich und deinen Bruder zu töten. Die einzige Möglichkeit, euch zu retten, war, die Tabletten zu schlucken, die ich ihr geschickt hatte. Hat wunderbar geklappt!"

„Du lügst doch!", schrie sie. Inzwischen liefen ihr Tränen über das Gesicht.

„Und weißt du, was mir an der Sache am besten gefällt?", gluckste er vergnügt. „Dass du und dein dämlicher Bruder euch in eurer Trauer immer weiter voneinander entfernt habt. Dabei standet ihr euch doch einmal so nahe."

Das war zu viel. Was er da sagte, riss alte Wunden in ihrer Seele auf. Ihr wurde schwarz vor Augen, ihre Beine knickten ein.

Mit einem Satz war er bei ihr und nahm die Waffe an sich. Mit einem weiteren Griff hatte er sie im Schwitzkasten. Seltsamerweise verspürte sie keine Angst. Eine dumpfe Schwere breitete sich in ihr aus. Sie resignierte, sie hatte versagt - nur wegen ein paar simplen Worten.

Genüsslich strich er mit der Waffe über die Haut an ihrem Hals. „Du riechst so gut", wisperte er. „Ich weiß, Cowly will euch lebend. Aber auf dich kann er bestimmt verzichten."

Wie aus weiter Ferne hörte sie, dass David und Mandy ihren Namen riefen. Aus dem Augenwinkel kriegte sie mit, dass sogar Boris, der wegen des Blutverlustes immer blasser wurde, versuchte, ihr etwas zu sagen. Doch sie hatte alle Widerstandskraft verloren.

In diesem Moment flog die Tür auf und jemand trat herein. Alle blickten auf. Billy blieb wie angewurzelt stehen und sah mit verständnislosem Blick auf das bizarre Schauspiel vor seinen Augen. Boris angeschossen, David mit blutenden Platzwunden, Mandy völlig verstört, seine kleine Schwester im Würgegriff von Chief Hardwick!

Bei seinem Anblick schöpfte sie doch wieder ein wenig Hoffnung. Ihr Bruder war jedoch zu geschockt, um sofort als Retter in Aktion zu treten. Und Hardwick reagierte schnell. Von einem Augenblick auf den anderen änderten sich seine Stimme und seine Haltung komplett.

„Billy, ein Glück, dass du wieder da bist!" Er klang erleichtert. „Deine Schwester und ihre Freunde drehen völlig durch. Die sind wahrscheinlich auf Drogen. Du musst mir helfen, sie in die Zellen zu schaffen, bevor sie sich noch ernsthaft verletzen."

„Das ist nicht wahr!", schrie Mandy. „Der Chief ist es, der durchdreht. Er hat Boris angeschossen."

„Ich musste auf den Jungen schießen", behauptete Hardwick. „Er hat David angegriffen und ihn fast totgeschlagen. Du siehst ja, wie er aussieht. Jetzt komm schon, hilf mir, sie zu fixieren."

Irritiert sah Billy von einem zum anderen. Dann blieb sein Blick an Lilly hängen.

„Billy", hauchte sie, „bitte, hilf mir!"

Dann geschah das, womit Hardwick wohl am wenigsten gerechnet hatte. Billy zog seine Dienstwaffe und richtete sie auf ihn.

„Lassen sie meine Schwester sofort los, Chief!" Die Stimme ihres Bruders klang fest und drohend.

„Was soll das? Ich bin es, dein Vorgesetzter!"

„Das weiß ich." Billy klang unbeeindruckt. „Aber ich sehe auch, was sie meiner Schwester und ihren Freunden angetan haben. Noch einmal, lassen sie Lilly los und legen sie die Waffe auf den Boden."

„Junge, was tust du denn da? Habe ich mich in all den Jahren nicht immer um dich gekümmert? War ich nicht wie ein Vater für dich? Ich bin doch dein großes Vorbild und derjenige, der dich in die Polizei von Bad Old Low geholt hat."

Alarmiert registrierte sie, dass ihr Bruder als Reaktion auf dieses Gerede tatsächlich zögerte. Doch er riss sich wieder zusammen.

„Sie haben recht", erklärte er, immer noch mit erhobener Waffe. „Sie haben mich zum Polizisten gemacht. Aber ein Polizist ist in erster Linie dem Gesetz verpflichtet, nicht seinem Vorgesetzten. Und jetzt zum letzten Mal: Waffe weg! Lassen sie meine Schwester gehen oder ich schieße!"

Obwohl sie sich immer noch regelrecht benebelt fühlte, war sie von Billy sehr beeindruckt. So selbstsicher kannte sie ihn gar nicht. Lag es daran, dass sie sich in echter Gefahr befand? Auch Hardwick schien zu merken, dass er nur mit Worten bei Billy nicht weiterkam.

„Rede doch keinen Mist!" Aus der Stimme des Chiefs sprach wieder der Wahnsinn. „Wenn du schießt, wirst du vielleicht deine Schwester treffen. Willst du das wirklich riskieren?"

„Wieso?", fragte Billy und blieb gelassen. „Sie weiß, was sie zu tun hat." Dann drückte er ab.

Mit einem Schlag war Lillys Geist erwacht. Die letzten Worte ihres Bruders vor dem Schuss hatten ihre Sinne wiederbelebt. Er hatte recht. Sie wusste, was zu tun war. Vor einigen Jahren hatte sie ihren großen Bruder, der sich gerade in der Ausbildung zum Polizisten befand, darum gebeten, ihr Selbstverteidigungskniffe beizubringen. Auf eine Übung hatte er großen Wert gelegt: wie man sich aus einem von hinten ausgeführten Würgegriff befreite. Statistisch gesehen war das die gängigste Methode, um ein Mädchen zu überfallen. In einer solchen Situation war es für den Angreifer wichtig, einen festen Stand zu behalten. Bei dem Trick ging es darum, dem Täter genau diesen festen Stand zu nehmen. Diese Technik hatte sie viele Male mit Billy trainiert.

Allerdings war Hardwick genauso gut ausgebildet. Er achtete darauf, Lilly so zu halten, dass sie möglichst wenig Bewegungsfreiheit hatte.

Obwohl der Schuss weit an Lilly und ihrem Geiselnehmer vorbei ging, sorgte er für die nötige Ablenkung. Hardwick schwankte und zog instinktiv den Kopf ein.

Das war ihre Gelegenheit! Sie beugte ihren Oberkörper vor und packte mit beiden Händen den Arm, mit dem er sie festhielt. Dann trat sie nach seinem Schienbein. Als ihr Angreifer vor Schmerz aufschrie, drehte sie sich aus seiner Umklammerung und konnte so dem eben noch festen Griff entkommen. Doch sie stolperte und landete auf dem Boden. Das nutzte der brutale Polizist, der sich rasch wieder besonnen hatte. Voller Hass blickte er auf sie hinunter. Glomm vorher der Wahnsinn in seinen Augen, war es jetzt reine Mordlust.

Sie wusste, dass es nun um ihr nacktes Überleben ging. Ohne groß nachzudenken, drehte sie sich blitzschnell auf den Rücken, um beide

Stiefel gegen seine Knie zu rammen. Doch sie verfehlte das anvisierte Ziel um ein gutes Stück und traf ihn stattdessen genau zwischen den Beinen. Dem Chief traten die Augen aus dem Schädel. Er wankte, stürzte und prallte mit dem Hinterkopf an die Wand. Dort blieb er bewusstlos liegen.

„Gut zu wissen, dass auch verrückte Killer an dieser Stelle verwundbar sind", flüsterte David, als wieder Stille eingekehrt war.

„Jetzt tu doch endlich einer was", rief Mandy. „Boris geht es richtig schlecht."

Tatsächlich sah ihr sonst so kraftstrotzender Freund inzwischen ziemlich übel aus. Mit schneeweißem Gesicht presste er die Hand auf die Schusswunde. Der Anblick riss auch die anderen aus ihrer Starre. Lilly lief los, um den Verbandskasten aus dem Eingangsbereich zu holen. Billy kettete Hardwick mit Handschellen an die Heizung und folgte ihr dann. David rappelte sich hoch und stellte sich ans Fenster, um die Lage zu beobachten. Mandy brauchte offensichtlich noch etwas Zeit, um sich zu beruhigen.

„Ich glaube, er hatte noch einmal Glück im Unglück", meinte Billy schließlich, nachdem sie den Verletzten notdürftig verarztet hatten. „Er hat zwar eine Menge Blut verloren, aber es wurde keine Arterie verletzt. Außerdem war es ein glatter Durchschuss. Die Kugel steckt also nicht mehr drin. Trotzdem müssen wir Boris so schnell wie möglich in ein Krankenhaus bringen."

„Billy, kann ich dich etwas fragen?"

„Klar, Lilly, raus damit!" Emsig legte er letzte Handgriffe an den Verband.

„Woher wusstest du, dass Hardwick gelogen hat. Immerhin ist er doch dein Chef. Und wir hätten doch wirklich durchdrehen können." Aufmerksam musterte sie ihren Bruder.

Er lächelte. „Hardwick hat behauptet, dass ihr auf Drogen seid. Da wusste ich, dass er mich anlügt."

„Hey, das verstehe ich nicht", mischte sich Mandy ein. „Das hätte doch gut sein können. So wie wir aussehen, hätte ich Hardwick geglaubt." Da hatte Mandy wohl recht. Die Zeit in Gefangenschaft war allen Vieren noch deutlich anzusehen.

Billys Grinsen wurde breiter. „Lilly und Drogen!", lachte er. „Für meine kleine Schwester ist starker Tee schon harter Stoff. Bevor sie anfängt, Drogen zu nehmen, fresse ich einen Besen."

Alles klar, dachte sie. Da war Billy einmal cool und im nächsten Moment ließ er wieder den großen Bruder raushängen.

„Aber nun sagt mir endlich, was hier los war!", schob er hinterher.

„Ich dachte, ihr seid einfach so unterwegs. Habe doch heute noch eine Nachricht von dir bekommen, Lilly."

„Da ist eine riesengroße Verschwörung im Gange", berichtete Mandy aufgeregt. „Wir wurden tagelang im Hitfield-Institut festgehalten. Hardwick hat da mitgemacht. Dr. Franklin aus unserer Schule und Bürgermeister Cowly stecken auch mit drin."

„Was?" Billys Gesicht drückte komplettes Unverständnis aus. Jetzt schien er doch zu überlegen, ob sie durchgedreht waren.

„Das ist eine lange Geschichte", sagte Lilly schnell. „Die erzählen wir dir später. Jetzt müssen wir erst einmal weg. Wenn wir das Telefongespräch vor ein paar Minuten richtig verstanden haben, sind schon Freunde von Hardwick hierher unterwegs."

„Ich denke, dafür ist es zu spät", meldete David sich vom Fenster zu Wort.

Rasch stand sie auf und ging zu ihm. „Was meinst du damit?"

David antwortete nicht, sah nur weiter aus dem Fenster. Sie folgte seinem Blick und erstarrte. Etwas zwanzig Meter entfernt standen

Menschen vor der Polizeistation und zwar ziemlich viele, bestimmt mehrere Dutzend, mit eingeschalteten Taschenlampen. Deshalb konnte man ihnen nicht direkt ins Gesicht sehen. Es wäre auch so schwer gewesen, sie zu erkennen, denn jeder von ihnen trug das gleiche Kapuzengewand. Dadurch wirkten die Unbekannten noch martialischer. In geschlossenen Reihen marschierten sie hintereinander auf die Tür der Polizeistation zu.

„Sie kommen!", rief Lilly. „Wir müssen sofort von hier verschwinden!" In diesem Moment erloschen die Lichter im Raum.

„Was ist jetzt los?", kreischte Mandy hysterisch.

Lilly konnte es sich schon denken. Diese Typen hatten die Stromleitungen durchtrennt. Wahrscheinlich wussten sie irgendwie, dass Hardwick versagt hatte. Nun wollten sie ihre Opfer im Dunkeln sitzen lassen, um sie leichter überwältigen zu können. Doch so leicht würde sie sich nicht geschlagen geben. Sie lief zurück zum Eingangsbereich und verriegelte die Tür, gerade noch rechtzeitig. Aus dem Augenwinkel registrierte sie, dass Billy ihr zunickte und seinerseits zum Fenster lief. Im nächsten Augenblick wurde von der anderen Seite kräftig gegen die Tür gehämmert. Es hörte sich an, als versuchten mehrere Leute, sie einzuschlagen. Noch hielt die Tür stand. Aber dies war nicht der einzige Weg ins Gebäude. Weiter hinten wurden jetzt Fensterscheiben eingeschlagen. Dann fiel ein Schuss. Billy hatte aus dem Fenster gefeuert, um die Angreifer zurückzudrängen. Dass er jemanden getroffen hatte, war unwahrscheinlich. Doch die Warnung hatte wohl gereicht. Die Unbekannten zogen sich zurück. Die Frage war nur: Für wie lange?

„Wir müssen hier endlich raus!", stöhnte David.

„Spinnst du?", zischte Mandy. „Wenn wir einen Fuß vor die Tür setzen, sind wir erledigt."

„David hat recht", entgegnete Billy. „Ich habe eine Idee. Helft mir, Boris aufzurichten."

Mit vereinten Kräften gelang es ihnen, den Verletzten auf die Beine zu stellen. Billy dirigierte sie zu einer Seitentür, die ihnen bisher nicht aufgefallen war. Sie betraten einen langen Gang, der in eine Halle führte. An deren Ende befand sich ein verschlossenes Rolltor – ein Weg nach draußen. In der Mitte der Halle parkte der große geländegängige Polizeiwagen. Er sah aus, als hätte er eine Menge PS unter seiner Haube.

„Alle einsteigen!", befahl Billy.

Dann stützten er und David Boris, um ihm auf den Rücksitz des Van zu helfen.

„Schicke Karre", meinte David anerkennend. „Warum habe ich den noch nie auf der Straße gesehen?"

„Ist unsere Geheimwaffe", erwiderte Billy, trotz der angespannten Lage mit gewissem Stolz. „Speziell fürs Gelände gedacht, falls in den Wäldern oder den Bergen mal etwas los sein sollte. Kann auch hervorragend als Räumfahrzeug verwendet werden."

„Könnt ihr euer Fachgespräch bitte auf später verschieben?", keifte Mandy, die neben Boris Platz genommen hatte. „Ich glaube, die sind schon im Büro."

Tatsächlich, die lauten Geräusche verrieten, dass ihre Gegner inzwischen ins Gebäude eingedrungen waren. Jetzt zählte jede Sekunde. David zwängte sich auf den breiten Rücksitz. Lilly setzte sich auf den Beifahrersitz.

„Ich hoffe, du weißt, wie man das Ding fährt?", meinte sie und blickte zu ihrem Bruder, der sich hinter das Steuer klemmte.

„Ja, das hoffe ich auch. Alles anschnallen!"

Mit einem Heulen sprang der Motor an. Spätestens bei diesem Geräusch wussten die Verfolger, wohin ihre Beute geflohen war. Billy gab Gas. Krachend brach das Fluchtfahrzeug durch das Tor und schoss mit quietschenden Reifen auf die Straße.

Von hier hatten sie erstmals einen besseren Überblick. Einige der Kapuzenträger waren bereits in die Polizeistation eingedrungen. Mit denen, die noch auf dem Vorplatz standen, mussten es über hundert Leute sein, alle in den gleichen Gewändern, manche bewaffnet. Als sie mitbekamen, dass ihren Opfern die Flucht aus dem Gebäude gelungen war, organisierten sie sich, um sich ihnen in den Weg zu stellen. Schließlich merkten sie wohl, wie sinnlos das war und sprangen im letzten Augenblick zur Seite.

„Die kriegen uns nicht mehr!", rief David triumphierend.

Er schien recht zu behalten. Dass sie mit Billys Hilfe auf eine so brachiale Weise entkommen konnten, hätte Lilly nicht gedacht. Wenn ihr Glück anhielt, standen ihre Chancen gar nicht so schlecht.

Die Freude hielt jedoch nicht lange an. Das Blatt wendete sich, als knapp zweihundert Meter vor ihnen eine Gestalt auf der Straße stand. Diese Person machte keine Anstalten, sich zu bewegen, obwohl Billy mit Vollgas auf sie zu raste. Als Lilly den Mann erkannte, verschlug es ihr die Sprache. Es war Bürgermeister Cowly.

„Ist der Kerl wahnsinnig geworden?", fragte Mandy entsetzt.

„Hoffentlich nicht", erwiderte Billy. „Wenn er nicht gleich aus dem Weg geht, fahren wir ihn über den Haufen."

Soweit sollte es nicht mehr kommen. Als sie noch rund fünfzig Meter von Cowly entfernt waren, bemerkte Lilly seine Augen, die in der Dunkelheit leuchteten. Obwohl er sie in dem Auto wohl kaum erkennen konnte, kam es ihr so vor, als würde er ihr mitten ins Gesicht blicken. Auf einmal füllte eine unheimliche knisternde

Atmosphäre den Innenraum des Wagens. Für Lilly fühlte es sich so an, als würden zehntausend Ameisen über ihre Haut krabbeln. Voller Panik sah sie zu Billy hinüber. Ihrem Bruder ging es ganz offensichtlich richtig schlecht. Seine Augen hatten sich nach innen gedreht und er zitterte am ganzen Körper. In diesem Zustand war es nur eine Frage der Zeit, bis er die Kontrolle über den Wagen verlieren würde. So kam es dann auch. Im nächsten Moment zog er das Steuer nach links. Ob er das Bewusstsein verlor oder ob das Zittern dafür verantwortlich war, konnte sie nicht beurteilen. Aber sie registrierte den Baum, auf den das Auto nun zu raste. Alle schrien durcheinander. Sie versuchte noch, ins Steuer zu greifen, um es herumzureißen. Doch es war zu spät. Sie hörte ein Krachen, dann wurde es schwarz um sie.

Als sie wieder zu sich kam, dachte sie für den Bruchteil einer Sekunde, sie wäre wieder im Gefängnistrakt des Hitfield-Instituts. Sie versuchte, sich aufzusetzen. Dabei merkte sie, dass ihre Hände und Füße diesmal mit schweren Eisenketten gefesselt waren. Auch lag sie nicht auf kaltem Kachelboden, sondern auf geschliffenem Granit. So gut es ging, blickte sie sich um.
Sie befand sich in einer gewaltigen Höhle, die von Fackeln beleuchtet war. Die Wände waren mit Malereien verziert. Neben ihr lagen David, Mandy und Boris, bewusstlos und genau wie sie angekettet. Dann erfasste sie, auf welchen Steinen sie lagen.
Es waren bearbeitete Granitblöcke, versehen mit zahlreichen Symbolen. Das Ganze sah aus wie … Opferaltare! Panik verdrängte ihre Benommenheit. Nun wusste sie, was mit ihr und den anderen geschehen sollte. Verzweifelt versuchte sie, sich von den Ketten loszureißen. Das war natürlich sinnlos.

„Nun hör schon auf mit dem Theater!"

Als sie aufsah, trat Cowly an den Opferstein heran. Er trug das gleiche Kapuzengewand wie die Angreifer. Einige von ihnen schälten sich hinter ihm aus der Dunkelheit der Höhle. Wie eine Kirchengemeinde vor ihrem Altar standen sie da und murmelten einen Singsang, der wie ein uraltes Gebet klang. Anscheinend versetzten sie sich auf diese Art in einen meditativen Zustand.

„Du solltest dich geehrt fühlen", fuhr Cowly fort. „Solch ein Ritual hat seit Jahrtausenden niemand mehr gesehen, geschweige denn daran teilgenommen. Die Vorbereitungen dafür begannen schon lange vor deiner Geburt. Heute Nacht werden wir es vollenden. Dass gerade ihr ausgewählt wurdet, ist allerdings nur der Verkettung besonderer Umstände zu verdanken. Wenn eure menschliche Existenz heute endet, geht ihr mit der Gewissheit, anderen den Weg in die Unsterblichkeit geebnet zu haben."

Obwohl sie große Angst hatte, schaffte sie es, etwas zu erwidern. „Unsterblichkeit? Wie kann jemand wie du auch nur einen einzigen Tag mit sich selbst weiterleben?"

Cowly lächelte herablassend. „Indem ich den Göttern folge, die keine Moral von mir verlangen, sondern mir für meine Dienste alles gewähren, wonach es mich verlangt. Aber keine Angst, du wirst einem dieser Götter noch heute Nacht begegnen. Falls er etwas von deiner Seele übriglässt, wirst auch du die Gelegenheit bekommen, auf seinen Pfaden zu wandeln. Und nun möge das Ritual beginnen."

Zwischen den Schatten – irgendwo in Zeit und Raum

Ben wusste nicht, wie lange er sich schon an diesem Ort befand. Es schien eine Ewigkeit zu sein. Wie viel Zeit wirklich vergangen war, konnte er nicht einschätzen. Das Erste, was er hier gelernt hatte, war, dass Zeit und Raum anders funktionierten als in der Welt der Lebenden. Mittlerweile wusste er so einiges über das Dasein als Geist.

Holly hatte ihm ja schon darüber berichtet. Doch sie war nicht in der Lage gewesen, ihm auch nur einen kleinen Eindruck zu vermitteln. Wie auch? Mit der Welt der Lebenden hatte diese Realität nichts zu tun. So etwas wie Naturgesetze gab es nicht, genau so wenig wie Tag und Nacht. Seit seinem *Erwachen* mitten in Bad Old Low hatte sich der Nebel nicht verzogen. Das Dämmerlicht war weder schwächer noch stärker geworden.

Die Stadt schien kaum verändert. Soweit er das beurteilen konnte, sahen die Dinge so aus, wie er sie kannte. Häuser, Straßen und alles andere waren jedoch *Abbilder*. Es hatte eine Weile gedauert, bis er das durchschaute. Was ihn umgab, war nur der Schatten von Bad Old Low, eine Art *Abdruck* der Welt der Lebenden, projiziert in die Welt der Geister. Wie genau das funktionierte, wusste er nicht.

Eine weitere Besonderheit dieser Dimension stellte ihre *Begrenzung* dar. Das erfuhr Ben, als er bei seinen Erkundungsgängen dem Stadtrand zu nahe gekommen war. Sobald er eine unsichtbare Grenze überschritten hatte, verdichtete sich der Nebel, bis er gar nichts mehr sehen konnte. Gleichzeitig wurde der Boden immer weicher und er lief Gefahr, darin zu versinken. Schließlich erstickte er fast am Nebel. Bei dieser Erkundung hatte er es gerade noch geschafft, der seltsamen Zone zu entkommen. Seit damals fragte er sich immer wieder, wie es sein konnte, dass er als Geist *erstickte*. Das verstand er genau so wenig wie die Tatsache, dass er Arme, Beine und einen Körper besaß. Im Prinzip war er in genau demselben Zustand wie vor seinem Tod. Er trug sogar dieselbe Kleidung. Auch sein Denken und Fühlen, also das Geistige, war unverändert. Lag es daran, dass er einfach daran gewöhnt war, sich so zu sehen?

Ich bin nun mal ein junger Geist, sagte er sich und grübelte weiter über diese Dinge, während er ganz allein durch die Straßen von Bad Old Low streifte. Er erinnerte sich daran, dass Holly von anderen Geistern in der Stadt erzählt hatte. Es dauerte eine Weile, bis er dafür die Bestätigung fand. Tatsächlich gab es hier eine ganze Menge Geister. Manche schienen schon Jahrtausende an diesem Ort zu verweilen. Ben sah Steinzeitmenschen und Indianer. Da waren auch Leute, die aussahen, als stammten sie aus der Gründungszeit von Bad Old Low. Auch *moderne* Geister waren vertreten, manche allem Anschein nach aus *seiner* Zeit.

Die meisten ließen sich ziemlich schwer in ein Gespräch verwickeln. Sie standen in den dunkelsten Winkeln der Stadt herum und wirkten völlig apathisch. Deswegen hatte es auch so lange gedauert, bis er sie bemerkte. Viele beachteten den jungen Geist gar nicht. Andere nahmen zwar Notiz von ihm, schienen ihn aber für zu unbedeutend zu halten, um sich mit ihm zu beschäftigen. Eine befriedigende Erklärung dafür fand er lange Zeit nicht.

Als er wieder einmal durch eine der Straßen ging, hörte er etwas. Das war insofern merkwürdig, als in dieser Geisterwelt so gut wie keine Geräusche existierten. Es gab ja keinen Wind, keine Tiere oder Menschen, die Laute produzierten. Normalerweise vernahm er nur das Geräusch seiner Schritte.

Als er sich nach dem Ursprung der ungewohnten Töne umschaute, sah er einen Truck, der direkt auf ihn zu fuhr. Das Ganze war so überraschend, dass er gar nicht daran dachte, auszuweichen. Erst kurz vor dem Zusammenprall erkannte er die Gefahr - zu spät. Im nächsten Moment wurde er überfahren - so dachte er zumindest. Tatsächlich glitt der Truck durch ihn hindurch, als bestünde das Fahrzeug aus Luft. Irritiert schaute er dem Wagen hinterher. Der fuhr noch einige Meter weiter und verschwand.

Da begriff Ben, dass er natürlich nicht in Gefahr gewesen war. Von einem Lastwagen überrollt zu werden, dürfte einem Geist nicht wirklich etwas ausmachen. Doch wie gelangte so ein Ding überhaupt in seine Dimension? Bislang hatte er hier kein einziges Auto gesehen, ein fahrendes schon mal gar nicht. Diese Sache war so ziemlich das Spektakulärste, was er seit seinem Tod *erlebt* hatte.

An einem anderen Tag sah er Leute, die eine Straße überquerten und dann wieder verschwanden. Einmal blickte er im Vorbeigehen durch ein Fenster. Leute unterhielten sich. Auch sie lösten sich schnell wieder in Luft auf. Dieses spontane Auftauchen und Verschwinden erinnerte ihn an *Geistererscheinungen*. Aber das war doch kaum möglich. Schließlich war *er* der Geist.

Eines Tages wurde es ihm klar. Die Leute, die er manchmal kurz sah, waren keine Geister, sondern Lebende. In seiner Dimension waren sie eben solche Schatten wie die Häuser und Straßen um ihn herum, mit dem Unterschied, dass sie nur für eine gewisse Zeit sichtbar wurden. Häuser und Straßen hatten einen festen Platz, den sie nicht verlassen konnten.

Wahrscheinlich brauchte ein Schatten einige Zeit des Stillstands, bis er sich hier materialisieren konnte. Deshalb sah er keine lebenden Menschen, Tiere oder Autos. Das lag auf der Hand. Aber aus welchem Grund tauchten sie trotzdem für eine gewisse Zeit auf und verschwanden dann wieder?

Holly hatte einmal erwähnt, dass Bad Old Low Geister magisch anziehen würde. Woran lag das? Vielleicht daran, dass die Wand zwischen den Welten der Lebenden und der Toten hier besonders dünn war? Und manchmal, so überlegte er, lösten sich die Grenzen für ganz kurze Zeit komplett auf. Dann erschienen sich bewegende Objekte, sogar Menschen, in dieser Dimension. Das war wohl auch der Grund, warum die Geister ihn kaum beachteten. Die meisten dachten offenbar, er sei ein Schatten eines Lebenden. Sie mussten ihn erst als *ständiges Element* in ihrer Welt wahrnehmen, bevor sie ihn als einen der ihren akzeptierten.

Alle diese Überlegungen und Einsichten brachten ihn schließlich auf eine Idee. Wenn Lebende für kurze Zeit als Schatten in der Welt der Geister auftauchten, waren Geister dann im Stande, auf dieselbe Weise in der Welt der Lebenden sichtbar zu werden? Geistererscheinungen und Schatten aus der Lebenswelt waren doch irgendwie vergleichbar. Dann funktionierte dieses *Übertreten* in beide Richtungen. Wahrscheinlich kam das sogar öfter vor, als man gemeinhin dachte.

Holly hatte ihm auch erklärt, dass er, Ben, sie deshalb sehen konnte, weil er dem Tod schon einmal sehr nahegekommen war. Zum einen hätte er bei dem Unfall sterben können. Zum anderen hatte der Verlust seiner Eltern und seiner Schwester dazu geführt, dass ein Teil von ihm auch irgendwie gestorben war. Natürlich gab es in der Welt der Lebenden viele Menschen mit ähnlichen Erfahrungen. Und auf der anderen Seite gab es Geister, die mit der Welt der Lebenden Kontakt aufnahmen. Holly war wohl besonders begabt gewesen. Deshalb konnte sie sogar mit Ben sprechen.

Wenigstens einen Blick in die andere Welt zu werfen, das musste er doch auch hinbekommen!

Ermutigt durch seine eigene Theorie, machte er sich daran, sie umzusetzen. Schon bald begriff er, dass das gar nicht so einfach war. Genau genommen hatte er keine Anhaltspunkte, wie er beginnen sollte. Seine einzige Idee war, sich an den Orten auf die Lauer zu legen, wo er Schatten von Lebenden gesehen hatte. Er hoffte einfach, dass er dort leichter durch die Wand zwischen den Welten schlüpfen konnte. Doch mit diesem Phänomen verhielt es sich so ähnlich wie mit einem Gewitter. Genau so wenig, wie man vorhersagen konnte, wo der nächste Blitz einschlug, konnte man wissen, wann ein Schatten erschien. Noch etwas beschäftigte ihn. Mehr und mehr gewann er den Eindruck, dass keiner der Lebenden, die hier erschienen, etwas davon mitbekam. Vielleicht war ihm selbst der Übergang in die Welt der Lebenden auch schon gelungen, ohne dass er es bemerkt hatte. Erzählte man sich auf der anderen Seite womöglich schon Geistergeschichten über ihn? *Die Legende von Ben* klang zwar ziemlich albern, aber Holly hatte bestimmt auch einmal klein angefangen.

Holly! Mehr als einmal fragte er sich voller Angst, was aus dem Geistermädchen geworden war. Immerhin hatten Cowly und Franklin ihren alten Boss Hitfield von den Toten zurückgeholt. Das bedeutete, dass seine Gegenspieler über große Macht verfügten. Trotzdem war er sich sicher, dass sie Holly nicht völlig ausgelöscht hatten. Aber was war mit ihr geschehen? Wahrscheinlich hatten die beiden sie mit einem okkulten Trick irgendwo eingesperrt. Wie gerne würde er sie befreien! Dazu musste er erst einmal erfahren, wo sie war. Das würde er kaum hinkriegen, solange er in dieser Geisterwelt feststeckte.

Irgendwie änderten sich die Dinge für ihn. Die anderen Geister schenkten ihm nach und nach ein wenig mehr Aufmerksamkeit. Die meisten waren immer noch ziemlich reserviert, besonders die ältesten Geister. Einige sprachen nur in kryptischen Andeutungen. Andere lernte er jedoch besser kennen, überwiegend Geister von Leuten, die aus ungefähr derselben Zeit stammten wie er. Dabei entwickelte sich eine gewisse Vertrautheit.

Alle kannten Holly. Doch keiner hatte seit dem Zwischenfall mit Cowly und Franklin etwas von ihr gehört. Aber sie erzählten Ben so einiges über die Geheimnisse von Bad Old Low. In der Stadt trieb ein grausamer Kult sein Unwesen. Der hatte Bad Old Low fast völlig unter Kontrolle. Totenbeschwörungen gehörten zu ihrem Handwerk. Cowly und Franklin waren die Chefs. Obwohl sie scheinbar völlige Entscheidungsfreiheit hatten, waren sie von unbekannten Geldgebern abhängig. Deren Wünsche mussten sie letztendlich erfüllen.

Für die rätselhaften Todesfälle waren diese Leute verantwortlich, doch weder Cowly noch Franklin hatte die Morde ausgeführt. Nicht einmal die Opfer konnten sagen, wer ihr Mörder war. Alle erklärten, dass es sich um eine äußerst durchtriebene Person handelte, die nie offen in Erscheinung trat. Immer schaffte sie es, die Todesfälle wie Selbstmorde oder Unfälle aussehen zu lassen. Welchen Zweck Cowly und seine Gehilfen mit ihrem Treiben verfolgten, war Ben überhaupt nicht klar.

Wirklich interessant wurde es, als er auf eine Gruppe traf, die besonders viel über Holly wusste. Es waren die Geister der Kinder, die beim Brand im Hitfield-Institut ums Leben gekommen waren. Was den Brand letztendlich verursacht hatte, wussten sie nicht. Schließlich war es Nacht gewesen und sie hatten geschlafen. Über die alltäglichen Vorgänge im Institut konnten sie aber so einiges erzählen. Die meisten von ihnen waren Waisen, die ihre Eltern bei einem Unfall oder durch Krankheit verloren hatten. Die staatlichen Waisenheime hatten sie nur zu gerne in die Fürsorge des Hitfield-Instituts, finanziert durch Spenden anonymer Wohltäter und nach außen eine vorbildliche Einrichtung, gegeben.

Hinter verschlossenen Türen spielten sich jedoch schlimme Dinge ab. Die Kinder wurden nicht wirklich betreut, sie wurden *behandelt* – mit äußerst merkwürdigen Methoden. Hypnose und das Messen der Gehirnströme gehörten dazu. Außerdem schloss man sie an Maschinen an, die in medizinischen Lehrbüchern nicht auftauchten. Sie wurden eingeteilt in Kategorien und erhielten dann ihre *Behandlungen*.

Es schauderte ihn, als er daran dachte, dass er als Waise womöglich auch für das Institut in Frage gekommen wäre, wenn seine Verwandten ihn nicht aufgenommen hätten. Und da gab es noch eine weitere Gemeinsamkeit zwischen ihm und den Kindern. Sie alle hatten Erfahrungen mit dem Tod gemacht. Er konnte aufgrund dieser Erfahrungen Geister leichter wahrnehmen als andere. Es lag nahe, dass das bei den Institutskindern auch der Fall gewesen war. Je mehr er über deren Berichte nachdachte, umso mehr gewann er den Eindruck, dass ein perverses Auswahlverfahren stattgefunden hatte. War das der eigentliche Zweck des Hitfield-Institutes? Wollten Hitfield und seine Mitarbeiter mit Hilfe der traumatisierten Kinder Kontakt zu Geistern aufnehmen?

Einige Kinder erzählten ihm, dass man sie mitten in der Nacht aus dem Bett geholt hätte, um weitere Behandlungen an ihnen vorzunehmen. Später konnten sie sich nur bruchstückhaft an das erinnern, was ihnen widerfahren war. Sie berichteten von Geheimgängen, durch die man sie getragen hatte und von einem unterirdischen

Höhlensystem, in dem seltsame Gestalten mit Kapuzen warteten. Da horchte er auf. Die Kapuzenträger hatte er ja selbst erlebt. Einige Kinder kehrten von diesen nächtlichen Aktionen nicht zurück.

Ihm wurde klar, wie verängstigt diese Kinder gewesen sein mussten. Es hatte niemanden gegeben, dem sie sich hätten anvertrauen können. Niemanden außer Holly! Sie arbeitete ehrenamtlich im Institut, um Erfahrungen für ihr späteres Medizinstudium zu sammeln. Vor allem sah sie sich selbst als Vertrauensperson der Kinder. Nach und nach trauten sich die Ersten, von ihren Erlebnissen zu erzählen. Zunächst schenkte auch Holly ihnen keinen rechten Glauben. Aber schließlich konnte sie die vielen Übereinstimmungen in den Berichten der Kinder wohl nicht länger ignorieren und versprach, der Sache auf den Grund zu gehen.

Dann kam es zu dem Brand im Institut. Wer oder was den Brand auch immer verursacht hatte, die Kinder erklärten, dass Dr. Hitfield und seine Leute nicht dafür verantwortlich waren. Erstens hätte es sie in ihren Zielen zurückgeworfen, zweitens waren Hitfield und die meisten seiner Mitarbeiter selbst an den Folgen des Brandes gestorben. Ben wusste ja, dass der Doktor weiter existierte, aber das war wohl eine andere Geschichte. Die Frage blieb: Wer oder was hatte den Brand verursacht?

Holly hatte ihm gegenüber die Schuld für das Feuer auf sich genommen, aber er glaubte nicht, dass das mit Absicht geschehen war. Bestimmt passierte ein Unfall, während Holly den Vorgängen im Institut auf den Grund ging. Womöglich war bei den Experimenten etwas schiefgelaufen! Doch dann hegte er wieder Zweifel. Vielleicht war Holly doch von einer dunklen Macht besessen gewesen. Nach all dem, was er erlebt hatte, schloss er im Grunde genommen nichts mehr aus.

Er musste genauer wissen, was damals geschehen war. Die Kinder konnten ihm dazu nichts mehr verraten. Dafür gaben sie ihm einige Tipps für sein ursprüngliches Ansinnen, nämlich, wie er in die Welt der Lebenden gelangen konnte. Besonders ein Mädchen namens Hanna war ihm dabei eine große Hilfe. Anscheinend hatte sie Holly besonders nahegestanden.

„Das Wichtigste ist: der richtige Ort, die richtigen Umstände und Konzentration auf das, was du dort erlebt hast!", erklärte sie. „Dich einfach auf die Straße zu stellen und zu hoffen, dass du auf die andere Seite kommst, bringt gar nichts. Am besten klappt es an Orten, zu denen du als Lebender eine besondere Verbindung hattest. Das kann ein Ort sein, an dem du viel Zeit verbracht hast oder auch der Ort, an dem du gestorben bist."

Ganz bestimmt hatte er keine Lust, in die Höhle zurückzukehren, in der ihm Hitfield das Genick gebrochen hatte. Alles andere jedoch, was Hanna gesagt hatte, half schon weiter.

Also nahm er sich die Orte vor, an denen er als Lebender viel Zeit verbracht hatte. Als Erstes suchte er sein ehemaliges Zimmer im Haus seiner Verwandten auf. Das erwies sich als Fehlschlag. Anscheinend war das Zimmer nach seinem Tod zur Abstellkammer umfunktioniert worden und wurde kaum noch betreten. Abgesehen davon, wie lieblos seine Verwandten mit seinem Andenken umgingen, ärgerte es ihn, dass er hier niemandem als Geist erscheinen konnte.

Der zweite Ort, den er aufsuchte, war die Schulbibliothek. Dort angekommen, konzentrierte er sich mit aller Kraft. Vor Freude wäre beinahe seine Konzentration abgerissen, als um ihn herum etwa ein Dutzend Gestalten erschienen. Da war er wohl in eine Lerngruppe geraten. Er sah ausschließlich Schüler, die an einem der langen

Tische saßen, dasselbe Buch vor sich aufgeschlagen hatten und sich angeregt unterhielten. Davon verstand er nur Bruchstücke. Er bemerkte, dass ein Mädchen verblüfft in seine Richtung blickte, als hätte es einen Geist gesehen, was ja auch stimmte. Nach einem kurzen Moment schüttelte das Mädchen den Kopf und unterhielt sich wieder mit ihren Mitschülern. Gleich darauf verschwand das Bild vor Bens Augen.

Auch wenn der Erfolg überschaubar war, zumindest wusste er jetzt, dass es mit Konzentration gelingen konnte. Ihm war außerdem klar geworden, dass er sich vorsichtshalber verstecken musste, wenn er nicht entdeckt werden wollte. Nach einigen Versuchen gelang es ihm ziemlich gut, einen Blick in die Welt der Lebenden zu erhaschen. Die Verbindung länger aufrechtzuerhalten oder gar Kontakt aufzunehmen, so wie es Holly getan hatte – dafür reichte es noch nicht.

Bei diesem Problem half wieder einmal Hanna. „Es ist auch wichtig, wer sich auf der anderen Seite befindet", meinte sie. „Leute, die schon eine Beziehung zum Tod haben aufgrund bestimmter Erfahrungen sind besser für eine Kontaktaufnahme geeignet. Außerdem gibt es noch andere Möglichkeiten. Am einfachsten ist es, wenn jemand nach dir ruft - bei einer Geisterbeschwörung. Das kommt öfter vor, als man denkt, besonders in Bad Old Low. Gut ist es auch, wenn der Lebende unterbewusst damit rechnet, Geistern zu begegnen, nachts auf einem Friedhof zum Beispiel. Eine Regel gilt immer: Wenn eine Person alleine und in völliger Stille ist, werden die Signale aus unserer Welt stärker."

Das klang schlüssig. Die Sache mit der *Todesbeziehung* war ihm eh schon bekannt, vieles deckte sich mit seinen eigenen Erfahrungen. Also suchte er einsame Orte auf. Eine Nacht in der Dimension der Lebenden zu erwischen, war schwerer, als gedacht.

In der Geisterdimension gab es kaum einen Unterschied zwischen Tag und Nacht.

Nach einiger Zeit widmete er sich der nächsten Aufgabe - Gegenstände zu bewegen. Er schien jedoch kein besonders begabter Poltergeist zu sein. So sehr er sich auch bemühte, er schaffte es nicht, irgendetwas in der Welt der Lebenden zu bewegen. Es war für ihn schon schwer, einen Gegenstand überhaupt zu berühren und nicht mit den Fingern hindurchzugleiten. Wenn es doch einmal gelang, fühlte sich selbst ein Stift oder eine Kaffeetasse schwer wie Blei an.

Entgegen Hannas Behauptung fand er kaum Geisterbeschwörungen in Bad Old Low. Die einzigen Aktivitäten dieser Art eindeckte er, als er Cowly und seine Helfershelfer beobachtete. Doch jedes Mal, wenn er versuchte, näher heranzukommen, wurde er von einer unsichtbaren Macht zurückgedrängt und landete wieder in der Geisterdimension. Das muss ein okkulter Trick sein, überlegte er. So haben sie sich damals auch Holly vom Hals gehalten. Wahrscheinlich konnte sie diese Typen deshalb nur aus der Ferne beobachten.

Es gab noch eine Sache, die ihn verwirrte. Wie hatte Holly in so kurzer Zeit gelernt, zwischen den Dimensionen zu wandern und in der Welt der Lebenden *agieren* zu können? Nicht, dass er eifersüchtig gewesen wäre. Aber dafür musste es einen Grund geben! Erneut fragte er bei Hanna nach. Diesmal wurde sie, sonst immer so hilfsbereit, ganz kleinlaut und trat von einem Fuß auf den anderen.

„Was ist los, Hanna?", fragte er. „Du weißt doch mehr!"

„Ja, schon, aber ich habe Holly versprochen, nie einem der anderen Geister davon zu erzählen."

„Hanna!", erwiderte er. „Holly ist verschwunden. Cowly, Franklin und ihre Helfer sind dafür verantwortlich. Wenn wir nichts unternehmen, werden sie vielleicht noch Schlimmeres anrichten. Wir müssen herausbekommen, was mit Holly passiert ist. Dann schaffen wir es womöglich auch, diese Leute aufzuhalten."

„Na gut." Hanna seufzte. „Ich sag´s dir. Ist aber nicht besonders viel."

„Egal!", meinte. „Wird bestimmt weiterhelfen. Also, was hat Holly dir gesagt?"

Eine Weile druckste sie noch herum, bevor sie loslegte: „Ich habe Holly immer sehr gemocht, eigentlich wie eine Schwester. Vielleicht, weil ich meine richtige Familie nicht gekannt habe. Holly wusste das, deshalb war sie immer besonders nett zu mir. Als wir beide dann hier gelandet waren, standen wir uns immer noch sehr nahe. Holly erzählte mir, dass sie beschlossen hatte, die Drahtzieher des Hitfield-Instituts heimzusuchen. Zunächst stand sie am gleichen Punkt wie du jetzt. Es fiel ihr schwer, zwischen dieser und der anderen Welt zu wechseln, geschweige denn, dort etwas zu bewirken. Sie hatte Angst, dass ihr die Zeit davonlief, denn sie rechnete damit, dass Hitfield das Institut wieder aufbauen und seine Machenschaften fortsetzen würde. Dass er an den Folgen des Brandes gestorben war, wussten wir damals nicht. Und dann - wurde ihr ein Angebot unterbreitet."

„Ein Angebot?" Er horchte auf. „Von wem bekommt man hier ein Angebot? Von einem anderen Geist?"

„Ja und nein, ich meine ..." Offensichtlich rang sie um die richtigen Worte. „Ich weiß nicht, was er ist. Ich glaube nicht, dass er ein Geist ist. Ein gewöhnlicher Sterblicher ist er aber auch nicht."

„Moment mal, wer ist *Er*?", hakte Ben nach.

„Einen Namen hat er nicht. Er ist wohl schon sehr lange hier, länger als alle anderen. Ich denke, er war schon da, bevor irgendein Mensch seinen Fuß in die Gegend von Bad Old Low gesetzt hat."

Das verwirrte ihn. Wovon redete sie? Von einem Gott? „Wieso erfahre ich erst jetzt, dass es hier so ein uraltes Wesen gibt?"

„Ich glaube, nur die wirklich alten Geister wissen von seiner Existenz", erwiderte sie. „Aber auch wir, die jüngeren Geister, spüren, dass da etwas ist, von dem wir uns fernhalten sollten. Das ist so, obwohl es sich uns noch nie offenbart hat, außer Holly natürlich. Und ich bin die Einzige, der sie davon erzählt hat."

„Ja, was denn?", fragte er nun schon etwas gereizt.

Noch einmal schaute sie sich um, als wollte sie sicher gehen, dass keiner der anderen Geister zuhörte. Dann wandte sie sich ihm wieder zu.

„Holly versuchte mit aller Kraft, Kontakt mit der Welt der Lebenden aufzunehmen. Sie hatte keine Unterstützung, erzielte aber trotzdem einige Erfolge. Dabei hat sie sich auch noch um uns Kinder gekümmert. Einige von uns waren ziemlich verwirrt, hatten noch gar nicht gemerkt, dass sie tot waren. Kannst du dir das vorstellen?"

Das konnte er sich sogar sehr gut vorstellen.

„Trotz allem war sie noch lange nicht mächtig genug, um Hitfield, Cowly und Konsorten zur Rechenschaft zu ziehen", fuhr Hanna fort. „Hier und da hatte sie einen kleinen Spuk auf die Beine gestellt, aber um diese Leute in die Knie zu zwingen, reichte das bei Weitem nicht aus. Ich weiß noch, wie verzweifelt sie damals war. Dann erschien *Er* und machte ihr ein Angebot. Er würde ihr die Kräfte eines wirklich starken Geistes verleihen. Im Gegenzug sollte sie diejenigen heimsuchen, die Bad Old Low unter ihre Kontrolle gebracht hatten."

„Das war genau in Hollys Sinn!", stellte Ben fest. „Eines verstehe ich nicht. Wenn dieses Ding, von dem du sprichst, so mächtig ist, warum brauchte es dann Holly?"

„Das habe ich mich damals auch gefragt", meinte sie. „Darüber erzählte mir Holly nie etwas. Ich glaube auch nicht, dass dieses Ding ihr all seine Absichten mitgeteilt hat. Holly sagte mir nur immer wieder, dass ich mich von ihm fernhalten sollte. Aber das musste sie mir gar nicht erst sagen. Freiwillig würde ich nie zu so einem Scheusal gehen."

„Alles klar! Wie komme ich zu diesem Ding?"

Aus weit aufgerissenen Augen sah sie ihn völlig entgeistert an. „Hast du mir nicht zugehört? Ich gehe auf keinen Fall zu diesem Monster. Außerdem wollte Holly auch nicht, dass irgendjemand außer ihr zu ihm geht."

„Mir hat Holly gar nichts zu sagen", bemerkte er trocken. „Und du sollst mich auch gar nicht zu diesem Ding führen. Erklär mir einfach, wie ich zu ihm komme. Wenn dieses Monster Kräfte verleihen kann, habe ich vielleicht auch eine Chance. Sonst dauert es noch ewig, bis ich es schaffe, Holly zu finden oder Cowly und Franklin aufzuhalten."

„Und wenn das Ding dir nicht helfen will?", fragte sie.

„Umbringen wird es mich ganz sicher nicht", erwiderte er grinsend. „Also, was ist nun? Hilfst du mir?"

Einen Augenblick überlegte sie noch, bevor sie nickte. „Ich führe dich an den Ort, an dem dieses Ding lauert. Aber das letzte Stück musst du alleine gehen."

„Hanna, du bist die Größte!" Er strich ihr über den Kopf, was ihr ein schwaches Lächeln entlockte.

Der Ort, an den Hanna ihn führte, war ihm bekannt. Wie alle Geister von Bad Old Low machte er normalerweise einen weiten Bogen um das Hitfield-Institut. Der unheimlichste Ort der Gegend war also völlig geisterfrei. Als er nun mit Hanna das Gebäude betrat und sich in der Eingangshalle umsah, überkam ihn ein Schaudern. Schon auf dem Weg hierher hatte er sich unwohl gefühlt. Er erinnerte sich, dass Holly Ähnliches berichtet hatte, als sie hier in der Nähe den Eingang zur Höhle entdeckt hatten. Irgendetwas stimmte nicht mit diesem Ort.

„Also, Hanna, wo müssen wir jetzt lang?", fragte er.

„Nach unten", erwiderte sie. „Erst in den Keller und dann … Ahh!" Sie schrie auf.

Auch Ben zuckte zusammen. Durch Hanna war gerade ein blondes Mädchen getreten. Es war etwa in seinem Alter und es war nicht allein! Drei weitere Jugendliche tauchten hinter ihm auf. Ein brünettes Mädchen in dunkelgrüner Jacke; ein großer, kräftiger Junge und ein dicker, pickliger Typ, der mit einer Menge Taschen beladen war.

„Wer sind die denn?", fragte Ben verdutzt.

„Schatten aus der Welt der Lebenden", erklärte Hanna.

Nun bemerkte er, dass er die Leute zwar sehen, aber nicht hören konnte. Ein deutliches Zeichen dafür, dass er nur durch einen Spalt zwischen den Welten einen Blick auf sie warf. Die Öffnung würde sich bald schließen. Also konzentrierte er sich und drang in die Welt der Lebenden ein. Er war überrascht, wie leicht es ihm dieses Mal fiel. Jetzt verstand er genau, worüber die Vier redeten.

„Also, wir müssen an den Ort, wo das Feuer ausgebrochen ist. Das heißt: in den Keller", sagte das braunhaarige Mädchen. „Boris, wo geht's lang?"

„Nach hinten." Der kräftige Typ wies mit der Hand in eine Richtung. „Aber wie es von dort aus weitergeht, kann ich euch nicht sagen. Im Keller war ich noch nie."

„Moment mal!", rief der Dicke. „Du warst schon ein halbes Dutzend Mal im Institut, aber nicht im interessanten Teil?"

„Ist doch egal", meinte daraufhin das braunhaarige Mädchen. „Ich habe den Plan dabei, den David besorgt hat. Damit werden wir den Weg finden."

„Ich glaube, die haben das gleiche Ziel wie wir", vermutete Ben.

Hanna nickte. „Bisher haben die uns nicht bemerkt. Wäre besser, wenn das so bliebe."

Sie beobachteten, wie der große Kräftige Taschenlampen verteilte, bevor die ganze Truppe weiter ins Institut vordrang.

„Wollen wir ihnen folgen?", fragte Ben.

„Das müssen wir sogar", meinte Hanna. „Du hast ja gehört, dass sie auch den Keller suchen. Ich wundere mich nur, dass sie so leicht wahrzunehmen sind. Entweder haben diese Leute eine starke Beziehung zum Tod oder die Wand zwischen den Welten ist hier besonders dünn oder beides ist der Fall."

Dem konnte er nichts hinzufügen. Hanna war die Expertin. So folgten sie der Gruppe bis zu einer Wendeltreppe hinter der ehemaligen Küche. Die Lebenden hatten größere Probleme mit der Dunkelheit als er und Hanna. Unbeholfen stolperten die Vier die Treppe hinunter. Im Keller waren die Spuren des verheerenden Brandes deutlich zu sehen. Doch darauf achtete Ben gar nicht. Sein Unbehagen war noch viel größer geworden. Auch Hanna schien es immer schlechter zu gehen. Mittlerweile glaubte er auch, dass sie mit ihren Bedenken nicht ganz falsch lag.

Die Jugendlichen rissen eine Bretterwand ein, um weiterzukommen. Dann begannen sie damit, eine Reihe von Gerätschaften aufzubauen. Der Dicke namens David baute ein Kamerastativ auf. Die Brünette namens Lilly packte Kerzen und ein Holzbrett aus.

„Was treiben die denn da?", fragte Hanna entgeistert

„Das müssen Hobby-Geisterjäger sein", vermutete er.

„Ein Ouija-Brett?", fragte die Blonde namens Mandy. „Ist das dein Ernst?"

„Warum nicht?", erwiderte Lilly. „Wenn es funktioniert."

Dann baute sie die Kerzen um das Ouija-Brett herum auf und zündete sie an.

„Hey, Hanna, siehst du, was ich sehe?", rief er.

„Die wollen tatsächlich mit Geistern Kontakt aufnehmen!", stöhnte sie. „Ich sagte doch, dass so was öfter vorkommt, als man denkt."

Ben hörte ihr nur noch mit halbem Ohr zu. Nachdem das Ouija-Brett aufgebaut war und dieser David irgendeinen Unsinn in seine Kamera gequatscht hatte, setzten sich alle um das Brett herum. Ben gesellte sich dazu.

„Was gedenkst du zu tun?" Hanna klang gereizt.

„Na, was schon! Eine solche Gelegenheit bekommen wir so schnell nicht wieder."

„Also, seid ihr bereit?", fragte Lilly jetzt.

Ihre Gefährten nickten, wenn auch nicht alle gleichermaßen enthusiastisch.

„Ihr wisst, was wir vorhaben", stellte sie klar. Dann zog sie eine Holzplakette hervor und legte sie in die Mitte des Brettes. „Ihr legt jetzt eure Zeigefinger auf die Plakette. Und egal, was geschieht, ihr dürft den Finger nicht wegnehmen. Sonst kann es sein, dass wir die Dinge, die wir rufen, nicht mehr unter Kontrolle halten können."

„Wie kommt dieses Mädchen auf die Idee, dass sie überhaupt etwas kontrollieren kann?" Hanna wirkte doch tatsächlich ein wenig eingeschnappt.

Doch darum konnte er sich nicht kümmern. Ihn beschäftigte die Frage, wie er Kontakt mit diesen Leuten aufnehmen sollte. Probeweise legte er auch einen Finger auf die Plakette. Zu seiner Überraschung spürte er das Holz unter dem Finger. Er konnte die Plakette *greifen*.

„Wenn hier jemand ist, der mit uns reden will", sagte Lilly, „dann soll dieser Jemand nun mit uns in Kontakt treten."

Ben ahnte zwar, was von ihm verlangt wurde, war allerdings unsicher, was er genau tun sollte.

„Ist hier jemand, der mit uns reden möchte?", wiederholte Lilly.

Einige Sekunden zögerte er noch, dann entschied er, es auf einen Versuch ankommen zu lassen und schob die Plakette mit seinem Finger zum Wort *Ja*. Es klappte. Darüber war er genau so überrascht wie die Kids. Scheinbar hatte niemand ernsthaft mit einer Antwort gerechnet – außer Lilly vielleicht.

„Bist du Holly?", fragte Lilly.

Ach, so ist das, dachte er. Die wollen eigentlich mit Holly reden, wahrscheinlich, weil sie der berühmteste Geist der Stadt ist. Tja, tut mir leid, Leute. Aber heute ist nur die B-Prominenz anwesend. Mit einem gewissen Vergnügen schob er die Plakette zum Wort *Nein*.

Jetzt wirkten Lilly und die anderen verunsichert. Er grinste schadenfroh.

„Kannst du uns deinen Namen nennen?", war Lillys nächste Frage.

Klar, kann ich, dachte er. Rasch buchstabierte er auf dem Brett seinen Namen.

„Ben", flüsterte Lilly. Sein Name schien ihr etwas zusagen.

„Moment mal!", rief David. „Ben, das war doch dieser Junge, der genau wie wir versucht hat, etwas über Holly herauszufinden."

Ah, offenbar war er doch nicht ganz unbekannt.

„Genau, und dann hat ihn Holly geholt", japste dieser Boris.

Wie bitte? Das war also die Geschichte, die Cowly und die anderen verbreiteten, um ihren Mord an ihm zu vertuschen. Sie schoben es einfach Holly in die Schuhe. Seine Hand verkrampfte sich vor Zorn. Die Plakette verrutschte ein wenig.

„Ich glaube, du hast Ben wütend gemacht", meinte Mandy.

Darauf kannst du Gift nehmen, Süße, dachte er.

„Finger bleibt auf der Plakette!", rief Lilly aufgeregt. Sie schien selbst nicht so richtig zu wissen, was jetzt zu tun war. Schließlich sagte sie: „Ben, bitte rede mit uns. Hat Holly dich umgebracht?"

„Jetzt lass es gut sein, Ben", beschwor Hanna ihn. „Du hattest deinen Spaß. Was diese Leute machen, ist gefährlich."

Doch er dachte nicht daran. Energisch schob er die Plakette zum Wort *Nein*.

„Das war deutlich", kommentierte David.

Aber Ben war noch nicht fertig. Endlich hatte er die Gelegenheit, von den Umständen seines Todes zu berichten und seine Mörder anzuklagen. Schon begannen seine Finger damit, seine Botschaft zu übermitteln: *Ich wurde ermordet. Nicht von Holly. Mein Mörder lebt noch. Er hat noch viele andere getötet. Er ist …*

„So, das reicht!", rief Hanna und versuchte, ihn von dem Brett wegzuziehen.

Das führte dazu, dass die Plakette wild herumrutschte. Daraufhin gerieten die Geisterbeschwörer in Panik.

„Nicht loslassen!", schrie Lilly.

„Hanna, was soll das?", protestierte Ben.

Doch sie ließ nicht locker. „Das muss aufhören!", schimpfte sie. „Wer weiß, was wir damit anlocken."

„Was meinst du damit?", fragte er verblüfft.

Im nächsten Augenblick bekam er die Antwort. Das beklemmende Gefühl, das er bis jetzt einigermaßen unterdrückt hatte, wurde mit einem Mal so stark, dass er es kaum noch ertragen konnte. Hanna ging es nicht anders. Da wurde ihm klar, dass sie tatsächlich *irgendetwas* auf sich aufmerksam gemacht hatten.

Ein Brüllen drang aus den Tiefen des Institutes zu ihnen herauf. Es klang, als wäre ein Ungeheuer nach jahrelangem Schlaf erwacht. Er und Hanna mussten sich die Ohren zuhalten. Es half nichts. Die Lebenden spürten offensichtlich, dass etwas nicht stimmte, auch wenn sie den Schrei nicht gehört hatten. Ein gewaltiger Windstoß pfiff über sie alle hinweg und zerstörte die Beleuchtung. Dann waren die Geisterbeschwörer verschwunden.

„Was ist passiert, wo sind sie hin?", japste er.

„Das weiß ich auch nicht", erwiderte Hanna. „Der Spalt zwischen den Welten wurde geschlossen."

Das war eine Erklärung. Was auch immer Lilly und ihre Freunde mit ihrer Geisterbeschwörung geweckt hatten, es wollte scheinbar keine Lebenden um sich haben.

„Hanna", meinte er schließlich, „ich denke, von hier aus komme ich auch alleine weiter. Geh du lieber wieder nach draußen."

„Was? Ich soll dich im Stich lassen?" Empört riss sie die Augen auf.

„Du wolltest doch ursprünglich gar nicht mitkommen", erinnerte er sie. „Inzwischen glaube ich auch, dass dies hier gefährlich werden kann. Ich habe keine andere Wahl. Aber das heißt nicht, dass du auch deinen Kopf riskieren musst."

Unsicher runzelte sie die Stirn, kam dann offenbar zu dem Schluss, dass er recht hatte. „Pass gut auf dich auf", riet sie ihm.

„Versprochen", erwiderte er lässig. „Gehst du jetzt zurück in die Stadt?"

„Noch nicht. Erst will ich versuchen, herauszufinden, was mit den Jugendlichen passiert ist. Ich mache mir Sorgen um sie."

„Könntest du ihnen denn überhaupt helfen?", fragte er.

„Wenn sie dieses Brett noch einmal verwenden, bestimmt. Du hast ja erlebt, dass der Kontakt funktioniert."

Blieb nur die Frage, wann sie das Brett wieder benutzen würden.

„Alles klar, aber rechne damit, dass das länger dauern könnte", meinte er.

„Mach dir darüber mal keine Gedanken. Du weißt ja, ich habe unendlich viel Zeit. Ich mache mir mehr Sorgen wegen dem, was dir bevorsteht."

Da hat Hanna wahrscheinlich recht, überlegte er. Sie nickten sich noch einmal zu, dann verschwand Hanna in der Dunkelheit des Kellers. Er fragte sich, ob er sich nicht zu viel vorgenommen hatte.

Je weiter Ben in die Tiefen des Hitfield-Institutes vordrang, desto mehr spürte er, dass er seinem Ziel näher kam. Mit einem Mal wusste er genau, in welche Richtung er gehen sollte. Sein Unbehagen wuchs. Es wurde so schlimm, dass er gar nicht bemerkte, wie sich seine Umgebung veränderte. Doch dann fiel es ihm auf. Statt Kellermauern umgaben ihn die Natursteinwände einer Höhle, bedeckt mit dem Ruß von Fackeln und übersät mit merkwürdigen Malereien. Es dauerte eine Weile, bis er begriff, dass er sich nicht mehr im Institut befand, sondern an einem sehr viel älteren Ort.

Hier, das spürte er ganz deutlich, war die Wand zwischen den Welten dünner, als er es je wahrgenommen hatte. Als er eine große Halle betrat, erinnerte er sich. Natürlich, dies war der Ort, an dem Cowly, Franklin und die anderen eine okkulte Messe abgehalten hatten. Hier hatten sie den toten Dr. Hitfield beschworen und Holly mit Hilfe eines Artefaktes verschwinden lassen. Am Ende hatten sie ihn ermordet. Dieses Höhlensystem musste sich genau unter dem Institut befinden. Womöglich wurde das Institut absichtlich darüber gebaut oder aber die Höhlen wurden erst später entdeckt.

Beklommen blickte er sich genauer um. Es hatte sich nicht viel verändert, aber der Sarkophag war verschwunden. Hatte man ihn weggeschafft oder existierte er nur in der Welt der Lebenden?

„Nun komm schon her!", ertönte eine Stimme. Sie klang kalt und fordernd, irgendwie nicht menschlich.

Noch einmal sah er sich um, versuchte, den Sprecher auszumachen - vergeblich. „Hallo, wo bist du?", rief er ins Dunkel der Höhle.

Niemand antwortete. Mit einem Mal erschien aus dem Nichts eine Gestalt, nicht besonders groß. Vielleicht ein Kind? Zuerst dachte er, Hanna wäre ihm doch gefolgt. Dann erkannte er einen Jungen, etwa dreizehn Jahre alt, mit hellblonden Haaren und merkwürdig stechenden Augen.

„Wer bist du?", stieß Ben hervor.

„Wer ich bin? Meinst du meinen Namen?", höhnte der Junge. „Ich muss dich enttäuschen. Es ist sehr unwahrscheinlich, dass ein primitives Wesen wie du im Stande ist, meinen *wahren* Namen auszusprechen. Im Laufe der Zeit haben mir meine Untertanen viele verschiedenen Namen gegeben."

Was redet der da?, dachte Ben bei sich. Mittlerweile war ihm schlecht.

„Du kannst mich Bob nennen. Ein alter Bekannter hat mir einst diesen Namen gegeben."

„Na schön, Bob", meinte er. „Kann es sein, dass du derjenige bist, den ich gesucht habe?"

„Bin ich das?", erwiderte Bob. „Bin ich derjenige, der dir alle Fragen über den Ort beantworten kann, den du Bad Old Low nennst? Der dir sagen kann, was unwürdige Insekten wie Hitfield und Cowly hier seit Jahren treiben? Der weiß, was mit der süßen Holly passiert ist und der dir helfen kann, sie zu retten? Sag du es mir, Ben Henssen!"

„Woher kennst du meinen Namen?", presste er hervor.

„Fragst du mich das ernsthaft?" Bob schüttelte den Kopf. „Ich beobachte die Welt der Lebenden und die der Toten seit Ewigkeiten. Aus beiden habe ich meine Kraft gezogen. Auch wenn ich die letzten Jahrzehnte im tiefen Schlaf verbracht habe, waren meine Sinne unentwegt auf euch Sterbliche gerichtet. Und du, mein lieber Ben, bist seit langem der Erste, für den es sich lohnt, zu erwachen."

Ihm schwindelte, was ihm merkwürdig vorkam, denn er war schließlich ein Geist. „Und wer war der Letzte, mit dem du gesprochen hast?" fragte er vorsichtig. „War es etwa Holly?"

„In der Tat." Bob warf ihm einen anerkennenden Blick zu. „Die kleine Holly. Sie war so voller Wut, so besessen davon, jene zu bestrafen, die für ihren grausamen Tod verantwortlich waren. Das habe ich schon oft erlebt. Bei ihr sah ich großes Potential. Wie es der Zufall wollte, war auch sie hinter den Menschen her, die ich aus dem Weg räumen will."

„Also hast du ihr die Macht verliehen, ihr Ziel zu erreichen", stellte er fest und wunderte sich selbst ein wenig über seine Ausdrucksweise.

„So ist es", bestätigte Bob.

„Gut, dann gib mir dieselben Kräfte."

Daraufhin zog Bob eine Augenbraue hoch. „Du kommst hierher, in mein Allerheiligstes, und wagst es, so etwas von mir zu verlangen?"

Seine Gestalt schien zu wachsen, während er das sagte. Doch Ben wich nicht zurück.

„Dort, wo du stehst, haben sich die Herrscher ganzer Völker vor mir in den Staub geworfen und mir ihre Erstgeborenen geopfert. Als Gegenleistung haben sie weit weniger von mir verlangt. Warum sollte ich deiner unverschämten Forderung nachkommen?"

Ben war klar, dass es kein Zurück gab, also sagte er: „Du brauchst offenbar Hilfe, um mit Cowly und seinen Leuten fertigzuwerden. Du hast auch Holly für deine Zwecke benutzt." Es war ein Schuss ins Blaue. Bob so vor den Kopf zu stoßen, war vielleicht keine gute Idee. Immerhin hatte er es mit einem uralten Wesen zu tun. Wer wusste, was geschah, wenn es wütend wurde?

„Du hast recht", stimmte Bob ihm schließlich zu in etwas sanfterem Ton. „Die Sterblichen, die du erwähnt hast, mögen schwach und primitiv sein. Doch sie haben sich Wissen angeeignet, mit dem es ihnen gelungen ist, mich zu bannen, mich unter Kontrolle zu halten. Ich muss zugeben, dass es keine größere Schande für ein Wesen wie mich gibt, als von Primitiven eingesperrt zu werden. Was soll ich tun? Ich bin nicht im Stande, gegen Cowly und seine Okkultisten vorzugehen. Darum brauche ich Hilfe. Ich hielt Holly für die Richtige. Wie sich herausstellte, war auch sie Cowly nicht gewachsen. Mit dir als Verstärkung würde die Sache vielleicht ganz anders aussehen."

„Ah, ich verstehe", erwiderte Ben.

Vor Erleichterung war ihm ganz flau. „Du willst, dass ich Holly befreie, damit wir für dich Cowly und seine Leute aus dem Weg räumen."

„So ist es", gab Bob zu. „Wenn ihr das Artefakt zerstört, das mich gefangen hält, werde ich Hitfield, Cowly, Franklin und all ihren Helfern das geben, was sie verdienen."

Darüber musste er kurz nachdenken. „Kannst du mir sagen, wer Cowly und die anderen eigentlich sind?", fragte er schließlich. „Und was sie in dieser Stadt treiben?"

„Das ist eine ziemlich lange Geschichte." Bob seufzte. „Aber du bist einen weiten Weg gegangen, um die Wahrheit herauszufinden. Nun sollst du auch alles erfahren."

Plötzlich begann sich der Raum um Ben herum zu verändern. Die große Höhle verschwand. Er stand unter einem riesigen Sternenzelt. In einem schwarzen Nichts aus Unendlichkeit schwebten unzählige Sterne, Planeten und andere Himmelskörper.

„Was zum Teufel ist das?", entfuhr es ihm.

„Keine Sorge", erwiderte Bob, der neben ihn getreten war. „Was du da siehst, ist nur das Abbild dessen, was längst geschehen ist. Wir befinden uns zwischen den Schatten der Vergangenheit."

Das klang in Bens Ohren ziemlich verwirrend. War er in einer Illusion gefangen?

„Allerdings solltest du vorsichtig sein", fügte Bob hinzu. „Diese Schatten können für Geister wie dich gefährlich sein. Wenn du ihnen zu nahe kommst, kann es passieren, dass du auf ewig zwischen ihnen gefangen bleibst - so wie Holly."

„Holly?", fragte Ben. „Ist sie auch hier? Wo ist sie?"

„Geduld", verlangte Bob. „Unsere Reise wird uns zu ihr führen. Doch, wie schon gesagt, vorher sollst du die ganze Wahrheit erfahren."

„Welche Wahrheit?", wollte er wissen. „Und, abgesehen von der Sache mit dieser *Schattendimension,* wo sind wir hier eigentlich?"

„Dies ist mein Ursprung", erklärte Bob. „Vor Äonen kam ich aus diesem Teil des Universums auf euren kleinen Planeten.

Ich entstamme einem Volk, das weit jenseits der dir bekannten Grenzen von Raum und Zeit beheimatet ist."

„Moment mal", stieß er hervor. „Soll das heißen, dass du eine Art Außerirdischer bist?"

Bob quittierte seine Frage mit einem herablassenden Blick. „Du bist nicht in der Lage, zu begreifen, was ich bin. Ich stamme nicht nur von einem weit entfernten Planeten. Mein Volk hat schon vor einer Ewigkeit jede Form der Materie überwunden. Wir legten unsere körperlichen Beschränkungen ab und stiegen auf eine neue geistige Ebene des Seins. Warum ich eines Tages meine Heimat verlassen musste, tut nichts zur Sache. Wichtig ist nur, dass ich Jahrhunderte ziellos durch Galaxien und Dimensionen reiste, bis ich euer Universum und schließlich euren Planeten fand."

In diesem Moment sah er einen hellen Feuerball auf sich zu rasen. Für einen Augenblick dachte er, sie würden von ihm getroffen werden. Doch das geschah nicht. Im nächsten Augenblick war es so, als wäre er zusammen mit Bob in diesem Ding. Sie flogen durch das Universum. Dann begriff er, dass er gerade miterlebte, wie Bob auf die Erde gelangt war.

„Moment mal, bist du ein Meteoroid?" Nun war er völlig verwirrt.

„Das war nur ein Gefäß, um mich in eurer Dimension fortbewegen zu können", erwiderte Bob.

Bald darauf tauchte ein kleiner blauer Planet in der Schwärze des Raums auf. *Die Erde,* dachte er ehrfürchtig. Als sie näher kamen, bemerkte er, dass diese Erde anders aussah, als er es von Bildern kannte. Große Teile des Planeten waren von Eis bedeckt. Da verstand er, dass er die Erde zu einer anderen Zeit vor sich hatte und zwar während der letzten Eiszeit. Im nächsten Augenblick beobachtete er zusammen mit Bob das Geschehen wie auf einer Kinoleinwand.

„Dies ist deine Heimat", erklärte Bob, „allerdings vor vielen Tausend Jahren. Wie du siehst, war der Planet damals in einem ziemlich extremen Zustand. Ich war überrascht, dort auf intelligentes Leben zu treffen."

Mit der Entdeckung hatte es Bob anscheinend nicht bewenden lassen. Der Meteoroid raste auf die prähistorische Erde zu, schoss, einen gewaltigen Schweif hinter sich herziehend, durch die Atmosphäre und schlug schließlich auf der gefrorenen Erdoberfläche ein.

„So gelangte ich hierher." Bob stieß einen Seufzer aus.

Der Meteorit war in einen Hügel eingeschlagen und nur schwer zu erkennen. Ziemlich sicher war es derselbe Hügel, auf dem Jahrtausende später das Hitfield-Institut gebaut werden sollte. Jetzt blickte Ben auf einen riesigen Krater. Der Meteor war in die Höhle eingeschlagen, die er schon kannte. Natürlich sah sie anders aus. Es gab keine Wandmalereien, viele der umherliegenden Steine glühten.

Das Bizarrste war der Meteorit selbst, der in der Mitte des Kraters dampfte. Der Brocken bestand aus einem merkwürdigen Gestein. Es glich nichts, was Ben kannte. In seinem Inneren schien etwas zu leuchten und zu pulsieren.

„Meine Ankunft in dieser Welt blieb nicht unbemerkt", erklärte Bob.

Als Nächstes vernahm er Geräusche. Als säße er im Kino, sah er zu, wie Steine zur Seite getreten wurden. Dann waren Stimmen zu hören. Gleich darauf erkannte er mehrere Gestalten, die sich aus dem Bereich der Höhle näherten. Sie trugen Felle und hielten primitive Speere vor sich. Das müssen so eine Art Steinzeitmenschen sein, dachte er. Drohend richteten sie ihre Waffen auf den leuchtenden Stein.

„Wie du siehst, waren deine Vorfahren recht primitiv", meinte Bob. „Dagegen bist du schon fast akzeptabel. Immerhin hatten sie sich zu vernunftbegabten Wesen entwickelt. Genau das, was ich zu dieser Zeit brauchte."

Plötzlich veränderte sich das Leuchten des Meteors. Es wurde stärker, irgendwie bedrohlicher. Erschrocken wichen die Menschen zurück, doch es war zu spät. Im nächsten Augenblick fielen die ersten auf die Knie. Andere fassten sich an die Kehle. Etwas leuchtend Weißes drang aus den Mündern der Bedauernswerten.

„Sind das ihre Geister?", fragte er entsetzt.

Was es auch war, sobald die Substanz einen Körper verlassen hatte, brach der Mensch zusammen und blieb reglos liegen. Dann glitt sie auf den Meteorit zu, als wäre dieser ein Magnet. Wenige Augenblicke später wurde sie von ihm absorbiert.

„Was hast du … mit ihnen … gemacht?", stammelte Ben.

Bob lächelte hämisch. „Ich sagte doch, dass Meinesgleichen das körperliche Sein abgelegt hat. Wir ernähren uns von jenen, die diesen Schritt in ihrer Entwicklung noch nicht vollbracht haben."

„Soll das heißen, du bist ein Seelenfresser?", fragte Ben angewidert.

„Wenn du es so ausdrücken willst", gab Bob betont gleichgültig zurück. „Diese Primitiven waren kein besonders nahrhafter Schmaus. Es reichte gerade aus, um mich nach all der Zeit zu stärken. Bald schaffte ich es, mehr Beute anzulocken. Einige Zeit später machte ich eine interessante Entdeckung. Diese Wilden waren anfällig für - *Götzen*."

Nun sah Ben alles wie in einem Zeitraffer. Innerhalb weniger Augenblicke veränderte sich die Höhle. Sie wurde erweitert. Überall entstanden Mauern mit Reliefs. Vor den Felsen wurden Statuen bizarrer Wesen aufgestellt. Dazwischen bewegten sich die Schemen von Menschen in ungeheurer Geschwindigkeit. Das war natürlich eine Täuschung. Ihm war klar, dass er gerade beobachtete, wie sich dieser Ort im Laufe von Jahrhunderten wandelte.

„Es dauerte über tausend Jahre, bis dieser Ort meiner endlich würdig war", sprach Bob feierlich. „Schließlich schufen die Menschen mir ein gewaltiges Heiligtum. Tausende beteten mich an und versorgten mich mit *Nahrung.*"

Wieder geschah etwas. Ben schwebte in die Höhe und aus der Höhle hinaus, sodass er einen genauen Überblick über die Kultstätte bekam. Anscheinend wollte Bob ihn beeindrucken und das schaffte der Alien.

Mittlerweile hatte sich auf dem Hügel eine Stadt entwickelt. In ihrem Zentrum lag das Heiligtum mit dem Meteorit. Von oben sah es aus wie ein schwarzes Auge. Die Stadt bestand überwiegend aus flachen Lehmhäusern. Es gab aber auch komplexere Bauwerke, die nicht so recht passten.

„Nachdem sich eine erste Schar von Anhängern gebildet hatte, schenkte ich ihnen Wissen und bestimmte Fähigkeiten", erläuterte Bob.

Die größeren Häuser, die offensichtlich mit Bobs Wissen errichtet worden waren, wurden von unzähligen Fackeln beleuchtet. Irgendwie erinnerten sie Ben an Tierskelette, was er ziemlich verstörend fand.

„Allerdings ist das noch nicht alles, was ich ihnen gegeben habe", fügte Bob hinzu. „Damals sind ganze Völker zu mir gepilgert. Ihren Herrschern gewährte ich, wonach sie strebten - solange sie mir ihre Opfer darbrachten."

„Also noch mehr Seelen", stellte er fest.

„Nicht irgendwelche Seelen", korrigierte Bob. „Die reinsten und mächtigsten, die diese Welt zu bieten hatte. Das ist es, wonach ich am meisten dürste."

Erneut flogen er und Bob hinab in die Höhle, wo gerade ein Opferritual stattfand. Der Anblick erinnerte ihn an das, was Holly und er bei Cowly und seinen Leuten beobachtet hatten. Jedoch trugen diese Götzenanbeter keine Roben, sondern wesentlich aufwändigere Gewänder, geschmückt mit Perlen, Federn und Knochenketten. Ein weiterer Unterschied bestand darin, dass die Versammlung in drei Gruppen unterteilt war. Priester bildeten offensichtlich die erste Gruppe. Sie standen direkt vor dem Meteorit und beteten ihn mit einem fremdartigen Singsang an. Ihm fiel auf, wie sich der Brocken inzwischen verändert hatte. Er war um einiges größer und schwerer und man hatte eine Art Altar um ihn herum erbaut.

Die zweite Gruppe bestand aus ebenfalls prachtvoll gekleideten recht alten Männern, die von Kriegern bewacht wurden. Das mussten die Herrscher sein, von denen Bob gesprochen hatte. Die dritte Gruppe überraschte ihn. Sie bestand ausschließlich aus kleinen Kindern in weißen Gewändern und mit Blumenkränzen um den Hals. Die Kleinen sahen aufgeregt und vergnügt aus, aber auch ein wenig verängstigt.

Als sich Ben nach dem Grund dafür fragte, bekam er ein ganz mieses Gefühl. Die Priester beendeten ihren Singsang und stellten sich um den Schrein herum auf. Nun kam Bewegung in die übrigen Anwesenden. Die Kinder wurden nach vorne geschoben genau dorthin, wo die Priester zuvor gesungen hatten. Jetzt wirkten die meisten von ihnen sehr verängstigt. Sie erinnerten Ben an Kinder vor ihrem ersten Schultag. Irgendwie brachte ihn dieser Gedanken darauf, dass man den Kindern nichts wirklich Böses antun wollte. Doch seine

Hoffnung war vergebens. Als alle Kinder Aufstellung genommen hatten, begann der Stein zu leuchten, so wie Ben es schon einmal gesehen hatte.

„Nein!", rief er entsetzt.

Von einem Augenblick auf den anderen begannen die Kinder, sich unter Schmerzen zu winden. Aus ihren Körpern floss die weiß leuchtende Substanz, viel heller und strahlender als bei den Eiszeitmenschen. Die Kinder brachen leblos zusammen, ihre Seelen jedoch wurden zum pulsierenden Stein gezogen und von ihm absorbiert.

„Wie kannst du so grausam sein?", stöhnte Ben.

„Grausam?", wiederholte der Seelenfresser. „Diese Kinder sind freiwillig tausende Kilometer weit gelaufen, teilweise mit bloßen Füßen, nur um zu mir zu gelangen. Das Leben war damals hart. Manche dieser Kinder wären im nächsten Winter ohnehin gestorben. An meinem Altar hofften sie auf ewiges Leben in Glück und Überfluss."

„Wie kamen sie nur darauf?", presste er hervor.

„Diese Menschen glaubten fest, dass jeder, der ihrem Gott zu Diensten ist, reich belohnt wird", antwortete Bob. „Die Herrscher bestätigten sie in diesem Glauben. Schließlich wurden sie von mir reichlich belohnt."

Gerade wollte er fragen, was Bob damit meinte. Da passierte wieder etwas. Der Meteor begann abermals zu leuchten. Diesmal waren es die greisen Herrscher, denen die Seelen entrissen wurden. Doch sie wurden nicht zum Stein gezogen, sondern glitten in die Körper der toten Kinder. Kurz danach richteten sie sich auf und blickten sich um. Die kindliche Leichtigkeit war verschwunden. „Du hast die Geister dieser alten Männer in die Körper der Kinder geschickt?" Ben war fassungslos. „Warum hast du sie nicht auch verschlungen?"

„Warum hätte ich das tun sollen?", meinte Bob. „Ihre Geister waren verbraucht und verdorben, ohne jede Fantasie und Vorstellungskraft, für meine Zwecke wertlos. Indem ich ihnen neue junge Körper schenkte, stellte ich sicher, dass ich frische unverdorbene Seelen bekommen würde."

Auf diese Weise könnten einige dieser Götzenanbeter heute noch leben, überlegte Ben schaudernd. Ein teuflischer Pakt.

„Der Wunsch nach Unsterblichkeit hat mit der Abhängigkeit von weltlichen Gelüsten zu tun", sprach Bob kryptisch. „Mit meiner Hilfe konnten diese Kreaturen zwar die Zeit ihres erbärmlichen Lebens verlängern, ihre Seelen jedoch verkümmerten immer mehr. Das hat sich auch auf ihre Qualitäten als Herrscher ausgewirkt. Bald schon galten sie bei ihren Völkern als unsterbliche Tyrannen. Und ich war der Gott, der ihnen die Unsterblichkeit verliehen hatte."

Der Zeitraffer startete wieder. Innerhalb weniger Sekunden strichen die Ereignisse mehrerer Jahrzehnte an ihm vorbei, bis die Zeit stehenblieb. Vor Bobs Tempel lagen die Trümmer von Statuen neben den Leichen von Priestern. In der Ferne waren Rufe zu hören und es roch beißend nach Qualm. Erneut stiegen er und Bob in die Höhe und betrachteten alles von oben. Die Stadt stand in Flammen. Die skelettartigen Bauwerke waren eingestürzt. Durch die Straßen zogen wütende Menschen mit Fackeln und jedem nur erdenklichen Mordwerkzeug. Der Mob trieb einige Leute vor sich her.

„Die Menschen stürzten ihre Herrscher", berichtete Bob. „Da ich die Quelle ihrer Macht war, verteufelten sie auch mich, legten mein Heiligtum in Schutt und Asche. Natürlich gab es einige, die mir die Treue hielten. Doch die Aufständischen waren in der Überzahl. Wer sich nicht von mir abwandte, wurde erschlagen oder in die Wildnis gejagt." Er stieß einen Seufzer aus. „Was mich betraf, so sollte ich nie wieder ans Tageslicht zurückkehren. Mittlerweile wussten die Menschen, dass ich meine Macht nur mit der Seelennahrung aufrechterhalten konnte. Sie verschütteten alle Zugänge zu meiner Höhle und sorgten dafür, dass nie wieder jemand den Hügel betrat. Die Geschichten über mich wurden von Generation zu Generation weitergegeben. Der Hügel galt als verfluchtes Land, jedes menschliche Wesen sei an diesem Ort verloren."

Womit die Leute gar nicht so unrecht hatten, dachte Ben.

„Mit jedem Jahrhundert ohne Nahrung ließen meine Kräfte nach", fuhr Bob fort. „Schließlich fiel ich in einen tiefen Schlaf - für eine sehr lange Zeit."

Erneut liefen Szenen in rasender Geschwindigkeit vor ihnen ab. Ben beobachtete, wie die Trümmer der grauenvollen Stadt von Sträuchern und Bäumen überwuchert wurden. Dann war nichts mehr von ihr zu sehen. Er blickte auf dichten Wald, keine Anzeichen von Zivilisation. So sollte es jedoch nicht bleiben, wie er gleich darauf feststellte. Als der Zeitverlauf stoppte, waren mehrere Jahrtausende vergangen. Der Hügel sah fast so aus, wie er ihn kannte. Jedoch fehlte jede Spur von Bad Old Low. Zumindest dachte er das. Dann bemerkte er eine schmale Straße und an ihrem Ende ein kleines Lager aus Zelten und einigen Holzhäusern.

„In eurer Zeitrechnung befinden wir uns im Jahr 1875", referierte Bob. „Die Leute sind Einwanderer aus Norddeutschland. Sie haben dieses Land erworben und planen, eine Stadt zu errichten. Was du hier siehst, ist die Anfangsphase der Gründung von Bad Old Low."

Der Anblick erinnerte ihn an Bilder aus dem Geschichtsunterricht und an das, was Becky von damals erzählt hatte. Warum zeigte Bob ihm das alles?

„Natürlich spürte ich die Anwesenheit neuer Seelen", fuhr Bob fort. „Dadurch war es mir möglich, aus meinem langen Schlaf zu erwachen. Die Aussicht auf neue Nahrung gab mir Kraft. Außerdem hatten die neuen Siedler in der Nähe meiner Höhle eine Schneise in den Wald geschlagen und dabei wohl unbeabsichtigt einen Spalt in den Felsen gehauen. Ich konnte, obwohl geschwächt, entweichen und ging wieder auf die Jagd."

Dann passierte es wieder, dass Ben neben Bob in die Szene trat. Sie standen im Wald. Ein menschliches Wesen näherte sich. Es war ein Kind. Er erschrak, als er Bob erkannte. Verwirrt schaute er zu dem Bob neben sich. Der war immer noch da. Doch dann bemerkte er die Unterschiede zwischen ihm und dem Jungen, der auf sie zulief. Das Kind wirkte nicht unheimlich, seine Augen waren nicht kalt. So unbeholfen wie es die Anhöhe hinaufstieg, konnte es auch keine übernatürlichen Kräfte besitzen.

„Ein Junge aus der Siedlung", erklärte Bob. „Er war des Lagerlebens überdrüssig und hatte sich bei der erstbesten Gelegenheit davongemacht auf der Suche nach Abwechslung. Damit besiegelte er sein Schicksal."

Als der Junge sie fast erreicht hatte, wurden seine Augen glasig und sein Blick leerte sich. Wie von einer unsichtbaren Macht gezogen, ging er auf zwei Felsen zu, zwischen denen sich eine schmale Erdspalte befand. Von einem Moment auf den anderen war er darin verschwunden.

„Warum siehst du aus wie dieses Kind?" Mit dieser Frage wandte er sich an den Bob an seiner Seite.

Der lächelte, als hätte er die ganze Zeit darauf gewartet, Ben davon zu erzählen. „Die Zeiten hatten sich geändert. Ich konnte mich nicht mehr darauf verlassen, dass man mir meine Beute wie früher opfern würde. Ich musste sie in meine Nähe locken und in ihren Verstand eindringen. Dazu musste ich ihr Vertrauen erwecken. Also erschuf ich mir einen Astralkörper. Den formte ich in der Gestalt des ersten Menschen, dem ich habhaft werden konnte."

„Und, hat dein Plan funktioniert?"

„Nicht ganz", gestand Bob. „Die Menschen in der Siedlung bemerkten bald, dass der Junge verschwunden war. Als sie den Wald nach ihm durchsuchten, erschien ich ihnen in seiner Gestalt. Doch da gab es etwas, womit ich nicht gerechnet hatte - oder besser - was ich gar nicht für möglich gehalten hatte."

Wieder gab es einen Zeitsprung, aber nur einen kleinen. Es war Nacht. Er und Bob befanden sich immer noch im Wald. Der frühere Bob stand auf der Lichtung. Sein kalter Blick und seine unheilverkündende Ausstrahlung ließen keinen Zweifel daran, dass es sich um einen Dämon handelte. Und dieser Bob war nicht allein. Mehrere Leute mit Fackeln umzingelten ihn.

„Warum tut ihr das?", fragte der Bob aus der Vergangenheit und gab sich betont unschuldig.

„Hör auf mit deinem falschen Spiel", drohte einer der Fackelträger. „Wir wissen, dass du ein böser Geist bist, der die Gestalt dieses Jungen angenommen hat, um uns zu täuschen. Doch wir verfügen über Mittel, uns zu wehren!"

„Tatsächlich?", erwiderte Bob in dem gewohnt herablassenden Tonfall. „Wie genau wollt ihr das machen? Etwa mit euren brennenden Stöcken?" Drohend hob er die Arme. Daraufhin wurden die Leute durch die Luft geschleudert. Bob lachte verächtlich. „Ihr elenden Insekten, was könnt ihr schon gegen mich ausrichten?"

„Deine Arroganz ist der Beweis für deine Unwissenheit", sagte der Mann, der schon zuvor gesprochen und sich schnell wieder aufgerichtet hatte. „Nun wirst auch du erfahren, was es heißt, schwach zu sein."

Alle Männer und Frauen erhoben sich. Wieder kreisten sie Bob ein. Der ließ es ohne Gegenwehr geschehen, grinste nur überheblich. Als alle Aufstellung genommen hatten, begannen die Menschen mit einem seltsamen Singsang. Bobs Gesichtszüge verzerrten sich, dann schrie er wie ein verletztes Raubtier. Seine Hände verkrampften sich, als er gegen eine unsichtbare Macht ankämpfte. Den Gesichtern der Menschen sah Ben an, dass sie Mühe hatten, das Ritual fortzusetzen. Dann gab es einen Zeitsprung. „Hey, was soll das?", fragte er empört. „Es wurde doch gerade spannend."

„Glaubst du, dass ich dir zeige, wie man mich besiegen kann?", entgegnete Bob und lachte höhnisch. „Du weißt, dass ich die Menschen in ihrer Entwicklung unterschätzt hatte. Das genügt. Einige von ihnen hatten es geschafft, sich erstaunliche Fähigkeiten anzueignen und diese zu kontrollieren. Ihr würdet es als Magie bezeichnen, auch wenn dieses Wort mehr von Mangel an Verständnis zeugt als von Wissen."

„Und mit dieser Magie konnten sie dich besiegen?", fragte er.

„Sagen wir mal so", erwiderte Bob, „von diesem Tag an bestand zwischen mir und den Bewohnern von Bad Old Low ein Abkommen. Wir begannen, uns gegenseitig zu tolerieren. Ich unterließ es, die Bewohner der Stadt heimzusuchen. Und sie griffen nicht ein, wenn Fremde auf den Hügel oder in den Wald liefen. Das war mein Einflussgebiet."

„Gerieten auf diese Weise genügend Opfer in deine Fänge?"

„Natürlich war es nicht so üppig wie früher", bedauerte Bob. „Aber es kamen mehr Leute in die Gegend als in den Jahrhunderten zuvor. Die neue Stadt zog sie an."

Ben hatte gelesen, dass in der Gegend um Bad Old Low immer wieder Menschen verschwunden waren. Jetzt wusste er, wer dahintersteckte.

„Hat es die Leute von außerhalb nicht misstrauisch gemacht? Ich meine, wenn ich von einer Gegend höre, in der Menschen verschwinden, würde ich den Teufel tun, dort hinzugehen."

„Damals verbreiteten sich Gerüchte längst nicht so schnell und so weit wie heute", erwiderte Bob. „Und wenn Geschichten über Bad Old Low in Umlauf gerieten, verdächtigte man die Gründer. Sie galten sowieso als Hexen und Zauberer, die aus ihrer Heimat in Norddeutschland fliehen mussten."

„Das macht Sinn", gab er zu.

„Gelegentlich brachte mir der Zufall sogar richtig fette Beute. 1935 kam zum Beispiel eine Gruppe Archäologen auf meinen Hügel. Sie hatten von den Resten meiner Kultstätte gehört und wollten sie erforschen. Was glaubst du, wen sie fanden?"

Nun wurde Ben Zeuge eines weiteren Ereignisses. Ein ganzes Stück von sich entfernt unterhielt sich Bob mit einem Mann, der sich scheinbar über den blonden Jungen ärgerte - was den aber wenig kümmerte.

„Der Mann, den du da siehst, ist Dr. Grover", berichtete Bob. „Er war der Leiter der Expedition. Ich habe ihm den Zugang in meine Höhlen gezeigt."

„Warum?", wollte er wissen.

„Weil es sehr schwer gewesen wäre, alle Menschen, die zu der Expedition gehörten, in kurzer Zeit unter meine Kontrolle zu bringen. Aber ich wusste, wenn ich ihnen den Zugang zu meinem Heiligtum zeigte, wären sie tagelang damit beschäftigt, ihre großartige Entdeckung zu erforschen. Zeit genug für mich, um sie nach und nach unter meine Kontrolle zu bringen. So ist es dann auch geschehen. Einer nach dem anderen kam zu mir. Natürlich verwischte ich alle Spuren - mit einer Ausnahme. Und das war wahrscheinlich mein größter Fehler."

„Dein größter Fehler?", wiederholte er. Jetzt war er gespannt.

Bob nickte. „Dr. Grover führte Tagebuch, auch während der Zeit, als er mit seinen Leuten in meinen Bann geriet. Er beschrieb seine Erlebnisse genau. Natürlich konnte er das Tagebuch an niemanden mehr weitergeben. Ich habe dafür gesorgt, dass es gefunden wurde."

„Warum das? Das macht doch überhaupt keinen Sinn."

„Ich hatte darauf spekuliert, dass die Aufzeichnungen Neugier erwecken würden und man herausbekommen wollte, was dahintersteckt. So wollte ich noch mehr Menschen in mein Reich locken."

„Hat es geklappt?"

„Zunächst nicht", bedauerte Bob. „Die einzige Person, die sich mit dem Tagebuch beschäftigt hat und den Zugang zu meiner Höhle fand, war der damalige Polizeichef der Stadt. Das Tagebuch wurde später an die Universität, die die Expedition finanziert hatte, geschickt. Dort verstaubten Grovers Aufzeichnungen zunächst einmal für viele Jahre in irgendeinem Archiv, bis sie einem jungen Okkultismus-Wissenschaftler namens Hitfield in die Hände fielen."

„Moment mal, der Dr. Hitfield?"

„Ja, genau der Dr. Hitfield, der Jahre später das Institut gegründet hat", bestätigte Bob. „Schon in seiner Studienzeit beschäftigte er sich mit Magie, Geistern und Alchemie. Dabei geriet er an einen illustren Kreis aus Okkultisten, der schon längere Zeit versucht hatte, die unsichtbaren Mächte dieser Welt für ihre Zwecke zu nutzen. Sie hatten es tatsächlich schon weit gebracht."

„Was genau wollten sie?" So schrecklich das alles auch war, es interessierte ihn nun brennend.

„Das, was jeder Lebende will. Wenn sie mächtig und reich sind, glauben sie, dass es möglich ist", wisperte Bob. *„Unsterblichkeit."*

Wie bitte? Hinter all dem, was seit Jahrzehnten in Bad Old Low vor sich ging, steckte eine Gruppe von stinkreichen Säcken, die viel Geld und Zeit in zweifelhafte okkulte Experimente investierte. Im Laufe der Jahrhunderte hatte es ja immer mal wieder solche Gruppen gegeben, zum Beispiel die Thule-Gesellschaft oder der Hellfire Club.

„Hitfield versuchte, die Gunst dieser Leute zu gewinnen", berichtete Bob weiter, „um in ihren Reihen aufzusteigen und an ihrer Macht teilzuhaben. Doch er hatte es bis dahin nur zu einem Gehilfen gebracht. Das änderte sich, als er Grovers Tagebuch fand und aus dem Inhalt die richtigen Schlüsse zog."

„Dann präsentierte er diesen Okkultisten seine Ergebnisse. Und die sahen darin einen Weg, ihr Ziel der Unsterblichkeit zu erreichen", schloss Ben.

„Ah, du kannst mir also folgen", erwiderte Bob und klang sehr zufrieden. „Mit seiner Entdeckung war Hitfield die Gunst dieser Clique sicher. Er erhielt alles, was er benötigte: Geld, Hilfspersonal, Ausrüstung. Anhand der Aufzeichnungen fand er zuerst die Höhle und schließlich mich."

Im nächsten Moment fuhr er mit Bob durch die Erdmassen ins Innere der Höhle. Die sah nun schon fast so aus, wie Ben sie aus seinen Lebzeiten kannte. Überall standen Scheinwerfer, Kisten, technische Geräte und ein Haufen anderer Dinge, die an magische Artefakte erinnerten. Zwischen all dem residierte Dr. Hitfield. Ihm lief ein Schauer über den Rücken. Bislang hatte er den Doktor nur auf Zeitungsfotos und natürlich im Steinsarkophag gesehen. Nun stellte er fest, dass der Mann schon zu Lebzeiten wie eine Leiche ausgesehen hatte. Er fragte sich, wie jemand auf die Idee kommen konnte, diesem Menschen Kinder anzuvertrauen. Dann bemerkte er, dass sich noch jemand in der Höhle befand.

„So, deine Herren wollen von mir also das ewige Leben empfangen", fragte der Bob aus der Vergangenheit. „Leider bin ich etwas wählerisch, was meine Untertanen betrifft, und außerdem …"

„Da hast du etwas falsch verstanden", unterbrach Hitfield ihn in schneidendem Ton. „Die Leute, für die ich arbeite, sind niemandem untertan. Sie nehmen sich, was sie begehren. Du bist da keine Ausnahme."

„Was denkst du niederes Geschöpf, wen du vor dir hast? Meinesgleichen hat Universen unterworfen. Insekten wie ihr, die nicht einmal ihre eigene Welt verstehen, wollen mir Befehle erteilen? Ich muss dich wohl Demut lehren."

Bob schickte sich an, die Kräfte einzusetzen, die er einst gegen die Gründer gerichtet hatte. Doch Hitfield wurde nicht durch die Luft geschleudert, nur einige Kisten und Geräte flogen durch die Höhle. Es war, als würde Hitfield durch eine unsichtbare Macht geschützt. Bob war derjenige, der zurückgedrängt wurde.

„Was ist das?", zischte Bob. „Was sind das für Tricks?"

„Anscheinend verstehen einige von uns diese Welt doch besser, als du denkst", entgegnete Hitfield.

Mit triumphierendem Gesichtsausdruck zog er eine Art Talisman hervor. Der erinnerte Ben an jenes Artefakt, mit dem Cowly Holly hatte verschwinden lassen.

„Ein dummes kleines Artefakt", stellte Bob fest. „Damit wirst du mich auf Dauer nicht im Zaun halten können."

„Wahrscheinlich nicht", gab Hitfield zu. „Aber ich habe etwas, womit ich dich zu Grunde richten kann."

Mit diesen Worten ging er zu einer Kiste, die deutlich größer war als die anderen, und verpasste ihr einen Fußtritt. Ben erkannte sofort, was sich darin befand. Es war der Steinsarkophag, in dem Hitfields Körper in der Gegenwart aufbewahrt wurde.

„In diesem Sarkophag ruhten einst die Gebeine eines alten Keltenherrschers", erklärte Hitfield. „Im Leben war er für seine Grausamkeit bekannt. Doch das war nichts im Vergleich zu dem, was nach seinem Tod aus ihm wurde. Alle Druiden der damaligen Zeit vereinten ihre Kräfte, um ihn in diesem Sarkophag zu bannen. Das ideale Gefäß für dich!"

Zunächst zweifelte Ben an der Gruselgeschichte, die Hitfield da erzählte. Als er die düstere Aura des Steins spürte und dann auch noch Bobs entsetztes Gesicht sah, wusste er, dass in diesem Sarkophag eine große Macht lag. Der Bob aus der Vergangenheit begann zu keuchen und zu würgen, während seine Gestalt langsam zerfloss und schließlich komplett verschwand. Hitfield nickte zufrieden, wandte sich ab, ging zum Höhlenausgang und rief einige seiner Leute herbei.

„Bringt den Sarkophag zu der Stelle, wo der Meteorit eingeschlagen ist!", befahl er.

Seine Leute waren nicht begeistert davon, den schweren Steinsarkophag zu bewegen. Es war wahrscheinlich schon extrem anstrengend gewesen, ihn und die anderen Sachen hinunterzutragen. Doch keiner von ihnen wagte es, Hitfield zu widersprechen.

„Nun weißt du also, was mir widerfahren ist", sagte der Bob neben ihm. „Dieses Ding nahm mir meine Kräfte. Auch als sie es wieder wegtrugen aus dem Innersten meines Seins, blieb ich gebannt. Ich konnte keine neuen Opfer zu mir locken und war von dem abhängig, was Hitfield und seine Leute mir gaben."

Und das waren die Kinder aus dem Institut, dachte Ben voller Wut. Dann zügelte er seinen Zorn, denn da war etwas, was er klären wollte. „Dieser Sarkophag tut den Okkultisten gute Dienste, nicht wahr? Ich habe gesehen, wie Hitfield nach seinem Tod in diesem Ding gelegen hat. Gelegentlich steigt er auch heraus. Wie funktioniert das?"

„Ah, das weißt du also auch schon", erwiderte Bob. „Es stimmt, dieser Sarkophag kann mehr, als nur mächtige Geister zu bannen. Hitfield bereitete alles vor, um nach seinem Tod die Kräfte des Sarkophags für ein gewagtes Experiment zu nutzen. Mit Hilfe einiger Rituale schafft er es bis heute, seinen endgültigen Tod hinauszuzögern. Wenn du ihn gesehen hast, weißt du, dass das Verfahren nicht perfekt ist. Aber es reicht aus, bis er seinen Geist in einen neuen jungen Körper transferieren kann."

Dann geht es ihm also wirklich darum, dachte Ben.

„Gehen wir noch mal ein paar Schritte zurück und machen da weiter, wo ich gebannt wurde", meinte Bob jetzt. „Also: Hitfield baute sein Institut und beschaffte sich Kinder. Seine Hintermänner halfen ihm dabei. So begannen die Experimente."

„Welche Experimente?" Nun wurde ihm sehr mulmig.

„Hitfield versuchte, mich weiter unter Kontrolle zu halten", erklärte Bob. „Dafür nutzte er einerseits die Kinder, andererseits weitere Rituale, die seine Leute aus aller Welt zusammengetragen haben."

„Warum mussten sie dich weiter unter Kontrolle halten?", wollte Ben wissen. „Warum hast du nicht einfach getan, was sie wollten?"

Bob zischte. „Warum sollte ich, ein höheres Wesen, auf die Befehle von solch schäbigen Kreaturen hören?", fragte er mit bebender Stimme. „Nachdem sie es gewagt hatten, mich mit ihren Mitteln in Ketten zu legen, leistete ich erbitterten Widerstand. Da ich ewig lebe, habe ich alle Zeit der Welt. Ich musste nur warten, bis diese Menschen einen Fehler machen würden. So kam es dann auch. Mit der Zeit gelang es mir, die Mauern, die sie um mich errichtet hatten, zu durchbrechen und ohne ihr Wissen zu agieren - so wie jetzt, mit dir."

„Ich verstehe", japste Ben.

„Dann geschah etwas, womit weder Hitfield noch seine Leute und auch ich nicht gerechnet hatten", fuhr Bob fort.

Wieder kam es zu einem Ortswechsel. Ben schaute sich um. Sie standen in der Eingangshalle des Hitfield-Institutes. Trotz der vergitterten Fenster wirkte alles friedlich. Kinderlachen war zu hören. Kurz darauf entdeckte er, wo es herkam. In einem Seitengang standen einige Kinder beieinander, die sich offenbar köstlich amüsierten. Der Grund dafür war ein älteres Mädchen.

Ihm stockte der Atem, denn das Mädchen war niemand anderes als Holly. Schon auf den ersten Blick gab es aber etwas Besonderes. Holly schien um einiges stofflicher zu sein als die Trugbilder um sie herum. Obwohl sie weit davon entfernt war, real auszusehen, hob sie sich deutlich von den Kindern ab.

„Hast du schon vergessen, was ich dir versprochen habe?", fragte Bob. „Ich habe dir doch gesagt, dass wir auf dieser Reise auch Holly treffen würden."

„Dann ist es wirklich Holly?", fragte er. „Die *echte* Holly und nicht nur ein Schatten?"

„Genau", bestätigte Bob. „Das ist es, was Cowly mit Holly gemacht hat, als sie vor deinen Augen verschwand. Er hat sie auf dieselbe

Weise in die Schatten der Vergangenheit geschickt, wie ich es mit dir gerade tue. Allerdings gibt es gravierende Unterschiede. Erstens, Holly ist nicht bewusst, dass sie die Vergangenheit durchlebt. Für sie ist es Realität. Uns nimmt sie nicht wahr. Versuch also gar nicht erst, sie anzusprechen." Anscheinend hatte er Bens Gedanken erraten.

„Der zweite Unterschied besteht darin, dass sie immer denselben Tag wieder und wieder erlebt, was ihr natürlich auch nicht bewusst ist."

Da kam ihm ein ganz schlimmer Verdacht. „Welchen Tag muss sie immer wieder durchleben?"

„Den Tag ihres Todes natürlich, den Tag des Brandes im Hitfield-Institut! Du siehst, Cowly hat für Holly die perfekte Hölle erschaffen."

In der sie immer wieder stirbt, fügte er im Stillen hinzu. Und dass, seit dem Tag, an dem wir diese Höhle unter dem Institut entdeckt haben.

„Wie können wir sie aus dem Kreislauf befreien?", fragte er.

„Im Augenblick gar nicht. Ich sagte es bereits. Holly kann uns weder sehen noch hören. Wir können auch keinen Einfluss auf sie oder die Geschehnisse nehmen."

„Aber was sollen wir dann tun?" Langsam wurde er wütend. „Ich dachte, du würdest mir helfen, Holly zu retten."

„Es gibt eine Möglichkeit!", beschwichtigte Bob. „In dem Augenblick, in dem der Kreislauf endet, ist es möglich, Holly aus der Zeitschleife zu ziehen. Die Chance ist vertan, sobald ein neuer Kreislauf beginnt. Dir bleiben einige Sekunden, mehr oder weniger."

Eine minimale Chance, dachte er. Aber immer noch besser als nichts. Und viel mehr, als ich hatte, bevor ich diesen Bob traf. Seine Entschlossenheit wuchs.

„Also gut", stimmte er zu. „Zeig mir, wie Holly gestorben ist."

„Wie du wünscht", meinte Bob herablassend. „Dafür machen wir einen kleinen Zeitsprung. Ein weiterer Vorteil, den wir gegenüber Holly haben."

Die Zeit lief vorwärts, ihr Standort änderte sich. An den nackten Wänden des Institutskellers hingen ein paar Neonleuchten. Eine andere Lichtquelle gab es nicht. Niemand war zu sehen.

„Wie du weißt, hat Holly ehrenamtlich im Institut gearbeitet, um sich auf ihr Medizinstudium vorzubereiten. Dabei entdeckte sie, dass etwas an diesem Ort nicht mit rechten Dingen zuging. Die Kinder berichteten von merkwürdigen Experimenten, die an ihnen durchgeführt wurden. Holly beschloss, dem auf den Grund zu gehen. Es gab Bereiche im Institut, zu denen nur Hitfield selbst und seine engsten Mitarbeiter Zutritt hatten. Dort vermutete sie eine Art Labor. In der Nacht vom 19. auf den 20. April 1981 drang sie in den Keller des Instituts ein."

Die Nacht des Brandes! Wie auf ein Stichwort erschien Holly in diesem Augenblick im Gang des Kellers. Sie wirkte angespannt, schlich auf Zehenspitzen. Nach jedem Meter hielt sie inne, um zu lauschen. Offensichtlich hatte sie schreckliche Angst, jeden Moment ertappt zu werden.

Ben und Bob folgten ihr, für sie unsichtbar, nachdem sie an ihnen vorbei geschlichen war. Nach einer Weile gelangten sie in einen großen Raum, der Ben bekannt vorkam. Er musste einen Moment überlegen, dann fiel es ihm ein. Das war der Raum, in dem Lilly und ihre Freunde sehr viel später die Geisterbeschwörung vorgenommen hatten. Also wusste er, dass hier das Feuer ausbrechen würde. Noch war alles ruhig.

Überall standen surrende medizinische Apparate herum. Es gab allerlei Glasschränke mit Chemikalien darin. Dieser Ort sah eher aus wie ein Lagerraum, nicht wie ein Labor. Weiter hinten waren mehrere Gestalten mit etwas beschäftigt. Jedoch konnte er nicht erkennen, was sie taten. Auch Holly bemerkte sie und versteckte sich hinter einigen Geräten.

Ben und Bob, die sich keine Gedanken machen mussten, entdeckt zu werden, gingen näher an die Unbekannten heran. Es handelte sich um drei Männer, von denen zwei ein Krankenhausbett schoben, in dem ein Kind lag. Es sah so aus, als wäre es betäubt worden. In dem dritten Erwachsenen erkannte Ben eine jüngere Version von Cowly, der offenbar zu wichtig war, um selbst Hand anzulegen. Er ging voran, direkt auf eine der Kellerwände zu. Dort berührte er einen versteckten Mechanismus und öffnete eine Geheimtür. Die Männer bugsierten das Krankenbett hindurch und die Tür schloss sich hinter ihnen.

Auch Holly hatte diesen Vorgang beobachtet. Nun trat sie aus ihrem Versteck hervor und ging zu der Wand. Ben gewann den Eindruck, als wüsste sie nicht recht, was sie von dieser Sache halten sollte. Wahrscheinlich fragte sie sich gerade, ob ihr Alleingang so eine gute Idee gewesen war. Aber sie ließ sich von ihren Bedenken nicht aufhalten. Nach wenigen Minuten fand sie den Mechanismus der Tür, die sich gleich darauf öffnete. Noch einmal schaute sie sich um, dann schlich sie in den Geheimgang.

Natürlich folgten er und Bob. Ihn überkam so eine gewisse Ahnung, wohin die Reise ging. Schließlich war er zuvor auch durch diesen Keller in Bobs Höhle gelangt.

Wie erwartet, führte der gemauerte Gang nach einigen Metern auch Holly in eben jene Höhle. Sie schien sehr überrascht. Für einen

Augenblick verharrte sie, riss sich dann aber zusammen und setzte ihren Weg durch die Dunkelheit ganz vorsichtig fort.

Das Ganze stimmte ihn melancholisch. Was hätte aus Holly werden können, wenn sie in dieser Nacht nicht gestorben wäre. Sie wollte Medizin studieren. Wahrscheinlich hätte sie auch eine Familie gegründet. Wäre Ben ihr später als Lebende begegnet, wäre sie fast fünfzig Jahre alt gewesen. Sie hätte seine Mutter sein können. Nur die *Legende von Holly* war von ihr geblieben.

Sie setzten ihren Weg fort, bis sie ziemlich genau an den Ort gelangten, an dem er Bob zum ersten Mal begegnet war. Gesang war zu hören, die gleiche rituelle Melodie, die Cowly und seine Anhänger bei dieser Zeremonie gesungen hatten. Holly musste sich offensichtlich überwinden, weiterzugehen. Sie erreichte, gefolgt von ihm und Bob, den Aufbau, den er schon so gut kannte. Trotzdem war der Anblick nicht weniger erschreckend als beim ersten Mal.

Dutzende Gestalten in Roben standen hinter Dr. Hitfield, der vor dem Sarkophag die okkulte Messe durchführte. Ben war sich sicher, dass sich diesmal keine Totenfratze unter seiner Maske verbarg. Auf dem Boden vor den Vermummten lag das Kind, das Cowly und seine Leute her transportiert hatten. Jetzt sah er sein Gesicht. Er hatte nicht damit gerechnet, dass er das Kind kannte. Es war Hanna!

„Nein!", rief er entsetzt.

„Ach, du kennst das Mädchen?", fragte Bob amüsiert. „Dieses Kind wurde von Hitfield und seinen Leuten als Opfer auserkoren, als Teil eines Rituals, um mich zu nähren und mir gleichzeitig ihren Willen aufzudrängen wie schon viele Male zuvor."

Da erinnerte er sich, dass ihm Hanna nicht weiter in den Keller folgen wollte. Er dachte, es läge daran, dass ihr die negative Aura des Ortes Angst machte. Nun wusste er den wahren Grund. Er schaute zu Holly, die starr vor Entsetzten wie angewachsen dastand. Gerade hatte das Ritual seinen Höhepunkt erreicht. Der Gesang der Okkultisten schraubte sich in hysterische Höhen. Wie von Geisterhand wurde Hanna in die Höhe gezogen, das weiße Leuchten verließ ihren Körper.

Dieser Anblick weckte wohl Hollys Beschützerinstinkte. Ihre Schockstarre löste sich, in ihren Augen loderte ein Feuer auf. Sie schnappte sich einen Stein vom Boden und stürmte damit auf die Robenträger zu. Die Aktion wirkte angesichts der Übermacht ziemlich sinnlos, hatte aber eine erstaunliche Wirkung. Holly schaffte es zu dem Vermummten, der ihr am nächsten stand und schlug ihm den Stein auf den Kopf. Der Mann schrie vor Schmerz auf und brach zusammen. Der Gesang verstummte abrupt. Alle sahen sich um und entdeckten Holly. Währenddessen kehrte Hannas Geist in ihren Körper zurück. Nach einigen Sekunden fiel das schwebende Mädchen zu Boden, wo es liegen blieb.

„Auch wenn Holly dieses Kind letztes Endes nicht retten konnte", meinte Bob. „Seine Seele hat sie mit ihrer Tat bewahrt."

Gerade wurde Holly klar, wie unüberlegt ihre Heldentat gewesen war.

„Was macht diese kleine Schlampe hier unten?", rief Hitfield voller Hass in der Stimme. „Tötet das Miststück!"

Blitzschnell drehte Holly sich um und rannte zurück in den Geheimtunnel, aus dem sie gekommen war. Sie lief an Ben vorbei, der ihr natürlich folgen wollte. Doch Bob hielt ihn zurück.

„Lass sie", sagte er. „Es gibt einen schnelleren Weg."

Im nächsten Moment standen Ben und Bob wieder in dem großen Kellerraum vor der Geheimtür, die zu den Höhlen führte. Die Tür stand noch offen und es waren Geräusche zu hören.

„Ich dachte, es wäre einfacher, hier zu warten, anstatt Holly bei ihrer Flucht durch die Höhlengänge zu begleiten", meinte Bob wohlwollend. „Das Wichtige wird sowieso hier geschehen. Siehst du, da kommt sie schon."

Tatsächlich stürzte sie in diesem Augenblick in den Raum. Sie sah abgekämpft aus und war übersät mit Schrammen. Offenbar war ihre Flucht nicht reibungslos verlaufen. Den Geräuschen nach zu urteilen, waren die Okkultisten ihr dicht auf den Fersen. Sie stolperte zwischen den Regalen und medizinischen Apparaten hindurch. Nur die Angst schien das Mädchen noch voran zu treiben. Dann geschah es! Sie stieß gegen einen der Apparate. Der fiel um und krachte gegen ein Regal. Der Apparat sprühte Funken, das Glasregal zersplitterte. Die Chemikalien, die in dem Regal gestanden hatten, liefen aus, verteilten sich über den Fußboden und entzündeten sich an den Funken. Die Wirkung war verheerend. Es kam zu einer gewaltigen Verpuffung, gefolgt von einer Explosion. Mehr Regale wurden zerstört, wodurch sich die Flammen weiter ausbreiteten.

Holly wurde zwar von umherfliegenden Glassplittern getroffen, blieb dabei aber fast unverletzt. Das Entsetzen stand ihr ins Gesicht geschrieben. Schnell breitete sich das Feuer im Keller aus. Die Luft war voller Qualm und Ruß. Sie hatte Schwierigkeiten zu atmen, raffte sich aber auf und schleppte sich zum Ausgang.

Ein Unfall!, schoss es ihm durch den Kopf. Er erinnerte sich daran, dass er Holly gefragt hatte, ob sie für den Brand verantwortlich war. Das hatte sie zugegeben. Doch sie war unschuldig. Zumindest hatte sie das Feuer nicht absichtlich gelegt, so wie man es sich in Bad Old Low erzählte. Dennoch hatte man ihr die Schuld gegeben und sie als Feuerteufel und Mörderin verflucht.

„Ihr Plan war es, zuerst die Kinder aus dem Gebäude zu retten", erklärte Bob. „Dann wurde ihr klar, dass sie dabei wohl Hitfield und seinen Leuten in die Arme laufen würde. Darum änderte sie ihre Strategie und schaffte es, aus dem Institut zu entkommen. Sie rannte Richtung Bad Old Low. Dort wollte sie die Feuerwehr und die Polizei rufen. Das war ein Fehler. Hitfield und seine Leute waren inzwischen durch einen anderen Höhlenausgang entkommen."

Nach dem nächsten Orts- und Szenenwechsel standen Ben und Bob vor dem Eingang des Instituts. Es war Nacht. Aus den Kellerfenstern flutete schwarzer Qualm. In die oberen Stockwerke war das Feuer noch nicht vorgedrungen. Bestimmt wäre es noch möglich gewesen, viele, vielleicht sogar alle Kinder zu retten. Einige Leute standen bereits vor dem Gebäude. Ben erkannte schnell, dass es sich nicht um Rettungskräfte handelte. Hitfield, Cowly und Franklin waren unter ihnen. Die drei hatten sich ihrer rituellen Kleidung entledigt. Der Doktor schien angeschlagen zu sein. Er wurde von seinen beiden Schergen an den Schultern gehalten. Seine Augen waren blutunterlaufen, seine Stimme klang keuchend und heiser, fast, als würde er seine letzten Atemzüge tun.

„Diese kleine Hexe", röchelte er.

„Sie kann noch nicht weit sein", vermutete Cowly. „Was sollen wir mit ihr machen?"

„Holt sie ein und legt sie um", lautete der grausame Befehl. „Wir können keine Zeugen gebrauchen. Franklin, Sie erledigen das."

„Mit Vergnügen", erwiderte Franklin hämisch grinsend.

„Was ist mit dem Mädchen aus der Höhle?", fragte Cowly.

„Sie ist noch betäubt", erwiderte Hitfield. „Bringt sie zu den anderen Kindern ins Institut. Dann blockiert alle Ausgänge."

„Sind Sie sich sicher?", fragte Cowly. „Damit würden wir all unsere Probanden verlieren."

„Darauf scheiß ich!", giftete Hitfield. „Das Feuer werden wir kaum vertuschen können. Wenn Feuerwehr, Polizei oder noch schlimmer die Presse hier auftauchen, werden die rauskriegen, was wir hier machen. Wenn nur eins der Kinder erzählt, was es in unserem Tempel erlebt hat, ist alles aus. Tote Kinder erzählen keine Geschichten. Den Rest regeln dann unsere Hintermänner."

„Wie erklären wir den Ausbruch des Feuers und die blockierten Ausgänge?", gab Cowly zu bedenken.

„Na, wir sagen die Wahrheit", erwiderte Hitfield im Flüsterton. „Dieses Mädchen Holly hat das Feuer gelegt und anschließend die Ausgänge versperrt, damit möglichst alle Kinder im Institut sterben."

„Wie Sie meinen." Cowly ließ seinen Chef in der Obhut eines weiteren Gehilfen zurück. Dann brach er auf, um die grausamen Befehle auszuführen.

„Kurz darauf ist Hitfield an seiner Rauchvergiftung gestorben", erklärte Bob. „Aber wie du weißt, hat ihn das nicht davon abgehalten, weiter die Fäden in der Hand zu behalten."

„Was wurde aus Holly?", fragte er.

„Stimmt, die gibt es ja auch noch", erinnerte sich Bob.

Im nächsten Augenblick landeten sie auf einer Straße, die vom Institut kommend an einem Moor vorbeiführte. Ben erkannte den Ort, an dem er Holly gesucht und schließlich auch gefunden hatte. Sollte dies etwa der Ort sein, an dem Holly gestorben war? Bevor er diese Frage stellen konnte, sah er das Mädchen bereits.

Sie kam auf ihn zugelaufen. Ihre Flucht hatte sie an den Rand ihrer Kräfte gebracht. Darum bemerkte sie auch den Geländewagen, der ihr folgte, viel zu spät. Das Auto raste mit voller Geschwindigkeit auf sie zu. Als sie versuchte, noch zur Seite zu springen, wurde sie erfasst und in die Luft geschleudert. Sie landete auf der Straße, rollte einige Meter weit und blieb dann reglos liegen.

„Das war es dann wohl", sagte er und machte sich bereit. „Jetzt ist der Moment, in dem ich Holly retten kann."

„Warte!", rief Bob. „Noch lebt sie."

Tatsächlich. Sie bewegte sich ein wenig. Jetzt hörte er auch ein Wimmern. Der Wagen hatte inzwischen angehalten. Franklin und zwei andere grob aussehende Kerle stiegen aus. Wie sie hießen, wusste er nicht, doch er war sich ziemlich sicher, dass sie zu jenen gehörten, die als Erstes von Holly heimgesucht worden waren.

„Dieses kleine Miststück", ätzte Franklin. „Die lebt tatsächlich noch. Ihr beiden, werft sie ins Moor!"

„Hey, Boss", meinte einer der Angesprochenen. „Ist das echt nötig? Die Kleine ist doch schon fast hinüber. Lassen wir sie doch einfach hier liegen."

„Willst du meine Befehle in Frage stellen?" Franklin funkelte den Mann an.

„Nein, Boss", erwiderte der Scherge eingeschüchtert.

Also gingen die Männer zu der schwer verletzten Holly, packten sie an Armen und Beinen und warfen sie in das faulig stinkende Moor. Kurz darauf war sie in der schwarzen Brühe versunken.

Das war also Hollys Ende, dachte Ben. Man hatte sie gejagt und überfahren. Als sie schon so gut wie tot war, wurde sie im Moor ertränkt. Und dann wurde sie noch verleumdet.

„Jetzt ist es so weit!" Mit diesen Worten riss Bob ihn aus seinen trüben Gedanken. „Los, rette Holly!"

„Ja!", stieß er hervor. Deswegen war er hier. Deswegen hatte er das alles mit angesehen. Holly sollte das alles nie wieder ertragen müssen.

Ohne groß zu überlegen, rannte er zum Rand des Moores und stürzte sich hinein, etwa an der Stelle, wo Holly verschwunden war. Rasch versank er im Morast. Dass er ertrinken könnte – darüber machte er sich keine Sorgen. Das Sterben hatte er längst hinter sich. Dennoch war es nicht angenehm, in der fauligen Brühe zu tauchen. Schließlich bekam er Holly zu packen. Besonderes tief waren sie noch nicht gesunken. Auf einmal wurden sie von einer enormen Kraft weiter nach unten gerissen.

Er konnte nicht erkennen, ob es sich bei dem Angreifer um eine Kreatur handelte oder nur um einen weiteren Spuk. Doch ihm war sofort klar, dass dies die letzte Aktion von Cowly und seinen Leuten war, um Holly im Sumpf festzuhalten. Ein unbändiger Zorn loderte in ihm auf. Und dieser Zorn weckte gewaltige Energien in ihm. Er war nicht diesen ganzen Weg gegangen, um Holly jetzt zurück-zulassen. Mit aller Kraft stemmte er sich gegen seinen unsichtbaren Gegner. Der hatte offenbar nicht mit Widerstand gerechnet und ließ ein wenig nach. Noch einmal mobilisierte er alles, was er hatte, um Holly wemauchimmer zu entreißen.

Für einen Augenblick sah es nach einem Unentschieden aus. Dann jedoch schaffte er es, Holly an sich zu zerren und sie brachen durch die Oberfläche. Er schlang einen Arm um ihren Oberkörper und zog sie zurück aufs Trockene. Mit letzter Kraft hievte er erst das Mädchen, dann sich selbst ans Ufer. Obwohl er völlig erschöpft war, galt seine ganze Sorge Holly. Rasch beugte er sich über sie, ihre Augen waren geschlossen. Für einen Moment fürchtete er, dass es für sie zu spät war. Doch dann schlug sie die Augen auf.

„Holly, kannst du mich hören?", fragte er.

„Ben?" Sie wirkte benommen. „Ben, bist du es wirklich?"

Sie erkannte ihn - ein gutes Zeichen!

„Ben, was ist los. Was ist mit mir passiert?"

„Weißt du das nicht mehr?" fragte er besorgt. „Cowly hat dich mit einem Artefakt in eine Zeitschleife geworfen. Du musstest den Tag deines Todes immer wieder erleben."

An ihrem Gesichtsausdruck erkannte er, dass ihre Erinnerung langsam zurückkehrte. „Mich haben sie auch umgebracht", erzählte er weiter. „Hitfield ist aus dem Sarkophag gestiegen und hat mir das Genick gebrochen."

„Oh, nein!", hauchte sie.

„Aber damit haben sich Hitfield und seine Leute selbst ein Bein gestellt", fuhr er fort. „Denn als Geist konnte ich dich finden und befreien."

„Hast du das wirklich getan?"

„Ja, natürlich!" Jetzt war er wirklich ein wenig stolz auf sich. „Und das war gar nicht so leicht. Aber ich weiß jetzt, was damals wirklich geschehen ist, was Hitfield und seine Leute dir angetan haben. Ich ..."

„Ben!", unterbrach sie ihn.

Doch er sprach einfach weiter: „... weiß auch, dass du keine Schuld hast. Du hast das Feuer nicht absichtlich gelegt. Hitfield und seine Leute haben diese Geschichte in die Welt gesetzt, um ihre Spuren zu verwischen. Aber keine Sorge, wir werden sie zur Rechenschaft ziehen, jetzt, wo du zurück bist."

„Ben!", wiederholte sie, dieses Mal eindringlicher.

Er verstummte. Sie sah ihm tief in die Augen. Dann strich sie ihm sanft über die Wange. „Danke, Ben", flüsterte sie.

„Ich störe ja nur ungern euer Wiedersehen, aber ich glaube, dass ich meinen Teil der Abmachung erfüllt habe."

Er und Holly fuhren auseinander.

Aus dem Nichts war Bob erschienen und musterte sie mit kalten Augen. Bob hatte er völlig vergessen.

„Du!" Holly warf Bob einen feindseligen Blick zu.

„Ja, ich", bestätigte der gleichmütig. „Wie schön, dass du wieder bei uns bist, Holly. Es war eine gute Tat von mir, Ben bei deiner Rettung zu unterstützen."

„Dann steckst du also dahinter", stellte sie fest. „Was musste Ben dir dafür versprechen?"

„Das, was du mir auch versprochen hast", erwiderte Bob kühl.

„Bringt Hitfield und seine Leute zur Strecke!"

„Würden wir ja gerne", mischte sich Ben ein. „Aber solange wir in der Vergangenheit sind, werden wir diesen Spinnern kaum gefährlich werden können."

Bob schaute ihn herablassend an. „Mein lieber Ben. Ist dir schon aufgefallen, dass weder Franklin noch seine Gehilfen irgendwo zu sehen sind?"

Jetzt, da Bob es erwähnte, fiel es ihm auf. Außerdem bemerkte er, dass weder er noch Holly mit Schlamm oder Dreck bespritzt waren. Obwohl sie direkt aus dem Moor kamen, waren sie noch nicht einmal nass.

„Wir befinden uns längst wieder in der Gegenwart. Und was die Kräfte betrifft, die du von mir haben wolltest. Wie denkst du, hast du es geschafft, Holly dieser Macht im Moor zu entreißen?"

Das kam ihm nun irgendwie merkwürdig vor. Zwar hatte er nicht mit Blitz und Donner gerechnet, wenn Bob ihm übermächtige Kräfte verlieh, aber etwas mehr Tamtam hatte er schon erwartet.

„Euresgleichen ist wirklich noch sehr weit unten auf der Evolutionsleiter", schnaubte Bob verächtlich. „Erfüllt eure Aufgabe und beeilt euch! Es ist nicht mehr viel Zeit." Dann löste er sich auf so wie der Nebel, der über dem Moor waberte.

„Und - was machen wir jetzt?", fragte Ben. Seine Planung reichte nur bis zu diesem Punkt.

„Na, was schon?", erwiderte Holly vergnügt. „Wir schicken Hitfield und sein Horrorkabinett zum Teufel."

„Ach! Und wie stellen wir das an?", fragte er, etwas überrumpelt von ihrer enthusiastischen Stimmung.

„Keine Ahnung", gestand sie. „Aber uns wird schon etwas einfallen. Wir zwei sind doch ein tolles Team."

Sie rappelten sich auf. Dann griff Holly nach seiner Hand und sie machten sich auf den Weg in die Stadt. Er war etwas verdutzt, ließ sich aber von Hollys aufgeweckter Stimmung anstecken.

„Hey, Holly", fiel ihm ein. „Meinst du, wenn uns jetzt jemand sehen kann, kriegt er Angst?"

„Na, das hoffe ich doch!", rief sie vergnügt. „Als Geister müssen wir schließlich unserem Ruf gerecht werden."

Sie lächelte ihn an und er lächelte zurück.

„Holly! Du bist wieder da!", ertönte eine helle Stimme.

Erschrocken drehten sie sich um.

Hanna kam auf sie zu gerannt. „Holly, ich freue mich ja so. Ich habe so sehr gehofft, dass Ben dich retten wird und ..." Als sie sah, dass er und Holly Händchen hielten, verstummte sie und machte große Augen.

Etwas verlegen ließ er Hollys Hand los und brach das peinliche Schweigen: „Hanna, was machst du denn hier? Ich dachte, du wolltest diese Leute im Institut weiter beobachten."

„Das habe ich auch und ihr werdet nicht glauben, was passiert ist. Franklin und einige andere von Cowlys Leuten sind dort aufgetaucht. Sie haben diese Lilly und ihre Freunde eingesperrt. Das habe ich alles beobachtet."

„Von wem redet ihr?", fragte Holly.

„Stimmt, das weißt du ja noch gar nicht", erklärte er eifrig. „Auf dem Weg zu Bob hat Hanna mir geholfen. Im Hitfield-Institut sind wir dann zufällig vier Jugendlichen begegnet. Die haben eine Geisterbeschwörung veranstaltet und dabei ist etwas schiefgegangen."

„Kein Wunder", meinte Holly geringschätzig. „Ausgerechnet an einem solchen Ort."

„Wir haben dann beschlossen, dass ich alleine weitergehe und Hanna bei den Kids bleibt", erzählte er weiter.

„Und das habe ich auch gemacht", betonte Hanna. „Ich habe gesehen, wie sie in Franklins Falle getappt sind. Doch ich konnte ihnen nicht helfen. Diese Leute wissen schließlich, wie man sich Geister vom Hals hält."

„Das ist wahr", meinte Holly bitter.

„Als die vier eingesperrt waren, konnte ich nichts tun. Tagelang habe ich gewartet. Zu keinem Zeitpunkt wurde die Bewachung nachlässig."

„Tagelang?", fragte er nach. „Wie lange war ich denn auf der Suche nach Holly?"

„Ungefähr eine Woche, würde ich schätzen", erwiderte Hanna.

Eine Woche? Zeit spielte bei den Geistern wohl wirklich eine andere Rolle.

„Aber dann ist etwas passiert", fügte Hanna aufgeregt hinzu. „Franklin und seine Leute bekamen den Auftrag, irgendjemanden zu beseitigen. Er ist Cowly und seinen Leuten wohl ein wenig zu neugierig geworden. Ich habe nicht so richtig verstanden, worum es dabei ging. Wegen dieser Geschichte mussten Franklins Wachen ihre Posten aufgeben."

„Und du konntest Lilly und ihre Freunde befreien", schloss Ben.

„Ja, das war wirklich Glück", meinte Hanna. „Genau in dem Moment, als die Wachen weg waren, kam Lilly auf die Idee, ihr Brett wieder zu benutzen. So konnte ich mit ihr Kontakt aufnehmen. Schließlich war der Spalt zwischen den Welten groß genug, sodass ich ihr erscheinen konnte. Ich schaffte es sogar, ihre Gefängnistür zu öffnen!" Besonders darauf schien Hanna sehr stolz zu sein. „Dann habe ich ihnen gezeigt, wie man aus dem Institut herauskommt, sie dann allerdings aus den Augen verloren."

„Wie bist du hierhergekommen?", fragte Ben.

„Als die Sache mit Lilly und den anderen erledigt war, wollte ich wissen, wen Franklin und seine Leute beseitigen sollten. Ich habe sie verfolgt und mitgekriegt, wie sie jemanden wegschleppten. Da heftete ich mich an ihre Fersen. Zwei von Franklins Leuten fuhren diese Person mit einem Geländewagen an einen Ort ganz in der Nähe. Sie tragen ihn gerade zwischen den Bäumen dort hinten zum Moor. Ich wollte ihnen folgen, da sah ich euch."

„Sie tragen ihn zum Moor?", wiederholte Ben. „Wieso das? Ist das der Ort, an dem sie all ihre Opfer beseitigen?"

„Wahrscheinlich", überlegte Holly. „Wir dürfen nicht zulassen, dass diese Mörder noch jemanden umbringen. Nicht, wenn wir es verhindern können."

„Bin ganz deiner Meinung!", erklärte er.

„Also los!", rief Hanna. „Ich zeige euch, in welche Richtung die Typen gegangen sind."

Er und Holly liefen hinter Hanna den Weg entlang. In der Ferne leuchtete das Licht von Taschenlampen, der Beweis, dass sie auf der richtigen Spur waren. Es überraschte ihn, wie leicht ihm der Blick in die Welt der Lebenden mittlerweile gelang. Hanna hatte dabei anscheinend noch größere Schwierigkeiten. Bald waren sie nahe genug, um Genaueres zu erkennen. Zwei große Männer trugen jemanden. Hanna wandte sich ihnen zu. „Da sind sie!"

„Okay, aber wie werden wir mit ihnen fertig?", fragte er.

„Ben, Ben, Ben, du bist immer noch ein Anfänger!", sagte Holly neckisch. „Lass mich das mal machen."

Dann konzentrierte sie sich und er ahnte, was sie vorhatte. Auf ihrem hübschen Gesicht zeigte sich das freche Grinsen, das sie immer dann aufsetzte, wenn sie einen Spuk ausheckte. Langsam näherte sie sich den Männern, die nichts bemerkten - bis sich einer von ihnen umdrehte.

„Hey, ich hab da jemanden gesehen", sagte er zu seinem Kumpel.

„Was soll das denn heißen?", fragte der und drehte sich ebenfalls um.

Ben kannte den Typen aus der Autowerkstatt von Bad Old Low.

„Ich weiß nicht", erwiderte der Erste, der eine große Narbe auf der rechten Wange trug. „Ich dachte, da wäre ein Mädchen."

„Ein Mädchen?", wiederholte der andere. „Meinst du etwa Holly? Das hat sich doch schon lange erledigt."

Holly kicherte vergnügt. Das war ihr Trick. Sie wurde immer nur für wenige Augenblicke sichtbar, um dann wieder zu verschwinden. Die Männer waren nie wirklich sicher, ob sie etwas gesehen hatten.

„Mir gefällt das nicht", sagte das Narbengesicht. „Lass uns von hier verschwinden."

„Bist du bescheuert? Erst müssen wir diesen Holmes im Moor beseitigen. Sonst reißt uns Cowly den Kopf ab!"

Das reichte Holly. Sie konzentrierte sich auf ihr großes Finale.

„Also mir ist egal, was Cowly mit uns macht", erklärte Narbengesicht. „Die Sache ist mir nicht geheuer. Lassen wir den Typen doch einfach hier liegen. Ob wir ihn umbringen oder er sich im Moor verläuft und dann stirbt, ist doch egal."

Jetzt stellte Holly sich direkt vor den beiden auf und rief mit ihrer schaurigsten Stimme: „Ihr Mörder!"

Offenbar konnten die Männer sie hören und sehen. Holly bot wirklich einen furchterregenden Anblick. Sie war bleicher als je zuvor, ihre Augen glühten rot.

Das war zu viel für Cowlys Handlanger. Sie ließen den Mann namens Holmes fallen und rannten um ihr Leben. Schon bald waren sie nicht mehr zu sehen. Er und Hanna gingen zu Holly.

„Das war klasse!", rief Hanna bewundernd.

„Nicht schlecht", lobte er, ebenfalls tief beeindruckt.

„Ich glaube, ich bin aus der Übung", erwiderte sie und lächelte erschöpft. „Das war ziemlich anstrengend."

„Für die beiden hat es jedenfalls gereicht", freute er sich.

„Ich hoffe nur, dass es kein Fehler war", seufzte Holly. „Wenn die beiden zu Cowly laufen und erzählen, dass sie mich gesehen haben, weiß er, dass ich wieder frei bin. Das wäre nicht gut."

„Verdammt, daran habe ich nicht gedacht", gab er zu.

„Keine Sorge, so kopflos wie die sich davongemacht haben, sind die bestimmt ins Moor gefallen", kicherte Hanna.

„Möglich", meinte er. „Am besten folgen wir ihnen und stellen fest, wohin sie gehen."

„Alles klar, macht ihr das", sagte Holly. „Ich muss noch etwas verschnaufen. So lange kann ich ja auf den Typen da aufpassen." Sie wies auf den Mann, der immer noch bewusstlos am Boden lag.

„Was machst du, wenn er aufwacht und wegläuft?", fragte Ben.

„Ist doch klar, dann fange ich ihn wieder ein", erwiderte sie grinsend.

Auch er lächelte, dann nickte er Hanna zu. Gemeinsam machten sie sich an die Verfolgung der beiden Männer. Ihre Spuren waren im weichen Moorboden leicht zu erkennen. Jedoch war die Orientierung der Typen doch besser, als Hanna angenommen hatte. Die Fußabdrücke führten direkt zu der Stelle, wo ihr Geländewagen gestanden hatte. Den Spuren zufolge waren sie mit dem Wagen abgehauen.

„So ein Mist", fluchte Ben. „Jetzt ist es nur eine Frage der Zeit, bis wir Cowly und seine Leute am Hals haben."

„Erst mal abwarten", riet Hanna. „Selbst wenn die beiden es wirklich wagen sollten, Cowly aus dem Bett zu klingeln, um ihm von ihrem Versagen zu berichten, weiß er noch lange nicht, wo Holly ist. Außerdem ist ihm nicht bekannt, dass sie nicht mehr alleine ist - so wie früher."

Da ist was dran, dachte Ben.

„Na los!", rief Hanna heiter. „Gehen wir zurück zu Holly. Dann können wir zu dritt überlegen, wie wir weiter vorgehen."

Bei Holly hatte sich inzwischen einiges getan. Der Mann namens Holmes war zu sich gekommen. Als Ben und Hanna eintrafen, richtete er sich gerade auf und blickte sich um. Anscheinend hatte er noch keinen der Geister bemerkt. Das änderte sich, als er sich anschickte, wegzugehen. Bis dahin hatte sich Holly wohl noch nicht gezeigt. Nun musste sie eingreifen.

Sie konzentrierte sich, um für den Fremden sichtbar zu werden. Gleich darauf durchbrach sie die Wand zwischen den Welten. Der Mann namens Holmes brauchte einige Sekunden, bis er sie wahrnahm. Dann erstarrte er und wurde weiß wie eine Wand. Holly ging ein Stück auf ihn zu, Holmes wich zurück, kam allerdings nicht weit. Nach wenigen Schritten stolperte er über eine Wurzel und stürzte zu Boden.

Von oben herab schaute Holly den Mann an und sagte: „Hab dich!"

Ben lächelte. Das war wohl eine Anspielung darauf, dass sie Holmes wieder einfangen wollte, wenn er weglief. Für den Mann musste sich das ziemlich bedrohlich anhören.

„Jetzt erschreck den armen Kerl doch nicht so", sagte er und versuchte, streng zu klingen.

Dann wurde auch er sichtbar. Das Erscheinen eines zweiten Geistes schockierte Holmes natürlich noch mehr. Hanna blieb lieber erst einmal unsichtbar.

„Keine Sorge, wir werden ihnen nichts tun", versprach Ben.

Holmes war noch nicht in der Lage, irgendwie zu reagieren.

„Was ist eigentlich aus den Typen geworden, die unseren Freund hier liegen gelassen haben?", fragte Holly.

„Die sind verschwunden", berichtete er. „Sie haben es bis zu ihrem Auto geschafft und sind wahrscheinlich schon auf dem Weg zu Cowly."

„Das ist übel", erwiderte sie nachdenklich.

Mittlerweile hatte Holmes offenbar verstanden, dass ihm keine unmittelbare Gefahr drohte. Irritiert schaute er zwischen Ben und Holly hin und her. Dann stammelte er: „Wer … wer seid ihr eigentlich?"

Das Grab des Dr. Hitfield

18. Oktober 2019

Die Standuhr der Stadtbücherei von Bad Old Low schlug zwölfmal. Becky Henssen sah von ihren Unterlagen auf. Dies war schon das dritte Mal in Folge, dass sie bis in die Nacht arbeiten musste. Nun war es genug! Sie schlug den Ordner zu und trug ihn zum großen Schrank neben ihrem Arbeitsplatz, um ihn dort wegzuschließen. Dabei dachte Becky an den Mann, der vor zwei Tagen hier gewesen war: Alexander C. Holmes, ein Reporter aus New York. Er hatte Fragen über Holly gestellt.

Sie hatte ihm Kopien gegeben von Bens Unterlagen, die sie einst in seinem Zimmer gefunden und dann weitergeführt hatte. Seit dem Tod ihres Cousins waren etliche Menschen gekommen, die sich für die Geschichten über Holly interessierten. Früher oder später waren viele von ihnen bei Becky aufgetaucht. Die meisten hatten nicht gewusst, dass sie die Cousine von Ben Henssen, Hollys wohl bekanntestem Opfer, war.

Die Stadtbücherei war eine Anlaufstelle für Leute, die Informationen brauchten. Das war einer der Gründe, weshalb sie diese Stelle angenommen hatte. So gewann sie immer einen guten Überblick über die Leute, die nach Holly suchten. Viele waren einfach nur Spinner, die einige Tage in Bad Old Low blieben und dann unverrichteter Dinge wieder abreisten.

Bei manchen hatte Becky allerdings das Gefühl, dass sie Holly besiegen oder zumindest etwas mehr über den Spuk in der Stadt herausfinden könnten. Diesen Leuten gab sie, die Bibliothekarin, den Ordner mit den Kopien von Bens Aufzeichnungen. Alexander C. Holmes gehörte zu dieser Gruppe.

Insgeheim schämte sie sich für ihre Feigheit. Sie sollte selbst auf die Jagd nach Holly gehen. Doch sie fürchtete, ebenso zu enden wie Ben. Ihre Sorge war berechtigt. Viele von denen, die sich mit Bens Aufzeichnungen beschäftigt hatten, waren wenige Zeit später gestorben oder spurlos verschwunden. Das war etwas, was in Bad Old Low schon niemanden mehr aufregte.

Alexander schien sich ganz gut geschlagen zu haben, soweit sie es beurteilen konnte. Er hatte in kurzer Zeit recht viel herausgefunden und war einigen Ungereimtheiten auf der Spur. Die Bewohner von Bad Old Low hatten schon über den Fremden geredet, der in Dingen herumschnüffelte, die viele einfach nur vergessen wollten. Daher war sie immer ganz gut darüber informiert gewesen, was Alexander gerade tat, auch ohne ihn direkt zu beschatten.

Der pfiffige Journalist hatte es geschafft, mit Bürgermeister Cowly zu sprechen. Der war sonst nie um eine Ausrede verlegen, um ein Treffen zu vermeiden. Cowly hatte Alexander sogar ins Stadtarchiv eingeladen. So weit war bisher noch keiner der Holly-Jäger gekommen. Das Treffen war für den nächsten Tag vereinbart, wie sie von der gesprächigen Kellnerin des City Grills erfahren hatte.

Müde warf Becky einen letzten Blick auf ihren Arbeitsplatz und befand, dass alles ordentlich genug war. Sie durchquerte den großen Lesesaal, der im Dunkeln und ohne Menschen recht unheimlich wirkte. Einzig das schwache Licht der Straßenlaternen fiel durch die Fenster des Saales und warf bizarre Schatten über die Bücherregale. Es sah aus, als krochen zwischen ihnen krumme Gestalten. Sie kannte diesen Ort jedoch zu gut, um noch auf solche Illusionen hereinzufallen. Gerade jetzt meinte sie, dass an einem der Tische jemand saß, der sie beobachtete. Wenn sie genauer hinschauen würde, wäre es nur ein weiterer Schatten.

„Hallo, Becky!", ertönte in diesem Moment eine Stimme.

Sie erstarrte. Dann drehte sie sich um. Im Schatten der Bücherregale stand ein Mann.

„Wer sind Sie? Was wollen Sie von mir?", presste sie hervor.

Langsam kam der Unbekannte auf sie zu.

„Halt, keinen Schritt weiter!", rief sie.

„Aber Becky, hast du mich etwa schon vergessen?" Nun fiel Licht auf das Gesicht des Mannes.

„Alexander!", erwiderte sie schroff. „Ich freue mich ja über Besuch, aber die Bücherei ist jetzt geschlossen."

„Oh, ich bin auch nicht wegen der Bücher hier. Ich wollte dich treffen."

„Mich?" Erstaunt hob sie die Augenbrauen. „Warum das? Und warum um diese Uhrzeit?"

„Ich wollte dir jemanden vorstellen, für den du dich schon lange interessierst. Diese Person macht nur nachts Besuche."

Er klang geheimnisvoll. „Ach ja?" Becky war verunsichert.

Hatten sich etwa noch mehr Leute hier versteckt? Dann nahm sie die Umrisse einer weiteren Person wahr. Woher diese gekommen war, konnte sie sich nicht erklären. Es sah so aus, als würde sich die Gestalt aus dem Nichts materialisieren. Immer mehr Einzelheiten wurden sichtbar. Schließlich stand ein junges Mädchen mit langen schwarzen Haaren und blasser Haut neben Alexander. Ihre Augen funkelten rötlich. Vor Schreck zuckte sie zusammen, als sie begriff, wen sie vor sich hatte.

„Becky, darf ich vorstellen? Holly Adams!" Alexander nickte ihr zu.

„Hallo!", grüßte Holly in lässigem Ton. „Wir haben uns ja schon einmal gesehen."

„Du!", fauchte sie. „Du wagst es, mir unter die Augen zu treten!"

„Jetzt beruhige dich doch", beschwichtigte Alexander.

Aber Becky war in Rage. „Auf diesen Tag habe ich lange gewartet. Nun wirst du bereuen, was du Ben angetan hast!"

„Holly hat mir gar nichts angetan", ertönte eine weitere Stimme.

Als sie sich umdrehte, erstarrte sie erneut. „Ben!", hauchte sie. „Was geht hier vor?" Sie spürte, wie ihre Beine nachgaben.

„Wir werden dir alles erklären", beruhigte sie Alexander. „Du lagst falsch. Holly ist nicht die Wurzel des Übels in dieser Stadt. Wir wissen jetzt, wer hinter all dem steckt. Um ihn aufzuhalten, brauchen wir deine Hilfe."

„Meine Hilfe?" Ihr wurde schummrig.

Die späten Gäste erzählten ihr daraufhin eine Geschichte, wie sie verrückter nicht hätte sein können. Einiges davon stimmte überein mit den Legenden, die seit Generationen in Beckys Familie weitergegeben wurden. Vieles hörte sie jedoch zum ersten Mal. Der Punkt war, dass diese neuen Informationen so allerhand erklärten, worüber sie schon lange grübelte. Deshalb tat sie das, was sie hörte, nicht von Vornherein als Erfindung ab. Am Ende blieb ihr sogar nichts anderes übrig, als die Geschichte insgesamt zu glauben, obwohl sie einige Passagen nicht verstand.

Ihre Besucher gaben ihr ein wenig Zeit, wohl wissend, dass dies alles starker Tobak war. Sie fasste das, was sie gehört hatte, noch einmal in Gedanken für sich zusammen.

Ein uraltes mächtiges Wesen, das sich Bob nannte, lebte seit Jahrtausenden in Bad Old Low. Eine Gruppe von Okkultisten, die im Verborgenen handelte, benutzte dieses Wesen, um Unsterblichkeit zu erlangen. Dafür hatten sie das Hitfield-Institut errichtet, wo sie ungehindert Experimente mit Kindern durchführten. *Die Seelen der Kinder dienten diesem Bob sozusagen als Nahrung.*

Das war eine der Sachen, die Becky nicht wirklich begriff. Zu diesen Leuten gehörten nicht nur Dr. Hitfield, sondern auch Bürgermeister Cowly und der stellvertretende Schulleiter Dr. Franklin. Nur zufällig war Holly ihren Machenschaften auf die Schliche gekommen. Dabei wurde sie entdeckt, auf ihrer Flucht verursachte sie versehentlich das Feuer. Zwar entkam sie den Flammen, aber am Ende fiel sie den Okkultisten dann doch noch zum Opfer. Hitfield starb auch nicht an den Folgen des Brandes. *Er lebte in einer Art Zwischenstadium, in irgendwelchen Höhlen unter dem Institut weiter.* Cowly wurde nach Hitfields Rückzug Anführer der Gruppe.

Die Okkultisten sorgten dafür, dass die Geschichte über Hollys Untat und ihre Existenz als böser Geist in Umlauf kam. Doch Holly war es nicht, die seit dem Brand und nach ihrem Tod Angst und Schrecken über Bad Old Low brachte. Nun versuchte sie, ihre Mörder zur Rechenschaft zu ziehen. Diese Leute waren auch Bens Mörder.

Ben, Holly und ein paar weitere Geister schlossen sich zusammen, um dem grausigen Treiben in der Stadt ein Ende zu setzen. Ihr erster Erfolg war es, Alexander zu retten. Die Halunken wollten den Journalisten im Moor beseitigen, weil er zu viel über ihre Machenschaften herausgefunden hatte. Ben und Holly klärten ihn über die Zusammenhänge auf. Alexander revanchierte sich mit dem, was er in der kurzen Zeit an Informationen zusammengetragen hatte. Gemeinsam beschlossen sie, zu Becky zu gehen, um sie als Verbündete zu gewinnen.

Als sie das alles einigermaßen verarbeitet hatte, beschloss sie, sich trotzdem etwas bedeckt zu halten. „Na schön", meinte sie schließlich. „Nehmen wir mal an, ich glaube euch. Was soll ich für euch tun?"

„Ganz einfach", erwiderte Ben. „Unsere Familie gehört doch zu den Gründern und du hast unsere Familiengeschichte studiert."

„Ja, das stimmt. Aber was hat das mit eurer Aktion zu tun?"

„Dazu kommen wir jetzt", erklärte Alexander.

Es dauerte fast zwei Stunden, bis Becky sich bereit erklärte, das zu tun, was Holly, Ben und Alexander von ihr verlangten. Sie gehörte nun zum Team und hatte auch gleich einen Tipp. Um den Sarkophag zu zerstören, brauchten sie entsprechende Hilfsmittel. Becky wusste, dass sich in der Polizeistation, die auch nachts besetzt war, Sprengstoff befand. Er wurde dort gelagert, um bei Unfällen in den Bergen schnell Hilfe leisten zu können.

Ihre Besucher waren der Meinung, dass man Chief Hardwick nicht trauen konnte. Becky überzeugte sie jedoch mit dem Argument, das Erscheinen von Holly und Ben würde ausreichen, um den skeptischen Polizeichef auf ihre Seite zu ziehen.

Also machten sie sich auf den Weg zum Polizeirevier. Ben und Holly waren nur gelegentlich zu sehen, tauchten immer wieder wie aus dem Nichts vor Alexander und ihr auf. Den Grund dafür hatten sie ihr erklärt. Für Geister war es sehr anstrengend, sich in der Welt der Lebenden zu zeigen.

„Da ist noch ein Geist bei uns", bemerkte Alexander, als sie von der Hauptstraße abbogen, und brach damit das Schweigen. „Sie heißt Hanna und sie verfügt nicht über die Fähigkeit, sich hier zu zeigen."

„Na gut", seufzte Becky. Was hätte sie auch sagen sollen?

Zum Glück war es nicht mehr weit. Wenige Minuten später kam das Gebäude in Sicht und schon von Weitem war zu erkennen, dass dort etwas nicht stimmte. Das Rolltor, das sonst vor der Garage des Gebäudes hing, war herausgerissen. Es sah so aus, als hätte ein

Fahrzeug es von innen durchbrochen. Das war nicht das einzige Zeichen von Gewalt. Fenster und Eingangstüren des Hauses waren zerschlagen, so als hätte sich eine ganze Horde von Angreifern Zugang verschafft. Wer griff eine Polizeistation an?

„Was ist geschehen?", stieß Alexander hervor. „Sind Cowlys Leute schon hier gewesen?"

Dann machte Becky eine Entdeckung. „Was zur Hölle ist das?", rief sie und zeigte auf einen Haufen Schrott, der einige hundert Meter weiter auf der Straße lag.

Ein schwerer Geländewagen hatte eine Bruchlandung hingelegt. Auf die Entfernung war nicht viel zu erkennen, aber es handelte sich eindeutig um einen Polizeiwagen. Immerhin war das eine Erklärung für das zerstörte Garagentor.

„Sieht übel aus", stöhnte Alexander. „Was meint ihr, sollen wir reingehen?"

„Und da drin warten dann schon die Leute, die das hier angerichtet haben?", meinte sie und hörte selbst, wie sarkastisch es klang.

„Halte ich für nicht sehr wahrscheinlich", wandte er ein. „Wenn die noch hier wären, hätten sie schon längst etwas gegen uns unternommen, schon um zu verhindern, dass wir den Unfall melden."

„Wie wäre es damit?", ergriff Ben, der gerade wieder sichtbar geworden war, das Wort. „Wir machen es einfach so: Ihr zwei bleibt hier und wartet. Wir Geister gehen rein und schauen nach, ob die Luft rein ist. Für uns ist das Risiko nicht so groß."

„Bist du dir sicher?", fragte Alexander. „Cowly und seine Leute verfügen über Mittel, euch wahrzunehmen und können auch gegen euch vorgehen."

„Wenn sie entsprechende Vorkehrungen getroffen hätten, würden wir das merken", erklärte Holly. „Lasst uns einfach mal machen!"

Mit diesen Worten verschwanden sie und Ben und ließen ihre menschlichen Mitstreiter zurück. Mehrere Minuten verstrichen. Becky fragte sich schon, ob etwas schiefgegangen war. Da tauchten die Geister wieder auf.

„Alles klar", berichtete Ben. „In der Polizeistation sieht es ähnlich aus wie hier draußen. Im Gebäude befindet sich nur eine einzige Person und zwar in einer der Zellen. Etwas ist komisch an der Sache."

„Was denn?", fragte Alexander neugierig.

„Der Typ in der Zelle trägt eine Polizeiuniform", erwiderte Holly. „Ich weiß nicht, wie der Mann heißt. Hardwick ist es nicht. Dafür ist er viel zu jung."

„Das muss Billy Perkins sein!", mischte Becky sich ein.

„Warum sitzt der in einer Zelle?", wunderte sich Alexander.

„Am besten fragen wir ihn", schlug Ben vor. „Ihr beide könnt ihn befreien. Für uns ist das kaum zu bewältigen."

Das war wohl einer der Nachteile des Geister-Daseins. Als Becky nun neben Alexander die Polizeistation betrat, schaute sie sich aufmerksam um. Es sah wirklich so aus, als hätte es einen Kampf gegeben. Wer gekämpft und wer gewonnen hatte, wusste sie natürlich nicht. Vielleicht konnte Billy diese Frage beantworten. Der Zellentrakt, ein langer Gang mit kalten weiß verputzten Wänden und vergitterten Türen an einer Seite, sah aus wie die Zellen in Krimiserien. Die *Verliese* waren spärlich eingerichtet. Abgesehen von der Toilette und zwei Pritschen, gab es nichts darin. Billy Perkins war nicht nur eingesperrt, sondern auch geknebelt und mit Handschellen gefesselt.

„Wieso ist nur Billy eingesperrt?", fragte Becky.

„Vielleicht haben Cowlys Leute nur Hardwick gebraucht und ihn mitgenommen?", vermutete Alexander. „Gleich wissen wir mehr."

Mit diesen Worten öffnete er die Zellentür, die zum Glück nur von außen verriegelt war. Becky hielt sich zunächst einmal im Hintergrund. Als Alexander die Gefängniszelle betrat, sah Billy auf. Unter Stöhnen versuchte er, etwas zu sagen, was der Knebel natürlich verhinderte. Schnell befreite Alexander ihn von dem Stofflappen in seinem Mund.

„Sie … sind doch … dieser Reporter … aus New York", keuchte Billy und machte eine Pause, um zu husten. „Holmes, richtig?", schob er nach.

„Alexander C. Holmes", stellte der Journalist sich vor und half Billy, sich aufzurichten. „Aber verraten Sie mir doch mal, warum Sie hier eingesperrt sind. Und was ist mit Chief Hardwick passiert? Hat Cowly ihnen das angetan?"

Billy schüttelte sich. Er schien erst jetzt wieder, völlig zu sich zu kommen. „Ja, Cowly steckt da auch mit drin", schimpfte er. „Und Hardwick ist derjenige, der mich eingesperrt hat. Er ist nicht mehr hier. Machen Sie mir diese Dinger ab. Vielleicht ist es noch nicht zu spät."

Becky glaubte, sich verhört zu haben. „Billy, was ist denn überhaupt los?", rief sie und betrat die Zelle.

Billy sah sie mit großen Augen an. „Du bist auch hier! Ach egal, macht mich los! Wir müssen Lilly und ihre Freunde retten."

Ihn von den Handschellen zu befreien, war nicht so einfach. Während sie und Alexander die Schlüssel suchten, erzählte Billy seine Geschichte. Becky war sich sicher, dass auch die Geister sich an der Suche beteiligten. Bestimmt vermieden sie es vorerst, sich dem jungen Polizisten zu zeigen. In seinem Zustand hätte ihn das völlig aus der Bahn geworfen und er wäre sicher nicht in der Lage gewesen, halbwegs klar über die Geschehnisse zu berichten.

Was er zu sagen hatte, fand Becky genauso interessant wie ihre Gefährten. Es ging um Billys jüngere Schwester Lilly und deren Freunde. Die waren ebenfalls den Machenschaften von Cowly und Konsorten auf die Spur gekommen. Im Hitfield-Institut waren sie Cowlys Häschern in die Hände gefallen und dort tagelang festgehalten worden. Vor wenigen Stunden konnten sie sich auf mysteriöse Weise befreien. Das deckte sich mit dem, was Ben und Holly erzählt hatten. Bestimmt nicken die Geister jetzt, während sie zuhören, dachte Becky.

Nach ihrer Befreiung flüchteten die Jugendlichen natürlich zur Polizei. Das hätte wohl jeder getan. Doch sie fanden etwas Schreckliches heraus. Der Chief arbeitete mit Cowly zusammen. Als Hardwick merkte, dass er aufgeflogen war, ließ er vollends seine Maske fallen. Er bedrohte die Jugendlichen. Wäre Billy nicht aufgetaucht, hätte er vielleicht alle umgebracht.

Gerade war es ihnen gelungen, den Chief zu überwältigen, tauchten geheimnisvolle Kapuzenträger auf und griffen die Polizeistation an. Es waren zu viele, um sie abzuwehren. Billy versuchte, seine Schwester und die anderen mit dem Geländewagen in Sicherheit zu bringen. Kaum waren sie dem wütenden Mob entkommen und ein Stück auf der Straße gefahren, stand Cowly vor ihrem Fahrzeug. Wie das möglich war, konnte Billy sich nicht erklären. Irgendwie schaffte es der Bürgermeister, sie von der Fahrbahn abzubringen, was zu einem Unfall führte.

Als Billy wieder zu sich kam, lag er in einer Zelle. Cowly verpasste ihm den Knebel und die Handschellen. Was Billy nicht erwartet hatte, war, dass der Chief ihn am Leben lassen würde. Eigentlich hatte er schon bei dem Autounfall mit allem abgeschlossen. Doch sein Vorgesetzter verließ ihn, nicht ohne die Mitteilung, dass dies nur eine Galgenfrist sei. Bald würde in Bad Old Low etwas sehr Wichtiges geschehen. Als Polizeichef müsste er für die Sicherheit während der Ereignisse sorgen. Lilly und die anderen Jugendlichen würden bei dieser Veranstaltung eine ganz besondere Rolle spielen. Nachdem alles zufriedenstellend verlaufen wäre, würde der Chief zu Billy zurückkommen und die Sache vernünftig zu Ende bringen. Das ließ nur wenig Spielraum für Interpretationen.

„Was sie erlebt haben, ist furchtbar", meinte Alexander. „Es passt zu dem, was wir herausgefunden haben."

Den Schlüssel für die Handschellen fanden sie nicht. Allmählich ging Becky davon aus, dass Hardwick ihn mitgenommen hatte. Aber der Sprengstoff befand sich in der Asservatenkammer, die zum Glück offen war.

„Normalerweise müsste sie verschlossen sein", erklärte Billy. „Bis heute dachte ich, dass das in einer Stadt wie Bad Old Low nicht unbedingt nötig wäre. Da habe ich mich wohl geirrt."

„Entschuldigung, aber wir haben da etwas entdeckt." Holly war genau vor Becky, Alexander und dem immer noch gefesselten Billy aufgetaucht.

Angesichts der Umstände hielt Billy sich ziemlich gut. „Mein Gott, es gibt sie wirklich!", hauchte er mit leichenblassem Gesicht.

Becky beobachtete, dass Alexander Holly einen tadelnden Blick zuwarf. Das Geistermädchen zuckte nur mit den Schultern.

„Was ist los?", fragte Becky.

„Die Schlüssel haben wir zwar nicht, aber Ben hat in der Garage etwas anderes gefunden", antwortete Holly. „Einen Bolzenschnei-der - oder wie die Dinger heißen. Ich glaube das geht auch."

„Sehr gut", rief Becky begeistert.

„Machen Sie sich keine Sorgen, Billy", meinte Alexander. „Ich habe schon öfter mit schwerem Werkzeug gearbeitet."

Becky vermutete, dass die Ergebnisse dieser Arbeiten wohl eher mäßig ausgefallen waren, aber die Kette der Handschellen durchzutrennen, das würde Alexander sicher hinkriegen. Rasch holte sie den Bolzenschneider und drückte ihn dem Journalisten in die Hand. Mit einem Schnitt durchtrennte er die Verbindung der Schellen

„Prima!", lobte Becky. Sie war sehr erleichtert.

„Endlich!" keuchte Billy und rieb sich die schmerzende Schulter.

„Um die Schellen kümmern wir uns später", erklärte Becky. „Mit Schmierseife geht das ganz gut, glaube ich."

„Das hat Zeit!", bestimmte Alexander. „Jetzt müssen wir uns um Lilly und ihre Freunde kümmern. Natürlich auch um Cowly, Hitfield und wer sonst noch alles mit ihnen unter einer Decke steckt."

Gerade wollten sie aufbrechen, als das Klingeln eines Handys sie aufschreckte.

„Was zum Henker ist das nun wieder?", stöhnte Becky. Allmählich lagen ihre Nerven blank.

Rasch liefen sie in die Richtung, aus der das Klingeln tönte.

„Das kommt aus der Schublade von Hardwicks Schreibtisch", stellte Billy fest.

„Moment mal, den Klingelton kenne ich doch!" Alexander ging zu dem Schreibtisch, auf den Billy gezeigt hatte und öffnete die Schublade „Wusste ich es doch. Das ist mein Telefon!"

„Wahrscheinlich haben die Entführer es ihnen abgenommen und Hardwick übergeben", überlegte Becky laut. „Bei Nachfragen zu Ihrem Verschwinden hätte der Chief es als Ergebnis seiner Ermittlungen vorzeigen können."

Darauf erwiderte Alexander nichts, er stierte nur auf sein Telefon.

„Was haben Sie denn?", fragte Billy ungeduldig.

„Die Nummer auf dem Display ist mir bekannt", sagte Alexander. „Die Person, die gerade anruft, ist eine Kollegin und Freundin von mir. Ich hatte sie gebeten, Nachforschungen über verschiedene Personen aus Bad Old Low anzustellen." Dann nahm er das Telefon aus der Schublade und drückte die grüne Taste. „Hallo, Sally!"

Becky wunderte sich. Wie würde es jetzt weitergehen? Aus dem Augenwinkel registrierte sie, dass Billy ungeduldig mit dem Fuß wippte.

„Sag mal, was ist eigentlich mit dir los? Ich versuche schon seit Stunden, dich anzurufen. Ich dachte, die Angelegenheit wäre so dringend!", zeterte Sally ins Telefon.

„Tut mir leid", erwiderte er verhalten. „Ich war beschäftigt."

„Na, ich bezweifle, dass du so viel herausgefunden hast wie ich", meinte Sally und es klang triumphierend. „Was ich habe, ist wirklich der Knaller."

Irgendwie bezweifelte Alexander, dass Sally seit ihrem letzten Gespräch wirklich mehr herausgefunden hatte als er, aber das konnte er ihr nicht sagen.

„Also, pass auf", begann Sally. „Ich wollte nachprüfen, wie sich die Bevölkerung von Bad Old Low entwickelt hat. Wenn es alle paar Monate einen Toten gibt, muss sich das doch irgendwann auf den Bevölkerungsindex einer so kleinen Stadt auswirken. Also habe ich mir die Unterlagen der letzten Volkszählungen angeschaut. Und jetzt halte dich fest! In den vergangenen Jahren ist die Einwohnerzahl sogar kontinuierlich *gestiegen*."

Das überraschte ihn. Bisher hatte er den Eindruck gehabt, dass die Stadt ziemlich dünn besiedelt war. Er machte Becky und Billy ein Zeichen, sich noch einen Moment zu gedulden.

„Der Sache bin ich auf den Grund gehen", berichtete Sally weiter. „Gerade in den letzten Jahren sind viele Leute nach Bad Old Low gezogen."

„Ach ja?" Das verblüffte ihn. „Wer zieht freiwillig in eine Stadt in der Pampa, in der regelmäßig unter seltsamen Umständen Menschen sterben?"

„Genau das habe ich mich auch gefragt!", ereiferte sich Sally. „Das Ganze ist sogar noch verrückter. Es kamen immer dann neue Leute in die Stadt, wenn kurz zuvor jemand in Bad Old Low gestorben war. Die Opfer waren meistens alleinstehend. Ihre Wohnungen wurden schon sehr bald wieder bezogen und zwar von *diesen Neuen*. Manchmal lagen zwischen Aus- und Einzug nur wenige Tage."

„Das ist ja interessant", befand er.

„Und das ist noch nicht alles", fuhr Sally fort. „Ich habe die Namen dieser Neubürger durch die Suchmaschinen laufen lassen. Weißt du, was dabei herauskam? Rein gar nichts! Entweder haben diese Leute vorher nie irgendwo anders gewohnt, gearbeitet oder auch nur einen Strafzettel bekommen oder die nahmen alle eine neue Identität an, als sie nach Bad Old Low gezogen sind."

„Ja, das passt", murmelte er.

„Wieso? Was passt?", fragte Sally misstrauisch.

„Das erkläre ich dir später", erwiderte er schnell. „Jetzt musst du etwas für mich tun. Klingel unseren Chefredakteur aus dem Bett. Erzähl ihm alles! Und sag ihm auch folgendes: Alle diese Todesfälle waren *Morde*, für die Bürgermeister Cowly, Polizeichef Hardwick und noch einige andere verantwortlich sind. Sie gehören zu einer

Gruppe von Okkultisten, die wahrscheinlich die ganze Stadt infiltriert hat. Informiere am besten auch gleich noch das FBI oder wer auch immer für solche Fälle zuständig ist. Für uns geht es wahrscheinlich nur noch um Stunden!"

„Bist du jetzt völlig übergeschnappt?"

„Ganz und gar nicht, Sally. Du kennst mich, vertrau mir! Also, ich verlasse mich auf dich." Mit diesen Worten beendete er das Gespräch und steckte sein Telefon in die Tasche.

„Was jetzt?", fragte Becky.

„Hab ich doch gesagt", entgegnete er. „Wir müssen uns beeilen. Sonst ist es für die Jugendlichen zu spät."

Es gab noch eine Verzögerung, weil Billy darauf bestand, die Staatspolizei zu informieren. Das kostete natürlich Zeit. Aber allen war klar, dass sie Verstärkung brauchten und wie Sally vorgehen würde, war nicht ganz klar. Unter anderen Umständen, hätten sie auch auf die Einsatzkräfte, egal welche, gewartet. Doch Cowly und seine Leute hatten die vier Jugendlichen in ihrer Gewalt und in diesen Minuten wurde ihnen wahrscheinlich Unvorstellbares angetan.

Kurz danach war die Gruppe aus drei Lebenden und drei Geistern unterwegs. Glücklicherweise kannten Ben und Holly den Zugang ins Höhlensystem. Die Geister waren nicht sehr glücklich darüber, an den Ort zurückzukehren, an dem ihnen so Schreckliches widerfahren war.

Doch diese Mission ist nun mal notwendig, sagte sich Ben. Zusammen mit Holly führte er Becky, Billy und Alexander durch den Wald. Die ganze Zeit über blieben sie natürlich sichtbar. Im Wald war das nicht ganz so anstrengend.

„Seid ihr sicher, dass der Eingang sich hier irgendwo befindet?", fragte Becky. „Eigentlich kenne ich diese Wälder. Eine Höhle habe ich noch nicht entdeckt, auch nichts davon gehört."

„Es ist nicht mehr als eine Erdspalte", erklärte Ben. „Außerdem wird der Zugang durch Sträucher verdeckt."

Er sah zu Holly. Seit sie den Wald betreten hatten, hüllte sie sich in Schweigen. Ihr kürzlich überstandenes Martyrium machte ihr wohl immer noch zu schaffen. Doch das war es nicht allein. Auch er spürte die dunklen Schwingungen, die immer stärker wurden, je näher sie der Höhle kamen. Als Holly ihn das erste Mal hierhergeführt hatte, war es nicht so gewesen. Da hatte er nichts dergleichen gespürt. Bobs Aura tastete nach den Geistern. Allerdings fühlte es sich an, als würde seine Energie von irgendetwas gedämpft. Lag das an dem magischen Sarkophag?

Hanna, die für die Menschen nach wie vor unsichtbar war, machte die dunkle Macht am meisten zu schaffen. Seit Alexanders Rettung verhielt sie sich äußerst passiv. An allem beteiligte sie sich, blieb aber im Hintergrund. Das lag natürlich auch daran, dass sie mit den Lebenden nicht interagieren konnte. Hanna musste sich schon sehr anstrengen, um sie überhaupt wahrzunehmen.

Als die Stelle in Sicht kam, rief er: „Da vorne ist der Eingang."

„Wo soll denn da eine Höhle sein?", fragte Billy. „Ich sehe nur ein paar Sträucher."

„Ich sagte doch, der Eingang ist schmal und gut getarnt", erwiderte er leicht genervt.

Nach seinen Anweisungen begannen Billy und Alexander damit, Zweige von den Sträuchern zu reißen. Wie angekündigt, kam dahinter die Spalte zum Vorschein - aber auch noch etwas anderes. Dutzende Fußspuren verteilten sich dicht um den Eingang.

Anscheinend hatten vor kurzem mehrere Personen die Höhle betreten. Die Abdrücke waren ungewöhnlich tief, so als hätten diese Leute etwas Schweres getragen.

„Sie haben Lilly und die anderen in ihr Versteck geschafft", schlussfolgerte Billy und zog die Pistole, die er aus dem Waffenschrank der Polizeistation mitgenommen hatte. „Na los, schnappen wir sie uns!"

Becky und Alexander hatten auf eine Bewaffnung verzichtet. Angesichts der Überzahl und der Mittel ihrer Gegner würden Waffen dieser Art kaum helfen. Billy stieg als Erster in die Höhle. Nicht ganz so energisch folgte ihm Alexander. Hinter ihm kletterte Becky nach unten.

„Na los", sagte Ben. „Sonst verlieren wir die anderen noch."

„Warte noch!", bat Holly.

Er drehte sich zu ihr um. Sie hatte sich Hanna zugewandt, die ängstlich auf den Eingang blickte.

„Ich will euch wirklich nicht im Stich lassen, Ben", flüsterte Hanna. „Aber da unten sind Mächte am Werk, denen ich immer aus dem Weg gehen wollte. Und deshalb …"

„Schon gut", unterbrach er sie in freundlichem Ton. „Du hast schon so viel getan. Ohne dich hätte ich Holly nie gefunden. Dass Lilly und die anderen in Gefahr sind, wüssten wir ohne dich auch nicht. Den Rest schaffen wir alleine."

Hanna lächelte ihn und Holly traurig an, ganz offensichtlich war sie schwer enttäuscht von sich selbst.

„Am besten gehst du zu den anderen Geistern von Bad Old Low", meinte Holly. „Wenn alles so läuft, wie wir es uns vorstellen, sollten sie Bescheid wissen."

„Ist gut", erwiderte Hanna. „Ich gebe mein Bestes."

Schon drehte sie sich um, schwebte in Richtung Waldrand und war bald darauf verschwunden.

„Ist wahrscheinlich besser so", meinte er. „Es reicht, dass wir unser Leben riskieren."

„Unser Leben?" Holly kicherte amüsiert.

„Du weißt, was ich meine. Dass einem auch nach dem Tod schlimme Dinge passieren können, weißt du selbst doch am besten. Ich will einfach nicht, dass Hanna auch so etwas passiert. Sie hat wirklich genug durchgemacht."

„Ja, ich weiß, was du meinst. Und jetzt lass uns endlich Cowly und seiner Bande das Handwerk legen."

In der Höhle hatte sich seit dem letzten Mal nichts verändert. Zum Glück machte die Dunkelheit den Geistern nicht viel aus, zumindest nicht so viel wie ihren menschlichen Verbündeten. Trotzdem waren Becky, Alexander und Billy in der kurzen Zeit schon ziemlich weit vorgedrungen. Ben und Holly gaben sich keine allzu große Mühe, sie schnell einzuholen. Der Plan sah vor, dass die Geister Rückendeckung gaben und sich ansonsten im Hintergrund hielten. Erst, wenn der richtige Zeitpunkt gekommen war, sollten sie in Erscheinung treten. Obwohl das bedeutete, dass die Menschen den Weg durch die Höhle allein finden mussten. Doch es schien ganz gut zu funktionieren.

Nach einer Weile trafen sie auf die ersten Spuren ihrer Gegner. In Halterungen an den Wänden steckten brennende Fackeln, die ein wenig Licht spendeten.

„Wenn das hier ihr Heiligtum ist, warum haben sie nie elektrische Leitungen verlegt?", fragte Billy.

„Vielleicht, um das Ambiente zu bewahren?", schlug Alexander vor.

„Glaube ich nicht", widersprach Becky. „Es liegt bestimmt daran, dass bei dem ganzen Spuk hier unten elektrische Geräte nicht richtig funktionieren. Das kennt man doch aus diesen Filmen."

Die Erklärung überzeugte weder ihn noch Billy, aber es fiel ihm auch nichts Besseres dazu ein.

„Wie kommen wir jetzt weiter?", überlegte er laut.

„Gute Frage", fand Billy. „Diese Höhle ist ein Labyrinth. Hätte ich das gewusst, dann …"

„*Ahhh*!" Es war Becky, die geschrien hatte.

Gleichzeitig mit Billy drehte er sich zu ihr um. In einem der Höhlengänge waren mehrere Gestalten in dunklen Roben mit Kapuzen aufgetaucht. Langsam, fast ohne ein Geräusch zu verursachen, kamen sie auf ihn, Billy und Becky zu. Instinktiv schaute er sich genau wie seine Mitstreiter nach Fluchtwegen um. Doch auch aus den übrigen Höhlengängen kamen nun diese Kapuzen-Typen.

Mit gemischten Gefühlen beobachtete er, wie Billy seine Pistole hob und hektisch versuchte, auf alle Gegner gleichzeitig zu zielen.

„Halt! Stehenbleiben!", rief er ihnen entgegen.

„Ach, Billy, denken Sie wirklich, dass so ein Spielzeug Ihnen hier weiterhilft?", fragte einer der Kapuzenmänner mit dumpfer Stimme. „Nach ihren Erlebnissen der heutigen Nacht sollten sie es eigentlich besser wissen."

Der Mann, der gesprochen hatte, trat vor. Nun war er zu erkennen. Mit leicht zitternden Händen richtete Billy seine Waffe auf Bürgermeister Cowly. Der bedachte die Aktion mit einem durchdringenden Blick. Alexander erstarrte. Das lief nicht gut.

„Lass das fallen!", befahl Cowly ganz ruhig.

Ohne nennenswerten Widerstand ließ Billy die Waffe aus der Hand gleiten.

„Packt sie!", wies Cowly an.

Gleich darauf wurde Alexander von zwei Robenträgern an den Armen gepackt. Becky und Billy erging es genauso.

„Hey, Boss!", rief einer der Kapuzenmänner und hielt Cowly die Tasche, die sie aus der Polizeistation mitgebracht hatten, vor die Nase. „Sieht nach Sprengstoff aus."

„Sprengstoff?", wiederholte der Bürgermeister. „Was hattet ihr damit vor? Wolltet ihr uns mit diesem Zeug etwa unter Trümmern verschütten?"

Weder er noch Billy oder Becky gaben darauf eine Antwort.

„Wie auch immer", fuhr Cowly fort. „Wenn ihr unseren Wachen so kopflos in die Arme gelaufen seid, dürfte auch der Rest eures Plans nicht besonders gut sein. Dachtet ihr etwa, dass wir keine Sicherheitsmaßnamen für die Eingänge in unseren Tempel getroffen haben? Wie ihr es geschafft habt, den Einstieg zu finden, weiß ich nicht, ist jetzt auch egal. Los, schafft sie ins Heiligtum!"

Die Okkultisten führten ihre Gefangenen ab. Dass sie dabei von zwei Geistern, die sich wohlweislich zurückhielten, beobachtet wurden, ahnten sie nicht.

Hoffentlich klappt Plan B, betete Alexander im Stillen. Holly und Ben, lasst uns nicht im Stich!

„Bis jetzt war es ein Spaziergang", bemerkte Holly.

„War doch klar, dass es irgendwann für unsere Freunde gefährlich wird", meinte Ben. „Gehört zum Plan."

„Was machen wir jetzt?", fragte sie.

„Na, was schon?" Er grinste. „Wir warten auf den perfekten Moment für unseren großen Auftritt."

Lilly wusste nicht, wie lange ihre Gefangenschaft schon dauerte, aber das hier war die Hölle. David, Mandy, Boris und sie selbst waren in sitzender Haltung an Opfersteine gekettet an einem Ort, der an eine mystische Kultstätte erinnerte. Ihre Gefährten waren offensichtlich noch bewusstlos. Die Götzenbilder an den Wänden schienen im flackernden Licht unzähliger Fackeln auf sie herabzublicken.

Noch weitaus bedrohlicher empfand sie die vielen Gestalten, deren Gesichter durch Kapuzen verdeckt waren. Sie hatten vor einem steinernen Sarkophag Aufstellung genommen und einen diabolischen Singsang angestimmt, der ihr einen Schauer über den Rücken jagte. Ja, sie befand sich in der Hölle!

Gerade als sie wieder aus einer kurzen Ohnmacht erwachte, kam Bewegung in das scheußliche Schauspiel vor ihren Augen. Ein paar Gestalten traten durch einen Seitentunnel in die Höhle. Es waren Kapuzenträger und drei weitere Personen, anscheinend Gefangene. Lilly drehte ihren Kopf so weit es ging, um besser sehen zu können. Sie bekam einen Schreck, als sie Becky Henssen aus der Stadtbibliothek erkannte. Die zweite Person, ein Mann Ende Zwanzig, kannte sie nicht. Angesichts der dritten Person blieb ihr für einen Moment das Herz stehen. Ihr Bruder lebte! Nach den Ereignissen in der Polizeistation hatte sie mit dem Schlimmsten gerechnet. Die Erleichterung wich jedoch sogleich der Ernüchterung. Billy befand sich nun ebenfalls in der Gewalt dieser Verrückten. Mit einer Rettungsaktion seinerseits war nicht zu rechnen.

Einer der Vermummten nahm nun seine Kapuze ab. „Wie ihr seht, sind unsere Feierlichkeiten schon in vollem Gange", sagte Cowly zu den neuen Gefangenen. „Unsere Ehrengäste sind auch schon an ihrem Platz. Für euch bleiben nur noch die billigen Plätze."

„Lilly!", rief Billy.

Sie wollte ihm antworten, doch ihre Stimme war so schwach, dass sie nur ein Krächzen zustande brachte.

„Eigentlich bin ich ja für elegante Lösungen." Cowly räusperte sich theatralisch. „Doch so kurz vor dem Ziel will ich kein Risiko mehr eingehen. Ich denke, Hardwick wird uns da behilflich sein."

Der Polizeichef trat in Lillys Sichtfeld. Sein irrer Blick sagte ihr, dass sich der Wahnsinnige auf seine Aufgabe freute.

„Was ist los, Cowly?", fragte der männliche Gefangene, den sie nicht kannte. „Haben Sie nicht den Mut, sich selbst die Hände schmutzig zu machen?"

„Führen Sie mich nicht in Versuchung, Mr. Holmes", erwiderte Cowly. „Ich bin im Stande, Ihnen Dinge anzutun, die über einen simplen Mord weit hinausgehen."

„Ach ja?", meinte der Angesprochene. „So wie bei Ben Henssen und Holly Adams? Das heißt, die Sache mit Holly geht ja streng genommen an ihren Vorgänger. Sie waren damals nur ausführendes Organ. Ein junges Mädchen wurde ermordet, verscharrt und verleumdet. Als auch der Tod Holly nicht davon abhielt, Ihnen Ärger zu machen, bedienten Sie sich radikalerer Methoden. Sind das die Dinge, die Sie uns antun können?"

Was dieser Fremde erzählte, war eine ziemlich knappe Zusammenfassung. Dennoch konnte sich Lilly das meiste zusammenreimen. Es passte zu dem Grauen, das sie und die anderen erlebt hatten. Einmal mehr wunderte sie sich über sich selbst. Wieso war sie in der Lage, trotz der misslichen Situation, genau zu beobachten und klar zu denken?

„Sie haben in der kurzen Zeit bei uns wirklich eine Menge recherchiert", lobte Cowly. „Aber nun ist es an der Zeit, dass Sie uns verlassen. Chief Hardwick, walten Sie ihres Amtes." Während Cowly gesprochen hatte, war eine weitere Kapuzengestalt an ihn herangetreten. Am Gang und an der Figur erkannte Lilly sofort, dass es sich um Franklin handelte. Jetzt flüsterte er dem Bürgermeister etwas zu. Cowlys Haltung änderte sich schlagartig. An die Stelle von Selbstsicherheit trat jetzt Nervosität, vielleicht sogar ein wenig Angst.

„Er kommt runter?", erwiderte Cowly.

Die Kapuzenträger wussten anscheinend, wen er meinte. Unter ihnen brach aufgeregtes Gemurmel aus.

„Und er will mit denen da sprechen", fügte Franklin an Hardwicks Opfer gewandt hinzu.

Der wahnsinnige Polizeichef war bisher unbeeindruckt geblieben. Nun verzog sich sein Gesicht vor Zorn, weil er noch warten musste, bis er das tun konnte, was ihm am meisten Vergnügen bereitete. „Warum, was geht mich dieser Snob an?", giftete er mit Mordlust in den Augen.

„Halt deinen Mund!", fauchte Cowly.

Das schien auf den Killer einen gewissen Eindruck zu machen. Stille senkte sich herab. Schließlich waren langsame Schritte zu hören. Das Geräusch drang aus dem Tunnel zu ihnen. Wer auch immer auf dem Weg zu ihnen war, ließ sich Zeit.

Und dann - konnte Lilly ihn sehen. Sie musste zugeben, dass die Bezeichnung *Snob* passte. Der Typ wirkte in seinem maßgeschneiderten schwarzen Anzug wie ein Börsenmakler, also nicht wie jemand, den man an einem solchen Ort vermuten würde. Seine randlose Brille passte perfekt zu dem kantigen Gesicht. Er wirkte intelligent und gleichzeitig eiskalt, ein Eindruck, der durch seine streng nach hinten gekämmten glänzend schwarzen Haare noch verstärkt wurde. Lilly konnte seine Schuhe nicht sehen, war sich aber sicher, dass er eine Luxusmarke aus Italien trug. Das Einzige, was ihn mit der okkulten Szene verband, war ein Abzeichen an seinem Revers. Aus der Entfernung meinte sie, zwei überkreuzte Schlangen zu erkennen.

„Guten Tag." Der Mann sprach, als würde er zu einer geschäftlichen Besprechung erscheinen. „Es freut mich, Mr. Holmes, dass wir uns nun auch persönlich begegnen."

„Ach ja? Und wer sind Sie?", fragte Holmes.

Der Unbekannte lächelte hämisch und sah aus wie ein Raubvogel. „Wer ich bin, ist nicht wichtig, Mr. Holmes. Für Sie genügt die Information, dass ich der Vertreter einer Interessengemeinschaft bin. Man hat mir Handlungsvollmacht erteilt. Auch bin ich berechtigt, Angebote zu unterbreiten."

„Angebote welcher Art?", stieß Holmes hervor.

Der Unbekannte lächelte noch breiter. „Geld, Macht und noch viel mehr. Den Männern, für die ich spreche, stehen gewaltige Mittel zur Verfügung. Die nutzen sie, um sich die Unterstützung der besten Mitarbeiter zu sichern. Sie, Mr. Holmes, haben durch ihre geniale Recherchetätigkeit das Interesse dieser Leute erweckt."

„Vielleicht hat mir das alles auch nur irgendjemand erzählt?", erwiderte Holmes.

„Wer sollte so viele unterschiedliche Details kennen?", fragte der Anzugträger. „Miss Becky Henssen stellt schon seit Jahren Nachforschungen an. Sie fand nur das heraus, was wir zugelassen haben. Billy Perkins arbeitete sogar unter dem Mann, der seine Mutter ins Koma geschickt hat, betrachtete Hardwick sogar als großes Vorbild. Er hat also auch nicht allzu viel herausgefunden."

Billys Gesicht blieb ausdruckslos, doch Lilly kochte vor Wut. Wäre sie nicht angekettet, würde sie dem Typen seinen dürren Hals umdrehen.

„Sie wissen wohl ganz genau, was in dieser Stadt vor sich geht?", stellte Holmes fest.

„In der Tat", prahlte der Fremde. „Wir haben unsere Augen überall. Man war in der Tat sehr verblüfft über das, was Sie alles wissen. Von Ihren hier anwesenden Verbündeten können die Erkenntnisse nicht stammen. Die Frage ist also, woher stammen die Informationen und was wissen Sie noch?"

„Was ich alles weiß …?", wiederholte Holmes gedehnt. „Wo fange ich da am besten an? Und ach!" Er tat überrascht. „Warum sollte ich ausgerechnet mit Ihnen darüber reden?"

„Nun", der Anzugträger lachte gönnerhaft, „vielleicht, um Ihren guten Willen zu zeigen. Das könnte sich, nun ja, auf das Wohlbefinden verschiedener Leute auswirken."

Kalt lächelnd wies er mit dem glatt rasierten Kinn erst in Richtung der Opfersteine, dann warf er wohl Becky und Billy einen Blick zu.

So genau konnte Lilly das von ihrer Position aus nicht erkennen.

Nach einer Weile sagte Holmes: „Ich verstehe." Es klang ein wenig resigniert.

„Ich erwarte auch, dass Sie *ausführlich* berichten", fügte der Anzugträger hinzu. „Nehmen Sie sich Zeit!"

Lilly ging davon aus, dass dieser Mr. Holmes die Drohung sehr wohl verstanden hatte und deshalb bereit war, alles zu erzählen. Sie würde genau zuhören. Je mehr Informationen sie hatte, umso besser.

Holmes seufzte noch einmal tief. Dann legte er los: „Vor einigen Jahrzehnten entdeckte Dr. Hitfield, einer Ihrer sogenannten *Mitarbeiter*, ein Tagebuch. Darin waren Ereignisse während einer archäologischen Forschung in den Dreißigerjahren des vorigen Jahrhunderts festgehalten. Die Teilnehmer dieser Expedition sind seinerzeit in den Wäldern von Bad Old Low spurlos verschwunden - ein bis heute ungelöstes Rätsel. In den Tagebuch-Aufzeichnungen ist die Rede von einem mächtigen Wesen, das sich in einem Höhlensystem in der Umgebung der Stadt aufhält. Als Okkultist kannte er sich mit solchen Dingen aus. Er gelangte zu der Überzeugung, dass es mit Hilfe dieses Wesens möglich sein würde, nach dem Tod weiterzuleben. Genau für solche Dinge interessierte sich die Organisation, für die er arbeitete. Hitfield wurde mit allem ausgestattet, was er benötigte, und damit beauftragt, nach Bad Old Low zu reisen, um das Phantom zu finden - was ihm auch gelang. Doch das Wesen, das sich Bob nannte, war nicht so leicht zu lenken. Am Ende brachte Hitfield es nur mit Hilfe eines mystischen Sarkophags unter Kontrolle. Ich nehme an ...“

Mit dem Kinn wies er auf den großen steinernen Sarkophag, vor dem die Okkultisten gerade noch gebetet hatten.

„... dass es sich um den dort drüben handelt.“ Er schluckte, bevor er fortfuhr: „Anschließend führte Hitfield Experimente durch, die das Ziel hatten, Bob weiter unter Kontrolle zu halten. Von der Organisation erhielt er alles, was er brauchte. Das Hitfield-Institut wurde erbaut, nach außen hin eine Anstalt für bedürftige, traumatisierte Kinder. In Wahrheit waren die Kinder Versuchskaninchen für die okkulten Rituale an diesem Ort.“

Mit einer ausholenden Geste beschrieb er die weiträumige Höhle.

„Alles funktionierte bestens, bis Holly Adams, eine ehrenamtliche Mitarbeiterin, Hitfields Machenschaften auf die Spur kam. Der Doktor und seine Leute wollten sie umbringen. Bei ihrer Flucht verursachte sie versehentlich den Brand im Keller des Instituts, schaffte es aber, aus dem Gebäude zu entkommen. Genutzt hat es ihr nichts. Nur wenige hundert Meter vom Institut entfernt, wurde sie von Hitfields Helfern überfahren und im Moor verscharrt.

Dennoch brachte die Aktion den Doktor in eine unangenehme Lage. Erstens hatte er bei dem Brand eine schwere Rauchvergiftung erlitten. Zweitens konnte er den Brand im Institut nicht so einfach vertuschen. So beschloss er, die Gunst der Stunde zu nutzen. Er beseitigte die Kinder, die ihn hätten verraten können, indem er die Fluchtwege versperrte. Ein grausamer Massenmord, den der Doktor nun Holly anlasten konnte.

Wirklich gebracht hat Hitfield seine Tat nichts. Nur wenige Tage später starb er an den Folgen seiner Rauchvergiftung. Doch auch ohne ihn gingen die Experimente weiter, nun unter der Leitung von Mr. Cowly, der es auch geschafft hatte, zum Bürgermeister von Bad Old Low aufzusteigen. In dieser Position hatte er natürlich alle Möglichkeiten, Spuren zu verwischen und eventuelle Störenfriede rechtzeitig unschädlich zu machen. Dennoch blieb ein Problem. Für die Fortsetzung der okkulten Experimente brauchte Cowly Menschen.

Es war unmöglich, mehrere Dutzend Leute in die Stadt zu holen, ohne Aufmerksamkeit zu erregen. Da kam Cowly der Zufall zur Hilfe in der Gestalt von Chief Hardwick, einem wahnsinnigen, aber hochintelligenten Mörder. Auf Anweisung von Cowly begann er damit, die Bevölkerung von Bad Old Low zu *reduzieren* und Anhänger des Kultes in die Stadt zu holen. So blieb die Bevölkerungszahl immer konstant und die Behörden wurden nicht aufmerksam. Cowly konnte seine Experimente ungehindert fortsetzen, bis zum heutigen Tag."

Als Holmes seinen Vortrag beendet hatte, kämpfte Lilly gegen eine Ohnmacht an. Das Ganze war so ungeheuerlich, aber sie glaubte jedes Wort. Der Fremde war für einen Moment sprachlos. Schließlich breitete sich wieder das überhebliche Grinsen auf seinem Gesicht aus.

„Ich bin beeindruckt, Mr. Holmes. Wir haben gut daran getan, Sie genauer zu überprüfen. Sie sind wirklich ein hervorragender Ermittler. Man stelle sich vor, was jemand wie Sie in unseren Diensten bewirken könnte!" Der Mann straffte sich. „Wir unterbreiten Ihnen ein interessantes Angebot. Arbeiten Sie für unsere Organisation, man wird Sie reich belohnen!"

„Belohnen?", wiederholte Holmes abfällig. „Etwa mit Reichtum und Macht? Und wozu braucht ihr mich denn überhaupt noch? Ist euer Ziel mit dem Erlangen der Unsterblichkeit nicht erreicht?"

„Im Prinzip schon", bestätigte der Anzugträger. „Doch wir verfolgen natürlich mehr als nur ein einziges Ziel. Diese Welt birgt mehr Geheimnisse, als sich ein Normalsterblicher vorstellen kann. Aber nun zu der Frage, was wir Ihnen für Ihre Dienste anbieten können. Neben den Dingen, die sie schon erwähnten, wäre das vor allem *Wissen*."

„Wissen welcher Art?"

„Jeder nur erdenklichen Art", schwärmte der Fremde. „Es gibt zum Beispiel einige Geheimnisse in Bad Old Low, die sie noch nicht gelüftet haben. In einem Punkt liegen Sie nämlich falsch. Es stimmt zwar, dass Cowly nach dem Tod von Dr. Hitfield die meisten seiner Aufgaben übernommen hat. Dennoch hat der Doktor immer noch die Führungsrolle inne, wie Sie gleich sehen werden." Freundlich lächelnd gab er Cowly ein Zeichen.

Der nickte und positionierte sich vor den Okkultisten. Die stellten sich auf wie üblich und begannen, in der fremden Sprache zu singen. Lilly verstand kein Wort, die abgrundtiefe Bosheit war jedoch in jeder Silbe zu hören. Durch die ganze Höhle vibrierten unangenehme Schwingungen. Ein elektrisches Knistern lag in der Luft. Als der Gesang abrupt endete, erschrak sie. Die Okkultisten blickten auf den steinernen Sarkophag vor sich, so als würden sie auf etwas warten. Aus dem Inneren des Sarkophags schob sich eine bleiche Hand, dann ein Arm, schließlich erhob sich ein blasser Mann mit eingefallenen Gesichtszügen aus der Totenlade. Lillys Herzschlag setzte für einen Moment aus. Diesen Mann kannte sie – von Fotos.

„Willkommen zurück, Doktor", sprach der Anzugträger in feierlichem Ton, während er beobachtete, wie der Untote langsam aus seinem Sarkophag stieg. Dann blickte er zu dem Journalisten. „Wie Sie sehen, Mr. Holmes, ist der Tod auch jetzt schon kein wirkliches Hindernis mehr für unsere Organisation. Jedenfalls können wir ihn für einen gewissen Zeitraum bannen. Schon bald wird es möglich sein, ihn endgültig zu überwinden. Das gilt auch für Sie! Alles, was wir dafür verlangen, ist, dass Sie von nun an für uns Recherchen ausführen und – natürlich - nichts von dem, was Sie erfahren haben, weitergeben."

„Ach, darum geht es hier die ganze Zeit." Holmes lachte. „Tja, dann habe ich schlechte Nachrichten für euch. Bevor wir aufgebrochen sind, habe ich meine Kollegen in New York informiert und Billy hat die Staatspolizei unterrichtet. Die Katze ist also schon längst aus dem Sack. Es dauert nicht mehr lange, dann tummeln sich hier Staatspolizei, FBI und wahrscheinlich sogar die Nationalgarde. Oder wollen Sie etwa behaupten, dass Ihre Hintermänner über Beziehungen auf höchster Ebene verfügen, um all dies abzuwenden?"

„Das mit Sicherheit nicht." Der Anzugträger seufzte. „Aber behindern können wir diese Aktion. Was, denken Sie, werden diese hochkarätigen Ermittler vorfinden? Nur eine Kleinstadt voller gruseliger Gerüchte. Kein ernst zu nehmender Mensch wird denen Bedeutung beimessen. Den Zugang zur Höhle werden sie jedenfalls nicht so schnell finden. Vielleicht stoßen sie auf ein paar Indizien. Das alles wird nicht genügen! Wir werden uns einfach für eine Weile zurückziehen, so lange, bis die Störenfriede wieder verschwunden sind. Wenn genug Gras über die Sache gewachsen ist, in ein, zwei Jahren, werden wir weitermachen wie bisher. Nur, dass Sie das nicht mehr erleben. Da Sie so unvernünftig waren, ihr Wissen nicht für sich zu behalten, Mr. Holmes, teilen Sie das Ende ihrer Begleiter. Zu dumm, Sie wären eine hervorragende Ergänzung in unseren Reihen gewesen."

„Da bin ich aber anderer Meinung", ertönte eine weibliche Stimme. Direkt neben dem Anzugträger schälte sich eine Gestalt aus dem Nichts.

Nach all dem, was an diesem Tag geschehen war, hätte Lilly eigentlich nichts mehr überraschen dürfen. Doch sie war fassungslos. Holly Adams sah so aus, wie sie in den Geschichten beschrieben wurde - blass, mit langen schwarzen Haaren und rot leuchtenden Augen. Sie wirkte nur wenig stofflich, schien von innen heraus zu leuchten. Ihr Gesichtsausdruck war düster. Lilly meinte, ein teuflisches Vergnügen in ihren Augen zu erkennen.

Die Okkultisten wichen zurück. Einer von ihnen ließ dabei die Tasche aus dem Polizeirevier fallen, direkt vor Hollys Füße. Cowly griff hektisch nach etwas, das er wohl in seiner Jackentasche bei sich trug. Der Einzige, der sich nicht beeindruckt zeigte, war der Anzugträger.

„Holly Adams", sagte er, als würde er das Geistermädchen zu einer Teestunde begrüßen. „Auch wenn du es mir nicht glauben wirst, ich hatte gehofft, dich heute Nacht zu treffen."

„Wirklich?" Aus Hollys Stimme tropfte der Hohn. „Das finde ich ziemlich masochistisch."

„Ja, ich weiß", gab der Unbekannte zu. „Deine Legende ist uns wohl bekannt. Unserem gemeinsamen Freund Cowly hier hast du einige Schwierigkeiten bereitet. Er teilte uns mit, dass er dich unschädlich gemacht hätte. Anscheinend hat er vergessen, uns über die neuesten Entwicklungen zu informieren."

Der Bürgermeister knirschte mit den Zähnen.

„Aber wie schon gesagt", schob der Anzugträger hinterher, „ich wollte dir ja begegnen."

„Mir begegnen?" Holly lachte verächtlich. „Das wollten bis jetzt nur wenige. Soll ich etwa auch für euch arbeiten?"

Der Fremde lächelte. „Ja, natürlich! Du bist wirklich von außergewöhnlichem Wert. Immerhin lebst du in der Welt der Geister, hast aber gelernt, dich in der Welt der Lebenden zu materialisieren. Mit deinem Wissen könntest du die Erforschung des Okkulten auf eine völlig neue Stufe heben. Stell es dir doch mal vor! Die Erfahrungen eines Geistes, der Jahrzehnte lang zwischen den Welten wandelte, kombiniert mit den Mitteln unserer Organisation. Wir könnten eine völlig neue Form des Seins erschaffen!"

„Ja, ja, geschenkt!", spottete sie. „Und womit wollt ihr mich bezahlen? Mit Geld kann ich nichts anfangen. Und *Wissen* wollt ihr ja von mir. Also, was könnt ihr mir schon bieten?"

„Oh! Wir können dich zum Beispiel wieder zum Leben erwecken."

Hatte Lilly sich verhört?

Nachdem die Bombe geplatzt war, entstand eine kurze, atemlose Pause. Keiner in der Höhle wagte es, ein Wort zu sagen.

Schließlich brach Holly das Schweigen. „Das ist unmöglich."

„Das mag bis jetzt so gewesen sein", gestand der Fremde. „Doch genau wie nun die Möglichkeit besteht, das ewige Leben zu erlangen, kann auch ein Geist wieder zum Leben erweckt werden. Es ist ganz einfach. Wir saugen den Geist aus einem Lebenden heraus und transferieren stattdessen dich in seinen Körper. Würde dir das gefallen? Nach all den Jahren in den Schatten? Du könntest dich mit Freunden treffen, shoppen gehen, sogar die Uni besuchen. Wolltest du nicht Medizin studieren? Oder willst du die Mühen des Lebens lieber weglassen und nur noch die Sonnenseiten genießen? Zu Lebzeiten hast du Bad Old Low kaum verlassen. Willst du nicht mehr von der Welt sehen? New York, Paris, Dubai, Tokio? All diese Orte stehen dir offen. Noch in dieser Stunde kann für dich ein neues Leben beginnen. Dort drüben sind bereits zwei ganz passable Mädchen, deren Körper du sofort übernehmen könntest. Such dir einfach eine aus. Oder willst du lieber einen etwas reiferen Körper? Dann wäre da Becky Henssen. Wir müssen sie sowieso alle beseitigen. Und wenn dir der Körper nicht mehr gefällt, können wir dir jederzeit einen neuen besorgen. Also, was sagst du zu unserem Angebot?"

Holly blinzelte und Lilly hatte den Eindruck, dass sie ernsthaft über das Angebot nachdachte.

„Ich ... weiß ... nicht", hauchte Holly schließlich.

„Du hast so sehr gelitten", drängte der Anzugträger. „Du wurdest ermordet, verleumdet und musstest in Einsamkeit vegetieren. Ich glaube, niemand kann deinen Schmerz nachvollziehen. Es ist an der Zeit, dass dein Leid und deine Legende ein Ende nehmen."

Ihr Gesicht blieb ausdruckslos. Endlich redete sie weiter: „Du hast recht", meinte sie. „Meine Gruselgeschichte muss endlich zu einem Ende kommen."

Mit diesen Worten trat sie kräftig gegen die Tasche zu ihren Füßen. Die schlitterte auf den steinernen Sarkophag zu. Alle, die dort standen, wichen erschrocken zurück. Lilly begriff auch gleich darauf, warum das so war. Die Tasche explodierte mit einem lauten Knall, wodurch alles in ihrer näheren Umgebung zerschmettert wurde. Die Detonation ließ die Höhlenwände erzittern. Lillys Trommelfell drohte zu zerreißen. Sie wollte sich die Ohren zu halten, doch die Ketten hinderten sie daran.

Noch während das Pfeifen in ihren Ohren sie quälte, geschah erneut etwas Unfassbares. Unter dem Sarkophag hatte sich offenbar ein Hohlraum befunden. Etwas drang daraus hervor. Es war schwer zu beschreiben, hatte keine feste Form, wirkte mehr wie ein Schatten, schwarz und doch durchsichtig. Tentakeln formten sich aus dem Dunst und gaben dem Ding Substanz. Die seltsamen Fangarme quollen aus dem frei gelegten Loch im Höhlenboden hervor. Alle Okkultisten in der Höhle, die nicht durch die Explosion zu Schaden gekommen waren, wirkten auf seltsame Weise gelähmt. Keiner von ihnen konnte fliehen.

„Frei, ich bin endlich frei!", ertönte eine dunkle grausig klingende Stimme, die nicht von dieser Welt stammen konnte. „Nun werdet ihr primitiven Geschöpfe für euren Frevel büßen!"

Die Tentakel begannen, einen Okkultisten nach dem anderen zu packen. Für Lilly sah es so aus, als würden die Greifarme ihnen die Lebenskraft entziehen. Etwas Leuchtendes drang aus den Körpern und wurde durch die Schattententakel in das Loch gezogen. Eines der ersten Opfer dieser Kreatur war der unbekannte Anzugträger.

Franklin wurde ebenfalls von einem Tentakel gepackt, sogar der wiederauferstandene Dr. Hitfield konnte den tödlichen Fängen nicht entgehen. Als ihm die Lebenskraft entzogen wurde, begann sein ausgemergelter Körper unfassbar schnell zu verrotten. Nach wenigen Augenblicken waren nur noch Staub und Knochen von ihm übrig.

In diesem Moment spürte Lilly, wie sich jemand an ihren Ketten zu schaffen machte. Als sie zur Seite sah, blickte sie auf einen Jungen, der ihr sehr bekannt vorkam.

„Hallo", sagte er mit einem freundlichen Lächeln. „Mein Name ist Ben Henssen. Wir hatten ja neulich schon einmal Kontakt."

Alles klar, dachte sie bei sich, jetzt habe ich heute wirklich alles erlebt.

Es dauerte einige Momente, bis der Geist ihre Ketten gelöst hatte. Dann fielen sie von ihr ab und sie konnte sich endlich aufrichten. Vorsichtig bewegte sie ihre steifen Glieder. Gleich darauf half sie Ben dabei, Boris, David und Mandy, die noch bewusstlos waren, zu befreien. Wie ein Geist es schaffte, *echte* Ketten zu lösen, wusste sie nicht, aber er war sehr geschickt. Ihr war es gerade einmal gelungen, Mandy zu befreien, während Ben in derselben Zeit David und Boris die Ketten abgenommen hatte.

Auf eine merkwürdige Weise hellwach schaute sie sich um. Inzwischen waren alle Okkultisten dem Seelenfresser zum Opfer gefallen. Sie stand vor den Opfersteinen neben ihren Gefährten, die gerade zu sich kamen und wie in Trance um sich blickten. Billy kam zu ihr und umarmte sie. Holmes und Becky traten langsam näher.

„Ihr dummen Sterblichen!", dröhnte die unmenschliche Stimme. „Euch werde ich nun zum Nachtisch verschlingen."

Entsetzt klammerte sich Lilly an ihren Bruder. Das durfte doch nicht wahr sein! Waren sie von einer Todesfalle in die nächste geraten? Schon schossen die Fangarme auf Holmes und Becky zu. Doch dann – stoppten sie und die Kreatur stieß einen markerschütternden Schmerzensschrei aus. Es dauerte einen Augenblick, bis Lilly es hörte. Jemand sang! Es klang nicht bedrohlich und abstoßend wie bei den Okkultisten, sondern sanft und beruhigend, erinnerte an das Geräusch von Meereswellen.

Verwundert sahen sie und ihr Bruder sich an. Dann suchte Lilly mit den Augen nach der Quelle des Gesangs. Er kam von Becky! Sie rezitierte in einer Sprache, die Lilly nicht kannte, aber sie war ganz sicher, dass es etwas Mystisches war. Auf jeden Fall zwang dieser Gesang das Monster in die Knie.

„Nein!" Zorn sprühte aus der dämonischen Stimme. „Woher kennt ihr die alten Texte aus dem Ritual der Gründer?"

„Nun", erwiderte Ben. „Du hast mir die Vergangenheit von Bad Old Low gezeigt und mir offenbart, dass meine Vorfahren dich gebannt haben. Natürlich hast du mir die Beschwörungsgesänge vorenthalten, ich konnte sie nicht hören. Doch ich kenne jemanden, der nicht nur alles über die Geschichte dieser Stadt weiß, sondern auch über das Wissen der Gründer verfügt. Meine Cousine Becky ist eine Nachfahrin. Jahrelang hat sie sich mit diesen Dingen beschäftigt. Das geheime Wissen, das seit Generationen in unserer Familie mündlich weitergegeben wird, war bei ihr in guten Händen. Zwar glaubte sie, die Beschwörungsformel eines Tages gegen Holly zu verwenden, doch nachdem wir ihr die wahre Geschichte erzählt hatten, wusste sie, was zu tun war."

Das zornige Schreien der Kreatur wurde allmählich zu einem verzweifelten Stöhnen, während sich die Tentakel langsam in das

Loch zurückzogen. Als sie darin verschwanden, erstarb auch das Stöhnen. Stille legte sich über den Ort.

Ist es tot?, fragte sich Lilly. Dann begann die Erde zu beben. Brocken fielen herab, Risse bildeten sich in den Wänden und auf dem Boden. Aus dem Loch drang ein Kreischen. Die Kreatur wehrte sich.

„Die Höhle stürzt ein!", rief Billy.

„Wir müssen hier raus!", sagte Holmes.

„Dann los!", befahl Becky. „Wer kann, hilft denen, die wackelig auf den Beinen sind."

„Hilf Mandy", sagte Lilly zu ihrem Bruder. „Ich laufe dir hinterher."

Billy zog Mandy hoch und stützte sie. Holmes kümmerte sich um David. Becky nahm Boris an der Hand. Die Geister werden schon klarkommen, dachte Lilly noch, während sie hinter ihrem Bruder her taumelte. Sie liefen, wankten, rutschten in Richtung Ausgang. Nur einen Moment lehnte Lilly sich während eines erneuten Erdstoßes gegen die Höhlenwand. Genau in diesem Augenblick tat sich unter ihren Füßen ein Riss auf. Auf ihrer Seite des Ganges wölbte sich der Höhlenboden. Sie strauchelte, stolperte und rutschte zurück, registrierte gerade noch, dass alle anderen sich auf der Seite des Ganges befanden, die eben geblieben war. Dann rollte sie bis zu dem Loch und fiel hinein.

Wie viel Pech kann man eigentlich haben?, fragte sie sich und wunderte sich gleichzeitig darüber, dass sie sich solche Gedanken machte und nicht völlig in Panik verfiel. Sie blieb sogar einigermaßen gelassen, als sie auf hartem Steinboden landete. Direkt vor ihr pulsierte eine schwache Lichtquelle. Deshalb konnte sie erkennen, dass sie sich in einem Hohlraum befand, knapp unter dem Loch. Misstrauisch betrachtete sie die eigenartige Lichtquelle.

Das Pulsieren kam von einem Stein, etwa so groß wie ein Kohlkopf. Seine Unterseite war - geschmolzen. Der Stein erinnerte Lilly an einen Meteoriten. Das Leuchten drang aus seinem Inneren, offenbar war er hohl. Auf den ersten Blick war nicht zu erkennen, was sich darin befand. An der Oberseite war ein recht großes Stück herausgebrochen. Ist wahrscheinlich bei der Explosion passiert, kombinierte sie. Eigentlich hätte sie in dieser Situation darüber nachdenken müssen, wie sie schnellstens aus diesem Loch herauskam. Doch zu dieser merkwürdigen Gelassenheit, die sie schon seit einiger Zeit empfand, gesellte sich jetzt der Drang, in das Innere des Steins zu schauen.

Langsam näherte sie sich dem unheimlichen Objekt, beugte sich über die Öffnung und - wich entsetzt zurück. Was sie sah, war so abstoßend, so widernatürlich, dass sie würgen musste. Das Ding hatte eine gewisse Ähnlichkeit mit einem ungeborenen menschlichen Embryo. Es hatte keine Augen, wirkte insgesamt irgendwie verkümmert und unterentwickelt. Aus einem übergroßen Schädel sprossen mehrere kleine Fangarme. Dennoch bewegte sich das abscheuliche Geschöpf. Aus dem zahnlosen Mund der Kreatur drang ein grässlicher Schrei. Da endlich überkam sie Panik und ihr wurde übel. Sie wollte sich abwenden, irgendetwas zwang sie, zu bleiben.

In ihrem Kopf ertönte die dämonische Stimme: *Komm zu mir. Werde ein Teil von mir. Nähre mich und stärke meine Macht. Komm zu mir. Du hast keine Wahl.*

Ihre Angst verflog. Die Versuchung aufzugeben, wurde übermächtig. Doch dann bäumte sich etwas in ihr auf. *Nein, nein, ich will nicht!*, schrie sie in Gedanken und wandte sich gegen die unheilige Macht. Woher sie die Kraft nahm, wusste sie nicht. Sie griff nach einem spitzen Gegenstand, der auf dem Boden lag, und stach damit auf das ekelhafte Wesen ein. Erst als sie den Schädel der Kreatur gespalten hatte, bemerkte sie, dass es sich bei ihrer scharfkantigen Waffe wahrscheinlich um einen Splitter handelte, der von dem hohlen Meteoriten abgebrochen war. Das Wesen stieß ein letztes Röcheln aus. Dann war es vorbei und Lilly konnte wieder klar denken.

Sie musste auf der Stelle hier raus. Auch wenn das Monster tot war, das eigenartige Erdbeben war noch immer im Gange; die Höhle war dabei einzustürzen. Ohne fremde Hilfe würde sie wohl nicht aus dem Loch klettern können.

„Lilly, Lilly, hörst du mich?", rief jemand über ihrem Kopf.

Billy! Hoffnung flammte in ihr auf.

„Lilly, gib uns deine Hände. Wir ziehen dich raus."

Unter Mühen richtete sie sich auf und streckte die Arme nach oben. Sofort wurden ihre Hände gepackt. Kaum hatte Billy sie ein Stück hochgezogen, spürte sie an den Schultern weitere Hände. Als sie durch das Loch gezerrt wurde, halfen viele Hände mit. Mandy und Becky halfen ihr, sich den Staub abzuklopfen. Holmes stellte Lilly schließlich wieder auf die Beine. Sie haben alle ihr Leben riskiert, um mich zu retten, schoss es ihr durch den Kopf. Lilly war so bewegt, dass sie fast in Tränen ausgebrochen wäre. Doch dafür war jetzt nicht die Zeit.

„Alles klar, wir sind wieder vereint", meinte David. „Jetzt wäre die perfekte Gelegenheit, von hier zu verschwinden."

„Ach, echt?", konterte Mandy, schon wieder frech grinsend. „Ich dachte, es wäre der perfekte Moment, um ein Picknick zu veranstalten."

„Für den Quatsch haben wir jetzt keine Zeit!", rief Billy. „Los, lauft!"
Weder Lilly noch ihre Kumpel kannten den Weg in die Freiheit. Es blieb ihnen nichts anderes übrig, als Billy, Holmes und Becky hinterherzulaufen. Inzwischen war das Beben heftiger geworden. Überall brachen Felsbrocken aus der Decke. Einige Tunnel waren schon blockiert.

Sie erreichten ein paar schmale Stufen, die zu einem Spalt führten, aus dem frische Luft zu ihnen drang. Der Weg in die Freiheit! Die Stelle war so eng, dass sie nicht nebeneinanderstehen konnten. Also mussten sie in der Reihenfolge die Höhle verlassen, wie sie an den Stufen angekommen waren. Holmes und Becky drückten sich durch. Billy wartete noch, bis alle da waren. Dann stieg auch er durch das Loch. Danach kam Mandy, dicht gefolgt von Boris. David zögerte noch einen Moment, dann schlüpfte auch er durch den Spalt.

Lilly hatte den Ausgang schon fast erreicht, da packte jemand ihren Fuß und versuchte, sie zurück zu ziehen.

„Hast du mich etwa vergessen, du kleines Miststück?"

Zu Tode erschrocken sah sie sich um. Hardwick, der wahnsinnige Polizeichef, musste dem Gemetzel in der Höhle entkommen sein.

„Ich hätte euch sofort alle beseitigen sollen. Aber wenn hier schon alles vor die Hunde geht, werde ich dir wenigstens vorher noch die Kehle durchschneiden."

„Las mich los!", schrie sie zutiefst verzweifelt.

„Lass sie los!", dröhnte eine weibliche Stimme.

Holly stand in dem Spalt. Jetzt schritt sie die Stufen nach unten.

„Du?", hauchte Lilly.

„Ja", antwortete das Geistermädchen. „Ich habe noch eine Rechnung mit diesem Mörder offen. Jahrelang hat er mir seine Taten in die Schuhe geschoben."

„Ha! Was willst du dummes Gespenst tun?" Hardwick lachte spöttisch. „Mich etwa mit deinem lächerlichen Spuk in den Wahnsinn treiben? Damit bist du etwas spät dran, Kleine."

„Vielleicht", erwiderte Holly lässig. „Aber das ist nicht nur meine Entscheidung. Ich bin nicht alleine."

In diesem Moment drangen aus den Wänden und aus dem Boden weitere Geister hervor. Sie begannen, Hardwick einzukreisen.

„Erkennst du sie wieder, Chief? Das sind all die Menschen, die du in dieser Stadt ermordet hast. Als sie erfuhren, dass du sie umgebracht hast, wollten sie dich persönlich deiner gerechten Strafe zuführen."

„Bleibt weg von mir!" Er schlug nach den Geistern, doch seine Fäuste glitten durch sie hindurch.

„Du hast mich lebendig verbrannt", fauchte ein Geist.

„Du hast mich hinterrücks erdrosselt und es so aussehen lassen, als hätte ich mich erhängt", stöhnte ein anderer.

„Bleibt weg von mir!" Seine Stimme kippte.

Diesmal waren es die Geister, die keine Gnade walten lassen würden.

Holly richtete ihren Blick auf Lilly. „Es tut mir leid, dass wir uns nicht unter besseren Bedingungen kennengelernt haben", sagte sie freundlich. „Aber jetzt musst du hier raus!"

Sie nickte, erhob sich und drängte Richtung Ausgang. „Holly", rief sie noch, kurz, bevor sie sich durch den Spalt zwängte. „Danke für alles!" Dann taumelte sie ins Freie.

Kaum hatte sie die Höhle verlassen, stürzte alles zusammen. Staub stieg weit in den Nachthimmel empor. Sie war buchstäblich in letzter Sekunde entkommen.

„Lilly, was hat denn da so lange gedauert?", fragte Billy.

„Hardwick", antwortete sie mit zitternder Stimme. „Er hat mir aufgelauert." Rasch berichtete sie, was geschehen war.

„Dann hat Holly dich also gerettet!", fasste Becky zusammen. „Und das, obwohl wir, die Bewohner von Bad Old Low, sie für den Fluch dieser Stadt gehalten haben. Jetzt wissen wir, dass sie der Schutzgeist unserer Stadt war und ist."

„Redet ihr von mir?", fragte jemand.

Alle drehten sich um. Holly trat ganz lässig auf sie zu, so als wäre nichts gewesen.

„Holly, wie bist du da rausgekommen?", fragte Lilly verdattert.

„Soll das ein Witz sein?", lachte Holly. „Ich bin ein Geist. Schon vergessen?"

Nun erschienen alle Geister, die Hardwick den Garaus gemacht hatten. Auch Ben war unter ihnen und ein kleines Mädchen, das nun zu Holly lief.

„Ich bin zu den anderen Geistern gegangen, so wie ihr gesagt habt", berichtete es. „Als ich sagte, dass Hardwick für die vielen Morde verantwortlich war, wollten sich seine Opfer an ihm rächen. Ich konnte sie nicht aufhalten."

„Ist schon gut Hanna", erwiderte Holly. „Das hast du gut gemacht."

Ein lautes Krachen ließ alle aufschrecken.

„Das Hitfield-Institut!", rief Boris.

Jetzt sahen sie eine riesige Staubwolke, die über dem Hügel aufstieg.

„Das kommt eben dabei heraus, wenn man ein so großes Gebäude auf porösem Untergrund baut", fachsimpelte David. „Als die Höhlen eingestürzt sind, war das auch das Ende fürs Institut."

„Recht so", urteilte Alexander C. Holmes. „Dieses Bauwerk kann ruhig von der Erdoberfläche verschwinden."

Dann geschah noch etwas, etwas so Überwältigendes und Faszinierendes, dass alle, die es sahen, vor Ehrfurcht erstarrten. Hoch über dem Himmel von Bad Old Low erstrahlte ein Licht. Es bewegte sich und kam über ihnen zum Stillstand. Erst klein und schwach wie ein ferner Stern wurde es immer heller und größer, breitete sich schließlich über ihnen aus und verformte sich zu einer Art Tunnel.

„Das ist es", sagte Holly. „Das Licht."

Die Erscheinung hatte eine erstaunliche Wirkung auf Holly, Ben, Hanna und die anderen Geister. Sie alle begannen, von innen heraus zu leuchten. Ihre blasse, kalte Aura wandelte sich. Ein warmes Strahlen ging von ihnen aus.

„Was ist das?", flüsterte Becky.

„Das ist das Licht, das uns an einen anderen Ort geleitet", erklärte Holly. „All jene, die an diesem Ort gestorben sind, konnten es nie erreichen. Nun ist das Böse aus Bad Old Low gewichen und wir alle können nun gehen."

„Gehen?", fragte Lilly. „Aber wohin?"

Holly lächelte. „Das weiß niemand. Das ist das letzte große Geheimnis."

Die Geister begannen zu schweben und stiegen gen Himmel empor. Das geschah nicht nur an diesem Ort im Wald. Überall in der Stadt wurden Geister von ihrer Schattenexistenz befreit. Wie Schwärme aus Sternschnuppen flogen sie ins Licht.

„Na los!", rief Hanna. Sie hatte ihre Himmelfahrt bereits begonnen. „Wollt ihr etwa hierbleiben?"

Gemeint waren Holly und Ben, die als Einzige noch am Boden waren.

„Also, kommst du?", fragte Holly und lächelte Ben aufmunternd zu.

Er hatte noch etwas auf dem Herzen. „Sag mal, Holly, bereust du es nicht, das Angebot dieser Leute abgelehnt zu haben? Du könntest jetzt wieder leben."

Energisch schüttelte sie den Kopf. „Dann hätte ich doch darauf verzichten müssen, mit dir auf diese spannende Reise zu gehen. Und es wird auch wirklich mal Zeit, dass du mir deine Eltern vorstellst."

Dann nahm Holly Bens Hand. Gemeinsam stiegen sie in den Himmel auf. Eine Zeitlang waren sie noch zu erkennen. Dann verschmolzen sie mit dem warmen Licht und glitten in die nächste Welt hinüber.

Epilog

Etwa eine Stunde, nachdem es ihnen gelungen war, aus den Höhlen unter Bad Old Low zu entkommen, traf die Staatspolizei in der Stadt ein, einen Tag später auch das FBI. Polizisten und Agenten nahmen nach den Aussagen der Beteiligten sofort die Ermittlungen auf, um Beweise für das okkulte Treiben zu sichern, das jahrzehntelang unentdeckt geblieben war. Zwar konnte die verschüttete Höhle nicht betreten werden, auch in den Trümmern des Hitfield-Institutes fand man nicht mehr viel. Doch in den Häusern von Cowly, Franklin, Hardwick und anderen Mitgliedern des Geheimbundes wurden die Ermittler fündig. Die Beweise reichten aus, um die Aussagen von Lilly, ihren Freunden, Billy, Becky und Alexander Holmes zu untermauern. Der Journalist verwies mehrmals auf die Ergebnisse seiner Recherchen. So kam nach und nach die Wahrheit über die Ereignisse in Bad Old Low ans Licht.

Rasch traten auch die Medien auf den Plan. Schon bald überschlugen sich die Berichterstatter mit Sensationsmeldungen über die Kleinstadt, in der blasphemische Mächte getobt hatten.

Ein Thema stand bei allen Medien im Mittelpunkt: die Rehabilitation der Holly Adams!

Natürlich kamen auch Gerüchte über Geistererscheinungen auf, die vor und während der schrecklichen Ereignisse aufgetreten wären. Keiner der direkt Beteiligten bestätigte die Gerüchte. Gemeinschaftlich hatten sie beschlossen, diesen Teil der Geschichte zu verschweigen. Es hätte ihnen sowieso keiner geglaubt.

Überraschenderweise hatte außer ihnen keiner das helle Licht gesehen. Von den erlösten Geistern hatte niemand sonst etwas mitbekommen. Also gab es eigentlich auch keinen Grund, darüber zu reden. Etwas drang natürlich trotzdem nach außen.

David ließ es sich nicht nehmen, die Aufnahmen, die er hatte retten können, im Internet hochzuladen.

Lilly war dieser ganze Rummel zu viel. Darum hatte sie sich heute, am ersten November, an diesen Ort zurückgezogen. Aber sie streifte nicht ziellos über den Friedhof, sondern ging zu einer ganz bestimmten Stelle. Eine ganze Weile betrachtete sie die nebeneinanderstehenden Grabsteine.

Der erste war älter und trug die Inschrift:
Ben Henssen, 30.08.1997 bis 08.09.2014

Auf dem brandneuen Grabstein daneben war zu lesen:
Holly Adams, 30.04.1966 bis 20.04.1981